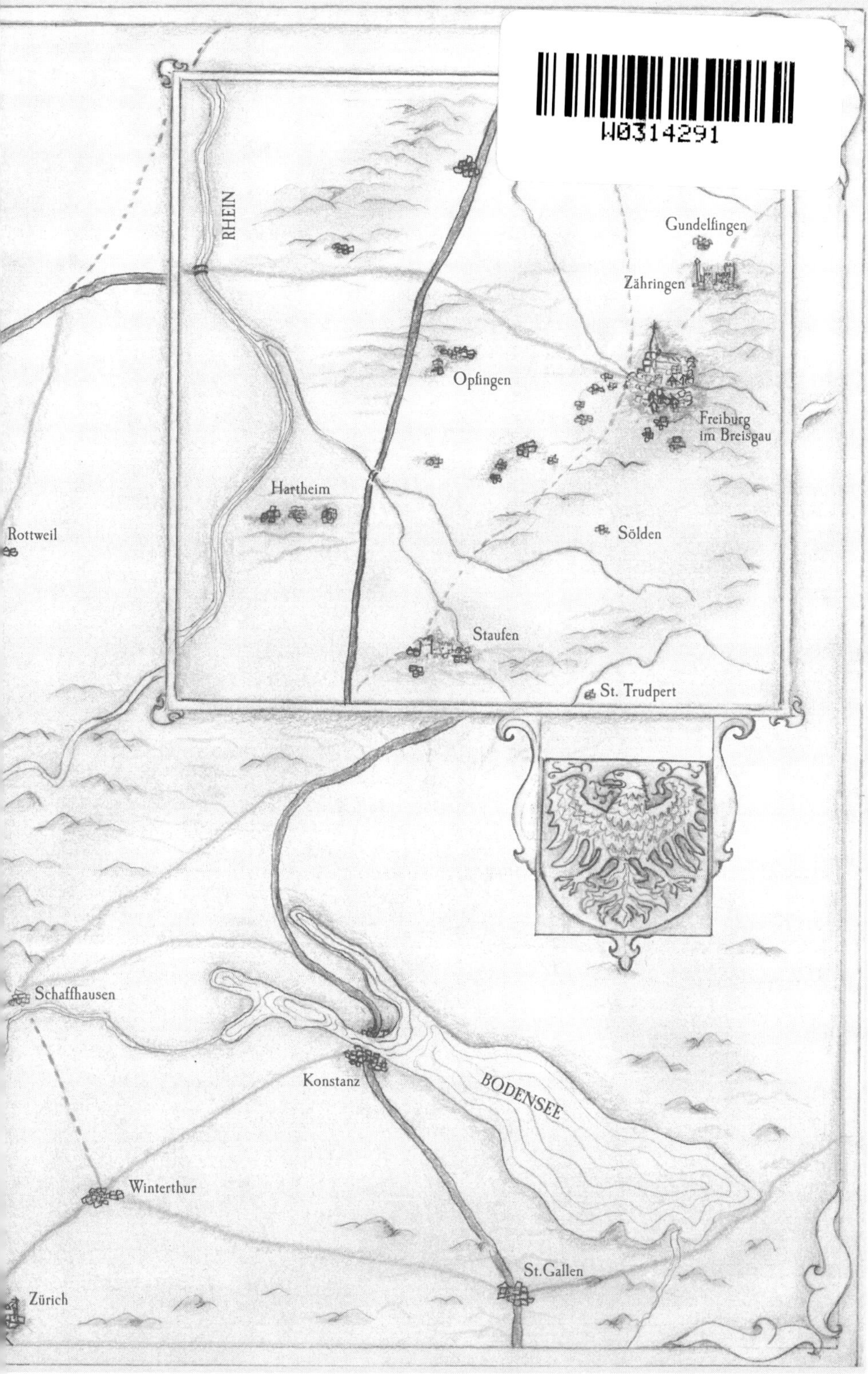
RHEIN
Gundelfingen
Zähringen
Opfingen
Freiburg
im Breisgau
Hartheim
Rottweil
Sölden
Staufen
St. Trudpert
Schaffhausen
Konstanz
BODENSEE
Winterthur
St.Gallen
Zürich

Lidia Ionescu

ZÄHRINGERBLUT

LIDIA IONESCU

Zähringerblut

KNECHT
FRANKFURT AM MAIN

Gedruckt auf umweltfreundlichem,
chlorfrei gebleichtem Papier

Originalausgabe

Herstellung: fgb · freiburger graphische betriebe 2007
www.fgb.de
Gesamtgestaltung und Konzeption:
Weiß-Freiburg GmbH – Graphik & Buchgestaltung
Vorsatz: Bernadette Trost
Nachsatz: Die Zähringerburg, in: Ansichten der Stadt Freiburg, gezeichnet von Rudolf Follenweider, Aquatinta von Nilson, Verlag Herder, um 1820.

ISBN 978-3-7820-0900-3

I

WIE AUS DEM NICHTS waren die beiden Wachen aufgetaucht. Ihre Umrisse bewegten sich wie zwei tanzende Schatten. Doch dann entfernten sie sich wieder, und ihre Schritte verhallten allmählich in einem der vielen Seitengewölbe. Am Ende des langen Ganges, der zum Festsaal führte, war nur noch der leicht rötliche Schimmer einer Fackel zu sehen.

«Ich glaube, sie sind weg», flüsterte eine Stimme. «Ein Glück, dass dieser Vorhang da war.»

«Ja, das war knapp. Es wimmelt hier nur so von Wachen. Der Herzog scheint sehr wohl zu wissen, wie wenig Freunde er sich am heutigen Tag gemacht hat.»

Die beiden Gestalten traten nun vorsichtig aus ihrem Versteck hervor.

«Ich kann es immer noch kaum glauben, was ich soeben gehört habe. Und das aus dem Munde dessen, dem wir Ergebenheit und Treue geschworen haben. Eine Ohrfeige für alle Edelleute.»

«In was für einer Welt leben wir? Rechte für den Pöbel … Rechte für die Weibsbilder … Dass ich nicht lache! Es wäre zum Lachen, wenn es nicht zum Weinen wäre. Wenn ich sterbe, darf mein Weib alles erben. Steht nicht in der Bibel, dass sie aus Adams Rippe geschaffen wurde? Was versteht so eine Evastochter schon von meinen Ländereien und Privilegien und Rechten? Sie wird sich einen Liebhaber nehmen und sich mit ihm in all meinem Hab und Gut rekeln … Lieber erwürge ich sie eigenhändig, als dass ich sie alles erben lasse!»

«Vergiss bitte nicht die Rechte für den Pöbel. Sie hätten genau dieselbe Blutfarbe wie wir. Sie sollen unsere Gleichen werden. Ich, dessen Urahnen die ergebenen Kampfgefährten des großen Kaisers Karl waren, soll mich vor diesen dreckigen Bauern und Händlern demütig verbeugen und sie bitten, mir einen Harnisch zu verkaufen. Und gleich bezahlen ... Wer soll das Herzogtum verteidigen, wenn ich kein Geld für Pferde und Waffen habe? Ja, dann soll er kämpfen, der saubere Händler, der seine Münzen mit seinen schlaffen Pfoten zu zählen weiß, aber keinen Speer handhaben kann. Hat Gott nicht bestimmt, dass wir die Herren sind, dass wir die Starken und Edlen sind? Auf uns stützen sich unsere Prinzen und Regierungen. Unser Schwert bringt sie auf den Thron und hilft ihnen, dort zu bleiben. Unser Schwert ist da, wenn man es braucht, und nicht die Sensen und Keulen dieser armen Teufel.»

«Still, ich meine, ich hätte schon wieder Schritte gehört.»

Beide lauschten mit angehaltenem Atem in die Dunkelheit hinein. Es war aber nichts zu hören.

«Warum bin ich heute nicht auf die Estrade gesprungen?», setzte die andere Stimme wieder ein, «beide waren sie da. Mit einem Schlag hätten wir die verfluchten Zähringer loswerden können!»

«Spinnst du? Keinen Schritt hättest du machen können, ohne dass seine Mannen sich auf dich gestürzt hätten.»

«Ich nicht, aber wir! Hast du nicht gesehen, wie verärgert alle waren?» «Nein, sag ich, alles hat seine Zeit. Heute wäre es falsch und ohne jede Aussicht gewesen ... Man muss warten! Steht auch in der Bibel: ‹Seihet klug wie die Schlangen!› Vergiss nicht, unser Herr Bertold liebt die Jagd. Immer und immer wieder muss er auf die Jagd. Mit kleiner Eskorte, wie man weiß. Ein Speer, der sich verirrt. Und für seinen Bruder, na ja, etwas wird sich auch ergeben! Geduld, sage ich. Geduld und Stillschweigen. Wir haben unser Ziel vor Augen und arbeiten dafür. Was soll ich dir noch sagen? Und jetzt geh ruhig nach Hause, ganz der unschuldige Mann, der du bist. Niemand soll uns zusammen sehen. Dann kann man so manches denken. Und das wollen wir nicht. Prudentia est mater studiorum. Ich werde dann etwas später das Schloss verlassen.»

Sein Freund fügte sich, ohne etwas auszusetzen. Er war nicht so gebildet und so geschickt wie sein Kumpan, der immer recht hatte. Nur eines wollte er: noch einmal durch den Saal laufen, wo am Morgen das Unglaubliche stattgefunden hatte. Als ob er sich so davon überzeugen könnte, dass alles wirklich so gewesen war …

***

Herr Walther, der Sekretär seiner herzoglichen Hoheit, hatte begonnen, mit seiner wohlklingenden Baritonstimme in feierlichem Ton eine Urkunde zu verlesen:

«Das Dorf, hier unter dem Schloss, wird zu einer Stadt, ausgestattet mit allen Rechten und Freiheiten …»

Während seine Worte im großen Saal verklangen, breitete sich in den Gesichtern der Anwesenden eine rasch anschwellende Unruhe aus. Es erhob sich ein deutlich hörbares Gemurmel.

Herzog Bertold saß in Gedanken versunken auf seinem Thron. Sein Bruder Conrad, dem wie immer nichts entging, warf dem fürstlichen Beichtvater einen vielsagenden Blick zu, woraufhin sich Pater Bernhard unbemerkt aus dem Hintergrund näherte und mit seinen Augen den Ministerialen Hildebrand suchte. Als er ihn in der Menge ausgemacht hatte, gab er ihm ein kaum wahrnehmbares Zeichen. Der alte Ritter verschwand hinter einem schweren Brokatvorhang und gab dem Offizier der Wache kurz einen Befehl. Sogleich erschien er wieder an der Tür und blickte wie zuvor mit scheinbar gleichgültiger Miene in die Menge.

Mit einem leicht angedeuteten Nicken in Richtung des jungen Herzogs nahm auch Pater Bernhard seinen Platz auf der

Estrade wieder ein. Niemand hatte etwas bemerkt. Der Sekretär fuhr fort, die Verlautbarung zu verlesen:

«Der Zolleinnehmer soll alle Brücken der Stadt instand halten; die von überall herzu kommenden Kaufleute sollen freies, sicheres Geleit haben. Alle Maße für Wein, Früchte, auch für Silber und Gold, sollen der Gewalt der 24 Ratsherren der Stadt unterstehen.

Wer Bürger zu Freiburg ist, hat das Recht auf eine Hofstatt und Besitzung, um sie nach eigenem Gutdünken zu bebauen.

Eine jede Frau in dieser Stadt ist ihres Mannes Teilhaber und jeder Mann ist Teilhaber seiner Frau; die Eheleut sollen zu gleichen Teilen Anrecht auf das Erbe des anderen haben ...»

Als der herzogliche Sekretär geendigt hatte, kniete er vor dem Thron nieder und übergab die Pergamentrolle seinem Herrn Bertold.

Der Herzog erhob sich, um nun seinerseits einige Worte an seine Untertanen zu richten:

«Die Redlichkeit und die Hochachtung vor der Leistung meines Bruders und Mitregenten, Herzog Conrad, gebietet es mir, dass ich ihm dieses denkwürdige Schriftstück überreiche und ihn bitte, es mit seiner Unterschrift in Kraft zu setzen. Denn er ist es gewesen, der dieses Land zu neuem Wohlstand und Wachstum geführt hat, und er ist es auch, der dieses von unseren Vätern ererbte Herzogtum in eine blühende Zukunft führen wird. Es wird heute nicht nur eine Stadt gegründet, die das Antlitz des ganzen Landes verändern wird. Es ist auch der Anfang einer neuen Zeit. An keinem Ort wurden die Bürger je mit so weitreichenden Rechten ausgestattet, wie es in dieser Urkunde vorgesehen ist. Und zu keiner Zeit hat eine neu gegründete Stadt eine großzügigere Verfassung erhalten. Möge sie den Beginn einer neuen Epoche einleiten und zum Symbol unserer Herrschaft werden.

Edler Bruder und ehrwürdiger Herzog, ich bitte Euch nun, diese Urkunde mit Eurem Namen zu unterzeichnen, sie mit

Eurem Siegel zu bekräftigen und sie dann den neuen Stadtbewohnern zu übergeben. Diese Stadt, mein Bruder, soll Eure Stadt sein, und Ihr sollt ihr auch einen Namen geben.»

Die Brüder erhoben und umarmten sich. Der ältere überreichte Conrad mit feierlicher Geste die Pergamentrolle und setzte sich lächelnd zurück auf den Thron.

Alle Augen richteten sich nun auf den jüngeren Prinzen. Wie gewöhnlich zeigte sein Gesicht keine Regung. Allein eine leichte Röte verriet seine Ergriffenheit. Entschlossen nahm Conrad den Federkiel aus der Hand des knienden Sekretärs und unterschrieb auf dessen Schulter das Dokument.

Dann winkte er die kleine Gruppe der Bürger zu sich. Sie hatten bescheiden im Hintergrund gewartet und bildeten mit ihren Gewändern aus einfachem Tuch einen dunklen Fleck im bunten Glanz des fürstlichen Hofes. Mit einem freundlichen, aufmunternden Nicken in ihre Richtung begann er seine Ansprache:

«Eure Stadt wird eine Stadt von freien Bürgern sein. Und als Zeichen dafür, dass ich mich für diese Freiheit verbürge, soll sie weiterhin *Freiburg* genannt werden. Niemand soll es künftig mehr wagen, die in dieser Urkunde verbrieften Rechte in Frage zu stellen. Morgen werde ich zur heiligen Messe in eure Kirche Sankt Nikolaus kommen, und dann wird der Priester die Grundmauern der zukünftigen Stadt segnen. Und schon bald werden auch die Bauleute zur Stelle sein, die ich beauftragt habe, das großartigste Gotteshaus dieser Gegend zu errichten. Freiburg soll zu einer prächtigen Stadt werden, deren Schönheit auch noch viele Generationen nach uns bewundert wird.»

Die Bürger verneigten sich tief und zogen sich zurück. Zutiefst erstaunt über die Worte des Herzogs, wussten sie nicht, ob sie sich freuen oder ängstigen sollten. Niemand hatte damals je von solchen Gesetzen und Rechten für das gemeine Volk gehört! Nicht weniger erstaunt waren die Edelleute, Ministerialen, Ritter und Vasallen. Erst nach einigen Augenblicken des Schweigens hörte man hier und da ein leises Flüstern, das sich langsam zu einem allgemeinen Gemurmel steigerte.

Während das dumpfe Murren lauter wurde, verließ der getreue Hildebrand abermals den Saal, um sicherzugehen, dass seine Befehle befolgt würden und die Wache bereit stünde. Man hatte erfahren, dass Abgesandte des Kaisers unter den Vasallen der Zähringer intrigierten und kriegerische Unternehmungen gegen das Breisgauer Herzogtum planten. Deshalb waren die Sicherheitsmaßnahmen verstärkt und Hildebrand, der ehemalige Anführer der Leibgarde, zurück an den Hof gerufen worden. Auf ihn war Verlass. Er stellte fest, dass alles seine Ordnung hatte, und kehrte in den Saal zurück. Dort ließ er einen bohrenden Blick über die Hofleute schweifen, in der Hoffnung, irgendwelche Anzeichen zu entdecken, wer ein Verräter sein könnte.

Herzog Conrad näherte sich dem Rand der Estrade und begann mit gedämpfter Stimme: «Ich sehe, dass unsere heutigen Bestimmungen euch verwundert haben. Es erscheint euch ungewöhnlich, dass wir den kleinen Leuten Rechte und Privilegien verleihen und sogar dem gemeinen Volke mehr Freiheiten gewähren.»

Conrads Stimme klang fest und seine blauen Augen blitzten.

«Ihr werdet euch daran gewöhnen müssen, dass auch sie Menschen sind. Ihr seid Christen und unsere Kirche lehrt uns, dass Jesus sowohl mit Zöllnern als auch mit Pharisäern Umgang pflegte. Und noch etwas habe ich hinzuzufügen: Vergesst nicht, dass jene rauen, schwarzen Hände, die ihr verachtet, den Boden pflügen und das Korn von den Feldern ernten, aus dem unser tägliches Brot wird, das uns alle nährt. Diese schwarzen und schwieligen Hände sind es, die Axt und Sense auf dem Schlachtfeld schwingen, wenn unser Gut von den Feinden ringsum bedroht wird. Ich habe ihr Blut neben eurem fließen sehen, ihr Ritter, gerade in den letzten Wochen, als wir gegen einen unserer ärgsten Feinde gekämpft haben. Ihr Blut hat dieselbe Farbe wie euer Blut, ihr Herren, ja! Ihr verweigert ihnen jegliches Recht, ihr verachtet sie! Aber vergesst nicht, gäbe es sie nicht, hättet ihr keine Waffen, die euch Ruhm bringen, keine Rüstungen, die euch schützen, und keine Seidenkleider. Sie knüpfen das Panzerhemd und weben das feine Tuch, sie bringen aus fernen Ländern Edelsteine, stolze Hengste, Leder und Salz! Was wäre unser Leben ohne all diese Sachen? Was aber ist ihr Lohn dafür? Nichts als Drangsal, Demütigung und Verachtung.

Und damit ihr es ein für alle Mal wisst: Ich werde solche Niedertracht in meiner Stadt nicht dulden! Niemand wage es, einem anderen Unrecht zu tun! Ihr müsst endlich verstehen, dass jedes Wesen von Gott geschaffen wurde und dass die einen ohne die anderen nicht leben können!»

Den Hofleuten lief bei diesen Worten ein Schauer über den Rücken. Noch nie hatte der junge Prinz so viel geredet, nie hatten sie, die stolzen Ministerialen und Ritter, Derartiges gehört. Im Saal herrschte absolute Stille.

«Unsere Zukunft und die unserer Kinder beruht auf dem Wohlstande aller Bewohner dieser Stadt, seien sie Edelleute, Kaufleute oder Bauern. Wir werden stark sein, wenn unsere Felder blühen, wenn unsere Weinberge eine reiche Lese bringen. Wir werden stark sein, wenn sich die Läden der Kaufleute mit Waren, Gold und Silber füllen und wenn die Menschen glücklich, beschützt und gesund leben können. Schwach und hilflos werden wir hingegen, wenn unsere Untertanen hungern, ihre Dörfer verwüstet und die Städte von Schwert und Feuer heimgesucht werden. Versteht, die Zeit bleibt nicht stehen! Die Zeiten ändern sich und wir müssen uns auch ändern!»

Als sich der Saal längst wieder geleert hatte und im Schloss wieder Ruhe eingekehrt war, saßen Conrad und Pater Bernhard noch in der Kapelle zusammen: «Die haben mich nicht verstanden, Hochwürden. Die meisten von ihnen sind nun einmal raue und ungehobelte Gesellen, die nichts als ihre Waffen und Schlachten im Kopf haben und nur auf Gewalt aus sind. Und dünkelhaft und aufgeblasen sind sie auch. Heute habe ich mir sicherlich noch einige neue Feinde gemacht. Ich glaube, nicht einmal der treue Hildebrand hat mich verstanden, wohl auch Raimund nicht, und schon gar nicht Amadeus von Genf, der mich mit seiner ganzen Familie von Herzen hasst. Auch Eglord nicht, der es mir neidet, dass ich Prinz bin und er vor mir niederknien muss. Ja, ich fürchte sogar, selbst mein eigener Bruder hat mich nicht verstanden.»

«Der Herzog», erwiderte Pater Bernhard, «ist ein kriegerischer Mensch, edler Herr. Für ihn zählen allein Kampf und Sieg, genau wie für alle Eure edlen Ahnen. Aber er ist ein vollendeter Ritter, hat Bildung und versteht den Gang der Zeit und den Lauf der Geschichte. Er hat Euch unterstützt und aus dem tiefsten Innern seines Wesens gesprochen. Ich weiß, wie sehr der Herzog die großen Ideale der Philosophie und die hehren Gebote unserer Mutter Kirche verehrt. Aber er ist ein Mann seiner Zeit, während Ihr, Hoheit, ein Mann der Zukunft seid», fügte lächelnd der Geistliche hinzu. «Ich wäre glücklich, könnte ich dasselbe von unseren Herren Rittern behaupten. Leider glauben sie, dass heute ihre Rechte geschmälert wurden.»

Conrad stützte sich wie zufällig auf sein Schwert und antwortete: «Sie werden sich daran gewöhnen müssen, Hochwürden», und mit einer ehrfürchtigen Verneigung vor dem Geistlichen verließ er die Kapelle.

II

EIN JAHR VOR DER FEIERLICHEN Unterzeichnung der Stadturkunde war es auf dem Schlossberg zu einer Debatte gekommen, die für die weiteren Ereignisse von entscheidender Bedeutung war.

Bertold, der mächtige Herrscher über die Gebiete längs des Oberrheins, saß auf einem breiten Lehnstuhl aus Cordobaleder und hörte nachdenklich einem jungen Manne zu, der seinem Äußeren nach zu urteilen nicht aus der Gegend stammte. Sein Blick musterte aufmerksam das violette Samtgewand des schönen Bodo sowie dessen intelligente und gleichfalls leicht violett schimmernde Augen. Vor allem das kurze, gebogene und gefährlich scharf anmutende arabische Schwert, das dieser an der Hüfte trug, hatte die Neugier des Herzogs geweckt. Denn wie jeder Krieger in jener Zeit war auch er ein großer Waffennarr. «Selbst eine im Wind tanzende Feder ließe sich damit noch vierteilen», dachte er. «Und man könnte dieses Schwert leicht mit nur einer Hand führen! Sogar ein Kind könnte damit noch großen Schaden anrichten! Was immer man auch über die Mauren sagen mag, äußerst geschickte Waffenschmiede sind sie jedenfalls, vielleicht sogar geschicktere als die Christen!»

Doch trotz der Bewunderung für Bodos Schwert entging ihm keines der Worte des jungen Mannes. Er lauschte ihnen mit leidenschaftlichem Interesse, so wie es in allem seine Art war.

«So, so, die Venezianer haben einen neuen Dogen gewählt! Sind sie denn auch zufrieden mit ihm?»

«Noch weiß man nicht allzu viel über ihn, Hoheit», antwortete Bodo. «Er ist nicht sehr gesprächig und ist in seinem

Handeln bisher recht vorsichtig, ja fast ein wenig ängstlich gewesen. Man hat in Venedig noch nicht vergessen, wie Pietro Candiano erstochen wurde, auch wenn das schon längere Zeit zurückliegt. Der neue Doge will nicht genauso enden, was man gut verstehen kann. Ich jedenfalls konnte nichts aus ihm herauslocken, wiewohl er mich sehr höflich empfangen hat, in Anwesenheit von drei Mitgliedern des Rates, versteht sich.»

«Was hast du ihnen denn diesmal geschenkt?», mischte sich nun jemand in das Gespräch ein, der langsam und in würdevoller Haltung durch den Saal schritt. Conrad, blondhaarig und um einiges jünger als Herzog Bertold, schien das genaue Abbild seines Bruders zu sein. Sie hatten dieselben Gesichtszüge, dieselbe leicht gekrümmte Nase, dieselbe Statur. Während aber in Bertolds wachen Augen, in seinem ganzen Wesen noch deutlich die Spuren eines ungestümen Temperaments zu lesen waren, strahlte Conrad Gelassenheit und Ruhe aus. Seine träumerischen Augen machten den Eindruck, als befände sich der edle Mann in einer anderen, nur ihm zugänglichen Welt.

Die letzten Sonnenstrahlen hatten den Raum, der nicht sehr groß, aber mit allerlei prachtvollen Möbeln ausgestattet war, wie in ein irreales Licht getaucht.

Bodo drehte sich lächelnd um, indem er Conrad freundlich und voller Hochachtung anschaute:

«Der verstorbene Doge Silvio war ein intelligenter Mann. Seitdem er ein Gesetz erlassen hatte, das jeden Bürger Venedigs, der nach Hause zurückkehrt, dazu verpflichtet, der Stadt eine Kostbarkeit mitzubringen, haben sich unerhörte Schätze in der Signoria angehäuft. Auch wenn ich selbst von Gesetzes wegen nicht davon betroffen bin, so lasse ich es mir dennoch nie nehmen, dasselbe zu tun, einerseits meiner geschäftlichen Interessen wegen, wie ich freimütig bekennen will, andererseits aber auch, weil mir das Bestreben imponiert, diese herrliche Stadt der Lagunen noch weiter zu verschönern. Nichts ist löblicher, als Denkmäler zu hinterlassen, die den Namen ihres Erbauers verewigen. Und diesmal habe ich ihnen tatsächlich ein unschätzbares Geschenk mitgebracht», fuhr er fort. «Ich habe für San Marco einen Mosaikleger gefunden, wie es noch keinen vorher gab.»

«Nein, wirklich, Herr Bodo», ließ sich nun eine ungehalten und verärgert klingende Stimme vernehmen, «Ihr haltet Euch für unseren Freund und helft den verdammten Kaufleuten, ihre Kathedrale auszuschmücken! Habt Ihr vergessen, dass der mit dem kirchlichen Bann geächtete Heinrich bei der Einweihung San Marcos anwesend war? Habt Ihr vergessen, dass wir gegen ihn an Papst Gregorius' Seite gekämpft haben? Hat uns die kaiserliche Familie je etwas anderes als Unglück gebracht? Wie kommt es, dass unser Freund plötzlich der Freund unserer Feinde ist?»

Ein großer, grauhaariger Mann, der die Unterhaltung aufmerksam, aber schweigend aus dem hinteren Teil des Saales mitverfolgt hatte, trat in ihre Mitte. Sein offenes und ehrliches Gesicht, seine schlichte, aus einfachem Tuch gefertigte Kleidung ließen darauf schließen, dass er keinen Wert auf Schmuck und Tand legte. Ein Mann gleichwohl von ritterlichem Stand, wie man unschwer an den klirrenden Sporen seiner Stiefel und dem riesigen Schwert an seinem Gürtel erkennen konnte. Es war der Ministeriale Hildebrand, Waffenmeister der fürstlichen Brüder und ihr ergebener Untertan. Ihm hatte Herzog Bertold II. auf dem Sterbebett seine Söhne anvertraut, die der Appenweirer liebte wie seine eigenen Kinder. Das erklärte auch die mürrisch familiäre Art, mit der er in ihrer Anwesenheit zu reden pflegte. «Du sollst sie verteidigen und ihnen dienen, wie du mich verteidigt und mir gedient hast, Hildebrand», hatte der sterbende Herzog mit seinen letzten Atemzügen gesagt. Und Hildebrand, der Ministeriale von Appenweier, hatte diesem Befehl all die Jahre nicht ein einziges Mal zuwidergehandelt.

«Hildebrand, die Zeiten haben sich geändert», lächelte Bertold nachsichtig. «Sogar die dauerhaftesten Freundschaften nützen sich im Laufe der Jahre ab. Herr Bodo weiß, was er zu tun hat, und wir haben ihm nicht nur gestattet, sondern ihn sogar gebeten, in dieser Weise vorzugehen.»

«Wie, die Venezianer sind nicht mehr länger die Freunde des kaiserlichen Hofes?», fragte verwundert der alte Ritter.

«Die Venezianer sind Lateiner und denken daher auch wie Lateiner: ‹Divide et impera›», sagte Conrad. «Genau genommen sind sie aber keine wirklichen Lateiner, sondern Illyrer oder weiß Gott was für eine Mischung. Aber wie auch immer: Einst waren sie auf Seiten des Kaisers, heute haben sie schon wieder genug von ihm. Er hat unklug gehandelt. Seine Anwesenheit bei der Einweihung des Domes San Marco war ein politischer Fehler. Er wollte sich zum Protektor dieser listigen Kaufleute aufspielen. Die Venezianer wollen aber alles andere als einen Protektor, sie wollen ihre uneingeschränkte Unabhängigkeit. Doch erzähl weiter, Bodo», wendete sich Conrad wieder dem jungen Mann zu, ihn mit einem freundlichen Blick ermunternd, «alles, was du getan hast, war gut getan!»

«Nun, wie gesagt, ich habe ihnen also einen Mosaikleger mitgebracht, wie es noch nie einen gab und wohl auch nicht mehr geben wird, und ich kenne wahrlich eine Menge guter Bauleute und Bildhauer sowie allerlei Leute, die für die Erbauung einer neuen Stadt unverzichtbar sind», fuhr Bodo mit seinem Bericht fort, ein kaum merkliches Lächeln auf seinen Lippen. «Und die Venezianer waren mir sehr dankbar dafür. Ich habe ihnen deutlich gemacht, wie wichtig es ist, die Macht der Salier zurückzudrängen. Aber sie selber wissen das ja auch und dass der Kaiser nur davon träumt, nun auch de facto ‹Römischer Kaiser› zu werden und nicht nur der Form halber diesen Titel zu tragen. Ich hätte sie also gar nicht eigens darauf hinweisen müssen und selbstverständlich kann man so etwas während einer offiziellen Audienz auch nicht in aller Offenheit zur Sprache bringen. Wie ich schon erwähnte, empfängt der Doge nur noch in Anwesenheit des Rates der Zehn. Und man munkelt, dass er diesen mehr fürchtet als alle Kaiser und Päpste zusammen. Jedenfalls hat er mir wohlwollend zugehört und auch Folgendes zugesagt: ‹Wir werden nichts unternehmen, was den Interessen unserer Freunde schaden könnte, denn deren Feinde sind auch unsere Feinde.› Womit offensichtlich alle Anwesenden einverstanden waren.

Das Wichtigste kommt aber erst noch: Am nächsten Tag besuchte mich Herr Giuseppe Candiano, der Enkel des erstochenen Dogen und Mitglied des Rates der Zehn. Obwohl noch jung an Jahren, ist er offensichtlich schon sehr mächtig und einflussreich. Ich muss gestehen, ich war verblüfft über die Ehre, die er mir erwies. Denn Herr Giuseppe lud mich zu einer Spazierfahrt auf dem Canal Grande ein, auf der wir nur von seinem vertrauten Diener, der stumm und taub ist, begleitet wurden. Eine zweifellos kluge Entscheidung, denn in Venedig haben bekanntlich alle Wände und Mauern Ohren. Herr Giuseppe sprach sehr offen zu mir, vielleicht auch deshalb, weil sein Vater mit meinem Vater schon viele erfolgreiche Geschäfte abgewickelt hat. Sie waren sogar Freunde.

Am Ende unserer Unterhaltung schwor er auf die Erlösung seiner Seele, dass die Venezianer so lange keine Ruhe geben würden, bis die Salier endgültig entmachtet seien. Zu sehr mische sich der Kaiser in die Angelegenheiten ihrer Stadt ein. Auch Rom, Perugia und Florenz würden murren. Alle seien entschlossen, weder Geld noch Mühe zu scheuen, um die kaiserliche Bevormundung loszuwerden. Sie würden daher den Entschluss des edlen Hauses Zähringen ausdrücklich begrüßen, der ausufernden Herrschsucht des Kaisers entschlossen entgegenzutreten und seinen weiteren Aufstieg zu verhindern. Im Namen seiner Stadt hat mir Candiano Kredite angeboten mit den Worten: ‹Die Zähringer müssen mächtig sein. Nur ihre Macht am Oberrhein bringt Gleichgewicht ins Reich! Nur mächtige Fürsten bringen Gleichgewicht ins Imperium!› Außer den Zähringern seien weit und breit keine anderen Herrscher zu sehen, die mächtig und klug genug wären, um die Zeichen der Zeit richtig zu deuten und eine Politik zu betreiben, wie sie gegenwärtig nötig wäre.

Die Venezianer wollen treue Verbündete der Zähringer sein. Sie begrüßen Eure Allianz mit Burgund und die Heiratspläne mit der dortigen Prinzessin. Zum Hofe von Burgund hätten auch sie gute Beziehungen und könnten so manches in Erfahrung bringen. ‹Die Herzöge sollen auf unsere Freundschaft und Treue zählen›, hat er gesagt. Und ich meine, das ist nicht unbedeutend. Mit aller Hochachtung habe ich die Kredite abgelehnt, und ich hoffe, Ihr seid damit einverstanden. Monseigneur», fuhr Bodo, sich an Bertold wendend, fort, «Ihr seid der Vogt unserer Stadt und darauf sind wir stolz. Wir werden daher mit allen Kräften versuchen, Euch zu unterstützen. Wir haben einiges zu bieten, wie Ihr wisst. Zürich ist eine wohlhabende Stadt. Billigt Ihr, dass ich das venezianische Gold abgelehnt habe?»

Bertold überlegte einige Augenblicke schweigend, während sein Bruder ihn aufmerksam beobachtete.

«Ja, Herr Bodo», sagte er endlich. «Ich glaube, ich wäre auch nicht anders vorgegangen. Die Venezianer sind wie der Satan. Ohne Gegenleistung geben sie nichts. Gewünscht hätte ich mir freilich etwas anderes: nicht ihr Geld, sondern ihre aufrichtige Neutralität, und das heißt, keine Kredite für den Kaiser.»

Conrad warf Bodo abermals einen aufmunternden Blick zu, als dieser zu einer Antwort anhob: «Genau das habe ich erreicht, mein Gebieter. Es ist allgemein bekannt, dass die Venezianer gern ihr Geld verleihen, aber noch lieber horten sie es in ihren Truhen. Nachdem ich die Kredite dankend abgelehnt hatte, wurde Herr Giuseppe noch freundlicher, und als ich die

Neutralität erwähnte, hat er mir sogar versichert, dass nicht auch nur eine Zechine in die kaiserliche Tasche gelangen werde, auch nicht über Mittelsmänner. Ganz im Vertrauen verriet er mir, dass Herr Amadeus von Genf seine Männer geschickt habe, um über eine riesige Anleihe zu verhandeln. Er habe sogar ungewöhnlich hohe Zinsen geboten. Leider aber habe die Signoria sein Ersuchen ablehnen müssen wegen der hohen Kosten, die die Baumaßnahmen zur Verschönerung der Stadt mit sich brächten. Und außerdem habe das Piratenunwesen in der Adria überhandgenommen, zu dessen Bekämpfung eine gut ausgerüstete Flotte gebaut werden müsse.»

Conrad grinste: «Als ob die Signoria nicht schon eine schlagkräftige Flotte hätte.»

«Die Gesandten des Amadeus sind am Ende tatsächlich leer ausgegangen, edler Herr. Und nicht besser erging es Abt Otto von Schaffhausen, der ebenfalls riesige Summen anleihen wollte. Angeblich, um einige tausend Männer für einen Kreuzzug auszurüsten. Nur merkwürdig, dass der Heilige Vater davon keine Ahnung hatte. Ein Kreuzzug ohne Wissen des Papstes? Klar, dass ihn die Venezianer wieder haben ziehen lassen, wie er gekommen war. Alle Welt weiß ja, wie ‹wohlgesonnen› Abt Otto und alle Sankt Galler Ihrem Hause sind.

Aber das Allerwichtigste kommt erst noch: Der Herr Rat hat es mir eröffnet, und er bittet Euch eindringlich, die Warnung ernst zu nehmen. Die Spione der Republik hätten ein Komplott aufgedeckt. Sie würden zwar noch nicht alle Beteiligten kennen, aber sicher sei, dass alle Fäden bei Abt Otto zusammenlaufen. Die Verschwörung richtet sich gegen Ihr Haus, meine edlen Gebieter. Ihr sollt, möglichst unverzüglich und hier an Ort und Stelle, ermordet oder irgendwo in eine Falle gelockt werden. Da Venedig bis jetzt nur ein paar wenige Einzelheiten in Erfahrung bringen konnte, wird demnächst ein sehr geschickter junger Patrizier, nämlich Giancarlo Spada, an den kaiserlichen

Hof entsandt, um Genaueres herauszufinden. Im dortigen Hexenkessel brodelt sich etwas zusammen, fraglich ist nur, ob mit oder ohne Wissen des Kaisers.

Mit allem Respekt ermahnt Euch Herr Giuseppe, größte Umsicht walten zu lassen, denn auch einige Ministeriale Eurer Hoheiten seien in die Kabale verwickelt. Ganz offensichtlich ist sogar Adalbrecht vom Stouff dabei und gar mancher vom linken Rheinufer auch. Sobald weitere Details bekannt seien, würden sie Euch durch einen vertrauenswürdigen Boten zur Kenntnis gebracht. Es handele sich, so betont Candiano, um eine richtige Verschwörung, die von langer Hand geplant sei. Die Verräter ließen sich Zeit, um jeden Schritt mit Bedacht zu setzen. Erst wenn alles bis ins Kleinste eingefädelt sei, würden sie wohl blitzschnell zuschlagen.»

«Wir wissen es», seufzte Bertold. «Wir wissen, dass es nicht wenige Leute gibt, die uns hassen und sich geschworen haben, unser Haus zu vernichten. Aber, Herr Bodo, alles liegt in Gottes Hand, und wenn er es zulässt, ist jede Vorsichtsmaßnahme sinnlos.»

«Erlauchter Bruder», warf Conrad sanft ein, «der Herrgott bestimmt uns zwar allen unser Schicksal, aber wir haben auch die Verpflichtung, verantwortungsvoll zu handeln und folglich gerade jetzt die Vorsichtsmaßnahmen zu verschärfen!»

«Was sollen wir denn noch mehr tun?», brach es aus Bertold hervor. «Das Schloss wird Tag und Nacht bewacht, unsere Ritter und Soldaten sind bis an die Zähne bewaffnet. Jeder Fremde muss die Waffen an der Wache ablegen. Wo kann da noch etwas verschärft werden?»

«Ja, aber unsere Vasallen? Sie dürfen ihre Waffen immer noch bei sich haben!», murmelte Conrad.

«Bruder, um nichts in der Welt würde ich unsere treuen Vasallen entwaffnen! Wir können ihnen nicht die Ehre nehmen! Die Ehre eines Ritters beruht auch auf seinen Waffen, wir können sie ihm nicht wegnehmen. Auch wir sind Ritter! Unser Misstrauen würde sie zutiefst verletzen! Ich will um Gottes Willen nichts mehr davon hören!»

Hildebrand, der mit wachsender Unruhe an seinem weißen Schnurrbart kaute und von einem Bein auf das andere wippte, fuhr ohne Umschweife dazwischen: «Herr, verzeiht mir altem Dummkopf. Ich bin ein einfacher, ungebildeter Krieger und die Politik ist mir ein Gräuel. Ihr nennt Euch zu Recht einen Ritter, Ihr seid vor allem aber unser Herrscher! Ihr seid beide unsere Herrscher! Was würde mit uns geschehen, wenn Ihr, die adligen Nachkommen des Herzogs Bertold, meines verstorbenen Herrn, durch ein niederträchtiges Komplott umkommen würdet? Was würde aus unserem Herzogtum werden? Aus den Menschen, Euren Untertanen von Gottes Gnaden? Hoheiten, Ihr seid verpflichtet, vorsichtig und misstrauisch zu sein, damit wir halbwegs beruhigt sein können!»

Bertold, der ein kurzes Lachen kaum unterdrücken konnte, erhob sich behende aus dem Lehnstuhl, trat auf den alten Ministerialen zu und klopfte ihm freundlich auf die Schulter.

«Hildebrand, in dir ist keine Spur von Bosheit. Du bist wie der alte Wein, den meine Untertanen aus den Trauben der Kaiserstühler Sonnenhänge pressen. Klar und rein! Sei unbesorgt, unser Geschlecht wird nicht zugrunde gehen. Wir werden noch lange regieren und unsere Nachkommen werden uns nicht vergessen! Doch es kommen neue Zeiten, denen sich die Menschheit nun zuwendet. Sie wird sich nicht mehr mit Ritterkämpfen, Raufereien und Liebesfehden zufriedengeben. Wir haben uns verändert und unsere Untertanen ebenso.»

Der Herzog ging zum Fenster und ließ seinen Blick über die in einem rötlichen Dämmerlicht leuchtenden Hügel des Kaiserstuhls schweifen.

«Bruder Conrad», fuhr er fort, «ich habe über all das, was du oft mit mir besprochen hast, lange nachgedacht. Vielleicht habe ich dich zunächst nicht ganz verstanden. Ich bin ein im Geiste ritterlicher Sitten aufgewachsener Krieger, so wie wir es von unseren Ahnen überliefert bekommen haben. Meine Lebensaufgabe ist der Kampf. Mein Handwerk ist, das Schwert zu führen, und zwar es gut zu führen. Das habe ich bis jetzt getan und das werde ich auch in Zukunft tun. Aber allmählich habe ich begriffen, dass du recht hast. Du und dein Freund Bodo, der jung ist, aber klug und weise wie ein Greis, der weit gereist ist und viel gesehen hat, ihr habt mich überzeugt. Ich glaube, du wirst beginnen müssen, die neue Stadt zu errichten, Conrad. Es macht mir Freude zu beobachten, wie du deinen Traum in die Tat umsetzen wirst. Die Menschheit braucht Träume.»

«Hoheit, mein Bruder, deine Worte tun mir gut in der Seele», antwortete Conrad. «Es mag aus deiner Sicht ein Traum sein, aber es ist viel mehr als das. Ich habe lange darüber gegrübelt und bin zu der Erkenntnis gelangt, dass für uns nach dem Wortbruch der kaiserlichen Familie nur eine Möglichkeit des Machterhalts und möglichen Machtzuwachses geblieben ist. Die Kaiserin Agnes hat das von ihrem Gemahl gegebene Versprechen nicht eingehalten, als sie unseren Großvater von der Herrschaft im Herzogtum Schwaben verdrängte. Heinrich IV. hat uns verraten, indem er sich mit allerlei unbedeutenden Adligen verband und sie gegen uns aufhetzte.

Unsere Familie ist nicht weniger edel und würdig als das kaiserliche Geschlecht, doch wir wurden stets vom Thron und den Ehren, die uns zustehen, ferngehalten. Aber all diese Widrigkeiten haben uns nicht zermürben können. Du weißt es nur zu gut, Bruder. Ich muss es nicht wiederholen, wie wir unseren Herrschaftsbereich ausgedehnt haben. Unsere Freunde sind uns zugetan und auf unsere Verbündeten ist Verlass. Wir sind mächtig, wenn auch nicht mächtig genug, um unsere Feinde endgültig zu besiegen!

Allerdings beruht Macht nicht mehr nur auf vielen scharfen Schwertern, mein Bruder, du hast es gesagt, es kommen neue Zeiten. Macht heißt Wohlstand. Macht gründet sich auf Handel, auf Handwerk, auf blühende Städte und wohlhabende Untertanen. Vielleicht wird später wieder alles anders sein, vielleicht verlieren sogar Gold und Silber einmal ihren Wert, mag sein. Aber der gegenwärtige Lauf der Geschichte zeigt, dass unsere Lebensweise sich ändert, dass unsere Herzen sich ändern, und wer das nicht einsieht, wird untergehen, so wie das Römische Reich zugrunde ging und wie Byzanz dem Untergang geweiht ist.

Bodo kann dir vieles erklären. Ein hungriges und schlecht bewaffnetes Heer kann nichts erobern. Von armen Rittern, so kühn sie auch sein mögen, kann man keine großen Siege erwarten. Was ist mit den Kreuzfahrern geschehen, die barfuß und hungrig das Heilige Grab befreien wollten? Sie werden es wieder versuchen und es wird ihnen wieder nicht gelingen, weil sie von blindem Fanatismus getrieben sind, und Fanatismus führt ins Verderben.»

Bertold schüttelte seinen Kopf: «Bruder, wenn dich Pater Bernhard hörte, würde er das heilige Abendmahl nicht mehr länger mit dir feiern!»

«Ich bin ein guter Christ», fuhr Conrad in seinem gezügelten Eifer fort. «Ich bin ein treuer Sohn unserer heiligen Kirche und weiche nicht von ihren Dogmen ab. Aber die Tatsachen sprechen für sich, und man wird allmählich einsehen, dass ich mich nicht täusche. Nur, für manche wird es zu spät sein und leider wird auch noch unnötig viel Blut fließen. Bruder Bertold, ein Herrscher ist nicht mächtig, wenn seine Untertanen hungern. Man verteidigt sein Hab und Gut, nicht seine Armut! Ein reiches und mächtiges Land ist ein Land, dessen Einwohner wohlhabend sind und hinreichend gesund und erträglich leben können. Das ist die grundlegende Wahrheit. Aber die von Waffengeklirr und Blutgeruch berauschten Krieger verstehen das nicht!

Deswegen will ich eine Stadt, nein, viele Städte gründen. Und ich werde mit dieser hier am Fuße unseres Schlosses beginnen. Hier ist ein Kreuzungspunkt vieler Wege aus allen Himmelsrichtungen, hier treffen sich Reisende und Handelsleute, die vom Rhein in die Berge unterwegs sind oder vom Osten nach Aquitanien und vom Land der Iberer nach Flandern und darüber hinaus zur großen Insel der Briten. Sie bringen Leder aus Cordoba und Waffen aus Toledo. Salz, Wein, Silber, alles zieht durch das Rheintal. Errichten wir hier eine reiche Stadt. Erlauben wir den Menschen, zu Wohlstand zu gelangen, geben wir ihnen großzügige Gesetze! Lasst uns hier die Voraussetzungen für eine blühende Gegend schaffen, sodass alle gekrönten Häupter, die in Zukunft Kriege führen und Frieden schließen werden, zu uns kommen, um unseren Rat einzuholen. Dann werden die Kurfürsten unsere Existenz und unseren Herrschaftsbereich anerkennen müssen. Das ist der Weg zur Macht, ein von Kornfeldern und Silbergruben gesäumter Weg mit zufriedenen und gesunden Menschen, und nicht ein Weg, der mit Blut und Tränen getränkt ist!»

Bertold umarmte stürmisch seinen Bruder: «Gründe deine Städte, Conrad, es wird dir gelingen, was du dir vorgenommen hast! Du bist der Mann der kommenden Zeiten, du wirst deine Freude daran haben!»

«Beide, mein Bruder, wir werden es beide erleben, wie unsere Stadt, ja unsere Städte aufblühen werden. Hier wird eine große Kirche entstehen, wie es noch keine vorher gab, mit einem Turm so hoch wie unser Schlossberg, und geradlinige Gassen mit vielen verschiedenen Läden, wo jeder findet, was er will. Von überall werden Kaufleute kommen, auf dem Rhein werden Tag und Nacht unsere Flöße treiben und Waren anlanden. Und das alles werden wir unseren stolzen Rittern zeigen, die ihr Erbe verwüsten und ihre Dörfer verhungern lassen. Ja, wir werden es selbst dem Kaiser und seinen Verbündeten zeigen, die ihre Kronen verpfänden, um Kriege zu führen und fremde Länder zu plündern.»

«Du, Conrad, du wirst jene Zeiten erleben», lächelte Bertold wieder. «Mir hat der Einsiedler oben in Lenzkirch vorausgesagt, dass ich früh sterben werde. Aber mit dem Schwert in der Hand will ich sterben, wie es sich für einen Ritter geziemt!»

«Der Einsiedler hat auch den Untergang der Staufer prophezeit. Er sprach von einem Blutgerüst in einer weit entlegenen Stadt am Meeresstrand. Dort werde einst der Kopf ihres letzten Nachkommen herunterrollen», seufzte Bodo.

Seine Worte wurden durch ein ohrenbetäubendes Krachen unterbrochen. Die vier Männer starrten erschrocken hinaus. Der helle Himmel war plötzlich mit dunklen Wolken verhangen, die nun von Blitzen zerrissen wurden.

Hildebrand bekreuzigte sich abergläubisch und Bertold lächelte tiefsinnig: «Siehst du, Bruder, das ist ein Zeichen des Himmels. Alles, was du wünschst, wird sich erfüllen. Für unsere Nachkommen wirst du, Conrad, der Städtegründer aus dem Zähringergeschlechte sein.» Und zu sich selbst, ohne dass die anderen es hören konnten, sagte er: «Und ich werde in Kürze sterben. Gott erlaube mir, mutig zu sterben, wie es sich für einen Zähringer gebührt!»

III

WIE IN EINER ART TIEFEN Bewusstlosigkeit hatte er wohl einige Tage und Nächte irgendwo an einem Bach gelegen. Aus diesem Dämmerzustand erwachte er nur, um ab und zu eine Handvoll Wasser zu schlürfen. Wie so oft heilte die Natur ihre Wunden selbst. Der blutige Bach führte wieder klares Wasser. Aber Simeon schien die dünne Wasserschleife immer noch rot zu sein. Er kroch ans Ufer, tauchte seine Stirn ins kalte Wasser und verfiel dann wieder in einen Schmerz lindernden Schlaf.

Er wollte nichts als schlafen, um alles zu vergessen. Aber wie ein höllischer Bohrer drehte sich die Erinnerung unaufhörlich in seinem Hirn. Die Bilder des Grauens tanzten vor seinem inneren Auge teuflisch einen unermüdlichen Reigen, der ihn schwindlig machte. Er hatte jedes Zeitgefühl verloren, als er schließlich aufwachte, doch ihm war klar, was zu tun war: nämlich den Weg nach Konstanz fortzusetzen. Er sah Hermanns breites Gesicht vor sich, seine ehrlichen blauen Augen und wie er von seiner Heimat erzählte.

Hermann war mit vielen anderen Kreuzfahrern nach Konstantinopel gekommen. Ein naiver, starker Glaube hatte ihn getrieben, Europa zu durchqueren, um das Heilige Land zu befreien. Aber unterwegs hatte sich so vieles ereignet, was für sein aufrichtiges Gemüt einfach nicht zu verstehen war.

Die Kreuzfahrer hatten nicht gewartet, bis sie auf die Ungläubigen stießen, um ihrer Kampfeslust freien Lauf zu lassen. Ihr Weg dorthin war gesäumt von Plünderungen und übersät mit Leichen der eigenen Glaubensbrüder aus diesem Teil der Welt; sie haben fürwahr einen blutigen Tribut zahlen müssen.

Bei Semlin, in der Nähe von Belgrad, hatte die Donau so viele Gräueltaten gesehen und so viele verwesende Leichen weggeschwemmt, dass selbst die Sonne vor Schrecken blass geworden war. So erzählte Hermann.

«Gewesene Diebe sollen Soldaten werden, gewesene Söldner sollen als Lohn das Vergeben ihrer Sünde erlangen», hatte Papst Urban in Clermont vor einer riesigen Menge gepredigt.

«Ich glaube kaum, dass mir die Sünden verziehen werden», gestand Hermann mit düsterer Miene. «Nicht die Diebe wurden Soldaten, wie der Heilige Vater verlangt hat, nein, die Soldaten wurden zu Dieben. Was in Semlin geschah, ist überall geschehen! In Castoria hat Bohemund mit seinen Scharen so viele Griechen getötet, dass sich der dortige See rot verfärbte. Ein Söldner, der dem Gemetzel entkam, hat es mir erzählt. Doch die Einheimischen standen den Kreuzfahrern in nichts nach.»

Da die Nachrichten schneller vorankamen als die schwerfälligen Heere, hatte Byzanz längst erfahren, was zu erwarten war, und empfing daher die Kreuzfahrer mit kühler Zurückhaltung. Zu ihrem Quartier wurde Pera auf dem anderen Ufer des Goldenen Horns bestimmt. Je mehr Zeit verging, desto enttäuschter und mutloser wurde Hermann. Er hatte sich als Ziel gesetzt, den Antichristen aus Jerusalem zu vertreiben, aber in Wirklichkeit wurde alles zu einem politischen Spiel, ein Spiel, das Kaiser Alexis Comnenos mit den Anführern der Kreuzritter trieb, um sich seinerseits die Herrschaft im Heiligen Land zu sichern. Allmählich erlosch die Begeisterung des ehrlichen Soldaten Hermann, sodass er das Lager der Kreuzfahrer verließ und sich zur Heimkehr entschloss. Er hatte aber kein Geld, kein Pferd, er hatte nichts und wusste auch nicht, wohin.

Wie ein herrenloser Hund umherirrend und überwältigt von den Wunderwerken der Weltstadt, die sein Verstand kaum fassen konnte, so traf ihn Simeon in den Straßen Konstantinopels.

Weil ihm dieser Mann in seiner Verlorenheit auf Anhieb sympathisch war und vielleicht weil er in dieser großen Stadt selbst auch fremd war, hatte ihn Simeon mit nach Hause genommen und verköstigt. Er stellte ihn seinem Meister Tzamblakis vor, um ihn dort auch beherbergen zu können.

«Gib ihm den Hammer, er soll versuchen, den Stein zu behauen. Wenn er hier bleiben will, dann soll er sich sein Brot verdienen», sagte der Meister und musterte die athletische Gestalt des Neuankömmlings. «Ja, ja, kräftig genug ist er, den Meißel zu schwingen und Marmorblöcke zu zerkleinern. Er kann bleiben, wenn er will.»

Hermann blieb. Er blieb für immer. Denn binnen kürzester Zeit starb er. Eine schreckliche, unbekannte Seuche, aus dem Osten eingeschleppt durch von den Osmanen vertriebene Flüchtlinge, befiel die Stadt. Niemand wusste, was es war, man hatte keinen Namen dafür, aber es war fürchterlich, einfach grauenhaft. Man schaffte die Kranken weit hinaus vor die Stadtmauer. Dort überließ man sie wie Tiere ihrem einsamen Todeskampf, und nicht einmal die Verwandten wagten es, sich ihnen zu nähern. Totengräber, für ihre Arbeit fürstlich entlohnt, luden die bläulichen Leichen auf Karren und begruben sie an einem wüsten Ort, dessen Name alle grauste.

Als sich Hermanns schönes Gesicht mit schwarzen Pusteln überzog, versteckte ihn Simeon in einer Klause im Hinterhof. Niemand wusste, dass er dort lag. Von Zeit zu Zeit schlich sich der Steinmetz zu ihm, befeuchtete seine brennenden Lippen mit Wasser und wischte den Schweiß von seiner bereits vom Tode gezeichneten Stirn. Der Gedanke, dass er sich anstecken könnte, kam ihm nicht in den Sinn. Vorrangig war ihm die Fürsorge für den Fremden mit den klaren Kinderaugen, der über jenes ferne Land, wo er geboren war, so leidenschaftlich erzählen konnte, ahnend, dass er es nie wieder sehen würde.

Gleich nachdem Hermann gestorben war, hüllte er ihn in ein

übergroßes Leinentuch und schleppte die Leiche des Nachts unbemerkt aus dem Hof seines Herrn. Es kostete eine Goldmünze, seinen Wochenlohn, ihn in geweihtem Boden zu begraben. Es wäre gefährlich gewesen, wenn jemand davon erfahren hätte, doch der Totengräber war arm, hatte eine große Kinderschar zu versorgen, sodass alles schnell und heimlich vonstatten ging.

Der Meister und seine Leute fragten kaum, was mit dem Fremden los sei. In jenen unsicheren Zeiten hatte ein Menschenleben kaum einen Wert. Vielleicht hatte man ihn in einer dunklen Ecke erstochen, oder er war weitergezogen. Nach wenigen Tagen war Hermann vergessen, selbst Simeon dachte kaum noch an ihn.

Da auf einmal kam ihm plötzlich wieder die Erinnerung an den Namen, den die trockenen Lippen des Kreuzfahrers während seiner Agonie ausgesprochen hatten. Wie durch einen seltsamen, in seiner Ursache unergründlichen Anstoß wurde er zu einer Entscheidung gedrängt: Er würde diesen großen, von blauen Bergen umrahmten See suchen und in einer neuen Welt neu anfangen.

***

Es war so finster im Wald, dass man nicht einmal erkennen konnte, ob es Tag oder Nacht war. Seiner Einschätzung nach war er seit etwa zwei Tagen so umhergeirrt. Die Luft war kalt, die Tannen unheimlich hoch, schier endlos schienen sie in den Himmel zu ragen. Der Harzduft des Waldes und der Geruch verfaulter Nadeln ließen ihn in seiner ständigen Unruhe plötzlich an die Berge seiner Heimat denken. Doch auch dies konnte den abgrundtiefen Schmerz in seiner Seele, der trotz der vielen Jahre des Aufenthalts in fernen Ländern sein ständiger Begleiter war, nicht vergessen machen.

Seitdem er aus Konstanz weggegangen war, hatte er in Hütten, Heuschobern oder unterm freien Himmel übernachtet, wie es sich gerade ergab. In der letzten Nacht hatte ihn ein Priester aufgenommen, in einem winzigen Dorf mit einigen verstreuten Häusern oben am Berghang. Er war freundlich gewesen und hatte auch keine verfänglichen Fragen gestellt. Von ihm hatte der Bildhauer erfahren, dass die Gegend, in der er gelandet war, Schwarzwald genannt wurde, und morgens zum Abschied erhielt er ein Brot und einen Weinschlauch mit starkem, bitterem Wein, aus dem er von Zeit zu Zeit einen Schluck nahm, um bei Kräften zu bleiben. Sehr sparsam ging er mit seinen Vorräten um, denn er wusste nicht, wann er wieder unter Menschen kommen würde.

Irgendwann war er am Rande einer Lichtung angelangt. Wie immer hatte er schlecht geschlafen. Seine Albträume hatten ihn auch diesmal nicht verschont. Sooft er die Augen schloss, tauchten die goldenen Kuppeln von Byzanz auf, das blaue Meer, das Treiben der Kaufleute, Söldner und Huren in den wimmelnden Gassen. Er vermeinte, die scharfen Düfte der Gewürze und den salzigen Geruch des Meeres in der Nase zu haben. Für wenige Augenblicke durchlebte er noch einmal jene ruhigen Lebensjahre in der Zeit seiner Lehre beim Steinmetz Tzamblakis.

Tag und Nacht hatte er hartnäckig und zielstrebig gemeißelt, getrieben von dem Wunsch, das Handwerk der alten Griechen zu erlernen. Hammer und Meißel waren allmählich zu einem Teil seiner geschickten Hände geworden, sodass er dem Stein prächtige Blumen, seltsame Tiere und skurrile Arabesken zu entlocken wusste. Langsam hatte er angefangen, die Süße des Steines zu spüren, der schlank und glänzend wie Samt sein konnte. Nach und nach hatte er gelernt, den Stein zu lieben. Alles, was er mit Verstand und Geschick aus ihm herausholen konnte, war gelungen. Und er war glücklich.

Eines Tages hatte ihn der Meister zu sich bestellt und gesagt: «Simeon, mein Sohn, ich hab dich nichts mehr zu lehren. Wäre ich ein schlechter Christ und scheute die Sünde nicht, müsste ich dich aufhalten, um mittels deiner Hände gutes Geld zu verdienen. Aber dann würde mir Vater Antonius die heilige Kommunion verweigern. Also sage ich dir lieber die Wahrheit. Du kannst alles, was nötig ist, um dir als Steinmetz einen Namen zu machen. Alles, was ich weiß und kann, habe ich dir beigebracht, so wie ich es deinem Gönner, der dich zu mir gebracht hat, versprochen hatte. Ich vermute, du willst zurück in deine Heimat, auf nach Norden oder wo immer sie sein mag. Dort Arbeit zu finden wird nicht leicht sein, aber mit Gottes Hilfe wirst du dein Glück schon machen. Wenn du aber ...», und der Meister lächelte dabei über sein ganzes breites und schlaues Gesicht, «wenn du aber lieber bleiben willst, bezahle ich dir einen guten Lohn. Byzanz ist das Paradies für Steinmetze, denk daran!»

«Nein, Meister», hatte Simeon erwidert, «vielen Dank, ich will doch heim zu den meinigen. Dort werden auch Kirchen zu erbauen sein. Zu viele Jahre schon habe ich kein Wasser mehr aus unserem Brunnen getrunken. Nirgends auf dieser Welt ist das Wasser so süß wie dort.»

Der Meister hatte mit den Achseln gezuckt, ihm eine nicht gerade große Börse mit Silbermünzen in die Hand gedrückt und eine gute Reise gewünscht. Dann trübte sich der Traum plötzlich wieder ein wie ein Wasserspiegel, der von einem Stein getroffen wird. Das Wasser färbte sich rot wie Blut. Überall waren entsetzliche Schreie zu hören, die durch Mark und Bein gingen. Überall loderten Flammen und lagen Leichen verstreut auf dem Boden.

Er war Tag und Nacht nach Norden geritten, hatte die Donau auf einer beweglichen Brücke überquert und auf einmal, wie eine böse Krankheit, hatte ihn die Unruhe ergriffen. Die Menschen bei den Raststätten erzählten voller Angst und Besorgnis, dass neue Barbarenhorden eingedrungen seien, geplündert und alles in Brand gesetzt hätten. Von den wenigen, die mit heiler Haut davongekommen waren, konnte man erfahren, wie grausam sie zu Werke gegangen waren. Wie aus dem Nichts waren sie aufgetaucht, die fellbekleideten Ungeheuer mit ihren gelben Gesichtern, halbmondförmigen Schnurrbärten, dünnen Lippen und schiefen Augen. Bessere Reiter hatte man noch nie gesehen. Sie ritten schnelle kleine Pferde und unter den Sätteln hatten sie rohes Fleisch, um es für den Verzehr weich zu reiten. Das Blut auf ihren mit Pferdemähnen geschmückten Speeren wurde niemals trocken. Sie töteten alles, was sich bewegte, legten Dörfer in Schutt und Asche, schändeten die Kirchen, indem sie mit ihren Pferden hineinritten, vergewaltigten die Frauen und metzelten die Kinder nieder. Wo sie auftauchten, hinterließen sie ein Meer von Leichen, über denen die Geier kreisten.

Simeon war zügig weiter nach Norden vorangekommen. Er fand Zuflucht in Wäldern, nährte sich von Wurzeln und Waldbeeren und wollte es nicht wagen, sich auf Wegen oder in Dörfern zu zeigen. Im Übrigen gab es kaum noch Ortschaften. Hier und da stieg auf einem der umliegenden Hügel Rauch auf, der den Himmel verdunkelte. Dort hatte wohl bis vor kurzem noch eine Siedlung gestanden.

Dann endlich, als es wieder einmal dämmerte, hatte er sein Dorf erreicht. Fast die ganze Glut war erloschen, nur die Heuschober rauchten noch. Der Boden klebte von Blut.

Jedes Mal, wenn er in seinem Traum an diesen Punkt gelangte, öffneten sich erschrocken seine Augen, so als könnten sie dem Grauen ein Ende bereiten. Doch die Wirklichkeit war noch schlimmer als der Traum. Seine Maria lag in einer Ecke des Gartens. Auf ihrem schönen Antlitz ein erstarrtes höllisches Entsetzen, ihre Kleider zerfetzt, vom Leib gerissen, und aus dem nackten bläulichen Busen ragte eine Speerspitze. Gegenüber am Holzzaun der Kirche hingen angenagelt eine ganze Reihe alter Männer, deren weiße Haare vom Blut rot gefärbt waren. Seinen Vater hatte er sogleich entdeckt, die Stirn von einem riesigen Pfahl durchbohrt.

Wie wahnsinnig irrte er durch die blutige Hölle und gelangte zum Hof seines ehemaligen Herrn. Das Haus war nur noch ein Aschehaufen, unter dem noch glühende Kohlen flackerten. Sein Gönner, der ihn vor Jahren nach Byzanz gebracht und für seine Lehre eine Börse voller Silbermünzen bezahlt hatte, hing an einem Balken. Die Flammen darunter hatten seinen Unterleib verbrannt und waren noch nicht ganz erloschen.

Simeon konnte es nicht fassen, dass alles, was er sah, Wirklichkeit war, und er versuchte krampfhaft, aus dem Albtraum zu erwachen. Er erwachte nicht. Auch jetzt, nach so vielen Jahren, konnte er sich kaum erinnern, was er damals gefühlt hatte. Sein Gehirn, sein gesunder Menschenverstand hatten angesichts des Gräuels versagt. Er hatte damals nicht einmal wahrgenommen, wie es dunkel wurde und ob er eine, vielleicht sogar mehrere Nächte lang in einem Zustand tiefer Bewusstlosigkeit auf dem blutgetränkten Boden gelegen hatte.

Ein Gewimmer und ein verstörtes Gesicht mit bohrendem Blick hatten ihn geweckt. Nur mit Mühe erkannte er den Kantor wieder, den alten Kantor mit der schönsten Stimme der ganzen Gegend. Von seinen Lippen vernahm er nur heisere, röchelnde Laute, die denen eines verletzten Tieres ähnlich waren: «Alle Kinder, von den Neugeborenen bis zu den etwas älteren, wurden in eine Hütte gesperrt, die dann von den Tataren in Brand gesetzt wurde. Sie haben die Tür zugenagelt und mit brennenden Pfeilen auf das Heudach gezielt ... Und sie haben gelacht, die Hurensöhne ... Ich war im Wald, um Holz zu holen, habe die Pferde gehört und die Schreie und hab' mich in einer Baumhöhle versteckt. Dort bin ich geblieben, einen Tag, zwei, ich weiß nicht wie lange. Manchmal fiel ich in Ohnmacht, wachte nach einiger Zeit wieder auf ... Später kam ich heraus. Hab' alles gesehen, wie die Kinder verbrannten, hab' ihre Schreie gehört. Oh Gott, ihre Schreie, alles, wie ...» Der Alte biss sich auf die schmerzenden Lippen und schwieg.

«Was hast du noch gesehen?», fragte Simeon. «Was ist dann passiert? Erzähl alles ...»

Aber der Kantor regte sich nicht mehr. In der Starre des Todes saß er da, die Augen weit aufgerissen.

Simeon suchte eine Schaufel. Er wich vorsichtig den blutigen Überresten aus und dachte nur daran, dass er eine Schaufel bräuchte. Dann begann er zu graben, hob eine riesige Grube aus und hüllte die überall herumliegenden blutigen Leiber in halb verbrannte Fetzen. Er bedeckte den Grubenboden mit Stroh und schaufelte das provisorische Grab sorgfältig wieder zu, bis nur noch die rötlichen Flecken zu sehen waren, die den Boden so glitschig machten.

Dann ging er fort, ohne wirklich zu wissen wohin, durch Wälder, durch Auen. Das Land nach dem Sturm, es begann sich wieder zu regen. Überall traf man erschrockene, blutverschmierte Menschen, die Gesichter gelblich und fahl vor Hunger und Erschöpfung. Sie kamen vorsichtig heraus aus ihren Verstecken und versuchten wieder zu leben. Aber Simeon, der Steinmetz, ging einfach weiter, vorwärts, wie ein Gespenst, wie im Traum, ohne etwas zu hören, ohne jemandem zu antworten, ohne stehen zu bleiben. Man ließ ihn in Ruhe. Niemand staunte noch über irgendetwas, niemand stellte Fragen. Nach einigen Tagen erreichte er die große Donau.

‹Welche Freude, hier fließt reines Wasser und nicht Blut. Du bist sauber und klar ...› Das war nach langer Zeit sein erster vernünftiger Gedanke, und er blieb auf dem grünen Ufer sitzen und blickte den silbernen Wellen nach. ‹Soll ich vielleicht wieder nach Konstantinopel zurück, ans blaue Meer? Nein, das wäre nicht möglich ... All die Erinnerungen ... Es mag auch noch andere Meere geben. Den See, von dem Hermann erzählt hatte … Und der Bischof, der gute Bischof, der eine große Kirche baut … Und die Stadt am Ufer des Sees … Ich gehe nach Konstanz.›

***

Was hatte er alles zu sehen und zu hören bekommen, seitdem er die Donau entlang reiste, über grüne Auen und blumenübersäte Wiesen! Er hatte sich vorgenommen, möglichst große Entfernungen zwischen sich und seinem ungeheuren Schmerz zurückzulegen, aber je weiter die Weite, desto tiefer seine Schwermut. Auch wenn diese zunehmend klarere Formen annahm und ihn nicht mehr nur wie ein dichter grauer Nebel einhüllte, so ließen sich ihre Wurzeln dennoch nicht gänzlich ausreißen. Langsam verstand er, dass er damit leben musste, so wie man mit kranken Organen lebt, die auch nicht einfach entfernt werden können. Zwar empfand er wieder Durst, Hunger, Erschöpfung und schaute sich auch gerne die Blumen, die Bäume und den goldenen Sonnenaufgang an. Doch der undurchdringliche Nebel seiner Verzweiflung, der anfangs alle seine Körperfunktionen lähmte, hatte sich allmählich zu einer festen, unsichtbaren Kugel geformt, an die er wie gefesselt blieb.

Ein paar Jahre blieb er in Konstanz und meißelte neben Blumen vor allem Frauengestalten in Stein, die alle seiner Maria ähnelten. Aber seine krankhafte Unrast vertrieb ihn auch von dort. Keinen Tag verstummten die Schreie der gemetzelten Opfer in seinen Ohren. Sogar seine nächtlichen Träume waren erfüllt von Wehgeschrei, das wie Speerspitzen seine Seele zermarterte. So verbrachte er auch diese Nacht wie gewohnt mit seinen Albträumen und dem hartnäckigen Bemühen, Schlaf zu finden, auch wenn seine Sinne wacher waren denn je. Erst gegen Morgen, in den sanften Frieden der Waldlichtung gebettet, schlief er endlich ein.

Plötzlich aber drang das Geräusch rasant herangaloppierender Pferde an sein Ohr. Er sprang auf, wobei sein erster Gedanke war, sich rasch zu verstecken. Doch blitzschnell wurde ihm bewusst, dass er hier in diesem schwarzen Wald von den Todesrittern weit entfernt war, und er hielt inne. Es waren Schreie zu vernehmen, die immer lauter und deutlicher wurden. Eine hohe Stimme rief um Hilfe. Von diesem Hilferuf angespornt, lief Simeon auf den Punkt der Lichtung zu, wo ein Stück Himmel zu sehen war. Durch die schlanken Stämme blinkte die Sonne. Aus der Richtung der Stimmen tauchte alsbald ein Pferd in zornigem Galopp auf. Der Reiter schien ein Knabe zu sein, seine vor Schreck erstarrten Gesichtszüge waren deutlich zu erkennen. Seine zarten Arme vermochten das scheuende Tier nicht mehr zu zügeln, das wild schnaubend seine weiße Mähne schüttelte.

Mit Schrecken hatte Simeon inzwischen wahrgenommen, dass er sich auf einem Felsvorsprung befand, der über einen tiefen Abgrund ragte: «Oh, mein Gott, er reitet auf die Felsen zu und wird abstürzen!»

Keuchend rannte er dem wahnsinnig gewordenen Tier entgegen und mit einem Satz, gleich einem Pfeil, der aus dem Bogen schwirrt, schwang er sich an den angespannten, mit Schaum bedeckten Hals des Pferdes und umklammerte ihn mit seinen muskulösen Armen. Seine Füße schleiften durch das Gras und die Arme schmerzten, als würden sie ihm aus den Schultern gerissen.

Das Pferd wurde langsamer, schnaubte laut und versprühte dabei kleine, kalte Speicheltropfen. Nur wenige Schritte vor dem Abgrund brach es schließlich erschöpft zusammen. Der Reiter und sein Retter kamen auf dem felsigen, nur spärlich mit Gras bewachsenen Boden zu Fall. Simeon verspürte plötzlich eine wohltuende Kühle im Gesicht und öffnete die Augen, um sich zu vergewissern, dass er noch lebte. Nein, es war kein Traum, er war am Leben. Nur seine Kleider waren zerfetzt.

Als er noch etwas benommen um sich blickte, sah er, wie sich der junge Reiter, der neben ihm gelegen hatte, wieder flink erhob und prüfend seine zarten Glieder betastete. Er war blass, und dennoch zwang er sich zu lächeln und schüttelte den Kopf, sodass seine blaue Samtmütze herunterrutschte. «Ich bin genau im richtigen Moment zu Fall gekommen. Einige Schritte weiter und ich wäre direkt im Paradies gelandet», sagte der Knabe etwas großspurig, aber durchaus bemüht, tapfer die Fassung zu wahren.

Simeon hob erstaunt den Blick und versuchte gleichzeitig, sein Bein unter dem Pferd hervorzuziehen. Gott sei Dank war nichts gebrochen und er konnte gehen. Nur die Arme taten ihm höllisch weh. Noch etwas vorsichtig und behutsam versuchte er aufzutreten und gleichzeitig musterte er aufmerksam den jungen Reiter. Dessen lange, goldene Haare hatten sich über den zarten Schultern aufgelöst und brachten ein bezauberndes Geschöpf zum Vorschein, mit himmelblauen Augen und unglaublich feiner Haut, weiß wie Schnee. Allmählich kehrte auch die Röte wieder in seine Wangen zurück. Das Mädchen hätte die Göttin der Morgenröte sein können.

Plötzlich galoppierte in großer Aufregung noch ein zweiter Reiter heran, der allem Anschein nach dem Mädchen zu Hilfe eilen wollte. Er sprang aus dem Sattel, rannte auf das Mädchen zu und wollte sich vor ihm auf die Knie werfen. Das Mädchen jedoch hielt ihn barsch und mit einer befehlenden Geste zurück: «Es ist nichts passiert, wie du sehen kannst! Ich will nichts hören!»

Verwundert ließ der Steinhauer seine Blicke zwischen den beiden Reitern, von denen der eine blond, der andere dunkelhaarig war, hin- und herschweifen. Er hatte es ohne jeden Zweifel mit zwei jungen Frauen zu tun, Frauen, die in Pagenkleider geschlüpft waren.

«Fremder, ich danke dir. Du hast mir das Leben gerettet. Wenn du nicht hier gewesen wärest …» Ihre blauen Augen, in denen sich immer noch der Schreck spiegelte, richteten sich auf die vor ihnen liegende Schlucht. Sie winkte ihren Retter heran und ging auf den Felsrand zu. Unten im Tal schlängelte sich ein Bach, an dem ein schmaler Pfad entlanglief. Die Felsen auf der gegenüberliegenden Seite schienen unglaublich nah, nur ein paar Schritte entfernt, als hätte eine riesige Axt den Stein entzweigehauen.

«Ich glaube kaum, dass ich mit dem Pferd hätte hinüberspringen können», sagte das Mädchen und prüfte mit den Augen die Breite der Schlucht. «Vielleicht, wenn das Pferd nicht so erschrocken und in Panik gewesen wäre.»

«Es war klüger, es gar nicht erst zu versuchen», lächelte Simeon.

«Du hast Recht, Fremder. Du scheinst nicht nur tapfer, sondern auch klug zu sein. Und dennoch geht die Sage, hier an dieser Stelle sei einmal ein vom Jäger verfolgter Hirsch hinübergesprungen. Er sei gesprungen und dann drüben auf der anderen Seite wie im Nichts verschwunden. Im Nebel. Niemand wusste, wohin. Manche sagen zwar, es sei gar kein Hirsch, sondern …»

Sie biss sich auf die Lippen und machte hastig das Kreuzzeichen. Simeon kümmerte sich um das immer noch verängstigte Tier und prüfte eingehend dessen zarte Fesseln. Er versuchte, Zeit zu gewinnen und zu überlegen. Offensichtlich war die süße Stimme des blonden Geschöpfs gewohnt zu befehlen, und ebenso selbstverständlich schien es ihr, dass ihre Befehle unverzüglich ausgeführt wurden. Ihre hübsche Gestalt strahlte fürstliche Pracht und Würde aus. Der Mann, der viele Jahre in Byzanz, der Stadt der Intrigen und raffinierten politischen Verbrechen, gelebt hatte, ahnte sogleich, dass sie eine Person hohen Standes war und dass er deshalb vorsichtig sein sollte.

Nachdem er das Pferd noch einmal eingehend untersucht hatte, sagte er zu der jungen Frau: «Es ist nichts gebrochen,

Gott sei Dank, es wäre wirklich schade um so ein prächtiges Tier. Ein kräftiger und dennoch geschmeidiger Körperbau. Ausgeglichen und harmonisch in den Maßen. Nur eigenartig, dass es so verängstigt ist. Wenn man seine Augen betrachtet, ist es kaum zu glauben, dass es so wild sein kann.»

«Ist es auch nicht. Eigentlich ist es ein sehr ruhiges und äußerst zuverlässiges Pferd. Noch nie ist so etwas wie heute passiert. Aber sag, Fremder, du scheinst dich ja mit Pferden gut auszukennen. Woher kommst du? Du bist doch nicht von hier, nicht wahr?»

«Ich komme aus Konstanz, wo ich an der neuen Kirche gearbeitet habe, ich bin Steinmetz von Beruf.»

Simeon, der dem Pferd immer noch beruhigend über Hals und Mähne strich, verharrte plötzlich in seiner Bewegung, so als ob er eine Entdeckung gemacht hätte. Als er sich zur blonden Reiterin umdrehte, qualmte ein Stück Zunder in seiner Hand.

«Da haben wir die Ursache der ganzen Aufregung. Es scheint, da wollte Euch jemand nach dem Leben trachten, edle Dame», sagte er und beugte ehrerbietig sein Haupt.

«Wer bist du, Fremder? Bist du womöglich gar …?» Wieder machte sie hastig das Kreuzzeichen und küsste ein Goldmedaillon mit heiligen Reliquien, das ihre zarte Brust zierte.

«Nein, nein. Fürchtet Euch nicht, Herrin. Ich bin nicht der leibhaftige Satan. Lasst auch mich die Reliquien küssen, zum Zeichen dafür, dass ich ein guter Christ bin.»

«Wieso weißt du überhaupt, wer ich bin?», fragte das Mädchen, nachdem er die Reliquien geküsst hatte. «Du sagst, du seiest fremd hier, und doch weißt du, dass ich, obwohl als Mann gekleidet, eine Frau bin, wer bin ich also?»

«Seht, es ist sehr einfach. Ich komme von weit her, von dort, wo die Donau, die irgendwo hier in der Nähe entspringt, ins Meer mündet. Bei uns gibt es auch Berge und Wälder, ähnlich wie hier. Und Fürsten und Adlige, genau wie hier. Und wenn unsere Fürsten jemanden unauffällig loswerden wollen, dann tun sie genau das, was Euch heute widerfahren ist. Sie beauftragen einen Diener ihres Vertrauens, einen glühenden Zunderschwamm ins Ohr des Pferdes zu stecken, das der in Ungnade Gefallene gerade besteigt. Der Zunder glüht zunächst langsam und schwach, so dass das Tier das Brennen erst nach einer Weile spürt. Aber dann, wahnsinnig vor Schmerz, tut es genau das, was Ihr Pferd heute mit Euch gemacht hat. Meistens gehen Ross und Reiter dabei zugrunde. Für einen Auftraggeber eine einfache und saubere Angelegenheit, die kaum Verdacht aufkommen lässt. Ein wildgewordenes Tier, nichts weiter!

Und dass Ihr eine Frau seid, Fürstin, ist unschwer zu erkennen. Jeder, der Augen hat, sieht es. Ihr müsst jemand von hohem Stande sein, sonst hätte man sich nicht so viel Mühe gegeben, Euch auf diese Weise zu beseitigen. Eine kleine Dienerin erwürgt man einfach in einer Ecke oder wirft sie in ein Verlies, aus dem sie nie wieder auftaucht. Ihr könnt daher nie und nimmer von niederer Herkunft sein! Ihr seid jemand von edler Geburt. Aber, die Mutter Gottes sei meine Zeugin, wer Ihr wirklich seid, weiß ich tatsächlich nicht.

Nur eins weiß ich bestimmt, dass nämlich Euer Tod wie ein Unfall aussehen sollte, an dem nur dieses brave, harmlose Tier schuld gewesen wäre. Der Mörder, wer immer er sei, kennt die Bräuche von Byzanz, Herrin. Sucht ihn unter den Kreuzrittern, die von dort zurückgekommen sind. Oder unterm Klerus, wo es Bekanntschaften zur dortigen Welt gibt. Passt gut auf Euch auf! Wie man sieht, ist er gefährlich, und wenn er es einmal versucht hat, wird er es wieder versuchen. Einen Diener hat er auch gekauft, und damit weiß er über Euer Tun und Lassen Bescheid. Er kann jederzeit wieder zuschlagen!»

Betroffen lauschte die junge Frau seinen Worten. Wer hatte sie töten wollen? Sie, gerade sie? Und wer war dieser Mann in zerschlissener Kleidung und mit dem Asketengesicht, der ihr das Leben gerettet hatte?

Sie musste einsehen, dass das Scheuen des Pferdes kein Zufall war. Merlin war ein braves Tier, das nie nur aus heiterem Himmel erschrocken wäre. Und außerdem war sie eine gute Reiterin. Wer also konnte ihm das mysteriöse Zunderstück ins Ohr gesteckt haben? Und noch dazu in mörderischer Absicht? Doch nicht der Fremde etwa, der vor ihr stand? Sie musterte ihn von oben bis unten. Nein, das war nicht möglich. Das war kein Mördergesicht. Er hatte überhaupt gar keine Zeit, das Zunderstück ins Ohr des Pferdes zu stecken. Und zudem hätte er sie ja dann auch nicht gerettet.

Mit einer forschen Geste löste sie von ihrer Mütze eine Silberagraffe, mit der dort eine weiße Feder befestigt war, und reichte sie dem Unbekannten.

«Fremder», sagte sie mit würdevoller Stimme, «du hast mir das Leben gerettet und sollst dafür belohnt werden. Nimm diese Agraffe als Zeichen meiner Dankbarkeit und komm zum Hof des Herzogs Bertold. Er braucht geschickte Handwerker, und bei ihm wirst du bestimmt Arbeit finden. Er ist ein nobler, großzügiger Herr wie auch sein Onkel, Monseigneur Gebhard von Konstanz. Wenn du aus Konstanz kommst, hast du sicherlich von ihm gehört. Geh immer weiter nach Westen. Jenseits der Wiese dort ist ein Pfad, der auf den Bergrücken führt. Lauf auf diesem Weg weiter und du wirst in wenigen Stunden das Zähringerschloss erreichen. Frag dort nach Haro, meinem alten Diener. Er ist grauhaarig, und es fehlt ihm an der linken Hand der kleine Finger. So wirst du ihn leicht erkennen. Zeig ihm die Agraffe, er wird dich zu mir führen und ich werde dich fürstlich belohnen, wie du es verdienst.»

«Hoheit», sagte Simeon kniend und die zarte Hand küssend, die ihm die Agraffe reichte, «ich bin bereits reichlich belohnt. Gott sei gelobt, dass ich zur richtigen Zeit an der richtigen Stelle war! Und ich werde Gott bitten, seine schützende Hand über Euch zu halten.»

«Dann bete für Adelheid!» Ein dankbares Lächeln huschte noch einmal über das Gesicht des Mädchens.

Merlin hatte sich während der langen Unterredung beruhigt und zeigte sich bereits wieder recht erholt und munter, sodass Adelheid nicht länger zögerte, wieder aufzusitzen. Und kurz darauf war sie zusammen mit ihrer Begleiterin schon wieder wie ein schöner Traum entschwunden.

Noch eine ganze Weile verharrte Simeon wie angewurzelt und schaute den beiden Reiterinnen nach. Seine Lippen spürten immer noch die duftende Süße der kleinen Hand, die zu berühren ihm erlaubt worden war. «Was für ein entzückendes Kind», dachte er. «Wer mag sie wohl sein? Und wer konnte so ruchlos sein, ihr nach dem Leben zu trachten? Und warum? Irgendein Racheakt aufgrund einer unerfüllten Liebe? Irgendein politischer Hintergrund? Die Erinnerungen an Byzanz mit seinen Intrigen und rätselhaften Verbrechen wurden wieder in ihm wach. «Die Menschen sind überall gleich», dachte er bei sich. «Je heller das Licht, je dunkler die Schatten, die es umgeben. Auf also zu Herzog Bertold! Vielleicht ist es ja eine Fügung des Schicksals, weshalb ich in diese Geschichte hineingezogen wurde.»

Gar manches hatte er über den Neffen des Bischofs von Konstanz gehört. Simeon erinnerte sich mit Dankbarkeit an den ehrwürdigen Bischof Gebhard. «Ein beinahe heiliger Mann. Wenn Bertold nur halb so großmütig wäre ...» Wie gewöhnlich träumte der Steinhauer mit offenen Augen. Er sah Gebhard vor sich, mit seinem vornehmen, asketischen Gesicht. Keuchend unter der Last seiner Jahre, bestieg er oft das Gerüst und wischte sich mit den Ärmeln seiner einfachen Mönchskutte aus rauem, billigem Stoff den Schweiß von der Stirn. «Das Geld ist für etwas Sinnvolleres da als für teure Kleider», pflegte er zu sagen. Er freute sich wie ein Kind über jede Statue, jede Arabeske, jede Säule. Er kannte seine Handwerker, Gesellen, sogar die Lehrlinge beim Namen und wusste, welche Sorgen jeder hatte. Sein Arzt, Signor Geronimo aus Padua, hatte mehr mit deren Familien zu tun als mit seinem edlen Herrn. Und am Sonntag, wenn er während der Liturgie vor dem Altar kniete, schien Monseigneur Gebhards Kopf wie umstrahlt von einem übernatürlichen Licht.

Mit Verwunderung hatte Simeon gehört, dass sich hinter den engelhaften Gesichtszügen ein überaus scharfsinniger Politiker verbarg, dass Monseigneur Gebhard nicht nur Freunde und Bewunderer hatte, sondern auch unversöhnliche Feinde, die er aber mit großem Geschick im Zaume zu halten wusste. Mit seiner Milde hatte er dem Kaiserhause und dessen Vasallen mehr Ärger bereitet, als es all die Streifzüge seiner kriegerischen Verwandten im Breisgau vermocht hatten. Simeon verspürte große Sympathie und Bewunderung für ihn und es tat ihm irgendwie leid, den Hof von Konstanz verlassen zu haben, wo er sich doch dort so sicher und beschützt gefühlt hatte. Aber die Bilder in seinem Kopf hatten ihn weiter und weiter getrieben, immer hoffend, irgendwann und irgendwo seinen Frieden zu finden …

Seine Grübelei wurde jäh durch einen großen Lärm, Pferdegetrappel und Hundegebell unterbrochen. Er versuchte sich schnell in einem Gebüsch zu verstecken, sah sich aber bereits von einer Schar berittener Diener und Treiber umringt, dic ihre aufgehetzten Hunde nur noch mit Mühe zurückhalten konnten. Einer der Reiter rief den Treibern zu, sie sollten die Meute freigeben und den Fremden zerreißen lassen.

«Lass ihn», ging ein anderer, älterer Mann dazwischen. «Unser Herr soll ihn sich ansehen und entscheiden, was mit ihm geschehen soll. Es bleibt dann noch genug Zeit, ihn den Hunden zu überlassen.»

Sie fesselten ihn und schleppten ihn an den Rand der Lichtung, gerade an die Stelle, wo er sich vorher ausgeruht hatte, bevor es zu der seltsamen Begegnung mit den beiden Reiterinnen kam. Dort, ganz in der Nähe unter einer großen Tanne, unterhielten sich zwei Männer.

Der eine war sehr groß, ziemlich jung und trug die Kleidung eines Adligen. Ein kurzes, schwarzes Gewand aus feinem italienischen Tuch mit besticktem Saum und ohne Ärmel, das bis zu den Knien reichte und so noch eindrucksvoller die kräftige und elegante Gestalt des Ritters betonte. Darunter schimmerte ein Panzerhemd, das ihm zusammen mit dem Schwert und den silbernen Sporen ein kriegerisches Aussehen verlieh. Viel zu kriegerisch für eine harmlose Jagd, an der teilzunehmen er vorzugeben schien.

Er musste um die dreißig sein, schätzte Simeon, und wäre ein beeindruckender Mann gewesen, wenn er nicht diesen Hochmut im Blick und diese versteinerten Gesichtszüge gehabt hätte. Er wirkte ganz wie eine jener Statuen, die Simeon einst mit großer Geschicklichkeit aus riesigen Steinblöcken herausgemeißelt hatte. Es waren vor allem seine blauen Augen, klar wie das Bosporuswasser, die den Gefangenen beunruhigten. In ihnen ließ sich keine Gefühlsregung ablesen, keinerlei Spur von Nachsicht. Es waren die Steinaugen einer Statue.

Der andere war gerade angekommen und mühte sich mit Hilfe seines Dieners, der genauso wohlgenährt und gepflegt aussah wie sein Herr, von einem hübschen Esel herab. Als es ihm unter den leicht spöttischen Blicken seines Freundes gelungen war, wieder Boden unter seine Sohlen zu bringen, erkannte der Steinmetz, dass es sich um einen kleinen, dicken und etwas leutselig-gönnerhaft dreinblickenden Geistlichen handelte. Seine Kutte aus feinem Stoff konnte nur unzureichend die rundlichen Formen verbergen. Auf seiner breiten Brust glänzte ein goldenes, mit Saphiren geschmücktes Kreuz, welches vermuten ließ, dass die Bescheidenheit eines wahrhaft asketischen Lebens ihm fremd war.

«Ich bin geritten, so schnell ich nur konnte», sagte der Rundliche. «Was wollt Ihr? Schaffhausen ist nicht bloß ein Steinwurf entfernt! Wisst Ihr überhaupt, seit wann ich nun schon unterwegs bin? Ist schon alles zu Ende gebracht, Herr Eglord?»

«Ich denke, die Sache sollte zum jetzigen Zeitpunkt eigentlich erledigt sein, Hochwürden, dessen versichert mich zumindest Hugo, Ihr kennt ihn, der Mann, den ich gern fürstlich bezahle, damit er keine Zeit verliert. Was gibt es, Hugo?», wandte er sich zu seinem mageren Diener mit den intelligenten Augen und der krummen Nase um, der Simeon vor der Hundemeute bewahrt hatte.

Jetzt aber zerrte ihn dieser vor seinen Herrn, dem er, auf Simeon deutend, etwas ins Ohr flüsterte. In Eglords Gesicht zeigte sich keinerlei Regung. Kein einziger Muskel, der sich bewegt hätte.

Simeon wurde klar, dass es nicht zum Besten um ihn stand. Er verbeugte sich tief vor dem Ritter, so tief, wie es seine Fesseln überhaupt nur zuließen, und sagte: «Herr, ich bin ein armer Wanderer, der Arbeit sucht, und ich bin froh, endlich Menschen getroffen zu haben. Ich habe mich in dieser Wildnis verirrt und wusste keinen Ausweg mehr. Bitte, sagt Eurem Diener, er soll mich losbinden, denn ich bin ein anständiger Mensch.»

«Du hast wenig Anlass, froh zu sein», lächelte kurz und kühl der Ritter. «Gleich wirst du sehen, dass zum Frohlocken kein Grund besteht. Sag schnell, wer hat dich zum Spionieren hierher geschickt?»

«Spionieren? Edler Ritter, niemand schickt mich, weh mir. Wer soll mich schicken? Und wozu auch? Vor ungefähr zwei Tagen, ich weiß nicht mehr ganz genau, bin ich abends dort oben an einem Berghang zu einer Siedlung gekommen. Der

Priester hat mich beherbergt, Gott behüte ihn. Er hat mir sogar noch ein Brot und einen Weinschlauch mit auf den Weg gegeben. Er war der letzte Mensch, den ich gesehen habe. Seitdem bin ich im Wald umhergeirrt und mein Vorrat ist zu Ende. Ich bin bergauf und bergab gelaufen und habe nichts als Wald gesehen. Was hätte ich spionieren können? Schließlich habe ich mich unter eine Tanne gesetzt und zu den heiligen Aposteln, die auch immer unterwegs waren, gebetet, sie möchten mir wieder Brot und Wein zukommen lassen, bevor ich verhungere und verdurste. Dann bin ich eingeschlafen, wie lange, weiß ich nicht mehr. Als ich gerade wach wurde und überlegte, wohin ich mich wenden sollte, haben mich Ihrer Hoheit Leute gefangen genommen.»

«Du redest viel und sagst wenig, du Tückischer», erwiderte der Ritter. «Sag endlich die Wahrheit, bevor wir dich zum Sprechen bringen! Hugo, der hier steht, hat eine nicht zu übertreffende Fähigkeit, lügnerischen Mäulern die Zunge zu lösen. Und mach schnell, bevor er dir eine Kostprobe seiner Kunst verabreicht!»

Hugo hatte sich unterdessen bereits genähert und dem Gefangenen einen kräftigen Tritt versetzt. Der Gefesselte stürzte zu Boden und spürte, wie die Lederriemen tief in sein Fleisch schnitten, sodass er vor Schmerz aufschrie. Weder von Hugo noch von seinem Herrn war Gnade oder Rettung zu erwarten, also musste er Zeit gewinnen. Ihm war inzwischen klar geworden, dass diese Leute etwas mit dem Mordanschlag auf die junge Reiterin zu tun haben mussten. Sowohl die Diener als auch die Herren schienen zu allem fähig.

«Edler Ritter», sagte er, «wenn Ihr mich töten wollt, kann Euch niemand davon abhalten. Ihr seid stark und mächtig, ich bin in Euren Händen. Aber ich sage die Wahrheit: Ich habe geschlafen und bin erst vor kurzem wieder wach geworden. Was soll ich erzählen, das ich gesehen hätte? Außer Wald und Himmel war nichts zu sehen!»

Der Geistliche, der neugierig alles verfolgt hatte, näherte sich dem Ritter und flüsterte ihm etwas ins Ohr. Es begann eine ziemlich aufgeregte Diskussion, an deren Ende die Diener den Befehl erhielten, den Wald zu durchsuchen.

Jedes Fleckchen Waldboden wurde untersucht. Die Männer liefen bis zum Rand der Schlucht und schauten in die tiefe Kluft. Es fand sich aber keine Spur, die auf etwas Außergewöhnliches hingedeutet hätte.

Nach einiger Zeit kam Hugo zurück: «Herr, die Männer haben nichts gefunden!»

«Wissen sie überhaupt, wonach sie suchen sollen?», mischte sich der Geistliche ein.

«Ehrwürdiger Abt, denkt Ihr vielleicht, der Satan hat mich um den Verstand gebracht?», brach es aus dem Ministerialen hervor, offensichtlich höchst unzufrieden mit dem Verlauf der Ereignisse. «Denkt Ihr, mein Diener Hugo versteht sein Handwerk nicht? Übrigens, wenn ich es recht bedenke, verdienst du diesmal tatsächlich kein Lob, Hugo. Ich sollte dich zusammen mit diesem Schuft da an der nächsten Tanne aufhängen lassen. Ja, genau das wäre das Richtige, euch beide hier gleich aufhängen lassen ...»

«Herr, ich habe alles getan, was Ihr mir befohlen habt», verteidigte sich Hugo. «Ihr wisst, Eure Befehle sind mir heilig. Ich habe aber von Anfang an gesagt, dass dies kein sicherer Weg ist. Wenn Ihr mir erlaubt hättet, so zu handeln, wie ich es für gut hielt ...»

«Der Weg ist sicher und wird zufriedenstellende Ergebnisse bringen», sagte trocken der Mönch. «Wer weiß, welcher Teufel hier die Hand im Spiel hat! Aber sei's drum. Das nächste Mal wird uns mehr Erfolg beschieden sein ...»

«Das nächste Mal, das nächste Mal ... Nein, wirklich, Hochwürden, Ihr scheint gar nicht zu begreifen, wie sehr die Zeit drängt. Hugo, mach alles fertig für den Abmarsch und häng den Halunken auf», befahl Eglord.

«Halt, halt, nicht so stürmisch», entgegnete der Mönch. «Ich will mich zuvor auch noch mit ihm unterhalten. Und dann können wir immer noch sehen, was wir mit ihm anstellen wollen.»

«Glaubt Ihr wirklich, dass uns das groß weiterbringen wird, Herr Abt?», fragte mürrisch der Ministeriale.

«Ich bin ein Verehrer des heiligen Apostels Thomas und glaube nichts, bevor ich es nicht sehe», verneigte sich der Abt in gespielter Demut. «Lieber Ritter, Ihr müsst zugeben, dass wir nur aufgrund der Ungläubigkeit von Sankt Thomas den unwiderlegbaren Beweis für die Auferstehung Christi erhalten haben. Es ist folglich besser, so lange nachzufragen, bis man tatsächlich auch erfährt, was man wissen will, und nichts zu glauben, bevor man sich nicht selbst davon überzeugt hat. Ich zum Beispiel möchte ganz gerne wissen, was dieser Unselige in diesem Wald zu suchen hatte, gerade jetzt und gerade hier!»

Ohne eine Antwort des Ritters abzuwarten, wandte sich der Abt an Simeon, und ein freundliches Lächeln erhellte plötzlich sein breites Gesicht. «Komm her, Mann», sagte er. «Du hast in der Tat Glück, dass ich hier dabei bin. Sonst würdest du vermutlich schon da oben hängen», und er deutete auf einen Tannenast. «Ich werde das aber nicht zulassen. Unsere Mutter Kirche beschützt die Verfolgten und die Flüchtlinge. Und du bist doch ein armer Verfolgter und ein Flüchtling, oder?»

Simeon, der den Hinterhalt in dieser Frage erkannte, wurde augenblicklich klar, dass er nun noch vorsichtiger sein musste. Der dicke Mönch in seiner Hinterlist war viel gefährlicher als der Ritter in seiner Grausamkeit. Und so antwortete er mit vorgetäuschter Verwunderung:

«Flüchtling oder Verfolgter, Hochwürdiger Vater? Nein, keineswegs. Wer sollte mich verfolgen? Wie gesagt, ich bin ein armer Teufel, der Euch vielmals dankt, dass Ihr mich vorm Tode errettet habt. Ich habe keine Ahnung von dem, was hier vorgefallen ist und was ich den Fragen des edlen Ritters nach hätte sehen sollen. Flüchtling? Vor wem hätte ich weglaufen sollen? Ich hätte wirklich keinen Grund dafür und vertraue unserem Herrn Jesus Christus und seiner heiligen Mutter und seinen heiligen Aposteln, die es nicht zulassen werden, dass ein Unschuldiger ums Leben kommt.»

Der Abt hatte ihn die ganze Zeit eingehend beobachtet. Der Mann machte das Kreuzzeichen auf morgenländische Art, indem er die Hand zuerst zur rechten und dann zur linken Schulter führte.

«Wie ich sehe, bekreuzigst du dich wie ein Ketzer. Also werde ich schleunigst befehlen, dich als Ketzer aufhängen zu lassen. Und zudem belügst du uns. Ich bin kein Idiot wie Hugo und seine Lümmel, die nichts anderes können, als nach dem Schwert zu greifen. Mich kannst du nicht an der Nase herumführen, was glaubst du! Also, raus mit der Wahrheit!»

«Hoher Herr, befehlt nur und ich erzähle alles, was Ihr über mich wissen wollt. Ich komme aus Konstantinopel. Dort bekreuzigen sich alle so und ich wusste nicht, dass das Ketzerei ist. Wenn es nicht richtig ist, werde ich lernen, es anders zu machen. Ich bin ein guter Christ, so wie alle Krieger, die dorthin gekommen sind, um das Heilige Land aus der heidnischen Gefangenschaft zu befreien.»

«Also stammst du aus Byzanz?»

«Nein, hochwürdiger Vater, ich war dort ein paar Jahre; aber das ist eine lange Geschichte.»

«Umso besser, ich mag lange Geschichten. Ich hör dir gerne zu.»

Simeon begann, über Byzanz zu erzählen und über die Tataren, die seinen Heimatort und sein Leben verwüstet hatten. Während er die Ereignisse und das Grauen, das er erlebt hatte, beschrieb, versuchte er sich auszumalen, was für ein Mensch dieser rundliche, reich mit Insignien geschmückte Mönch wohl sein mochte. Was hatte es zu bedeuten, dass er gerade hier in der Einsamkeit des Schwarzwaldes einen Ritter treffen wollte, der alles andere als ein Unschuldsengel zu sein schien. Und dazu noch diese ganze Bande von Schuften, die auch nicht gerade wie Chorknaben aussahen. Er versuchte angestrengt, sich alles noch einmal ins Gedächtnis zurückzurufen, was am Hofe Bischof Gebhards so erzählt wurde, und gleichzeitig ahnte er, dass es unklug wäre, den Namen der Stadt Konstanz zu erwähnen, solange er nicht genau wusste, mit wem er es eigentlich zu tun hatte. Doch mit einem Mal fiel es ihm wie Schuppen von den Augen. Ja, jetzt war er sich sicher, der Mönch, der vor ihm stand, war niemand anderer als der Abt Otto von Schaffhausen. Vor gut einem Jahr, so erzählte man sich mit einer gewissen Schadenfreude und Genugtuung am Bischofshof in Konstanz, hatte der junge Herzog Conrad in einer Nacht Schaffhausen angegriffen und durch Schwert und Feuer verheert, um dem Abt Otto seine Untreue heimzuzahlen. Unaufhörlich und über Jahre hinweg hatte dieser am kaiserlichen Hof gegen seine Nachbarn im Norden intrigiert. Aber des Abtes konnte er in jener Nacht nicht habhaft werden, weil dieser durch unterirdische Gänge entkommen konnte. Obwohl sie das gesamte Kloster durchsuchten, konnten Conrads Männer nichts außer ein paar aufgeschreckten Mönchen finden, die Conrad aber nach wenigen mahnenden Worten wieder laufen ließ. Seitdem verbrachte der Geistliche seine Zeit entweder am kaiserlichen Hofe oder in einem Versteck, das bislang noch niemand entdeckt hatte, und zettelte weiterhin rastlos Quertreibereien an, zum einen, um mit allen Mitteln den Zähringern zu schaden, zum anderen und vor allem aber auch, um seine Fürstenwürde wiederzuerlangen.

Es war kein Geheimnis: Zwischen dem kaiserlichen Hofe und den Herzögen im Breisgau hatte die Feindschaft nie zu wachsen aufgehört. Ja, das hatte der Bildhauer mehrmals am

Bischofshof in Konstanz gehört. Jetzt hörte er es noch einmal. Denn die beiden Verschwörer hatten laut geredet, ohne ihn zu beachten.

«Die verdammten Brüder! Sie und alle, die zu ihnen gehören, ihre ganze Sippschaft! Seit Generationen tun sie alles, um selber den Thron zu besteigen. Das weiß der Kaiser auch und wünscht sich nichts inbrünstiger, als sie ein für allemal vernichten zu können. Seit der verstorbene Heinrich von Papst Gregor gedemütigt wurde wie noch niemals zuvor, kann kein kaiserlicher Nachkomme Canossa vergessen!», hatte der rundliche Geistliche gesagt, mit einer Bitterkeit, die niemand ihm zugetraut hätte.

«Canossa und alle Erniedrigungen und Drohungen des Papstes und seiner Unterstützer! Die verfluchten Zähringer, die waren auch dabei! Gegen den rechtmäßigen Souverän! Und statt bestraft zu werden, sind sie immer mächtiger geworden! Jetzt beherrschen sie auch Zürich und noch dazu das Aaretal und das linke Rheinufer. Sogar in Burgund haben sie ein Wort zu sagen. Und wir, die Edelleute – wo sind unsere Privilegien und Rechte, die Gott uns und unseren Urahnen geschenkt hat? Ich, dessen Vorfahren seit Jahrhunderten, seit Karl dem Großen und Ludwig dem Frommen, die rechte Hand der königlichen Herrscher waren, muss mich vor diesem Verräter verbeugen, dessen Herkunft lächerlich ist. Zwei Generationen! Im Vergleich zu einem richtigen Stammbaum ist das so gut wie nichts.»

«Ja, Ihr habt recht, hundertmal recht. Und dieser ‹heilige Mann› aus Konstanz, der gegen den Kaiser und gegen mich intrigiert! Gegen den unternimmt der Kaiser auch nichts. Weil er keine offene bewaffnete Auseinandersetzung wagt, beschränkt er sich darauf, dann und wann einen Überfall, eine Plünderung oder Ähnliches durchführen zu lassen. Aber was bringt das schon? Er lächelt mir zu und verspricht mir seinen vollen Beistand. Wenn der richtige Moment gekommen sei, sagt er. Der richtige Moment, dass ich nicht lache! Da könnte ich genauso gut bis zum Sankt-Nimmerleins-Tag warten.»

«Wieso setzt Ihr nicht etwas ‹Wirksames› ein, Hochwürden?», fragte der Ritter. «Es gibt auch gefährliche Speisen, wenn Ihr versteht, was ich sagen will. Und Männer mit Mut und Gewandtheit, die wissen, was zu tun ist!»

«Habe ich! Doch alles ist bis jetzt missglückt. Gott oder Satan oder weiß ich nicht wer schützt sie jedes Mal. Immer wieder. Oder die Männer, die ich beauftragt habe, sind einfach zu blöd.»

«Und deshalb versucht Abt Otto sich nun eigenhändig sein Recht zu verschaffen», dachte sich Simeon, der sich zwischenzeitlich wieder alles in Erinnerung gebracht hatte, was in Konstanz so getuschelt wurde. «So ist es also, jetzt wird mir einiges klar. Ich bin mitten in eine gefährliche politische Intrige geraten, aus der ich nicht ohne Weiteres wieder herauskommen werde. Nur ja jetzt nicht den Namen Monseigneur Gebhards erwähnen oder das Wort Konstanz aussprechen, sonst kann ich mir gleich selbst die Schlinge um den Hals legen!»

Er erzählte also dem Abt, dass er in den letzten Jahren, nachdem er fortgelaufen war, immer von seiner Verzweiflung weitergetrieben worden sei und versucht habe, seinen Bluttraum allmählich zu vergessen. Er habe in einer Stadt gelebt, in der gerade eine riesige Kathedrale gebaut wurde, und habe dort Statuen, Arabesken und Blumen gemeißelt. Nun habe er aber, ach, vor Schrecken auch noch den Namen der Stadt vergessen …

«Es ist eine schöne Stadt», sagte er. «Am Ufer des großen Stromes …Wie heißt er nur? Oh, Gott, es liegt mir auf der Zunge …»

«Strom?», fragte der Mönch. «Irrst du dich da nicht? Ist es nicht eher ein großer See, fast wie ein Meer so breit, dass man das gegenüberliegende Ufer kaum sehen kann?»

«Nein», sagte Simeon im Brustton der Überzeugung, «das war kein Meer. Das Meer habe ich in Konstantinopel gesehen und seither nicht mehr. Es war ein großer Strom und die Kirche stand an seinem Ufer. Wir haben alle an der Kirche gearbeitet, ein Bau so umfänglich und hoch wie kein anderer. Ja, es war ein Strom, der Rhein war es, ich erinnere mich jetzt. Ich bin dann am Ufer entlang immer stromaufwärts gewandert. Irgendwann habe ich das Flussufer verlassen und bin umhergeirrt, bis ich dann hier schließlich in diesem dunklen Wald in Gefahr geriet. Es sieht so aus, als ob mich das Schicksal hierher geleitet hätte, um eben hier meinem Leben ein Ende zu setzen. Im Grunde tut es mir gar nicht so leid, werde ich doch nun endlich von meinen Albträumen befreit. Schade nur, dass Ihr mich für einen Verbrecher haltet und mich an den Galgen bringen wollt, obwohl ich keine Ahnung habe, warum, Hochwürden», sagte er mit einer perfekt aufgesetzten Unschuldsmiene. «Ich habe nur noch eine einzige Bitte: Lasst mich nicht wie einen Heiden sterben. Nehmt mir die Beichte ab und verseht mich mit den Sakramenten, damit ich nicht in die Hölle muss.»

«Weißt du, wer ich bin?», fragte plötzlich der Abt.

«Aber sicher. Ihr seid ein Geistlicher, Vater, das ist doch offensichtlich! Und zwar nicht irgendeiner. Ihr seid ein gelehrter Mönch oder sogar ein Bischof. Der Priester, bei dem ich vor zwei Tagen übernachtet habe, sagte, in der Gegend gebe es viele reiche Abteien, wo ich vielleicht Arbeit finden könnte. Er hat mir erklärt, wie ich eine davon hier in der Nähe erreichen kann. Aber ich Dummkopf habe den Namen vergessen und mich verirrt. Wie ich sehe, brauche ich mir jetzt keine Gedanken mehr zu machen und keine Arbeit mehr zu suchen», seufzte er.

«Bist du Steinhauer?», fragte der Geistliche auf Griechisch. «Und kommst aus Konstantinopel?»

Es war die letzte Probe, auf die er den Gefangenen stellen wollte.

«Ja, Hochwürden», antwortete Simeon in derselben Sprache, ohne zu zögern.

«Und hast in Konstanz gearbeitet?»

«Der Name ist mir unbekannt. Nein, es war ein anderer Name, viel kürzer. Aber die Stadt wurde auch auf lateinisch genannt, irgendwie …»

Der Mönch drehte sich nachdenklich zum Ritter, der auf einem Klotz saß und Wein aus einem silbernen Pokal trank.

«Meiner Meinung nach ist der Mann unschuldig. Er kommt tatsächlich aus dem Osten, spricht griechisch und ist durch und durch fremd hier; und noch dazu ein Ketzer. Mit unserer Sache hat er nichts zu tun. Er kommt aus Colonia.»

«Sehr gut», stimmte Eglord zu. «Wir können ihn schnell aufhängen und dann nichts wie weg von hier. Hoffentlich gelingt der zweite Teil unserer Aufgabe besser als der erste.»

«Aber, aber, mein lieber Freund! Wir wollen nichts überstürzen! Ich hasse Taten, die nichts bringen. Was würde es nützen, den Ketzer aufzuhängen? Und vor allem: Cui bono? Zunächst möchte ich auch ein Glas Wein. Ihr habt einen wunderbaren Wein, Herr Ministerialer von Opfingen, und es ist mir ein Rätsel, wieso Ihr mir bis jetzt keinen Pokal angeboten habt!»

«Verzeiht, Monseigneur. Nehmt es mir nicht übel, ich war von etwas anderem zu abgelenkt», sagte ironisch der Ritter. «Hugo, einen Pokal für Hochwürden!»

Endlich bestiegen alle ihre Pferde und hoben Simeon, gefesselt wie er war, auf ein Pferd. Dann teilten sie sich in zwei Gruppen. Die meisten ritten mit Eglord und dem Abt hinunter ins Tal, die anderen unter Hugos Führung bergauf, wobei sie Simeon trotz schmaler, rutschiger Pfade immer streng bewachten.

Die beiden Herren hatten sich vor dem Aufbrechen lange beraten. Der Mönch hatte viel und leidenschaftlich geredet, doch der Ministeriale war offenbar nur sehr schwer zu überzeugen. Erst nach dem dritten geleerten Pokal und mit schon trüben, blutunterlaufenen Augen gab er endlich nach. Simeon hätte schwören können, dass in dem Streitgespräch unter anderem auch über sein Schicksal entschieden wurde, und war überzeugt, dass ihm nichts Gutes bevorstand. Die Knechte, die wie Verbrecher aussahen, würden ihn bestimmt zur Hinrichtung führen. Nur eines blieb ihm ein Rätsel: Wieso hatten sie ihn nicht auf der Stelle hingerichtet? Was für infame Pläne schmiedeten die beiden Verschwörer, da sie sich die Mühe gaben, ihn noch länger am Leben zu lassen? Mit schwerem Herzen versuchte der Steinhauer, die Zeichen zu deuten und das für ihn bestimmte Los zu ergründen. Aber es war aussichtslos, und so beschloss er, mit Gleichmut auf sein Ende zu warten.

IV

«Sie haben aus mir einen Bettler gemacht, die Verfluchten», beklagte sich der Abt.

Sein rundlicher Esel trottete mit Trippelschritten neben dem stattlichen Pferd des Ministerialen von Opfingen dahin. Der hastigen Gangart des Ritters kaum gewachsen, hatten Reittier und Herr mit schwerem Atem zu kämpfen.

«Besser, sie hätten mich umgebracht …»

«Bettler? Wer könnte das wohl behaupten, Hochwürden?», erwiderte der Ritter und zügelte sein Pferd. «Wer Euch sieht, kann nicht von Bettler reden, Monseigneur, und wird schon gar nicht an Elend denken.»

Eglords ironischer Blick glitt prüfend über die mollige Figur des frommen Mannes, über seinen kugelrunden Kopf, das von Schweiß glänzende Gesicht, über die kleinen Augen, dic Intelligenz und Schlauheit verrieten, über den Mund mit den roten, fleischigen Lippen, über das prächtige Mönchsgewand und das Kreuz mit den Edelsteinen auf seiner Brust.

«Schein, mein Sohn, nur Schein. Erbärmliche Überbleibsel besserer Zeiten! Lass dich nicht von Äußerlichkeiten täuschen! Ich bin ein jämmerlicher Flüchtling, muss mich immer verstecken, ein miserables Leben ist das …»

«Wenn Ihr nicht gerade am kaiserlichen Hofe zu Gast seid», fiel ihm mit Unschuldsmiene der Ministeriale ins Wort. «Warum bleibt Ihr eigentlich nicht in Sankt Gallen, Eurem Stammkloster? Niemand, nicht einmal der Kaiser könnte Euch hindern, dort zu leben! Innerhalb der Klostermauern besteht für Euch keine Gefahr. Niemand würde es wagen, den heiligen Ort gewaltsam zu betreten. Ihr solltet Eure Freundschaft mit dem Kaiser etwas mehr ausnützen und mehr von ihm fordern. Alle Welt weiß doch, wie sehr er Euch schätzt. Hat er Euch nicht auch für den Bischofssitz in Konstanz vorgesehen?»

«Mein Freund, der Kaiser ist weit, weit weg, aber diese verdammten Zähringer sind gleich hier in der Nachbarschaft. Außerdem hat er andere Sorgen, anderes zu tun. Ich kann schlecht von ihm verlangen, meinen Hof zu fegen! Das will ich selbst erledigen, und zwar mit Hilfe mir wohlgesinnter Menschen, mit denen ich gemeinsame Sympathien und Abneigungen teile, wie mit dir, mein Sohn. Wir haben geschworen, uns gegenseitig zu helfen, was mir aber angesichts des heutigen Misserfolges ganz unbefriedigend erscheint.»

«Ja, ganz und gar unbefriedigend», stimmte der Ritter zu. «Vergessen wir aber nicht, dass die Idee zu diesem Unternehmen von Euch stammt. Ich verstehe also nicht, wieso Ihr mir den heutigen Misserfolg vorwerft. Es ist wahr, wir haben eine gute Gelegenheit verpasst, und das ist traurig, sehr traurig, aber ...»

«Die sich wieder ergeben kann, mein Lieber, vergiss das nicht. Auf jeden Fall müssen wir in Erfahrung bringen, woran es gelegen hat, und das möglichst schnell.»

«Ich habe Euch hundertmal gesagt, ein Dolch ist sicherer. Und eine vergiftete Blume übrigens auch.»

«Nein, die Idee war gut. Du und deine Knechte hätten unseren Plan richtig in die Tat umsetzen müssen, und eben das ist misslungen. Vor allem hättest du einen verlässlichen und tüchtigen Mann schicken müssen, der das ganze Geschehen hätte beobachten und uns dann berichten sollen. Nur das Wissen garantiert den Erfolg. Wir aber tappen im Dunkeln herum.»

«Und wenn irgendjemand meinen Knecht gesehen hätte? Wenn der verdammte Bertold einen seiner Leute geschickt hätte, die Bastardin heimlich beschatten zu lassen? Er liebt und hütet sie nämlich wie seinen Augapfel!»

«Dasselbe hätte ich noch bis vor kurzem auch über jemand anderen sagen können!», lachte der Abt. «Wie sagt doch das Sprichwort so treffend: ‹Je größer die Liebe, desto tiefer der Hass, der aus ihr hervorgeht.› Ist Euer Hass auf das Fräulein Adelheid wirklich so groß, Herr Eglord, dass Ihr sie tatsächlich als Köder benutzen müsst? Es hat schon manch anderer Ritter einen Korb erhalten, der einer Jungfrau sein Herz zu Füßen legte.»

«Sie hat mich erniedrigt, sie muss sterben! Sie hat mich vor dem ganzen Hof gedemütigt. Keiner hätte es je gewagt, mich auszulachen. Sie hat mich zum Gespött der Leute gemacht. Hinter meinem Rücken höre ich heimliches Getuschel und Geflüster, wo immer ich gehe und stehe. Diese Feiglinge, sie wagen es nicht, mir ins Gesicht zu lachen, denn sie wissen nur zu gut, es wäre das letzte Mal, dass sie lachen!»

«Weil Ihr im Ruf steht, mein Ritter, ein aufbrausender und herrischer Krieger zu sein, und dies mit Recht! Dennoch kann ich kaum glauben, dass es sich tatsächlich so verhält, wie Ihr es mir schildert. Ich denke, Ihr übertreibt ein wenig und Euer verletzter Stolz ist schuld daran.»

«Niemand weist ungestraft einen Opfinger zurück! Und außerdem wäre der Tod dieser Bastardin ein harter Schlag für unsere Feinde. Bertold würde vor Wut den Kopf verlieren, vor blindem Zorn alle Vorsichtsmaßnahmen vergessen und uns schön in die Falle laufen! Alles wäre mit einem Schlag erledigt! Und vergesst vor allem nicht, sie liebt Bodo. Kaum auszudenken, was das für Bertold bedeuten könnte! Eine solche Ehe würde seinen Einfluss in Zürich mächtig verstärken, er wäre dann dort nicht mehr nur Vogt von Kaisers Gnaden, sondern einer, der auch die Herzen der Menschen gewonnen hätte. Denn nur zu gern würden ihn dann all die reichen, feisten und mit Gold behängten Kaufleute unterstützen.»

«Gewiss wäre es ein großer Fehler, diese Breisgauer Schurken zu schonen und ihnen in aller Ruhe die Möglichkeit zu lassen, sich auch noch in Zürich breitzumachen. Sie sind und bleiben der schmerzende Dorn im Fleisch des Reiches. Aber Bertold mit seinem Standesdünkel würde seine Tochter, auch wenn sie unehelich geboren ist, nie mit einem Kaufmannssohn verheiraten, Conrad dagegen schon. Er war immer ein merkwürdiger Kerl, und dazu ist er noch mit diesem Bodo befreundet. Bestimmt hat er eine andere Meinung als sein Bruder, so kühl berechnend und ehrgeizig, wie er nun mal ist. Und er riecht förmlich schon, dass dieser Zuwachs an Reichtum und politischem Gewicht ein Riesenschritt in Richtung Reichskrone wäre. Verflucht noch mal, all diesen Hunden geht es doch nur darum, in wichtige Erbschaften einzuheiraten! Bertold hat die Welfin Sofia zur Ehefrau, Conrad, dieser vermaledeite Satan, der mich um meinen Besitz gebracht hat, wirft, wie man allenthalben hört, ein Auge auf die burgundische Erbin. Und nun schielen sie zusätzlich auch noch auf Zürich, obwohl für Bertold, den ach so edlen und vornehmen Ritter, eine Mesalliance niemals in Betracht … Nein, du hast recht, die Bastardin muss sterben, so bald wie möglich! Oder man vereinnahmt sie. Ja, das wäre eine noch bessere Idee.»

«Vereinnahmen? Was für ein Schwachsinn, verzeiht mir, Vater! Sterben muss sie! Angenommen, sie würde im Wald von Räubern überrascht, vergewaltigt und ermordet? Wie viele Frauen sind auf diese Weise schon umgekommen!»

«Kein Wort mehr, mein Ritter! Es widerstrebt mir, einen derartigen Gedanken auch nur zu hören. So sehr ich ihr auch den Tod wünsche, aus politischen Gründen, versteht sich, so kann ich dennoch nicht wollen, dass sie auch noch ihre Seele verliert. Schließlich bin ich Geistlicher – oder etwa nicht? Und außerdem, der Kaiser selbst würde so einen Fall nicht ununtersucht lassen, bei aller Feindschaft. Die Tochter der Zähringer im Walde vergewaltigt und ermordet wie eine dahergelaufene Dirne? Ihr seid nicht ganz bei Sinnen! Nein, wenn ich recht überlege, bin ich sogar ganz froh, dass sie nicht tot ist. Sie soll lieber heiraten als sterben, warum auch nicht. Es wäre tatsächlich die bessere Lösung, noch viel besser als der Tod. Heiraten, ja, einen Ritter, tapfer und stark, so wie Ihr einer seid, mein Herr, das wäre in der Tat eine elegante Lösung, nicht nur für sie, sondern auch für ihren künftigen Gemahl, der dann bei dieser verfluchten Familie einziehen könnte, an Würde und Güter gewinnen würde und obendrein sogar noch das Erbschaftsrecht erhielte! Das Leben ist kurz, wie die Lateiner zu sagen pflegen, und da macht es auch bei Prinzen keine Ausnahme! Wer aber wird dann das Land regieren? Zur Zeit ist Adelheid die einzige Erbin, auch wenn sie ein uneheliches Kind ist. Hab ich mich klar genug ausgedrückt?»

«Hochwürden, Ihr seid wahrhaftig ein Teufel! Ein Teufel im Mönchsgewand. Aber bei allem Respekt, meint Ihr nicht, dass dieser sogenannte Gemahl des Nachts schnell einen Dolch zwischen den Schultern hätte?»

«Nein, keineswegs, solange die beiden Herzöge leben, besteht kein Grund zur Besorgnis. Der Zähringer ist ein viel zu gewandter Diplomat, um öffentlich zuzugeben, dass es sich hier um eine erzwungene Ehe gehandelt hätte. Und er dürfte sicherlich auch kein Interesse daran haben, dass seine Bastardin schon in so jungen Jahren zur Witwe wird. Denn was hätte diese noch vom Leben zu erwarten, zumal ja ihre Herkunft mit diesem Makel behaftet ist … Einen Ritter hohen Standes zu heiraten, das ist doch das Beste, was ihr passieren könnte. Und da Bodo nun mal kein Adliger ist … Außerdem wissen wir ja, was mit Bodo passieren kann, schon bald sogar – wenn deine Leute nicht wieder versagen. Und wenn dann auch noch der Zähringer stirbt, ist das umso besser für diesen Ritter.»

Die zwei schauten sich lange an und brachen dann in ein schallendes Gelächter aus. Auch wenn der erste Anschlag misslungen war, so gab es nun doch plötzlich eine Alternative, die noch viel verheißungsvoller war als der ursprüngliche Plan.

«Die Liebe kommt nach der Ehe, mein lieber Ritter. So will es der Volksmund. Ein erfahrener Mann wird die Liebe seiner Gemahlin sicherlich zu gewinnen wissen, meint Ihr nicht auch? Was weiß denn schon eine unerfahrene Jungfrau über das Leben?»

Dann wandte er sich an seinen treu ergebenen Diener, der in seiner Kutte ebenso rundlich wirkte wie sein Herr, um die Umsetzung des heimtückischen Planes gleich in die Wege zu leiten.

«Wenn ihr nichts passiert ist, dann reitet sie weiter. An dem Ort, wohin sie bestellt worden ist, wird man sie ausfindig machen.»

Indessen ritt Adelheid bereits schweren Herzens und voll düsterer Ahnungen auf die Kapelle im Walde zu. Die schüchternen und angstvollen Mahnungen Berthas, die sich bemühte, ihre Herrin zur Umkehr zu bewegen, hatte sie in den Wind geschlagen.

V

GUT EIN JAHRZEHNT VOR 1120, dem Zeitpunkt des Beginns unserer Geschichte, hatte am Hofe des Ministerialen von Appenweier ein besonderes Ereignis stattgefunden. Der redliche Hildebrand, Herzog Bertolds Vasall, der die Ehre genoss, dessen Freund und Vertrauter zu heißen, war mit seinem Herrn auf die Jagd gegangen. Es hatte gerade die Mode der Jagd mit Falken Einzug gehalten, die zurückkehrende Kreuzritter Bohemunds des Normannen aus dem Orient mitgebracht hatten.

Wie immer hatte sich die Dame Richawa, die Burgherrin, auf die Ankunft des hohen Gastes sorgfältig vorbereitet. Auf silbernen Tellern warteten in Butter gebratene Forellen, Rehrücken mit Lorbeerblättern und Wacholderbeeren, mit Speck umhüllte und auf offener Glut geröstete Rebhühner, von der edlen Herrin eigenhändig zubereitet. Für dic weniger vornehmen Münder der Knechte drehten sich im Hof drei Ferkel und ein Ochse auf riesigen Spießen.

Die Säle wurden mit duftenden Tannenzweigen geschmückt, und für die Dekoration hatte Richawa ihren Truhen wertvolle Tapisserien entnommen, Geschenke ihres Bruders vom anderen Rheinufer.

Nachdem die Vorbereitungen abgeschlossen waren, inspizierte die Gemahlin des Ministerialen wie jede gute Hausfrau noch einmal die geschmückten Räume bis hinauf zu dem Kämmerchen oben im Turm, wo der Herr stets zu schlafen pflegte, wenn er nach der Jagd im Hause seiner Vertrauten übernachtete. Alles war in guter Ordnung. Richawa war zufrieden und wartete auf das Signal der Hornbläser, das die Ankunft der Gäste ankündigen würde.

In Gedanken war sie schon ganz bei dem anstehenden Ereignis, das für den manchmal doch etwas eintönigen Burgalltag stets eine willkommene Abwechslung verhieß. Gleich würde sie die Treppen hinunterlaufen, so schnell es ihre Jahre erlaubten, zusammen mit Vater Anselm, dem Beichtvater und Freund der Familie, vor dem Herrn niederknien und ihm für die Ehre danken, die er ihrem bescheidenen Hause erwies. Bertold, der vollkommene Ritter, würde sie auf die Wangen küssen und an der Hand die Treppe hinauf in den großen Saal führen, wo er sich höflich wie immer für die ihm gewährte Gastfreundschaft bedanken würde.

Später würde sie sich dann zurückziehen, nicht ohne zuvor noch einen forschen Blick auf ihre Dienerschaft zu werfen, die in ihren festlichen Gewändern darauf wartete, die silbernen Trinkschalen zu reichen und den Wein einzuschenken. Ein starker, herber, leicht bitterer Wein, ein kostbares Getränk, wie es nur Hildebrands Weinreben am Ufer des Rheines hervorbrachten und das dem hohen Herrn besonders gut schmeckte.

Nachdem die Männer ihren Durst gelöscht und sich kurz zurückgezogen hätten, um ihre Kleider zu entstauben, würde die Dame des Hauses mit ihren Begleiterinnen wieder im großen Saal erscheinen. Dort nähme Richawa auf der Estrade an Bertolds rechter Seite ihren Platz ein, und der Herzog würde ihr mit Galanterie ein Gläschen Wein und ein Stück Rebhuhnbraten anbieten.

Alles würde nach alter, guter Gepflogenheit ablaufen. Der Herzog, fröhlich und entspannt inmitten seiner Vertrauten, würde wie jedes Mal, wenn er zu Besuch war, mit großem Appetit zugreifen und die Kochkünste der Hausfrau und den Wein seines Freundes Hildebrand loben. Für wenige Stunden würde auch er ein Normalsterblicher wie alle anderen sein und die Sorgen und das strenge Zeremoniell des Hofes vergessen.

Diesmal verlief aber alles anders. Als Richawa die ankommenden Gäste durch das Burgtor reiten sah, fiel ihr sofort auf, dass der Herzog nur von einem kleinen Gefolge begleitet wurde. Lediglich zwei Männer ritten ihm und Hildebrand hinterher. Und außerdem hatte niemand, was höchst ungewöhnlich war, das Signalhorn geblasen, sodass die Diener im Hof noch nicht auf ihren Posten waren. Selbst Vater Anselm, der normalerweise zur Begrüßung neu ankommender Gäste schon bereit stand, kam diesmal hurtigen Schritts und schon etwas außer Atem herbei.

Richawa, die inzwischen ebenfalls im Hof angekommen war, bemerkte erst jetzt, dass Hildebrand nicht alleine auf seinem Pferd saß, sondern vor sich ein in allerlei Tücher gewickeltes kleines Wesen hielt, von dem nur zwei sehr muntere blaue Augen und ein freches Näschen zu sehen waren. Vorsichtig stieg er ab und setzte seinen, wie es schien, kostbaren Schatz behutsam auf dem Boden ab, statt wie sonst neben dem Pferd seines Gebieters zu knien, um ihm beim Absteigen zu helfen und für die große Ehre zu danken, die ihm zuteil wurde. Währenddessen war der Herzog mit außergewöhnlicher Flinkheit und Behändigkeit von seinem Pferd gesprungen, und er schien auch keineswegs irritiert darüber, dass man ihm so wenig Aufmerksamkeit schenkte. Die beiden Männer tauschten lachend ein paar Worte, die Richawa nur allzu gern mitgehört hätte. Kurz nur kam ihr noch in den Sinn, dass sie ja viel zu viele Speisen vorbereitet hatte, doch was sie dann sah, ließ sie die häuslichen Sorgen schnell vergessen. Aus den Tüchern und Decken kroch ein etwa zehnjähriges Mädchen hervor, das neugierig um sich blickte.

Fast hatte das Herz der Hausdame aufgehört zu schlagen. Sie kniete schweigend vor dem mächtigen Herrn und küsste ihm die Hand. Dieser hob sie auf, lächelte und berührte ihre Stirn mit den Lippen. Hildebrand ging die Treppe hinauf und versuchte, seine großen Schritte an die des kleinen Wesens anzupassen, das mit rührendem Vertrauen seine Hand hielt. Er blickte dabei nur grimmig auf seine Frau, die vergessen hatte, den Herrn auf gebührende Weise willkommen zu heißen.

Glücklicherweise rettete Vater Anselm die Situation. Er segnete eilig den hohen Gast und begrüßte ihn auf Lateinisch, der Sprache, die der Herzog besonders mochte und auch gut beherrschte. Inzwischen hatte auch Richawa den Tadel ihres Gemahls verstanden und flüsterte beschämt die Worte, die sie sich am Vormittag ausgedacht hatte.

In den folgenden Tagen bemühte sich die alte Burgherrin vergeblich, ihrem Gatten Einzelheiten zu entlocken. Der Ministeriale gebärdete sich störrisch wie ein Maulesel.

«Was du wieder so alles wissen willst! Der Herzog hat dir alles gesagt, was du wissen sollst! Sie ist ein Waisenkind und heißt Adelheid. Ihre Eltern sind verstorben und unser Herr möchte, dass wir sie großziehen. Was gibt es noch zu tratschen? Schluss und Ende!»

Sprach's und machte sich wie immer in den letzten Tagen eilends davon, um entweder im Stall nach dem neuen Fohlen zu sehen, das die alte weiße Stute gerade geworfen hatte, oder auf die Jagd oder nach Sankt Peter zu gehen, um mit dem Abt den neuen Wein zu begutachten.

Richawa blieb also nichts anderes übrig, als das Mädchen selbst zu befragen. Doch dieses gab sich ähnlich widerspenstig wie ihr Mann, zuckte bloß mit den Schultern und sagte kein Wort. Es musterte misstrauisch die alte Dame und lehnte es entschieden ab, einen Stickrahmen auch nur in die Hand zu nehmen. Sein einziges Vergnügen bestand darin, ohne Sattel zu reiten und das Fohlen zu füttern.

Der Frau des Ministerialen war es, als entdeckte sie immer mehr Wesenszüge an dem jungen Mädchen, die denen ihres

Gatten nicht unähnlich waren – Adelheid war genauso kühn und stur wie er –, und dies brachte sie mehr und mehr ins Grübeln. Eines Abends, als sie es mit ihrer Ungewissheit nicht mehr länger aushielt, stellte sich Richawa, die Hände in die breiten Hüften gestemmt wie eine ihrer Köchinnen, ihrem Mann in den Weg, um ihm mitzuteilen, dass es ihr nun endgültig reiche und sie nun zu ihrem Bruder nach Ottmarsheim auf die andere Rheinseite ziehen würde.

«Ich habe keine Eltern mehr, bei denen ich Obdach finden könnte, aber mein Bruder wird mich bestimmt aufnehmen, damit ich bei ihm meine traurigen Tage beenden kann …»

«Weib, was ist bloß in dich gefahren? Hast du hier nicht alles, was du brauchst?», fragte Hildebrand mit fast schon geschlossenen Augen. «Was hast du in fremden Häusern zu suchen?»

Der Ministeriale war viel zu müde, um die Bedeutung ihrer Worte zu erfassen.

«Das hier ist nicht mehr mein Haus. Es ist dein Haus, das Haus eines untreuen und unsittlichen Tyrannen, der mir eine Bastardin in den Pelz gesetzt hat. Das ist die Höhe! Ausgerechnet ich, die unschuldige Ehefrau, soll die Frucht deiner Unzucht großziehen! Du hast mich zum Gespött der Dienerschaft gemacht, vom Getuschel der Nachbarschaft gar nicht zu reden! Ich wage kaum mehr, am Hofe zu erscheinen!»

Plötzlich war der Ritter Hildebrand hellwach und brach in ein schallendes Lachen aus, sodass fast die Schlossmauern erzitterten.

«Bist du von Sinnen, Weib?», prustete er vor Lachen. «Wer hat dir denn diesen Unsinn eingeredet? Bastardin, wieso? Glaubst du, dass ich … Haha, das ist der beste Witz, den ich je gehört habe.»

Frau Richawa schaute ihn nur mit weit aufgerissenen Augen an, packte einen silbernen Pokal, schleuderte ihn wütend zu Boden und spielte dabei ihre Rolle mit einer Natürlichkeit, die jeder geübten Schauspielerin noch zur Ehre gereicht hätte.

«Bastardin, was?», fuhr der Mann fort. «Ich bringe also meine Bastardin geradewegs mit nach Hause, um sie von meiner treu sorgenden Gemahlin großziehen zu lassen? Vater Anselm hat recht, wenn er sagt, aus Adams Rippe hätte eben nur eine Rippe und keine Vernunft entstehen können! Haha! Just an dem Tage, an dem der Fürst uns besuchen kommt, hole ich meine Bastardin heim, damit meine Frau sie großzieht! Und ich sage ihm: ‹Edler Herr, habt ein wenig Geduld und wartet noch ein Weilchen mit der Jagd, ich muss einen Umweg machen und für meine allerliebste Richawa noch ein kleines Geschenk abholen!› Und der Herzog hat natürlich an nichts einen größeren Gefallen, als seine Jagdleidenschaft zu zügeln und sich stattdessen in die Rolle einer Pflegemutter zu fügen. Ich will dir mal was sagen, Weib, glaubst du tatsächlich, dass sich unser Gebieter so eine Dreistigkeit gefallen ließe? Kennst du ihn so schlecht? Hör gut zu, Richawa! Das Kind ist von vornehmer Abstammung, und unser Herr beschützt es mit seiner ganzen Güte und Autorität. Er hielt dich für eine kluge und fromme Frau, deshalb wollte er das Mädchen bei uns unterbringen. Wir sollen es erziehen, wie es sich gehört. Er dachte, das Kind wäre hier in guten Händen, in sicherer Obhut. Viele Wochen, ja Monate lang hatte er überlegt, wem er es anvertrauen könnte. Und nun kommst du mit deinen albernen Verdächtigungen. Nicht auszudenken, wenn er hören würde, was für ein Unsinn dir einfällt! Er verlangt nämlich, dass ihm alles berichtet wird, was Adelheid betrifft, alles, was sie tut, wie sie sich benimmt, was andere von ihr halten, über sie reden oder denken. Einfach alles.»

Hildebrand schwieg und kratzte sich das Kinn, was für gewöhnlich Ausdruck größter Unzufriedenheit war. Was für eine Nervensäge dieses Weib aber auch sein konnte!

Richawa dagegen hatte sich erstaunlich schnell wieder beruhigt und aufmerksam zugehört. Wie so oft hatte sie ihn dahin gebracht, mehr zu sagen, als er eigentlich sagen wollte.

«Ach so, jetzt verstehe ich, du hinterhältige Schlange! Du wolltest nur wissen, was wirklich mit Adelheid los ist, nicht wahr? Hast mir alles nur vorgespielt, keine Minute hast du daran gedacht, sie sei tatsächlich meine Tochter, ist es nicht so?»

Der Ministeriale stand auf, streckte sich, sodass er noch größer wirkte als sonst, und trat vor seine Frau.

«Hör mir gut zu, Richawa! Du wolltest mir die Würmer aus der Nase ziehen, und das ist dir wieder einmal gelungen. Du bist listiger als der hochwürdige Vater Gebhard, der ja wahrhaftig schon gerissen ist, wenn es darum geht, seine Gegner an der Nase herumzuführen. Der Herzog hätte dich zu sich an den Hof holen sollen, um dort Politik zu machen. Hör mir gut zu, Weib! Was ich dir jetzt sage, ist streng vertraulich, und du musst es wirklich für dich behalten, verstanden? Unser Geheimnis ist gefährlich und ich glaube kaum, dass es dir gefallen würde, wenn wir beide in den unterirdischen Verliesen von Gundelfingen verfaulen müssten. Du hast sie nie gesehen, die Grüfte, wo schon so mancher gefangen gehalten wurde, um nie wieder ans Tageslicht zu kommen. Möge Gott dich davor bewahren, dass du sie nie von innen sehen musst! Der Herzog vertraut uns. Das Kind ist eine Waise, und es musste sich jemand finden, der es aufzieht. Nun, wir sind gute Christenmenschen, haben Mitgefühl und wollen unsere Seelen retten, ist es nicht so? Wir wissen nicht, wer es ist, und brauchen es auch nicht zu wissen. Wir haben auch nicht davon zu sprechen. Besser, du vergisst auf der Stelle wieder alles, was du gesehen und gehört hast, vor allem, wer sie wie und wann hierher gebracht hat. Du hast es ja gesehen, es waren nur zwei sorgfältig ausgewählte Vertrauensmänner dabei. Sie sind dem Herzog ganz und gar ergeben und wissen, dass sie schweigen müssen. Sollte also etwas durchsickern, dann wird es schnell heißen, die Frau des Ministerialen konnte mal wieder ihre Zunge nicht zügeln. Und ich wünsche wirklich nicht, dass du in irgendein

Kloster verbannt wirst, zu Brot und Wasser bis ans Ende deiner Tage. Oder gar noch schlimmer. Ich denke, wir haben uns verstanden. Und nun Schluss mit der ganzen Geschichte. Ich will nichts mehr davon hören.»

«Nur eines will ich noch fragen», seufzte Richawa. «Wieso ist es so gefährlich? Und warum alles so geheim? Unser Herr ist doch unser Herrscher und kann tun und lassen, was er will. Vor wem fürchtet er sich?»

«Er fürchtet sich überhaupt nicht, aber er will nur die noblen Häupter am Hofe nicht verärgern. Hast du vergessen, dass die Herrin Sophie keine Kinder hat? Die Welfen sind mächtig und einflussreich. Bertold kann zum jetzigen Zeitpunkt alles, nur keine neuen Feinde gebrauchen, im Gegenteil, er muss sich vielmehr nach Hilfe und neuen Freunden umschauen, solchen, die zuverlässig sind und ihm nicht in den Rücken fallen. Du weißt, wie betrüblich die Lage ist. Hier wie jenseits des Rheins, in Burgund und überall stiften unsere Gegner Unruhe und hetzen gegen uns, wie und wo sie nur können. Dein Bruder könnte dir einiges davon berichten. Aber noch besser wäre es, du überlässt die Politik und die Geschäfte den Männern und kümmerst dich um deinen Stickrahmen. Erst gestern hat mich der Abt von Sankt Peter wieder gefragt, wann denn die Stickerei für den Altartisch nun endlich fertig wird. Also leg dir einen Maulkorb an, wenn du später keinen Ärger haben willst!»

«Ja, aber letztendlich wird man doch alles erfahren. Kein Geheimnis bleibt für immer verborgen, und unser Herr kann das Kind nicht ewig bei uns verstecken. Was aber dann?»

«Dann werden wir sehen! Und wenn du jetzt nicht endlich schweigst, dann gehe ich zum Schlafen in eine andere Stube. Und zwar nicht nur für diese Nacht!»

Richawa hatte verstanden. Ihr Verdacht war von Anfang an nicht wirklich gegen ihren Mann gerichtet. Dafür kannte sie ihn zu gut. Aber sie wollte doch gerne Gewissheit haben und die ganze Wahrheit aus dem Munde Hildebrands selbst hören. Und das hatte sie nun ja auch erreicht. Über das soeben Erfahrene Schweigen zu bewahren, sollte ihr nicht schwerfallen. Zu lange schon hatte sie am Hofe gelebt, um nicht zu wissen, was die fürstliche Dankbarkeit wert war.

Im Laufe der folgenden Jahre wuchs Adelheid zu einem hübschen und reizenden Mädchen heran. Die alte Burgherrin ertappte sich immer wieder dabei, wie sie bei Adelheid Ähnlichkeiten mit ihrem illustren Vater zu entdecken meinte. «Sie ist ganz der Vater», dachte sie bei sich. «Und wenn sie wütend ist, blitzen ihre Augen genau wie die seinen. Ja, alles an ihr, die Gestalt und Haltung, erinnert an den edlen Herrn. Auch wenn man nicht wüsste, wer sie ist, könnte man es doch leicht erahnen. Ich glaube kaum, dass das Geheimnis noch lange gehütet werden kann … Und dann wird der Herzog uns verdächtigen.»

Richawa verbrachte viele schlaflose Nächte, weil sie sich bereits in die gefürchteten Grüfte der Festung geworfen sah. Einst Residenz der fürstlichen Familie, war die Festung von Gundelfingen jetzt nur noch ein letzter Verteidigungsposten und ein gefürchtetes Gefängnis, von dem man grauenhafte Dinge erzählte.

Doch niemand störte die Ruhe im Hause des Appenweirers und seiner Frau. Langsam gewöhnten sich Adelheid und Richawa aneinander, und Vater Anselm lehrte sie Lesen und Schreiben, wie der Herzog es verlangt hatte. Das Mädchen war klug und von flinker Auffassungsgabe. In kurzer Zeit konnte sie bereits alle Fibeln des Mönchs entziffern. Hinzu kam, dass sie auch eine schöne Schrift hatte, mit der sich jeder Hofschreiber hätte rühmen können. Vater Anselm war außer sich vor Stolz, und insgeheim brachte er ihr nicht nur die lateinische, sondern auch die griechische Sprache bei, die er in jungen Jahren erlernt hatte.

Hildebrand, der auf diesen Wissensgebieten nicht besonders bewandert war, betrachtete sie mit wachsender Bewunderung, ja mehr noch, er hatte begonnen, das Kind wie sein eigenes zu lieben. Adelheid zeigte die gleiche Leidenschaft für die Jagd und für Pferde wie er und hätte auch viel lieber ihre Zeit im Waffensaal verbracht als bei Richawas Tapisserien. Diese konnte es anfangs gar nicht fassen, dass sich das Mädchen so gänzlich gleichgültig gab angesichts der prächtigen Brokate und Spitzenhauben, die gemäß der strengen Mode der Zeit die Haare der Damen verbargen, aber dadurch umso mehr die Feinheit der Gesichtszüge zur Geltung brachten. Ihrer Ansicht nach musste sich jedes weibliche Wesen ab dem zehnten Lebensjahr um ihr Aussehen kümmern und sich in der Kunst üben, den Männern zu gefallen. Eine vierzehnjährige Jungfrau war mehr als reif für die Ehe. «Und wie gedenkst du den künftigen Herrn deines Herzens, der zugleich auch dein treu ergebener Diener sein wird, zu bezaubern, wenn nicht mit Hilfe eines reich ausgestatteten Arsenals an Schleiern, Tüchern und ausgesuchten Parfüms?»

Adelheid aber kümmerte das alles nicht, ja sie zeigte sich völlig gleichgültig gegenüber all diesen ‹lebenswichtigen› Dingen, dass es fast schon einer Beleidigung ihrer Ziehmutter gleichkam. Sooft sie nur konnte, schlich sie sich aus dem Haus und verschwand unauffällig im Hinterhof, bekleidet mit einem einfachen Pagenanzug. Und kaum außer Haus, schnappte sie sich auch schon das nächstbeste ungesattelte Pferd auf Hildebrands Koppel und preschte in rasendem Galopp davon.

Die Diener und Stallknechte vergötterten sie ob ihrer unkonventionellen Art, und die jungen Schildknappen, die bei Hildebrand in die Lehre gingen, träumten bald von nichts anderem mehr als den blonden Flechten, die das Mädchen ungehindert im Wind flattern ließ. Richawa dagegen machte sich Sorgen und begann in ihr schon eine Ketzerin zu sehen, die früher oder später auf dem Scheiterhaufen landen würde. Andererseits aber hatte es ihr die offene Gemütsart Adelheids angetan, auch wenn sie es sich nie verkneifen konnte, sie wegen ihres ungehörigen Verhaltens laut und in aller Öffentlichkeit zu tadeln. Ihre Stimme verriet nicht nur den Stolz, sondern auch eine gewisse Zärtlichkeit, mit der sie die Schönheit und den starken Charakter ihres Schützlings betrachtete. «Was erwartest du?», fragte sie sich dann immer, «sie hat das Blut ihres Vaters in den Adern. Dieselbe Hitzigkeit und dieselbe Willenskraft, wie sie nur durch adelige Herkunft verliehen wird. Sie hätte als Junge geboren werden müssen! Was für ein vollendeter Ritter wäre dann wohl aus ihr geworden. Aber es ist, wie es ist, und mit der Zeit wird sie sicherlich auch sanfter werden. Spätestens dann, wenn sie ihr Herz an einen jungen Mann verlieren wird... Auch ihr Vater war ja nicht gegen die Irrungen und Wirrungen der Liebe gefeit, bis heute nicht. Oh, wir wissen schon ...»

Und so verflogen die ruhigsten Jahre im Leben der kleinen Prinzessin, bis dann eines Tages und für alle unerwartet der Herzog seinem alten Diener befahl, das Mädchen an den Hof zu bringen.

«Ich weiß, Ihr habt sie zu einer vollendeten jungen Dame herangezogen», schmeichelte er dem Ministerialen mit jener Grazie, um derentwillen er bei seinen Untertanen so beliebt war. «Es ist aber die Zeit gekommen, dass unsere Waise hier bei uns leben soll. Die Herzogin hat die Güte, sie unter ihre jungen Protegées aufzunehmen.»

Bedrückt kehrte Hildebrand nach Hause zurück. Sein Heim würde künftig nicht mehr das sein, was es war, ging es ihm durch den Kopf, während er stürmisch und schweren Herzens seinem Hof zuritt. Aber ein Befehl war ein Befehl und duldete keinen Widerspruch, auch wenn es ihm das Herz zerreißen würde.

Frau Richawa indes sah dies ganz anders. «Du bist wohl nicht bei Sinnen? Hast du dir einmal überlegt, wie einsam dieses Mädchen dort sein wird? Schickst sie einfach wie ein Lämmchen unter die Wölfe? Ich weiß nicht, Mann, hast du nun auch noch den letzten Funken Verstand verloren?»

Bittere Tränen der Gemahlin begleiteten diesen Zornausbruch, den der Ritter fast regungslos und wie versteinert über sich ergehen ließ. Je mehr die Zeit verging, desto öfter wurde er für all das als verantwortlich angeprangert, was in dieser Welt schieflief. Ihm war nicht nach Streit zumute. Zu groß war der Schmerz und die Traurigkeit, die der Befehl des Herzogs in ihm ausgelöst hatte. Er zuckte daher nur resigniert mit den Achseln und machte sich auf, die Prinzessin zu suchen, um ihr die große Neuigkeit zu eröffnen.

Der vom Herzog festgesetzte Tag für den Abschied rückte rasch näher, und Adelheid musste sich auf den Weg zur Schlossresidenz begeben, begleitet von guten Ratschlägen, vielen Tränen und den schönsten Hauben ihrer alten Beschützerin.

Der Schlossherr war allerdings nicht zu Hause. Eilige und wenig erfreuliche Angelegenheiten hatten ihn gezwungen, unerwartet abzureisen. Hildebrand war darüber wenig erfreut, hatte aber keine andere Wahl, als Adelheid dem Vater Bernhard anzuvertrauen.

«Die Herzogin wird sie vielleicht morgen empfangen. Heute ist sie für niemanden zu sprechen. Sie fastet und betet in der Kapelle.»

Hildebrand schaute ihn enttäuscht an.

«Nein, mein Freund, es ist nicht das, was du denkst», versicherte ihn der alte Mönch. «Nach der gestrigen Abreise unseres Herrn hat sich Ihre Hoheit zurückgezogen. Sie ist unruhig, lieber Hildebrand, eine extrem opferbereite Frau, die alle Sorgen und Gefahren schwernimmt. Auch ihr Gatte blieb, wie du ja weißt, in letzter Zeit nicht verschont.»

«Ihr werdet mich nicht überzeugen können, Vater Bernhard, dass sie das arme Kind mit Wohlwollen und Güte behandeln wird. Wir wissen es beide, keiner kann über seinen Schatten springen, umso weniger die Fürstin, die, wie wir alle wissen ...»

«Schweig, Hildebrand! Du weißt, ich bin dein alter Freund und ich würde dich nie belügen. Du bist ein anständiger, loyaler Mann, wie es wenige gibt, aber wenn du öfter bei Hofe wärest, würdest du nicht so leichtsinnig den Mund auftun. Wir sind hier nicht in Appenweier ...»

«Verzeiht mir, Vater, aber das weiß ich ...»

Der Mönch schüttelte nur den Kopf, denn er kannte Hildebrand nur zu gut und wusste, dass er in solchen Dingen nicht besonders diplomatisch war.

«Zu Unrecht schüttelt Ihr den Kopf. Ich habe eine Zunge und ein Schwert, und beide sind zwar spitz, haben aber noch nie unserem Herrn oder den Seinen irgendeinen Schaden zugefügt. Ich mache mir einfach Sorgen um Adelheid. In den letzten Jahren haben wir uns daran gewöhnt, sie als unser eigenes Kind zu betrachten, und wir könnten nicht ertragen, dass sie leidet. Das Leben am Hofe ist nicht leicht.»

«Da magst du recht haben, aber vergiss nicht, die junge Prinzessin, wie wir sie ja von jetzt an nennen können, hat mächtige Protektoren», entgegnete Vater Bernhard mit einem vielsagenden Lächeln.

«Mächtig vielleicht, aber nicht zur Stelle, wenn sie gebraucht werden. Der Herzog hat schon genug um die Ohren, er kann sich nicht auch noch um jeden Einzelnen kümmern, der seiner Hilfe bedarf.»

«Auch da magst du recht haben. Nur ist Adelheid keine schwache Person, wie ich erfahren habe, sondern jemand, der sich zu wehren weiß, ohne mit der Wimper zu zucken. O ja, ich weiß es. Und dann sind auch wir noch da. Man hat bereits Herrn Conrad von ihr berichtet und er wird ihr, und dafür lege ich meine Hand ins Feuer, nicht nur mit Wohlwollen, sondern auch mit Liebe begegnen, sie ist doch seine Nichte. Und zudem gibt es bei Hofe nicht wenige aufrechte Untertanen, die es nicht zulassen würden, dass ein unschuldiges Kind leidet.»

Über Vater Bernhards Antlitz huschte ein kurzer Schatten, der sich aber rasch wieder in einem unendlich gütigen Lächeln verlor. Er war hochgewachsen, aber von leicht gekrümmter Gestalt. Sein weißhaariger Kopf und sein sanftes Gesicht drückten grenzenlose Hilfsbereitschaft aus.

«Und außerdem steht Adelheid unter dem Schutz der Herzogin. Das war die Entscheidung unseres Herrn und du weißt, er meint es ernst. Nach außen hin mag Frau Sophie ein etwas unterkühltes und verschlossenes Wesen haben, aber ich versichere dir, sie ist eine edle und redliche Seele und sie wird nichts Unrechtes zulassen. Nein, lieber Hildebrand, es ist viel eher etwas anderes, das mich beunruhigt. Schwarze Wolken ziehen sich am Himmel zusammen. Die Feinde umzingeln uns. Du weißt, dass unser Herr sich gnädig herabgelassen hat, mich mit seinem Vertrauen zu beehren, und auch du gehörst zu seinen engsten Vertrauten. Ich kann dir kaum schildern, welche Abgründe an Verrat und Verschwörung sich gegen uns aufgetan haben. Dass die Zähringer schon lange zu den Verbündeten des Papstes zählen, wird der Kaiser niemals vergessen und ihnen deshalb stets mit Misstrauen und Feindseligkeit begegnen.»

«Und das beruht, wie du weißt, auf Gegenseitigkeit. Denk nur an die Geschichte mit dem Ring», fuhr Hildebrand fort. «Damals waren es unsere Herrscher, die auf infame Weise betrogen wurden, und das können sie nun wiederum nicht vergessen. Sie hätten das Herzogtum Schwaben in Besitz nehmen können. Der Ring war dem Großvater unserer Prinzen von Heinrich III. als Pfand gegeben worden. Doch seine Witwe hat das Herzogtum Rudolf von Rheinfelden gegeben. Dem Zähringer hat man als Entschädigung den Titel Herzog von Kärnten gewährt, rein formell, denn die Kärntner wollten keinen fremden Herrscher anerkennen. Welch eine Schmähung für den alten Bertold!»

«Man sagt, dass Rudolf die kaiserliche Tochter entführt und geheiratet habe», erwiderte der Mönch, «was zählt da schon ein Ring oder ein Versprechen?»

«Ein Kaiser, ob Mann oder Frau, der getroffene Abmachungen nicht einhält, ist kein richtiger Kaiser mehr, und seine Vasallen sind berechtigt, ihm die Gefolgschaft zu verweigern. Ich, als einfacher Ritter, hätte nie mein Wort brechen können. Und ein gekröntes Haupt, die Kaiserin Witwe, hat das Versprechen ihres Mannes missachtet. Ich höre immer, die Zeit des Faustrechts sei vorbei, kein Krieger dürfe sich mit Hilfe seines Schwertes sein Recht verschaffen. Aber manchmal muss er das tun. Die Zähringer sind so übel betrogen worden. Wie sollen sie dem kaiserlichen Haus noch vertrauen? Wie sollen sie dem Kaiser noch folgen? Sie sind berechtigt, eben so zu handeln, wie sie es tun. Ich sage es noch einmal, ich, Hildebrand, dem niemand Untreue vorwerfen kann, sie hatten und sie haben auch heute recht!»

«Die Kaiser und Kaiserinnen sind Menschen wie wir», seufzte der Mönch. «Es riecht nach Ketzerei, was ich jetzt sage, aber auch das Salböl bei der Krönung schützt nicht vor Irrtümern. Man redet von ‹blauem Blut› und ‹göttlichem Recht›. Ist es aber so? Komplizierte Genealogien und verzweigte Stammbäume verleihen nur scheinbar das Herrschaftsrecht. Der Kaiser verfügt über Leben und Tod seiner Untertanen und behauptet, Stellvertreter Gottes auf Erden zu sein. Nur Gott gegenüber sei er für seine Taten verantwortlich. Hildebrand, du hast doch gesehen, was das für Folgen hatte: Es gab Streit mit der Kirche, überall Streit, Misstrauen und Intrigen. Ja, die Staufer hetzen dauernd gegen uns, so wie auch die Salier immerfort Unfrieden gestiftet haben. Denn sie haben Angst. Unsere Herrscher, die an Abstammung, Macht und Vermögen anderen Fürstengeschlechtern in nichts nachstehen, hätten genauso wie andere Adelsgeschlechter Anspruch auf den kaiserlichen Titel. Das fürchtet der Kaiser.»

«Anspruch auf den kaiserlichen Titel? Meint Ihr wirklich, Vater? Diese Möglichkeit wurde ihnen wohl für immer genommen.» Hildebrand hatte voller Wut den Griff seines Schwertes gefasst. «Und jetzt will der Kaiser sogar Zürich in die Hände bekommen.»

«Das ist noch nicht alles.» Vater Bernhards Gesicht hatte sich plötzlich verdunkelt. «Vor kurzem haben unsere Leute einen Geheimboten des Abtes Otto gefangen genommen, der sich angeblich in unserer Gegend ‹verirrt› hatte, aber den Koch des Hofes zu kaufen versuchte. Er hatte ihm eine ansehnliche Geldbörse voller Goldmünzen und ein Giftfläschchen ausgehändigt. Unser Mann kam erschrocken zu mir und hat ausgesagt, alles gebeichtet, sodass wir des Giftmischers habhaft werden konnten. Auf die Folter gespannt, hat er gestanden, wer ihn geschickt hatte.»

«Schöne Beschäftigung für einen frommen Abt», brummte Hildebrand.

«Hinzu kommt, dass der alte Herzog von Genf gestorben ist, und der Thronfolger ist jetzt sein unmündiger Sohn Amadeus, dessen Mentor lange Zeit Abt Otto war. Der Junge scheint ein reichlich ungebärdiger und unvernünftiger Knabe zu sein. Er strebt danach, seinen Machtbereich nach Burgund auszudehnen und, wie du weißt, unterhält ja nun auch Herzog Conrad sehr gute Beziehungen dorthin.»

«Ja, ich habe gehört, die Hochzeit stünde bald an», lächelte Hildebrand.

«Das habe ich nicht gesagt», verteidigte sich der Geistliche. «Alles, was ich weiß, ist, dass Prinzessin Clémence eine junge, außergewöhnliche Dame ist, die sich auf jedem Thron gut machen würde. Mehr ist darüber zum jetzigen Zeitpunkt nicht zu sagen. Im Elsass ist übrigens die Lage kaum besser. Dein Schwager in Ottmarsheim hätte dir darüber sicherlich so manches zu berichten. Auch dort könnten unsere Feinde unerwartet zuschlagen.»

«Vater Bernhard», entgegnete der Ministeriale, wobei er bis unter die Haarwurzeln errötete, «mein Schwager Ludvig ist ein redlicher Mann. Für ihn lege ich meine Hand ins Feuer. Er würde sich nie mit unseren Feinden verbünden und unsere Herzöge verraten.»

«Ja, er ist ein redlicher Mann, da stimme ich dir völlig zu. Aber es gibt leider noch andere Vasallen unseres Hauses auf dem linken Rheinufer, von denen sich schwerlich das Gleiche behaupten ließe. Manche sind sogar, obwohl sie uns sehr nahe stehen, in diese schmutzigen Händel verstrickt.»

Hildebrand schaute ihn mit einem Ausdruck großer Verwunderung an: «Manche Vasallen des Herzogs, sagt Ihr, Hochwürden? Das kann ich nicht glauben. Warum macht Herr Bertold dann nicht einfach kurzen Prozess und lässt sie ins Verlies werfen?»

«Weil er genau wie du, lieber Hildebrand, es einfach nicht glauben kann. Wir haben keine Beweise. Es wird hintenherum so einiges getuschelt, es gibt Vermutungen und Gerüchte, aber der Herzog will nichts davon hören. Nicht einmal Conrad, der die bessere Menschenkenntnis besitzt und mir versprochen hat, sich mit der Angelegenheit zu befassen und der Sache auf den Grund zu gehen, hat etwas in der Hand. Er sagt nur, wir sollen abwarten und die Augen offen halten. Jetzt mal ehrlich und ganz unter uns, mein Freund, was denkst du eigentlich über den Ministerialen Eglord von Opfingen?»

«Eglord? Zweifelsfrei ein aufstrebender junger Mann, aber soviel ich weiß, gehört er nicht gerade zu denjenigen, die es mit Recht und Gesetz allzu genau nehmen. Er ist grausam, es werden furchtbare Dinge erzählt, die sich im Keller seines Schlosses abspielen sollen. Man hört auch von einem recht ausschweifenden Lebenswandel, ja sogar von Gelagen ist die Rede, Dinge jedenfalls, über die zu sprechen man einem Ordensmann gegenüber etwas Scheu empfindet. Auf keinen Fall würde ich meine Tochter einem solchen Bewerber als Ehefrau anvertrauen, das ist klar. Dass er aber so weit geht und sogar unsere Herren verrät, die ihn mit Privilegien und Geschenken überschüttet haben, das kann ich kaum glauben. Eglord mag wohl als Rädelsführer bekannt sein und bei allen Geplänkeln und Raufereien stets in der vordersten Reihe stehen, aber er ist immerhin auch derjenige, der eines der schärfsten Schwerter des Herzogs führt. Nein, ich kann nicht glauben, dass ein Ritter wie er fähig wäre, einen solchen Verrat zu begehen.»

Der Mönch schüttelte misstrauisch den Kopf. Was seine Einblicke in die Abgründe der menschlichen Seele betraf, war er dem edlen Hildebrand ein gehöriges Stück voraus.

«Lieber Hildebrand, ich muss doch nicht noch einmal betonen, dass das hier Gesagte unter uns bleiben wird? Ich habe dir all das erzählt, um dir zu zeigen, wie viele Sorgen unsere Herzöge haben. Schon bald werden wir verlässliche Freunde mit kräftigen Schwertern brauchen. Und eine schöne und begabte Fürstentochter wie die junge Adelheid kann dem Herzog mächtige Verbündete verschaffen. Geheimboten zwischen unserem Hof und anderen Fürstenhäusern waren bereits unterwegs. Es gibt viele junge Männer edler Abstammung, die darauf erpicht sind, in das Geschlecht der Zähringer einzuheiraten. Natürlich wird das Mädchen nie einen direkten Erben heiraten können, wie es zu wünschen gewesen wäre. Aber am Hofe Frankreichs gibt es einige junge Männer königlicher Herkunft, und ähnlich verhält es sich mit Flandern und Italien. Bohemund hat auch einen Nachkommen hinterlassen. Sogar mit Byzanz könnte man eine vorteilhafte Ehe schließen ...»

«Vater Bernhard», unterbrach ihn Hildebrand wütend, «wollt Ihr mir sagen, dass der Herzog Adelheid opfern wird, sie zwingen will, eine politische Ehe einzugehen mit irgendeinem Nachkömmling aus irgendeiner Seitenlinie irgendeines beliebigen Fürstengeschlechtes? Ich muss mich doch sehr wundern. Und an ihre Gefühle denkt er gar nicht?»

«Die Zähringer haben immer schon vorteilhafte politische Ehen geschlossen», seufzte der fürstliche Beichtvater. «Lieber Hildebrand, du weißt doch genau, blaues Blut unterliegt anderen Gesetzen und Pflichten als das der gewöhnlich Sterblichen. Adelheid gehört, wenn auch nur väterlicherseits, einer edlen Familie an, und sie wird wie alle ihre Vorfahren ihre persönlichen Gefühle hintanstellen müssen. Muss ich dir aufzählen, was das Haus der Zähringer durch Eheschließungen alles erworben hat? Ich weiß, du liebst die junge Fürstin wie dein eigenes Kind. Es ist ein Gefühl, das dich ehrt und deine Großmut unter Beweis stellt. Sei dessen sicher, unser edler Herr wird ihre Zukunft zu ihrem Vorteil, zur Ehre Gottes und zum Wohle seiner Untertanen zu gestalten wissen.»

Sodann lud Vater Bernhard seinen Freund zu einem Glas Wein aus den fürstlichen Weinbergen ein, dem er Nüsse und frisches Brot mit Honig beistellte.

Unterdessen wurde Adelheid unter der Obhut der herzoglichen Amme, einer rundlichen, gutmütigen Frau mit spitzem Mund und einer riesigen weißen Haube auf dem Kopfe, in ihr Kämmerchen geleitet. In Windeseile wurde sie in alle Vorkommnisse und Begebenheiten am Hofe eingeweiht und eine Beurteilung sämtlicher Schlossbewohner hinsichtlich ihrer guten und weniger guten Charaktereigenschaften wurde ihr dabei gleich mitgeliefert. In einer halben Stunde bekam das Fürstenkind mehr zur Kenntnis, als es in den ruhigen Jahren zuvor erfahren hatte.

Als Adelheid aufgrund der vielen Details bald nicht mehr wusste, wo ihr der Kopf stand, zog sich die Amme zurück und ließ das Mädchen alleine mit Berta, ihrer Zofe und vertrauten Dienerin, die auf Anordnung Frau Richawas mitgekommen war.

Die befestigte Zitadelle auf dem heutigen Schlossberg, der Freiburg überragt, wurde schon von Herzog Bertolds Vater errichtet. Zu jener Zeit bereits war die Burg ein Sinnbild für Reichtum und Pracht, das schönste romanische Bauwerk der Epoche, berühmt nicht nur im ganzen Oberrheintal, sondern weit darüber hinaus. Der alte Herzog Bertold hatte seine Residenz auf drei aus dem Fels geschlagenen Bergstufen errichtet. Später wurde das Schloss mit einem tiefen Verteidigungsgraben umgeben. Der einzige Zugang war eine Zugbrücke mit Antriebskette, die nur tagsüber herabgelassen wurde, wenn zahlreiche Wachen den Ein- und Ausgang im Auge behielten.

Auf der Ludwigshöhe, einer der Bergstufen, war ein Garten angelegt, ziemlich klein, aber voller seltener Pflanzen und prächtiger Blumen, mit einem Marmorbecken und ein paar dazu passenden Bänken, der Lieblingsort des edlen Conrad für seine Träumereien. Nach Westen hin war der Garten von der Burgmauer begrenzt und auf den anderen drei Seiten vom Schlossbau, wo sich auch die privaten Wohnräume des Herzogs und seiner Familie befanden.

In einem Anbau ein Stockwerk höher befand sich das Zimmer des Mädchens, das sich in seiner neuen Wohnung neugierig umschaute. Es war ein geräumiges Zimmer, ausgestattet mit kunstvoll geschnitztem Getäfel. In der Mitte, auf einer Estrade, thronte das Baldachinbett. Die Vorhänge der überbreiten Nische waren aus grün und golden glänzendem Brokat, ein wunderbarer Stoff, der von weither, vermutlich aus Byzanz stammte. Auf der anderen Seite befand sich ein großer Kamin, in dem ein knisterndes Feuer flackerte, obwohl die Blüten auf den Baumwipfeln draußen bereits einen warmen, heiteren Frühling ankündigten. Neben dem Kamin trug eine Kommode mit Elfenbeininkrustationen, wie Adelheid sie noch nie gesehen hatte, ebenfalls zur Eleganz des Raumes bei. Berta untersuchte gerade begeistert ihr Inneres, wobei sie feststellte, dass sich über einige gut versteckte Mechanismen geheime Schubladen öffnen ließen. Ein geschnitzter Tisch und zwei breite, bequeme

Armsessel, deren Rückenlehnen ähnliche Verzierungen trugen wie die Kommode, rundeten die Möblierung ab. Die Freudenausbrüche der Zofe wollten aufgrund all der überwältigenden Eindrücke gar kein Ende mehr nehmen, wobei es ihr vor allem die herrlichen Wandtapisserien angetan hatten.

«Fräulein Adelheid, das ist wirklich ein Prinzessinnenzimmer! Wie großmütig unser Herr doch ist! Sogar für mich gibt es in der Nische ein mit Brokat bedecktes Sitzbett. So etwas Schönes habe ich noch nie gesehen! Man hört es allenthalben, nirgendwo sei eine solche Pracht wie am Hofe des Herzogs zu sehen, nicht einmal am kaiserlichen Hofe. Jetzt sehe ich es mit meinen eigenen Augen, es ist tatsächlich wahr.»

In der Tat, die Sorgfalt und Fürsorglichkeit, mit der das Zimmer eingerichtet war, ließen nichts zu wünschen übrig, und Adelheid hätte daraus sehr zufriedenstellende Schlüsse ziehen können. Doch im Grunde ihres Herzens war sie tief betrübt und voller Sorge, von nun an wie in einem goldenen Käfig leben zu müssen. Ihre Augen füllten sich mit Tränen, wenn sie an Frau Richawas Nörgeleien, Vater Anselms stets aufmunterndes Lächeln und die wortkarge Art des alten Ministerialen zurückdachte. Nie wieder würde sie seine väterliche Bewunderung verspüren können, wie es oft bei der Jagd der Fall war, wenn sie sich gleich einem kühnen Ritter im Sattel hielt, den Falken auf dem rechten Handschuh.

«Das alles ist vergangen und vorbei!», seufzte sie. «Lebe wohl, Freiheit und sorgloses Leben. Welches Schicksal hat mich an diesen Ort verschlagen, wo ich keine Freunde habe? Wieso wurde ich hierher gerufen, wo mich niemand kennt außer dem Herzog, der aber doch nie Zeit haben wird, sich um mich zu kümmern?»

Die Luft war stickig und schwül, sodass sie die beiden Flügel des Fensters öffnete. Weit entfernt am Horizont sah man die Berge jenseits des Rheins und etwas näher sanfte Hügel, die in ihren Umrissen die Gestalt eines riesenhaften Stuhls nachzeichneten. Und unten neben der hohen Schlossmauer sah Adelheid den Garten mit aufgeblühtem Flieder, mit Beeten voll bunter Blumen und dem Marmorspringbrunnen, in dem klares Wasser plätscherte.

Adelheid stieg die Wendeltreppe hinab und suchte ein Tor zum Garten. Sie hörte träge Schritte hinter sich, drehte sich aber nicht um. Auf einmal stand sie vor einer schmalen Tür, die der gesuchte Ausgang sein musste, und tatsächlich fand sich dort eine kleine Marmortreppe, die auf die herrliche Wiese führte.

«Gnädiges Fräulein, bleibt bitte stehen. Es ist verboten, den Garten zu betreten. Es ist der Garten unseres edlen Herrn, niemand darf ihn betreten, ausgenommen Ihre Hoheiten, die fürstliche Familie.»

Es war ein alter, grauhaariger Diener mit einem rotbackigen Gesicht, der vor Anstrengung keuchte. Die Narbe, die sich quer über die Wange zog, und das Fehlen eines Fingers ließen darauf schließen, dass der Mann in jüngeren Jahren etwas anderes als bloß ein Diener mit eingerosteten Gelenken gewesen war.

Adelheid stieg das Blut in die Wangen. Sie wollte sich entschuldigen und weglaufen, aber einer der beiden Ritter, die von der Bank aufgestanden waren, sagte: «Aber Haro, du bist doch nicht der Cherub mit dem Feuerschwert vorm Paradiesestor! Sei nachsichtiger!»

Nach diesem sanften Verweis verneigte sich der Alte respektvoll und wartete schweigsam.

Der Ritter wandte sich zu Adelheid und sagte mit einem wohlwollenden Lächeln: «Hochverehrtes Fräulein, ich bitte Euch, die Grobheit des Dieners zu verzeihen. Es war allein die pflichtbewusste Ergebenheit seinem Herrn gegenüber, die ihn für einen kurzen Moment die Formen der Höflichkeit vergessen ließ.»

Adelheid machte eine leichte Verbeugung als Erweis ihrer Reverenz, wie sie es von Richawa gelernt hatte, und wollte davonlaufen. Ihr Gesicht glühte und am liebsten wäre sie im Boden versunken.

«Nun wartet doch einen Augenblick, wunderschönes Fräulein, und habt keine Angst», fuhr der Ritter mit vollendeter Höflichkeit fort. «Erlaubt mir zu fragen, wer Ihr seid und welch guter Engel Euch hierher gebracht hat? An solche Anmut und Schönheit sind wir nicht gewöhnt.»

«Ich bin Adelheid von Appenweier und stehe unter der Vormundschaft des Herrn Ministerialen Hildebrand. Ich bin gerade im Schloss angekommen und muss mich entschuldigen, Herr Ritter … Ich wusste nicht, dass der Zutritt zum Garten verboten ist. Ich habe ihn von meinem Fenster da oben gesehen und bin einfach der Treppe gefolgt …»

Unschuldig zuckte Adelheid mit den Schultern.

«Oh! Der heilige Trudpert möge mir verzeihen! Wie ist es möglich, edle Adelheid? War niemand da, dich zu empfangen? Sicher, ich wusste, dass du kommen solltest. Welch ein bedauerlicher Irrtum, Bodo», wandte er sich dem anderen Ritter zu. «Es ist unverzeihlich. Warum hat mich niemand daran erinnert?»

Er ging auf Adelheid zu, nahm ihre Hand und verneigte sich vor ihr: «Adelheid von Appenweier, sei willkommen! Ich bin Conrad und dieser junge Mann ist Bodo, mein Freund aus Zürich. Ich kenne dich vom Hörensagen, hatte aber nie das Privileg und die Freude, dich persönlich zu treffen, und bin glücklich, dass nun endlich der Augenblick gekommen ist.»

Adelheid machte wieder eine Verbeugung und versuchte in diese alle Anmut zu legen, die Frau Richawa ihr stets ans Herz gelegt hatte. Dabei musterte sie aus dem Augenwinkel die beiden Männer.

Conrad war nicht sehr groß von Gestalt. Seine Augen waren blau, genauso hellblau wie die Adelheids, und seine Haare blond und rund gestutzt, entsprechend der Mode der Zeit. Er war ungefähr dreißig und zeigte einfache, aber sehr höfliche Umgangsformen, in denen sich keinerlei Spur von Arroganz zeigte. Und obwohl er seine Natürlichkeit nicht hinter fürstlichem Stolz zu verbergen suchte, wie es bei Mitgliedern illustrer Häuser üblich war, strahlte er eine Vornehmheit aus, die Ehrfurcht und Respekt einflößte.

«Er ähnelt nicht so sehr dem Herrn Bertold», dachte Adelheid. «Und dennoch, seine Gesichtszüge kommen mir irgendwie bekannt vor. Er ist vielleicht nicht gerade das, was man eine Schönheit nennen würde, aber in seiner ganzen Erscheinung durchaus ein imposanter und stattlicher Mann. Wäre ich ein Mann, würde ich gern so aussehen wie er.»

Der zweite Ritter, den ihr der Fürst als Bodo vorgestellt hatte, musste um einige Jahre jünger sein. Als sie ihn genauer betrachtete, geriet ihr der Atem langsam ins Stocken. Noch nie hatte sie einen schöneren Mann gesehen. Das schwarze, lockige Haar fiel ihm bis auf die Schultern herab und gab eine hohe, energische Stirn frei, männliche Augenbrauen sowie zwei leuchtende, wunderbare Augen, die in ihrer Farbe einen sonderbaren, ganz eigenen Violettton aufwiesen.

Seine Kleider, gefertigt nach neuesten, in dieser Gegend noch unbekannten Schnitten, waren aus einem glänzenden, violetten Stoff genäht, wie abgestimmt mit seinen Augen, und von einem mit Nerz gefütterten Saum umrandet. An der Hüfte trug er einen krummen, kurzen Säbel mit silbernem Griff und nicht das wuchtige, lange Schwert, das die Ritter im Kampfe mit beiden Händen führen mussten. Und seine Stiefel waren aus schwarzem, feinem Leder, das sich wie eine zweite Haut an die Beine schmiegte und diese in ihren muskulösen Formen herrlich zur Geltung kommen ließen.

«Edle Adelheid, der Herzog wird mich wegen meines Irrtums tadeln, und ich gestehe, er hat alles Recht dazu. Ich kann also nur nochmals um Verzeihung und Nachsicht bitten, und vielleicht wirst du mir diese auch gewähren, wenn du den Grund für meine Nachlässigkeit erfährst. Bodo und ich sind nämlich selbst erst just vor wenigen Augenblicken zum Schloss zurückgekommen.»

Bodo verneigte sich leicht. Er schien vollkommen stumm, wie erstarrt, und so unerfahren das Mädchen auch war, die Ursache für die Verblüffung des jungen Mannes blieb ihr dennoch nicht verborgen. In seinen Augen las sie eine grenzenlose Bewunderung.

«Herr, das Wohlwollen Eurer Hoheit ist unermesslich. Wir alle von Appenweier sind treue Untertanen Eurer Hoheit und Eure Befehle sind uns heilig. Ihr seid zu gütig, eine so große Beachtung verdiene ich nicht. Ich kann nur nochmals meine Dankbarkeit für Eure Großmut und meine ganze Achtung und Verehrung für das Haus unserer Herrscher ausdrücken.»

Mit der gleichen vornehmen Eleganz, mit der er das Mädchen empfangen hatte, geleitete es Conrad bis zur Treppe zurück und verabschiedete sich mit einer galanten Verbeugung.

Adelheid nahm jeweils vier Stufen der Treppe, um möglichst schnell in ihr Zimmer im oberen Stockwerk zu gelangen; dort riss sie sich die weiße Haube vom Kopf, die ihr Haar verdeckt und nur die Wangen frei gelassen hatte. Dann sprang sie aufgeregt vor den großen venezianischen Spiegel, der in einer Ecke stand, um sich eingehend zu betrachten. Ja, es war genau so, wie sie es vermutet hatte, aber nicht glauben wollte. Die Farbe ihrer Augen und Haare ähnelten der von Conrads Augen und Haaren. Und auch dessen Gesichtszüge, die ihr so bekannt vorkamen, waren den ihrigen nicht unähnlich. Ein leichter Taumel erfasste sie, als ihr klar wurde, was sie soeben für eine Entdeckung gemacht hatte: «Das also ist es. In meinen Adern fließt adliges Blut. Deshalb waren Frau Richawa und Herr Hildebrand, meine guten Alten, immer so verstört und bogen das Gespräch ab, wenn ich sie nach meinen Eltern fragte. Sie wussten es, durften es mir aber nicht verraten. Ob mir wohl jetzt endlich einmal jemand die Wahrheit darüber sagt, wer ich eigentlich bin? Ich will ja gar keine Prinzessin sein. Ich wäre glücklich mit Eltern wie Hildebrand und Richawa, die ihre Kinder lieben und nie belügen. Oder wenigstens nicht gezwungen werden, sie zu belügen. Warum, warum nur hat man so lange geschwiegen?»

Sie kämpfte mit den Tränen. «Ich bin ein unglückliches Wesen. Meine richtigen Eltern schämten sich meiner und diejenigen, die sie vertreten haben, schenkten mir kein Vertrauen. Was für ein Fluch mag wohl über meiner Geburt liegen? Und welch unseliges Geschick wird mich in Zukunft noch erwarten? Jetzt erst verstehe ich, weshalb Frau Richawa so bitterlich weinte, als sie erfuhr, dass ich sie verlassen muss, und weshalb Herr Hildebrand so finster blickte, als wir uns trennten. Ich bin wahrlich ein unglückseliger Mensch!»

Mit dieser vagen Ahnung endete die Kindheit der schönen Adelheid.

VI

EINE ZEIT LANG TROTTETE DIE KLEINE Reitergruppe schweigsam dahin. Die Gelenke des Gefangenen schmerzten wegen der engen Fesseln, die ihm tiefe Furchen in die Haut drückten. Er wusste weder, wohin sie ritten, noch was seine Peiniger mit ihm vorhatten. Zweifellos nichts Gutes. Seit sie sich von den anderen getrennt hatten, versuchte der Steinhauer krampfhaft, von den finsteren Gesichtern seiner Begleiter irgendetwas abzulesen. Eines stand fest: Alle waren ausnahmslos Halunken, die im Auftrag eines Herrn wie Eglord nicht gerade ihre erste Übeltat begingen.

Schon seit geraumer Zeit waren sie auf einem engen Hohlweg stetig durch den dunklen Wald bergan gestiegen, der ab und zu noch ein Stück rötlich schimmernden Himmel freigab, sich später aber rasch verfinsterte. Schließlich hatten die rauschenden Bäume begonnen, im bleichen Licht eines gleißenden Vollmondes ihre Schatten zu werfen.

Da befahl Hugo endlich den Männern anzuhalten. Sie stiegen von den Pferden, zündeten ein kleines Feuer an, denn die Nacht war ungewöhnlich kühl. Einer von den älteren unter den Männern, der sich, wie es Simeon schien, noch etwas Menschlichkeit bewahrt hatte, nahm aus einem Sattelbeutel ein trockenes Brot und ein Stück Wildschweinfleisch heraus, das so schwarz und hart war wie ein vom Regen durchnässter Baumstumpf. Er verteilte es und gab auch dem Gefangenen ein Stückchen.

Hugo, der wie immer alles im Blick hatte, grinste: «Was, fütterst du ihn noch? Es nützt ihm ja doch nichts mehr. Er stirbt so oder so, ob hungrig oder mit vollem Bauch.»

Der alte Knecht blickte ihn nur vorwurfsvoll an und antwortete: «Lass gut sein, Hugo. Du warst doch auch mal in Fesseln und weißt, wie das ist.»

«Ach, mach, was du willst. Binde seine Hände los, aber pass auf, dass er dir nicht entwischt! Denn sonst müsste ich dich an seiner Stelle aufknüpfen!»

Der Mann band ihm die Hände los und steckte ihm ein Stück Brot mit Fleisch zwischen die steifen Finger: «Nimm und iss, du Unseliger! Wer weiß, wann du zuletzt etwas zwischen die Zähne bekommen hast!»

Simeon bedankte sich und biss ohne Appetit in das harte und trockene Fleisch. Nun hatte er erfahren, dass sein Ende nah war.

Auf einmal, als ob ein Zeichen von oben käme, fühlte er etwas Hartes im Haufen trockener Blätter, auf dem er saß. Er tastete mit der linken Hand behutsam danach, und seine Freude war nicht klein, als seine fast gelähmten Finger einen außergewöhnlich spitzen Stein berührten. Er hob ihn unbemerkt auf und ließ ihn, während er ein Stück Brot in den Mund steckte, in den aufgerissenen Saum seines Ärmels gleiten.

Die Männer ließen das Feuer brennen und bereiteten ihr Nachtlager vor. Simeon wurde wieder sorgfältig gefesselt und Hugo bestimmte einen Mann für die Wache, gähnte und sagte: «Wir haben noch zwei Stunden Zeit zu schlafen, dann müssen wir losreiten, um morgen früh pünktlich bei unserem Treffpunkt zu sein.»

«Wo?», fragte einer seiner Spießgesellen.

«Bei Sankt Peter, den Weg dorthin bist du doch schon einmal gegangen.»

«Warum reiten wir denn nicht gleich weiter?», fragte ein anderer. «Wir könnten dann statt hier unter freiem Himmel direkt bei den Mönchen im Kloster übernachten. Und dort gäbe es sicher auch noch das eine oder andere Gläschen Wein!»

«Wer hat denn gesagt, dass wir zu den Mönchen gehen?», schrie Hugo ihn an. «Du würdest dein Geld wohl am liebsten nur mit Essen, Trinken und Schlafen verdienen!»

«Wer etwas tun soll, muss zuerst wissen, was zu tun ist», antwortete der Mann trocken. Ein Auge hatte er mit einem schmutzigen Fetzen bedeckt und das andere blickte finster.

«Alles zu seiner Zeit», erwiderte Hugo und deckte sich mit seiner Pelerine zu. «Wir warten genau an dem Ort, an dem wir warten sollen, nämlich am Rande des Waldes in der Nähe des Klosters. Dort werden wir jemanden treffen.»

«Ach», erwiderte der Erste mit unverhohlenem Spott. «Dann hat es ja keinen Sinn, die armen Mönche zu stören!»

«Siehst du, nun verstehst selbst du,» lachte Hugo spöttisch, gähnte noch einmal und schlief ein.

«Sie müssen auf jemanden warten», dachte Simeon. «Und sie wollen nicht von den Mönchen gesehen werden. Also führen sie etwas Böses im Schilde. Es soll wohl jemand gefangen genommen oder ermordet werden, dazu schickt Eglord also seine Bande von Verbrechern.» Eins verstand er allerdings nicht, nämlich die Rolle, die er in dieser ganzen Geschichte zu spielen hatte. Ihn hätte der Ritter doch entweder mitnehmen müssen, um ihn in seinen Kerker zu werfen, oder einfach auf der Stelle in dieser Waldeinöde erschlagen oder abstechen können. Warum aber wurde er bis hierher mitgeschleppt? Um Zeuge einer Freveltat zu sein? Oder vielleicht ...

Das Gehirn des Steinhauers arbeitete fieberhaft und seine Gedanken begannen, sich wie wild im Kreise zu drehen. Es gab nur eine einzige Erklärung. «Die Schufte brauchen einen Sündenbock ... So wie am Morgen das Pferd des edlen Fräuleins an allem Schuld gewesen sein sollte ...»

Derjenige, auf den sie warteten, musste also eine wichtige Person sein, die Eglord töten wollte. Ein zweiter Mordanschlag war also geplant, bei dem die Mörder unentdeckt bleiben sollten.

Simeon erschauderte. Das also war sein Schicksal! Sie wollten ihn nicht nur umbringen, sondern sogar noch für ihre eigenen schurkischen Pläne benutzen. Sie würden ihn am Ort des Geschehens zurücklassen, damit der Verdacht auf ihn falle: ein Unbekannter, ein Verbrecher, der einen Raubmord begeht, ist ja nichts Ungewöhnliches. Nur der scharfsinnige Abt konnte sich auch diese zweite Gemeinheit ausgedacht haben, genau wie die erste, die er, Simeon, gerade noch verhindern konnte. Für einen Augenblick sah er das schöne Gesicht des Mädchens, das er gerettet hatte. «Wieder eine Falle», dachte er. «Vielleicht ist es ihr Geliebter. Jemand, den sie sehen wollte … Deshalb ist sie weitergeritten … Oh, mein Gott, sie wird glauben, ich hätte ihn ermordet … Nichts wie weg von hier», war sein nächster Gedanke, «die Fesseln durchschneiden und versuchen, durch den Wald davonzuschleichen.» Aber diese Überlegung gab er gleich wieder auf.

«Erstens weiß ich nicht, ob es wirklich so ist. Ich träume von schönen Prinzessinnen und ihren Liebhabern. Wie bin ich überhaupt auf diese Geschichte gekommen? Das klingt doch alles gänzlich unwahrscheinlich. Und außerdem habe ich keine Chance, mit heiler Haut davonzukommen, überhaupt keine. Eine der Wachen würde mich bestimmt hören. Selbst wenn es möglich wäre, mich davonzustehlen – ohne Pferd werde ich nicht weit kommen. Sie werden mich schnell wieder einfangen oder ich werde mich in dieser Einöde verirren und dann falle ich womöglich anderen Banditen in die Hände. Wenn mir wenigstens der Weg nach Sankt Peter vertraut wäre, um mich bis dorthin durchzuschlagen und die Mönche zu warnen oder denjenigen, auf den sie es abgesehen haben. Aber die Mönche werden mir kaum glauben, ich habe ja keinen Beweis, und alles, was ich sagen würde, wäre für sie nicht mehr als das Hirngespinst eines Irren. Und sie hätten gar nicht so unrecht, denn ich weiß ja tatsächlich nichts. Nein, ich werde hier bleiben. Ich werde bleiben und mit den Schurken zusammen weiterreiten. Wenn es wirklich so ist, wie ich denke, werden sie mich erst an Ort und Stelle umbringen, zusammen mit dem, auf den sie warten. Alles muss ja so aussehen, als hätte ich ihn überfallen und sei dabei selbst tödlich verletzt worden. Schlau eingefädelt. Niemand würde die Betrügerei durchschauen. Mir aber bleibt vorerst zumindest noch eine kleine Frist. Wenn wir erst einmal dort sind, wird sich zeigen, was zu tun ist. Die Mutter Gottes wird mir helfen, noch eine Freveltat zu vereiteln, so wie ich die eine bereits verhindert habe.»

Genau wie Hugo es geplant hatte, standen sie kurz nach Mitternacht auf und ritten weiter. Der Mond leuchtete ungewöhnlich hell, sodass man fast wie bei Tage sehen konnte. Der Wald wurde zusehends lichter, bis er allmählich in Wiesen und Felder überging, die sich über Hügel bis weit an den Rand des Horizontes erstreckten.

Hugo zeigte ihnen einen dunklen Streifen, der den Rand des Waldes markierte: «Dort am Waldrand werden wir bleiben, bis unsere Arbeit beginnt.»

«Ach! Die Stelle kenne ich», sagte der Einäugige, «dort ist die Wegkreuzung, an der alle vorbei müssen, die zum Kloster wollen, ob sie vom Rhein oder von Süden her kommen …»

«Genau so ist es», stimmte Hugo zu.

«… vom Rhein oder von noch weiter unten, sogar aus Zürich …», grinste Ambrozius.

«Wer zu gescheit ist, lebt nicht lange», erwiderte finster Hugo. «Hat dir bis jetzt keiner gesagt, dass du zu gescheit bist, Ambrozius?»

«Hör mal zu, Hugo. Du kannst mir keine Angst einjagen. Ich weiß nicht, wie gescheit ich bin, aber ich weiß jede meiner Verpflichtungen zu erfüllen. Und ich weiß auch, meinen Mund zu halten, wo und wann es sein soll. Das sollte dir reichen!»

«Halt deinen Mund auch, wo und wann es nicht sein soll, Ambrozius. Das ist ein guter Rat, den du befolgen solltest. Versteh ihn nicht als einen Tadel, es ist nur ein weiser Rat. Ich bin älter als du und hab so manches erlebt.»

Binnen kurzem gelangten sie zur genannten Kreuzung. Ihr Weg traf auf einen ausgetretenen Fußpfad, der vom Tal heraufführte. Sie saßen ab und versteckten sich samt Pferden am Waldrand. Simeons Pferd wurde unter einer alten Tanne festgebunden, deren Äste fast bis zum Boden reichten. Dort ließen sie ihn aufs Pferd gefesselt stehen. Seine Füße waren mit einem Strick, der unter dem Bauch des Pferdes durchgezogen war, zusammengebunden, um ein Absteigen des Reiters zu verhindern.

Da somit jede Fluchtgefahr ausgeschlossen war, brauchten sie sich um den Gefangenen nicht länger zu kümmern. Sie steckten ihm noch einen Knebel in den Mund und begaben sich dann auf die gegenüberliegende Böschung, von der aus man die Wegbiegung bis weit ins Tal einsehen konnte.

Der Steinhauer tastete langsam das zerrissene Futter seiner Jacke ab und erfühlte mit Erleichterung die scharfe Kante des Steins. Dann hielt er sich bereit für seinen Plan.

Die Zeit verrann quälend langsam. Simeon bewegte ständig seine Finger, damit sie nicht erstarrten, und während er zur Mutter Gottes betete, betastete er dann und wann den Stein in seinem Ärmel.

Nach einiger Zeit hörte man Pferdegetrappel. Hugo, der ein Stück weiter vorne den Pfad überwachte, um in der trüben Morgendämmerung als Erster etwas sehen zu können, ging zu den anderen zurück und flüsterte: «Es sind zwei Mönche, nicht unser Mann. Aber haltet euch auf jeden Fall bereit, bis ich ein Zeichen gebe!»

Das Gestampfe wurde lauter. Kurz darauf erschienen in der Wegbiegung zwei Gestalten, die auf Eseln ritten.

Eine von ihnen begann mit zitternder Stimme ein Kyrie eleison zu singen, als hätte er unsichtbare Verbrecher überzeugen wollen, dass sie wirklich harmlose Mönche waren.

«Schweig!», befahl der andere. Die dünne, heisere Stimme schien einem alten Mann zu gehören. «Schweig, Bruder, hör auf zu singen! Sprich lieber ein leises Ave Maria und schau weder nach rechts noch nach links. Dies ist eine gefährliche Stunde.»

«Aber, Hochwürden, die Nacht ist doch bald um und es fängt an zu tagen. Die bösen Geister haben keine Macht mehr über uns und wir sind fast zu Hause. Wir werden bald ankommen und eine heiße Tasse Milch trinken. Nach einem langen Ritt gibt es nichts Besseres als Milch, eine gute Tasse heiße Milch, außer vielleicht einem Becher kalten Weins!»

«Schweig still, du Verfluchter, du denkst nur an das Begehren des Leibes, anstatt ihn mit asketischen Übungen zu ermüden und die Erlösung deiner Seele zu erlangen! Statt demütig und im Stillen zu beten, schreist du so laut wie dein Esel und verlangst nach Ergötzungen des Fleisches, derentwegen du gewiss einmal in der Hölle landen wirst!»

Weiter zankend, entfernten sich die beiden Mönche, und die Mordbuben steckten ihre Schwerter wieder zurück in die Scheide.

«Na, Hugo, du verstehst es ja wunderbar, auf der Lauer zu liegen! Nicht einmal ein Pferd von einem Esel kannst du unterscheiden», murmelte der Einäugige.

«Ich bin keine Katze, die des Nachts alles sehen kann. Aber ich habe zwei Augen, und mit zwei Augen sieht man besser als mit einem einzigen. Habe ich nicht gesagt, dass es zwei Mönche sind? Was willst du also, Ambrozius? Suchst du unbedingt Streit? Ich sage es dir noch einmal, sei vorsichtig, sonst wird es dir noch einmal leid tun!»

«Was hast du mir gesagt? Nichts hast du mir gesagt! Lass mich am Wegesrand Wache stehen! Ich habe Katzenaugen!»

Ambrozius entfernte sich, verfolgt von den misstrauischen Blicken seiner Gefährten.

«Hugo, du solltest vorsichtiger sein», sagte der alte Knecht. «Du könntest eines Tages mit einem Messer zwischen den Rippen aufwachen, und ich weiß auch schon, wer dann deine Stelle im Dienste des Herrn einnehmen wird.»

«Wenn ihm dafür überhaupt die Zeit bleibt», murmelte Hugo, und Simeon, der an seinem Platz unter der Tanne alles mitanhören konnte, lief es kalt den Rücken hinunter. «Dieser Streit könnte mit etwas Glück meine Rettung bedeuten», dachte er.

Der tiefrote Streifen der Morgendämmerung hatte sich inzwischen in einen rosa-bläulichen Flimmerteppich verwandelt, vor dessen leuchtendem Hintergrund sich nun die gewaltigen Umrisse der Abtei abzeichneten. Wie noch im Schlaf versunken lag sie da auf einem breiten Hügel, wuchtig und majestätisch schön.

Plötzlich, wie aus dem Nichts, stand Ambrozius wieder in ihrer Mitte. Niemand hatte ihn kommen hören. Der Einäugige war recht flink und geschickt und konnte schleichen wie eine Katze.

«Ein Reiter kommt, alleine», flüsterte er. «Ich könnte auf die Erlösung meiner Seele wetten, dass dies unser Mann ist. Er sitzt gut im Sattel; ich fürchte, er wird uns die Sache nicht leicht machen.»

«Umso besser», murmelte der alte Knecht. «Es täte mir leid, wenn vier bewaffnete Männer einen schwächlichen Greis überfallen müssten.»

Hugo und seine Mannen banden ihre Pferde los, sprangen in den Sattel, zogen die Schwerter, ritten dann leise zum Wegrand und brachten sich je zwei auf jeder Seite in Stellung.

Simeon zog schnell den Stein aus dem Ärmel, und es gelang ihm tatsächlich, damit seine Fesseln durchzuschneiden. Durch die Bewegungen, die er die ganze Zeit gemacht hatte, hatte er die Flinkheit seiner starken, an Hammer und Meißel gewöhnten Finger wieder zurückgewonnen. Dann bückte er sich und schnitt auch die Fußfesseln durch, zuletzt auch die Riemen, die das Pferd an den Baum gebunden hielten. Schließlich ergriff er den über ihm hängenden Ast und schwang sich in den Baum.

Die vier Meuchelmörder hatten nichts bemerkt und warteten immer noch äußerst angespannt. In dem Augenblick jedoch, als der Reiter an der Wegbiegung auftauchte, brach Simeon einen dürren Ast, den er sich ausgespäht hatte, und schlug damit dem Pferd auf den Rücken, das aufschreckte und laut wiehernd davongaloppierte.

«Ihm nach, dem verfluchten Halunken, ihm nach», schrie Hugo einem seiner Leute zu, der augenblicklich seinem Pferd die Sporen gab.

Gleich einer Stahlzange umfassten die beiden Hände Simeons den Hals des Schurken, als dieser unter ihm hindurchpreschte. «Ich darf ihn nicht umbringen», dachte er noch. «Er war der Einzige, der mir gegenüber etwas Menschlichkeit zeigte.» Aber seine Hände machten ihre Arbeit nur zu gut. Der Mann glitt lautlos wie ein Sack aus dem Sattel.

«Herr, verzeih mir! Für Reue habe ich im Augenblick keine Zeit.» Dann bückte er sich nach dem Schwert des Unglückseligen, setzte sich auf dessen Pferd und stürzte sich ins Getümmel.

Die drei restlichen Übeltäter hatten keine Ahnung, was sich unter der Tanne abgespielt hatte. Mit den Schwertern griffen sie den Reiter an. Dieser blieb völlig überrascht stehen und hatte kaum Zeit, sein leichtes, scharfes Araberkrummschwert zu ziehen, da war er bereits von den Schurken umzingelt.

Bodo war stark und daran gewöhnt, mit seiner Waffe umzugehen, sodass sich die Angelegenheit für die Angreifer schwieriger gestaltete, als sie es vermutet hatten. Er hieb auf einen ein, der ihm zu nahe kam. Doch plötzlich durchzuckte ein scharfes Brennen seine rechte Schulter. Er nahm die Waffe in die linke Hand und kämpfte verbissen weiter. Aber nach und nach verließen ihn die Kräfte, denn der Blutverlust aus seiner tiefen Schulterwunde war einfach zu stark. Die Angreifer sahen sich fast an ihrem Ziel. Der junge Mann, fest entschlossen, seine Haut möglichst teuer zu verkaufen, wehrte sich, wie er nur konnte. Doch der Tod mit seinen eiskalten Flügeln kam immer näher.

Plötzlich, wie durch ein Wunder, tauchte neben ihm ein anderer Reiter auf, der ihm mit heiserer Stimme zurief durchzuhalten. Rücken an Rücken versuchten sie, die Schwerthiebe der verbliebenen Halunken zu parieren. Aber Bodo war schwer angeschlagen, neben seiner Schulterwunde hatte er noch eine Anzahl weiterer tiefer Stichwunden abbekommen, denn trotz Simeon, der ihm zu Hilfe geeilt war, konnte er sich der Angriffe nicht mehr erwehren. Zu Tode erschöpft, glitt Bodo vom Pferd, und Ambrozius sprang herbei, um ihn endgültig zur Strecke zu bringen.

In dem Augenblick aber, als er dem schon schwer Verwundeten den entscheidenden Todesstoß zufügen wollte, stieß Hugo seinen Dolch in den Rücken des Kameraden. Der Kopf des Einäugigen glitt zur Seite, und er sah nur noch die dünnen, grausam grinsenden Lippen seines Feindes.

«Ich hab dir doch gesagt, zu gescheite Leute leben nicht lange! Du wolltest meinen Platz einnehmen? Hast du geglaubt, ich lasse mir das gefallen?»

Dann wischte er sein Messer im feuchten Gras ab und steckte es zufrieden in den Gürtel. Rundherum war alles still geworden. Bodo und Simeon lagen in einer Blutlache am Boden. Hugo betrachtete aufmerksam den Steinhauer, während Simeon den Atem anhielt und mit geschlossenen Augen den Gnadenstoß erwartete.

Da es aber schon hell geworden war und die Glocken der Abtei zu läuten begannen, konnten jederzeit andere Reisende vorbeikommen. Hugo hatte es plötzlich eilig. Er ließ Ambrozius neben Bodo liegen: «Niemand kennt ihn und niemand weiß, in wessen Diensten er stand. Zwei Räuber, die den Ritter überfallen haben. Besser hätte es gar nicht kommen können. Es sieht nach einem ganz gewöhnlichen Überfall aus.»

Er nahm die seidene Geldbörse seines Opfers und ließ zwei Silbermünzen neben Simeon fallen. Dann leerte er sie, überlegte kurz, verstreute noch ein paar Münzen rund um die Leiche, steckte den Rest grinsend in seine Tasche, band seine beiden anderen Kumpane auf deren Pferde, um dann rasch im Dickicht des Waldes zu verschwinden, offensichtlich sehr zufrieden mit der Art und Weise, wie er sein Werk vollbracht hatte.

Ein scharfer Schmerz in der Hüfte ließ Simeon wieder zu Bewusstsein kommen. Wie lange er dort in Ohnmacht gelegen hatte, konnte er nicht abschätzen. Er versuchte seine Füße zu bewegen, was ihm einen stechenden Schmerz bereitete. Er lag in einer klebrigen Pfütze, und vor seinem inneren Auge erschienen wieder die früheren blutigen Bilder aus seinem Heimatdorf.

«Jetzt haben sie mich doch erwischt, die Tataren», dachte er. «Oder war ich womöglich nie wirklich von zuhause weg? Habe ich nur geträumt ... von Byzanz, der Donau, von weit entfernten Städten und Kirchen? Waren das vielleicht nur Einbildungen eines kranken Hirns? Vater hatte recht, als er mich immer wieder tadelte und sagte, ich solle die Sense in die Hand nehmen und das Steinhauen sein lassen, weil es keine richtige Männerarbeit sei!» Ängstlich öffnete er die Augen in Erwartung, die bekannte Landschaft zu sehen. Doch er täuschte sich. Der Ort war ihm fremd. Langsam kehrte die Erinnerung an all das, was sich abgespielt hatte, zurück, und er versuchte, mit trübem Blick den jungen Ritter ausfindig zu machen, dem er zu Hilfe gekommen war.

Dieser lag reglos neben ihm, sein ganzer Körper blutverschmiert und sein Gesicht so blass, dass Simeon ihn für tot halten musste. «Ich kann ihn nicht einfach am Wegrand liegen lassen wie einen Hund. Ich muss ihn begraben.» Aber er war zu schwach und überlegte, dass es vielleicht doch besser wäre, die Mönche um Hilfe zu bitten. Doch auch dazu reichte ihm die Kraft nicht mehr. «Ich schaff es nicht alleine … Ich kann mich nicht bewegen. Ich werde verbluten, wenn nicht jemand vorbeikommt und uns findet.» Dann schloss er die Augen und wartete auf den sanften Hauch des Todes. Doch plötzlich hörte er ein schwaches Seufzen neben sich und öffnete wieder die Augen.

«Mein Gott, der Mann lebt ja noch. Und ich liege hier, anstatt ihm zu helfen. Vielleicht kann er noch gerettet werden. Und ich mit ihm!»

Simeon biss die Zähne zusammen und versuchte aufzustehen. Doch trotz größter Anstrengung wollte ihm dies nicht gelingen. Also fing er an, durch das nasse Gras zu kriechen, den Blick stets auf die hohe Klostermauer gerichtet.

Der Weg dahin schien ohne Ende zu sein. Sein zerschlissenes Gewand bestand nur noch aus ein paar farblosen Fetzen. Das Blut floß reichlich aus seinen verwundeten Händen und vermischte sich mit Gras und Erde. Er spürte seine Arme nicht mehr, und in seinem Kopf begann sich alles im Kreise zu drehen. Einige Male blieb er vor Erschöpfung einfach liegen, um mit der Zunge die Tautropfen von den Grashalmen zu lecken. Er war nur noch etwa zehn Schritte vom Klostereingang entfernt, da fiel er erneut in Ohnmacht. Es war, als stürze er ins Leere.

Als er wieder zu sich kam, sah er in das Gesicht eines alten Mannes, der sich mit neugierigem Blick über ihn beugte und ihm einen Lederbeutel zum Mund führte, aus dem Wasser tropfte. Erst nachdem ein paar Tropfen seine brennenden Lippen berührt hatten, konnte der Verwundete mit Mühe einige Worte hervorbringen: «Dort … ein Mann stirbt … Hilfe vom Kloster …»

Der Alte richtete sich auf und blickte um sich. Da er nichts sah, befeuchtete er wiederum Simeons Stirn. «Dort, dort», sagte dieser wieder, «ein verwundeter Ritter ...»

Der Mönch fragte: «Wo?»

«Dort ... unten ... Wald ... am Weg ... die Kreuzung ...»

Dann wurde alles dunkel um ihn.

Als er wieder aufwachte, lag er auf einem niedrigen Bett aus Brettern in einem winzigen Raum. Zwei Mönche versuchten ihm eine bittere Flüssigkeit aus einer Holzschale zwischen die Lippen zu träufeln.

Als sie merkten, dass er wieder zu sich gekommen war, verließ einer der beiden Mönchen die Zelle, um einen dritten zu holen, auf dessen Brust ein wunderbares goldenes Kreuz an goldener Kette glänzte.

«Kannst du sprechen, Fremder?», fragte dieser mit tiefer, gebietender Stimme, die gewöhnt war zu befehlen.

«Wo bin ich?»

«Du befindest dich im Kloster Sankt Peter. Unser Schweinehirt hat dich draußen vor dem Tor gefunden und du hast ihn um Hilfe für einen anderen Verwundeten gebeten. Erinnerst du dich?»

Simeon bejahte. «Ja, jetzt erinnere ich mich wieder.»

«Kannst du mir sagen, was passiert ist?», fuhr der Mönch fort.

«Ein ... ein paar Räuber haben ihn überfallen. Ich bin ihm zu Hilfe gekommen.»

«Wer bist du und was hast du zu der Zeit im Wald gesucht?»

«Ich bin ...» Simeon konnte kaum reden, die geschwollenen und trockenen Lippen wollten sich nicht bewegen. Der Mönch machte ein Zeichen, und die zwei Novizen flößten ihm wieder einen Schluck der bitteren Flüssigkeit ein. Er reckte sich etwas und sprach weiter: «Ich bin Steinhauer. Hatte mich verlaufen, seit ein paar Tagen irre ich im Wald umher.»

«Und?»

«Ich hörte Lärm und Geklirr. Es war ein einzelner Reiter gegen eine ganze Bande, und ich wollte ihm helfen … Ich wäre wohl besser in meinem Versteck geblieben.»

Simeon entschied sich, nicht die ganze Wahrheit zu sagen. «Wer weiß, auf wessen Seite diese Mönche standen? Schließlich war Otto auch ein Mönch! Und was für einer! Ich will nicht noch einmal gefesselt und vielleicht am Ende sogar gehängt werden», dachte er.

«Kennst du den Ritter, dem du geholfen hast?»

Der Verwundete zuckte mit den Schultern.

«Fremder, du lügst! Vielleicht bist du ja selbst einer der Räuber. Sag die Wahrheit, sonst übergeben wir dich den Soldaten unseres Herzogs und die werden sicherlich Mittel und Wege finden, dich zum Sprechen zu bringen!»

«Warum fragt Ihr nicht ihn, Hochwürden? Der junge Ritter soll Euch die Wahrheit sagen, wenn Ihr mir nicht glaubt.»

Einer der jungen Mönche ergriff nun das Wort und mischte sich respektvoll ins Gespräch: «Hochwürdiger Vater, wenn der Mann schuldig wäre, hätte er sich nicht so geplagt, den ganzen Weg hierher zu kriechen, um Hilfe zu holen. Ihr habt doch gesehen, wie er aussah … Seine Hände … die grausamen Wunden …»

«Schweig, Heribert, ich weiß sehr wohl, was ich zu tun habe», antwortete schroff der Abt von Sankt Peter, den Fremden fest im Blick behaltend.

«Du kannst sicher sein, dass wir alles genau überprüfen werden. Vorläufig bleibst du hier, bis deine Wunden verheilt sind. Und in der Zwischenzeit denke gut darüber nach, ob du mir nicht noch etwas sagen willst. Wir werden die Wahrheit so oder so erfahren. Lieber würden wir sie allerdings von dir selbst hören. Es wäre auch zu deinem Vorteil. Pflegt ihn und sorgt dafür, dass es ihm an nichts mangelt! Und passt auf, dass er uns nicht wegläuft!»

Mit düsterer Miene und sorgenvollen Falten auf der Stirn entfernte sich Abt Urban aus der Zelle. Die ganze Angelegenheit war keineswegs auf die leichte Schulter zu nehmen, denn allzu schnell konnten aus ihr Probleme erwachsen, die für die ganze Abtei von Schaden sein könnten.

Selbstverständlich war Bodo im Kloster kein Unbekannter, ja er galt sogar als ein guter Freund des Abtes und der Mönche. Vielmals war er mit Herzog Conrad dort gewesen und sehr oft hatte er der Abtei schon helfend unter die Arme gegriffen. Nicht nur einmal kamen gut gesicherte Truhen aus Zürich, in denen die Mönche Goldkelche, Brokate für ihre Messgewänder, seltene Manuskripte, nicht leicht zu beschaffende Tinten, teuren Weihrauch und so manch andere wertvolle Dinge vorfanden. Selbst das schwere Kreuz auf der Brust des hochwürdigen Abtes Urban war ein Geschenk des Herrn Urs, den der Herzog sehr schätzte und mit großer Aufmerksamkeit behandelte. Als Vogt von Zürich musste sich Bertold die Sympathie und die Unterstützung der Stadtväter dieser reichsten Stadt der Gegend sichern. Und der reichste und einflussreichste von allen war bekanntlich Herr Urs.

Aber der Abt lebte viel zu nahe am Hofe des Herzogs, um nicht über alles im Bilde zu sein, was man dort so flüsterte: Bodo hätte wohl, so wurde gemunkelt, um einiges zu hoch angesetzt, wenn er sich Hoffnungen auf die Tochter des Herzogs machte. Auch wenn diese nur eine uneheliche Tochter war, so blieb sie doch ein Spross der Zähringer, und für den plante Bertold sicherlich eine ganz andere Zukunft.

Doch wie dem auch sei, der Herzog wusste von alledem noch gar nichts, er ahnte vielleicht etwas. Sicher war allerdings, dass, würde er Kenntnis über die Absichten Bodos erhalten, sein Zorn selbst diejenigen treffen würde, die nur im Entferntesten mit ihm zu tun hatten. Und es war abzusehen, früher oder später würde er alles erfahren.

Abt Urban war daher nicht ganz ohne Grund missmutig und besorgt. Nach kurzer, reiflicher Überlegung schickte er daher einen Boten mit genauesten Anweisungen an den herzoglichen Hof. Der Novize, ein schlauer Bursche, den der Abt schon des Öfteren mit schwierigen Aufgaben betraut hatte, kam schon am gleichen Tag wieder zurück und versicherte seinem Oberen, alles so vertraulich wie nur möglich erledigt zu haben.

Nachdem seine Wunden gereinigt und verbunden worden waren, versicherte sich Heribert, dass es Simeon am anderen Morgen schon wesentlich besser ging. Zwar schmerzten die Wunden, doch er konnte aufstehen und bereits einige Schritte durch den Raum gehen. Er trank eine Tasse heiße Milch, aß ein Stück frisches Brot mit Honig und fühlte sich gestärkt. Als der junge Mönch später wiederkam und fragte, ob er imstande wäre mitzukommen, zeigte sich Simeon gerne bereit, ihm zu folgen.

Auf Heribert gestützt, ging es durch einen ziemlich dunklen Flur mit Türen auf beiden Seiten. Der Mönch öffnete die letzte am Ende des Ganges, nicht ohne vorher respektvoll geklopft zu haben, und schob seinen Patienten hinein.

In der Stube war es dunkel und die Augen des Steinhauers konnten zunächst nur ein schmales Fenster erkennen, durch welches das spärliche Licht eines bewölkten Tages hereindrang. Aber das Flackern einer Wachskerze auf einem großen silbernen Leuchter ließ Simeon bald auch ein Bett erkennen, auf dem jemand mit feinen Decken zugedeckt lag. Neben dem Bett stand mit strenger Miene Abt Urban und daneben in einem Sessel saß ein unbekannter Mönch. Er hatte weiße Haare und einen ebenso weißen Bart. Der Steinmetz musterte ihn kurz. Seine Künstleraugen, gewohnt, alles genauestens zu beobachten und aufzunehmen, konnten hinter seinem bescheidenen Aussehen, seinem einfachen Holzkreuz auf der Brust und dem Mönchsgewand aus billiger, grober Wolle, das ihn irgendwie an den guten Bischof Gebhard von Konstanz erinnerte, die Würde einer hohen Persönlichkeit erkennen.

Nachdem der Bruder Heribert ihn etwas näher an das Kerzenlicht geschoben hatte, folgte ein Augenblick des Schweigens, bei dem er sich bis ins Innerste seiner Seele beobachtet fühlte. Dann drehte sich der Abt zum Bett und fragte: «Ist er es?» Wieder Schweigen. Nach einem Wink Vater Urbans brachte Heribert die Kerze näher ans Gesicht des Steinhauers, sodass seine Gesichtszüge schärfer gesehen werden konnten, und der Abt fragte erneut: «Ist er der Mann?»

Ein schwacher Ton, ein kaum hörbarer Seufzer kam vom Bett her. Simeon konnte in der Gestalt, die in den Decken auf dem Bett lag, den jungen Ritter erkennen, dem er geholfen hatte. Sein Gesicht war erschreckend blass, sodass das Herz des Steinhauers vor Mitleid zuckte. Der Verwundete versuchte seine Lippen zu bewegen und zwinkerte schmerzverzerrt mit den Augen: «Ja, das ist er.»

Der Abt wandte sich nun dem Steinhauer zu: «Mann, du hast nichts mehr zu befürchten. Wir wissen jetzt, dass du nicht gelogen hast. Nun aber sag uns die ganze Wahrheit, denn du hast nur die Hälfte davon erzählt, wie ich vermute.»

Simeon schwieg.

Der Mönch im Sessel sagte: «Du bist nun unter Freunden. Wir wissen zwar nicht, weshalb du Herrn Bodo geholfen hast, aber wir sind dir zu tiefstem Dank verpflichtet und du hast das Recht, von uns belohnt zu werden. Sprich also!»

Simeon fühlte sich nun etwas sicherer und erwiderte: «Ich hatte keinen besonderen Grund, denn ich kenne den Herrn Bodo, wie Ihr ihn nennt, nicht. Aber ich empfand es als gemein und niederträchtig, dass eine ganze Horde von bewaffneten Schurken einen einzelnen Mann überfällt. Also, ohne viel zu überlegen, warf ich mich in das Getümmel.»

«Ich will mich noch etwas klarer ausdrücken», fiel ihm der Kirchenmann im Sessel freundlich ins Wort. «Ich bin Vater Bernhard, Herrn Herzog Bertolds Beichtvater, und seiner Familie sehr ergeben. Da du den jungen Mann vorm Tode gerettet hast, bin ich dir zu Dank verpflichtet und weiß mich in deiner Schuld. Doch eines möchte ich noch unbedingt wissen: Wir haben in deinen Kleidern eine silberne Agraffe gefunden, die wir alle kennen. Ich flehe dich an, im Namen unseres Heilands und der zwölf heiligen Apostel, wie bist du in den Besitz dieser Spange gekommen? Wer hat sie dir gegeben? Hat dich vielleicht jemand beauftragt, Herrn Bodo zu beschützen?»

Simeon machte einen derart verdutzten Gesichtsausdruck, dass jedermann glauben musste, er hätte nichts von dem verstanden, was hier geredet wurde. Vater Bernhard aber, der ein guter Kenner der menschlichen Seele war, fuhr fort:

«Hör zu, Fremder. Ich glaube, du bist ein anständiger Mensch. Wahrscheinlich bist du tatsächlich durch bloßen Zufall in diese ganze Geschichte hineingeraten. Dass du Angst hast zu reden, verstehe ich nur zu gut. Du weißt nicht, wem du noch vertrauen kannst. Aber du musst wissen, dass es hier um Leben und Tod geht. Sag mir also, wie ist die Spange in deinen Besitz gelangt? Hast du sie gefunden? Hat sie dir jemand gegeben? Hat sie dir etwa die edle Adelheid gegeben? Sag uns die Wahrheit, bevor es zu spät sein kann.»

Simeon schaute Vater Bernhard mit einem zweifelnden Blick an.

«Du hast recht, Fremder, niemandem zu trauen. Doch wir alle hier sind der Fürstentochter ergeben und ihretwegen sehr besorgt. Wir wissen nicht, wo sie ist.»

«Dann habt Ihr allen Grund, besorgt zu sein», antwortete Simeon, der sich nun entschlossen hatte, mehr zu erzählen. «Jemand hat versucht, sie umzubringen. Ich wollte nicht reden, weil ich Angst hatte. Gestern Vormittag wurde ich plötzlich aus heiterem Himmel, ohne zu wissen wie, in eine Reihe undurchsichtiger Begebenheiten verwickelt, so wie Ihr gesagt habt. Ich habe böse Menschen mit hinterhältigen Gedanken erlebt. Sie wollten auch mich umbringen, einfach nur so, weil ich zur falschen Zeit am falschen Ort war, obwohl ich nicht im Geringsten etwas mit der ganzen Sache zu tun hatte. Dass ich dem jungen Herrn, der Bodo heißt, wie ich jetzt erfahre, geholfen habe, sich zu verteidigen, war auch ein letzter Versuch, mich selbst zu retten. Niemand hat mich beauftragt, ihn zu beschützen, obwohl – von Fräulein Adelheid hätte ich jeden Auftrag angenommen. Sie gleicht einem Engel auf Erden. Ich schwöre auf das heilige Holz des Kreuzes, dass ich die Wahrheit sage. Ich weiß nicht, wer Fräulein Adelheid umbringen wollte, ich habe nur so meine Vermutungen. Die Heilige Mutter Gottes hat mir geholfen, sie vorm Tode zu retten, aber vielleicht werden ihre Feinde wieder versuchen, sie zu töten. Man muss sie finden und vor allem muss sie dann gut beschützt und bewacht werden!»

Der Steinmetz erzählte alle Vorfälle des Vortages, von dem Augenblick an, als er von Hilferufen unter der großen Tanne geweckt wurde, bis zu dem Zeitpunkt, als er sich völlig erschöpft bis in die Nähe der Abtei geschleppt hatte.

Außer Bodo, der ohnmächtig in seinem Bett lag, hörten die Anwesenden mit aufmerksamem Schweigen zu.

Als er seinen Bericht beendet hatte, fragte der Abt: «Wohin ist Adelheid geritten, als du dich von ihr getrennt hast?»

«Ich weiß es nicht. Sie hat mir die Spange in die Hand gedrückt, hat sich aufs Pferd geschwungen und war sogleich wieder im Walde verschwunden.

Vater Bernhard schüttelte den Kopf: «Seit vorgestern hat niemand mehr unser Fräulein gesehen. Bisher konnten wir den Vorfall noch vertuschen, in der Hoffnung, sie käme bald zurück. Nun aber müssen wir die schlimme Nachricht wohl doch ihrem Vater, dem Herzog, zur Kenntnis bringen. Wir dachten, sie will vielleicht jemanden heimlich treffen, und wollten diese Person nicht in Gefahr bringen. Denn unser Herr hat seine eigenen Vorstellungen! Was für ein Unglück! Vielleicht ist sie bereits tot! Oder liegt irgendwo, gefangen und von Eglord entehrt, was sogar schlimmer wäre als der Tod! Ich habe ihm nie getraut und den Herrn Herzog stets auf seine Gemeinheiten aufmerksam gemacht. Aber dass er so ein Verräter ist und sogar mit dem infamen Otto gemeinsame Sache macht, dieser Schande unserer heiligen Kirche, das hätte ich kaum für möglich gehalten. Die beiden Unholde werden nichts unversucht lassen, Adelheid in ihre Gewalt zu bringen und sie womöglich umzubringen.»

Vater Bernhard stand auf und ging unruhig in der Zelle hin und her. Nach einiger Zeit blieb er stehen und flüsterte: «Bodo darf nichts erfahren! Zunächst ist sowieso ungewiss, ob er überlebt. Vater Abt, schickt sofort einen Boten zum Einsiedler nach Lenzkirch. Ich zweifle nicht an Eurem medizinischen Talent, aber keiner ist begabter als er, was Heilmittel anbelangt. Wir sollten alles daransetzen, den armen jungen Mann zu retten … Und vielleicht gibt er uns auch sonst noch den einen oder anderen guten Rat. Der Einsiedler ist ein weiser Mann.» Und indem er sich zu Simeon umdrehte, setzte er hinzu: «Fremder, bitte geh nicht weg. Vielleicht brauchen wir dich noch. Gott weiß, was auf uns zukommt … Bleib hier im Kloster und sei unser willkommener Gast.»

Der Abt nickte zustimmend: «Aber sicher, was immer auch sein mag, du musst gesund werden. Sprich mit niemandem darüber, was du hier erfahren hast. … Heribert, reite schnell zum Einsiedler. Brich gleich auf! Ihm kannst du alles erzählen, er ist ein Freund … Aber nur ihm … Obwohl ich mit seiner Lebensweise nicht ganz einverstanden bin. Ich habe immer den Verdacht gehegt, in seinem Glauben verberge sich etwas Ketzerisches… Vielleicht ist er sogar ein Katharer … Egal, vorläufig geht uns das nichts an … Als Heiler ist er sehr gut, auch wenn seine Heilmethoden anders sind als die, die wir kennen … Geh, Heribert, verlier keine Minute mehr!»

VII

DORT, WO HEUTE BEIM VIADUKT hinter Titisee die Straße nach Eschingen abzweigt, führte früher ein schattiger Pilgerpfad durch den Wald zu einer der Mutter Gottes geweihten Kapelle.

An dieser Stelle wollte der alte Herzog Bertold eine große Abtei erbauen lassen und Mönche aus Hirsau ansiedeln, um so nicht zuletzt für sich und seine Familie eine angemessene Grabstätte zu errichten. Doch später überlegte er es sich wieder anders und baute das Kloster bei Sankt Peter. Die Gegend schien ihm schöner und näher bei seinem Schloss.

Das Volk aber blieb der festen Meinung, der ursprünglich ausersehene Ort wäre der heiligere gewesen. Also errichteten die kleinen Leute aus der Umgebung mit Baumstämmen eine kleine Kapelle und legten einen Brunnen an. Die Jahre gingen ins Land und schließlich konnte sich niemand mehr daran erinnern, zu welchem Zeitpunkt genau dort erstmals ein Einsiedler aufgetaucht war. Die Alten erzählten, es wäre in dem Sommer gewesen, als die neuartige, noch unbekannte Seuche so viele Menschen dahingerafft hatte.

Unerwartet breitete damals der Tod seine Flügel über der Berggegend aus. Einer Gegend mit frischer, klarer Luft und sauberen Gewässern, wo die Menschen für gewöhnlich an Altersschwäche starben, falls sie nicht von Räubern umgebracht wurden oder irgendwelchen Kleinkriegen ihrer Fürsten zum Opfer fielen.

Ab und zu wurde freilich auch jemand von einem umstürzenden Baum erschlagen oder von einem herumstreunenden

Bären zerfleischt. Auch starb in dieser Zeit noch so manche junge Frau im Wochenbett. Es waren die üblichen Todesfälle, über die kein großes Aufhebens gemacht wurde, denn so wurde immer schon gestorben und dagegen war kein Kraut gewachsen. Die armen Teufel fügten sich in ihr Schicksal, wenn nicht mit Gleichgültigkeit, so doch vielfach mit einem Gott ergebenen Gleichmut.

Dann aber tauchte diese bisher unbekannte, viel schrecklichere Plage auf, die mit grausigen, blutenden Durchfällen und brennenden Eingeweiden einherging und zahllose Dorfbewohner dahinraffte. Überall am Körper wurden blaue Flecken sichtbar, mit denen der entsetzliche Todesengel seine Beute markierte. Überall krümmten und wanden sich schmerzgeplagte Leiber. Alptraumartiger Schrecken verbreitete sich auch im ganzen Dreisamtal, von Dorf zu Dorf, von Mensch zu Mensch.

In jener Zeit tauchte ein unbekannter Mönch auf, den zu fragen, wer er war und woher er kam, die geplagten und verängstigten Leute schon keine Kraft mehr hatten. Wie selbstverständlich durchstreifte er die Dörfer, sammelte die Toten in den Karren ein, mit dem man sonst den Mist aufs Feld brachte, und organisierte Gruppen von noch gesunden Leuten, denen er befahl, tiefe Leichengruben auszuheben und die Hütten der Verstorbenen niederzubrennen. Er erinnerte sie an ihre großen und schweren Sünden und verlangte von ihnen, Buße zu tun, solange es nicht zu spät sei. Auch hieß er die Leute, das Wasser abzukochen, bevor sie es tranken, und die zahlreichen Brunnen, die er als von Beelzebub vergiftet und verseucht erklärte, abzudecken und drohte all denen mit dem Höllenfeuer, die sich seinen Anweisungen widersetzen würden. Der Teufel und seine Diener sollten die Strafe Gottes dort gefesselt und eingesperrt erwarten.

Ob durch Zufall oder nicht, die Seuche trat langsam ihren Rückzug an und begann allmählich ganz zu schwinden. Vielleicht hatten die getroffenen Maßnahmen tatsächlich ihre Wirkung getan, vielleicht war der gefräßige Tod einfach nur seiner Beute überdrüssig geworden oder vielleicht hatte der Mönch ja tatsächlich den bösen Dämonen eingeschüchtert. Niemand wusste so recht, was er glauben sollte. Der gruselige Totentanz jedenfalls hatte ein Ende gefunden, und zurück blieb bei denjenigen, die noch am Leben waren, der Respekt, wenn nicht gar die Angst vor einem Mann, der wundertätige Kräfte zu besitzen schien.

Also bauten sie ihm eine Hütte neben der kleinen Kirche, an der Stelle, die er ausgewählt hatte. Sie hätten ihm auch ein großes Haus errichtet, aber der Heilige – so wurde er von nun an genannt – wusste das zu verhindern. Für seine Sünden, so sagte er, sei selbst eine Hütte noch zu viel. Das Volk verehrte ihn ob dieser Bescheidenheit und Demut nur noch mehr. Man brachte ihm Milch und Obst, manchmal sogar ein Huhn, das den Steuereintreibern entgangen war. Der Einsiedler wollte aber nicht mehr als Getreidekörner, Äpfel, ein bisschen Salz und Honigwaben, manchmal ein paar Nüsse und war dankbar dafür.

Binnen kurzer Zeit verbreitete sich im und um den Schwarzwald herum sein Ruf als geschätzter und verehrter Gottesmann. Die Dorfleute kamen von weit her und brachten auch ihre Kranken mit oder, wenn diese sich nicht mehr bewegen konnten, wenigstens ein Hemd der zurückgebliebenen Leidenden und baten den Heiligen, es zu segnen.

Viele wurden geheilt, manche auch nicht, was aber dem guten Ruf der Gegend keinerlei Abbruch tat. Der Ort entwickelte sich zu einer wahren Pilgerstätte, und mit der Zeit kamen selbst Adlige, Damen und Ritter vorbei. Bei der sonntäglichen Predigt redete sich der Einsiedler jedes Mal dermaßen in Rage, dass sein weißer Bart nur so flatterte, und er drohte seinen Zuhörern mit sämtlichen Teufelslegionen, die nur darauf warteten, die Sünder zu sich zu holen. Am Ende des Gottesdienstes gingen die Gläubigen ergriffen nach Hause, noch überzeugter davon, dass ihr Eremit wahrlich ein großer Heiliger sein musste.

Jeder wollte bei ihm beichten, doch nicht alle wurden zu ihm vorgelassen. Manche wurden direkt in den Beichtstuhl gerufen, andere ließ er stundenlang, sogar tagelang warten, gleichgültig, ob es Adlige oder arme Teufel waren.

Als der alte Herzog Bertold auf diesen wunderlichen Mann aufmerksam gemacht wurde, wollte er ihn selbst einmal kennenlernen und ließ nach ihm schicken. Doch der Eremit streichelte nur mit seinen dürren Fingern den langen Bart und antwortete, er könne seine armen Schäfchen nicht ohne Hirten lassen. Wer ihn sehen wolle, müsse sich schon selbst zu ihm bemühen.

Der Herzog, ob seiner Wutausbrüche allseits gefürchtet, zuckte, zum großen Erstaunen der Anwesenden, nur mit den Schultern, schwang sich aufs Pferd und ritt mit einem kleinen Gefolge zur Einsiedelei.

Was sich die beiden Männer zu sagen hatten, wird man wohl nie erfahren. Der Herzog verweilte ungewöhnlich lange in der Hütte, und als er wieder heraustrat, sah er ziemlich verwirrt aus. Ein weiterer Besuch beim Eremiten ergab sich nicht mehr, denn drei Monate später starb der Fürst.

Doch seine Söhne sind später gelegentlich hinausgeritten, um dem seltsamen Manne die Ehre zu geben, und das sehr zum Missfallen der Hofkleriker, die ihn mit Ausnahme von Vater Bernhard geradezu hassten. Seine raue und zerschlissene Kutte, seine hagere Gestalt, der weiße Bart und die ungepflegten Haare, seine schwieligen Hände und zerkratzten Füße, die in den ausgetretenen Sandalen keinerlei Schutz vor Schnee und Kälte fanden, kontrastierten gar zu sehr mit deren roten Wangen, ihren feinen Gewändern aus teurem Stoff und den goldenen Kreuzen voller Edelsteine.

Aber alle Versuche seiner frommen Mitbrüder, den seltsamen Unbekannten zu verscheuchen, scheiterten am Widerstand der beiden Fürsten. Vor allem Conrad, dessen pragmatische Natur nicht viel von mystischen Träumereien hielt und der ziemlich oft bei der Messe fehlte, hatte den Alten ins Herz geschlossen und besuchte ihn mit der Zeit regelmäßig. Der mürrische Mönch empfing ihn mit Sympathie und väterlicher Zuneigung, in der kaum ein Zeichen von Respekt vor dem hohen Rang des jungen Herzogs zu erkennen war. Oft konnten die Begleiter des Prinzen sehen, wie er frisches Wasser aus dem Brunnen neben der Hütte holte und sie zusammen Honigwaben aus ein und demselben Holzteller aßen, während sie in gebührender Entfernung das Zeichen zum Aufsitzen abwarteten.

Auch Adelheid war bei dem Einsiedler ein gern gesehener Gast, ihr Onkel und vor allem aber Vater Bernhard, den mit dem Alten eine gemeinsame Leidenschaft für Heilpflanzen verband, hatten sie öfters in die Einsiedelei mitgenommen.

Adelheid ahnte natürlich noch nichts von der Verschwörung, die gegen sie im Gange war, als sie Bertas Rat umzukehren in den Wind schlug und unbedingt bis zur Hütte des Eremiten weiterreiten wollte. Jede andere junge Dame hätte nach den aufregenden Ereignissen des Tages auf den Fersen kehrtgemacht und sich nach Hause geflüchtet, doch die Tochter Bertolds hatte nun mal das feurig-aufschäumende Blut ihres kämpferischen Vaters und den unbeugsamen Willen der Zähringer geerbt. Es sollte nicht mehr lange dauern, bis sich der Wald zu lichten begann und die Hütte ihres väterlichen Freundes in den Blick gelangte. Als der Alte sie voll freudiger Überraschung begrüßte, dabei Bodo aber mit keinem Wort erwähnte, ja von diesem überhaupt nichts zu wissen schien, wurde Adelheid plötzlich von einer ahnungsvollen Unruhe gepackt. In wenigen Worten erzählte sie dem Einsiedler die ganze Geschichte: Sie habe von Bodo einen kurzen Brief bekommen, in dem er sie bat, sie möge sich möglichst unauffällig zur Eremitenklause bemühen, weil er ihr etwas sehr Wichtiges mitzuteilen habe. Sie berichtete auch von ihrem merkwürdigen Reitunfall und dem rettenden Eingreifen des Fremden, der sie vor größerem Schaden bewahrt, ja ihr vielleicht sogar das Leben gerettet habe. Trotz kleinerer Blessuren und großer Widerstände ihrer Begleiterin hätte sie sich dennoch entschlossen, zum verabredeten Treffpunkt zu kommen.

Der Mönch hörte ihr aufmerksam zu, schüttelte immer wieder seinen Kopf und erwiderte ihr am Ende mit Tränen in den Augen:

«Mein Kind, Gott prüft uns alle. Und diejenigen, die er mehr liebt als die anderen, werden ganz besonderen Prüfungen ausgesetzt. Du musst Mut und Glauben haben und darfst nicht vergessen, dass das Leben kurz und vergänglich ist. Darum sollst du dein Herz nicht zu sehr an die irdischen Dinge hängen.»

«Ehrwürdiger Vater, warum sprecht Ihr so zu mir? Was ist geschehen? Und wo ist Bodo? In was für einer Gefahr befindet er sich? Und unser Herr, der Herzog? Ich hatte schreckliche Träume und schlimme Vorahnungen ... Was steht mir bevor, mir, uns? Was für Leiden?»

Der Geistliche antwortete sanft: «Mein Kind, ich weiß es nicht. Es ist uns Erdenbewohnern nicht gegeben, in die Zukunft zu blicken. Vorahnungen und nächtliche Zeichen sind nichts als heidnischer Aberglaube und Versuchungen des Satans.» Er spuckte in die vier Himmelsrichtungen, um den Unreinen zu verscheuchen. «Ich weiß es wirklich nicht. Am besten ist es, ruhig zu bleiben und sich nicht aufzuregen, denn dies ist es, was er will, der göttliche Widersacher, uns aus der Ruhe zu bringen und das innere Gleichgewicht zu stören. Bleibe mit deinen Gedanken bei unserem Heiland und seiner Heiligen Mutter. Gott ist mächtiger als alle Menschen und so wie Er entscheidet, so wird es geschehen.»

Adelheid sah ein, dass sie hier nicht weiterkam und entschloss sich daher zurückzureiten, solange es noch Tag war.

«Falls Bodo noch kommen sollte, sagt ihm, dass ich hier gewesen bin und dass ich in Sorge bin und seine Hilfe brauche. Morgen werde ich wiederkommen. Er soll hier auf mich warten.»

Der Einsiedler segnete sie und zog sich in seine dunkle Hütte zurück. Die letzten Sonnenstrahlen hatten bereits den Hügel erreicht, als Adelheid noch kurz in der Kapelle einkehrte und dort niederkniete, um zu beten, dann auf ihr Pferd stieg und sich, gefolgt von der treuen Berta, wieder auf den Heimweg begab. Sie war ganz durcheinander, aber hoffte, wie jeder traurige Mensch, auf ein Wunder. Vielleicht war Conrad aus Burgund zurück, vielleicht hatte Vater Bernhard etwas erfahren …

Sie ritt dem kürzeren Weg ins Tal zu, da sie Angst hatte, noch einmal den Weg über die Wiesen oben am Berg zu nehmen. Plötzlich, nach einer Wegbiegung, tauchte ein dicker Klosterbruder auf, der auf einem ähnlich wohlgenährten Esel ritt. Mit wohlklingender Stimme psalmodierte er ganz in sich versunken vor sich hin und schien alles um sich herum vergessen zu haben. Zuerst erschrak Adelheid, dann beruhigte sie sich. Der Mann sah sehr friedlich aus.

Die beiden Reiterinnen standen schon unmittelbar vor ihm, als es ihn plötzlich wie mit einem Ruck durchzuckte, er den hängenden Kopf und den gebeugten Rücken wie an Schnürchen gezogen straff aufrichtete, Augen und Mund dabei weit aufsperrte – und dann auch schon mit einer Behändigkeit aus dem Sattel sprang, die ihm bei seinen rundlichen Formen niemand zugetraut hätte.

«Oh, endlich, mein Fräulein», ging er, einen Bückling nach dem anderen machend, auf Adelheid zu, «was für eine Freude, Euch anzutreffen! Ich suche Euch schon lange. Bodo schickt mich.»

Adelheid zügelte ihr Pferd und fühlte, wie ihr Herz vor Freude zu hüpfen begann.

«Bodo?», fragte sie. «Wo ist er? Weshalb ist er nicht gekommen? Und wer seid Ihr? Wieso kennt Ihr mich?»

«Wenn Ihr erlaubt, edles Fräulein, werde ich Eure Fragen der Reihe nach und eine nach der anderen beantworten. Aber zuerst das Wichtigste: Ihr müsst keine Angst haben, Herrn Bodo geht es gut; er hatte zwar einen Unfall, doch ist er nur leicht verletzt. Sein Bein ist gebrochen, aber Vater Constantius, mein Lehrer und Meister im Kloster St. Trudpert, hat ihn bereits verarztet. Folgendes war passiert: Der Abt hatte mich mit ein paar Talaren ins Kloster unserer Mitbrüder nach Säckingen geschickt. Auf dem Rückweg traf ich auf einen vom Pferd gefallenen Reiter. Dieser erzählte mir, er könne sein linkes Bein nicht mehr bewegen und er habe daher warten müssen, bis jemand käme, ihm zu helfen. Und da hat dann wohl tatsächlich der heilige Trudpert mich hingeschickt!»

«Bodo? Vom Pferd gefallen? Ein Reiter wie er?», fragte Adelheid misstrauisch.

«Der Herr Ritter sagte mir, eine Schlange hätte sein Pferd aufgeschreckt.»

«So, eine Schlange.»

«Ja, ja, aber er wird gut gepflegt, Ihr könnt wirklich ganz beruhigt sein. Ich habe ihn auf meinem Esel zum Kloster gebracht, selbstverständlich mit seinem Einverständnis. Es gibt keinen besseren Heiler als unseren Vater Constantius. Herr Bodo hatte große Schmerzen und sein Bein war geschwollen. Wir mussten den Stiefel aufschneiden, um das Bein frei zu bekommen. Dann hat ihn Vater Constantius mit Salben eingerieben, ihm Saft aus Wegerich und Mohn zu trinken gegeben und sein Bein geschient. Als Herr Bodo sich etwas erholt hatte, zeigte er sich sehr erregt, weil er nicht mehr rechtzeitig zu einem wichtigen Treffen kommen würde. Er wollte also sogleich wieder aufstehen und sich auf den Weg machen, was Vater Constantius ihm natürlich nicht gestatten konnte, es wäre ja auch reiner Wahnsinn gewesen. So hat er mich also schließlich zu der Hütte dieses verrückten Mönchs geschickt, wo ich Eure Hoheit treffen sollte, und er bat mich, Euch auszurichten, mir zu folgen und Euch zu ihm zu bringen.»

Adelheid war mittlerweile vor Wut ganz rot im Gesicht geworden und konnte ihren Zorn kaum noch bändigen:

«Du Lügner, du Verräter!», brach es aus ihr heraus, «wie kannst du es wagen, mir solche Lügen aufzutischen! Bodo vom Pferd gefallen? Weißt du nicht, dass er der beste Reiter ist hier in der ganzen Gegend? Bodo fällt nicht vom Pferd, und sein Pferd scheut nicht vor Schlangen, denn es stammt aus den Wüsten Arabiens, wo es zahllose Schlangen gibt. Aber das weißt du natürlich nicht, denn du bist ihm ja auch noch nie begegnet, du erbärmlicher, aufgeblasener Wicht. Du kannst von Glück reden, dass ich kein Mann bin, sonst hätte ich dich schon gelehrt, was es heißt, mich zu belügen, du niederträchtiger und hinterhältiger Schurke!»

Plötzlich erschienen Adelheid auch die Abschiedsworte des Einsiedlers in einem ganz neuen Licht: «Mein Kind, vielleicht wundern dich die Worte, die du jetzt aus dem Mund eines Menschen hörst, der an Gott und seine Schöpfung glaubt. Aber ich sage dir, vertraue niemandem, bleibe misstrauisch, jedem und allem gegenüber! Du bist von Verrat und Niedertracht umgeben. Sei klug wie die Schlangen; bleibe wachsam wie die Tiere des Waldes; höre zu, aber antworte nichts! Lass dich nicht mit Menschen ein, die dir fremd sind! Nimm nichts von ihnen an! Vertraue keinem! Reite schnell nach Hause und warte dort ab! Ich werde in der Zwischenzeit versuchen zu erfahren, was mit Bodo geschehen ist.»

Der Klosterbruder warf sich kopfüber auf den staubigen Wegesrand und winselte: «Mea culpa, mea maxima culpa. Ich habe gesündigt, ich habe gelogen und kann nur hoffen, die Jungfrau Maria und der heilige Trudpert werden mir vergeben. Sie werden in meinem Herzen lesen und erkennen, dass meine Absicht rein und lauter war. Ich bin kein Verräter, edle Dame! Ich mag ein Dummkopf und vielleicht auch ein tollpatschiger Novize sein, aber ich bin kein hinterhältiger Schurke. Ich wollte Euch doch nur schonen und nicht ängstigen, Gott ist mein Zeuge.»

Adelheid aber trieb bereits ihr Pferd an und wollte nichts wie weg, denn sie konnte dass wirre Gerede des Klosterbruders nicht länger mehr ertragen.

Als er sah, dass er das Mädchen nicht aufhalten konnte, hob er seine Arme zum Himmel und flehte sie mit einem Ausdruck höchster Verzweiflung an:

«Geht nicht fort, Prinzessin, ohne mich zuvor angehört zu haben! Die Wahrheit ist, dass Herr Bodo schwer verletzt wurde und bewusstlos in der Zelle meines Beichtvaters Constantius liegt. Ich wollte Euch unterwegs alles der Reihe nach und schonend berichten. Ich habe tatsächlich gelogen, aber dabei doch nur die beste Absicht verfolgt, um Euch nicht zu beunruhigen. Ich kann schlecht lügen!»

Adelheid brachte mit einer energischen Bewegung ihr Pferd zum Stehen. Der dicke Klosterbruder indes hörte nicht auf, sich gestenreich und unter vielen Bücklingen zu erklären und zu entschuldigen, was, wie er aus seinen Augenwinkeln beobachten konnte, allmählich auch die gewünschte Wirkung zeigte.

Berta, die bisher die ganze Szene schweigend verfolgt hatte, kam respektvoll und diskret näher und fragte mit gedämpfter Stimme:

«Was sagt Ihr da, guter Vater? Herr Bodo ist verwundet? Berichtet schnell, was Ihr darüber wisst!»

«Oh, edle Dame, Ihr erweist mir zu viel der Ehre! Ich bin nicht mehr als ein niederer Bruder aus dem Kloster Sankt Trudpert, ein Novize noch. Vater Constantius hat mich immer vor der Sünde der Eitelkeit gewarnt, doch erliege ich immer wieder aufs Neue der Prahlsucht. Folgendes ist also passiert: Niederträchtige Schurken haben Herrn Bodo überfallen, als er, ich weiß nicht wohin, im Wald unterwegs war. Unsere Wege kreuzten sich kurz zuvor, ich war, wie bereits gesagt, auf dem Weg nach Säckingen. Der Abt hatte mich mit Talaren für unsere Mitbrüder dorthin geschickt. Herr Bodo, der ehrwürdige und stattliche Ritter, grüßte mich, den Geringsten unter den Klosterbrüdern, mit einer Hochachtung, die mir beinahe die Tränen in die Augen trieb. Ich erwiderte mit Respekt seinen Gruß und ritt weiter meines Weges, als ich plötzlich hinter mir Geschrei, Pferdegetrappel und Waffengeklirre hörte. Ich Unwürdiger bekam es natürlich mit der Angst zu tun, weshalb ich mich sogleich ins Dickicht warf, um mich dort zu verstecken und zu unserem Apostel Petrus zu beten, dass er mich beschütze. Was hätte ich auch anderes tun können, meine Hände sind nun einmal nicht für den Umgang mit dem Schwert gemacht. Als dann alles wieder ruhig wurde, ging ich zurück, um zu sehen, was geschehen war, aus Neugier, wie ich gestehen muss. Es ist eine Sünde, neugierig zu sein, fürwahr, aber wer ist schon ohne Sünde? Doch diesmal war meine Schwachheit von nicht geringem Nutzen. Ich sah Leichen, verwundete Pferde, und alles war voller Blut. Ein Kampf auf Leben und Tod musste dort stattgefunden haben. Der junge Mann hatte heldenhaft gekämpft, denn neben ihm lagen nicht wenige der Übeltäter, die er zur Strecke gebracht hatte. Ich dachte, auch er hätte sein Leben im Kampf gelassen, der schöne, junge, tapfere Mann, und wollte ihn schon christlich beerdigen. Dann merkte ich aber, dass er noch atmete. Aus einer schrecklichen Brustwunde rann Blut, ein sicheres Zeichen dafür, dass er noch lebte. Ich verband ihn also, so gut ich nur konnte, und setzte ihn auf sein schönes Pferd, das sich nicht von der Stelle bewegt hatte, ein wirklich kluges Tier! Das Herz blutete mir beinahe beim Anblick des edlen Geschöpfes, das treu ergeben neben seinem Herrn stand, so als ob es ihn retten wollte.

Was hätte ich tun sollen? Ich kehrte um, zurück zu Vater Constantius, der in der Heilkunst bestens bewandert ist und alle guten Kräuter kennt. Ich hatte zwar wenig Hoffnung, dass der junge Mann noch gerettet werden könnte, aber ich musste es versuchen. Also brachte ich ihn zum Kloster, wo unser Vater Constantius alles in seiner Macht Stehende unternahm, um sein Leben zu retten.

Der Ritter habe ihm, bevor er wieder das Bewusstsein verlor, noch sagen können, wer er war und wohin er wollte. Und weil Vater Constantius ein sehr weiser Mann ist, gab er mir zu verstehen, dass Eure Anwesenheit für die Genesung des Patienten sicherlich nur von Vorteil sein würde. Er befahl mir daher, Euch eiligst zu suchen und in das Kloster an das Krankenlager des edlen Herrn zu bringen. Ich solle die Talare Talare sein lassen und mich also auf den Weg zu dem verrückten Eremiten machen, wo ich Euch sicherlich noch antreffen würde. So kam es dann auch, aber ich Esel hätte beinahe alles verdorben durch die Geschichte, die ich mir ausgedacht hatte, um Euch nicht zu beunruhigen. Edles Fräulein, ich flehe Euch an, erzählt Vater Constantius nichts von meiner Dummheit. Ich müsste vor Scham vergehen, wenn das ganze Kloster erführe, welch unbedachte Lügen Satan mir ins Ohr geflüstert hat!»

Adelheid, die durch die Nachricht von dem hinterhältigen Überfall auf Bodo wie benommen schien, brachte unter Tränen und mit gebrochener Stimme nur ein paar Worte hervor.

«Lebt er noch?»

Und als der Klosterbruder sie dessen noch einmal versicherte und sie abermals zu gebotener Eile ermahnte, kehrte plötzlich auch wieder ihre gewohnte Entschlossenheit zurück, und es konnte nun auch ihr nicht schnell genug gehen, in das Kloster zu gelangen, um Bodo zu sehen. Sie warf Ihrer Begleiterin nur einen kurzen Befehl zu und wollte schon losgaloppieren. «Berta, reite schnell zum Schloss zurück und sage Vater Bernhard Bescheid. Vielleicht ist ja inzwischen auch Conrad zurückgekommen. Geh und sag ihm, dass ich seine Hilfe brauche.»

«Aber nein doch, wartet, edle Herrin!», stellte sich ihr der Klosterbruder in den Weg, «Ihr seid noch zu mitgenommen und geschwächt, um ganz alleine zu reiten. Was soll ich denn tun, falls Ihr unterwegs ohnmächtig werdet? Nehmt Eure Dienerin mit, damit sie auf Euch aufpassen und Euch im Notfall helfen kann. Ich muss doch dafür Sorge tragen, dass Ihr wohlbehalten zum Kloster gelangt!»

Und weil Berta sich fürchtete, so allein durch den Wald zurückzureiten, war sie um den Einspruch des Klosterbruders ganz froh und bat ihre Herrin, sie doch begleiten zu dürfen. Adelheid, die nicht noch mehr Zeit verlieren wollte, nickte nur kurz, ohne ein weiteres Wort zu verlieren, und schon ritten sie los, dem Esel hinterher, der sich auf dem unwegsamen und steinigen Gelände äußerst behände bewegte, sodass selbst die besten Pferde aus den Ställen des Herzogs Mühe hatten, mit ihm Schritt zu halten.

Schon nach kurzer Zeit brach die Dämmerung herein. Der Weg führte sie auf unbekannten Wegen durch Wälder und Wiesen, hinein in dichtes Unterholz, wo bald stockfinstere Nacht herrschte. Adelheid spürte, wie eine unerklärliche Angst in ihr aufstieg. Je weiter sie in die Dunkelheit hineinritten, desto öfter erinnerte sich Adelheid an den Rat des Einsiedlers: «Vertraue niemanden, denn du bist umgeben von Missgunst und Verrat!» Eine kalte Gänsehaut ging ihr über den Rücken. Plötzlich war ihr, als höre sie Pferdegetrappel, sehr leise und gedämpft zwar, so als ob deren Hufe mit Lumpen umwickelt worden wären, wie es die Jäger machen, wenn sie sich an das Wild heranzupirschen suchen. Auch Bruder Gregor schien etwas gehört zu haben, denn er zügelte seinen Esel und horchte mit angehaltenem Atem in den Wald hinein. Dann fing er an, mit seiner schönen Baritonstimme einen Psalm zu singen. Wie zur Begleitung knackten hier und da ein paar trockene Zweige und ab und zu ließ sich auch ein leises Schluchzen vernehmen, das Adelheids Dienerin nur noch mühsam unterdrücken konnte. «Es sind nur die üblichen Geräusche des Waldes. Kein Grund, sich weiter Sorgen zu machen. Wir werden bald da sein», unterbrach Bruder Gregor für einen Moment seinen gleichmäßigen Gesang, als sie stehen geblieben waren, um besser horchen zu können.

Und es dauerte in der Tat nicht mehr allzu lange, bis der Weg zwischen zwei bewaldeten Hügeln hinaus ins Weite führte. Trotz der Dunkelheit konnte Adelheid erkennen, dass sie sich an einer breiten Wegkreuzung befanden.

«Seht Ihr, Herrin», sagte der fromme Mann, «wenn wir nun nach links einbiegen, sind wir in einer halben Stunde schon im Kloster. Doch ich möchte Euch bitten, mir zu erlauben, dass wir noch einen kleinen Umweg machen, nicht sehr weit, nur einen kurzen Pferdegalopp lang, damit ich noch einige Heilpflanzen von einem Priester, einem Freund Vater Constantius', besorgen kann. Er ist ein wahrer Meister der Heilkunst. Ein paar trockene Himbeerblätter mit Kräutern und Honig vermischt, und schon ist daraus ein Tee gebraut, der Wunder wirkt. Die beste Medizin gegen die ständigen Hustenanfälle des jungen Bodo, durch die die Wunden an seiner Brust immer wieder aufgerissen werden.»

Zielstrebig lenkte der Klosterbruder seinen Esel auf den Weg, der nach rechts in eine Senke abbog, und ließ damit eventuelle Bedenken seiner Begleiterinnen gar nicht erst aufkommen. Bald erschien vor ihnen ein großer Hügel, ein gewaltiger Fels, ein «Stouff», wie die Einheimischen ihn nannten. Oben auf dem Gipfel stand eine schwarze, drohende Burg, die kühn in die Talebene herunterblickte. Er setzte seinen Weg auf dem nun engeren Pfad fort, der hinaufführte.

«Wohin wollt ihr, Bruder Gregor?», fragte Adelheid. «Ich dachte, wir besuchen einen Priester!»

«Tun wir auch, Herrin. Der Freund von Vater Constantius ist der Beichtvater Herrn Adalbrechts, des Ministerialen von Staufen. Herr Adalbrecht ist ein treuer Vasall unseres Herzogs. Ihr habt nichts zu befürchten und solltet mir nicht ständig mit Misstrauen begegnen. Ich bin Euch gänzlich ergeben und tue nichts anderes als die Befehle Vater Constantius' zu befolgen. Aber wenn Ihr nicht wollt, bleibt hier mit Eurer Dienerin und wartet solange auf mich. Ich werde nur so lange verweilen, bis ich die Kräuter habe. Besser wäre es allerdings, Ihr kommt zumindest bis hinauf vor das Tor. Dort steht die Wache, sodass Ihr in Sicherheit seid.»

Die Worte Bruder Gregors klangen ergeben und respektvoll wie seit ihrem ersten Zusammentreffen, trotzdem meinte das Mädchen einen ungeduldigen Unterton in seiner Stimme zu verspüren. «Ich bin zu misstrauisch, er hat recht», dachte sie und trieb ihr Pferd zum Steg, der zum Schlosstor führte.

Als sie oben auf der felsigen Hügelkuppe ankamen, sahen sie vor sich die hohe Burgmauer und ein von Ketten flankiertes Tor. Alles wirkte wie ausgestorben und verlassen, nirgendwo ein Lebenszeichen. Gregor trieb seinen Esel zur Holzbrücke, unter der ein tiefer Graben zu vermuten war, und klopfte mit der Faust ans Tor. Nach ein paar Schlägen hörte man eine verschlafene Stimme, die wissen wollte, wer da wäre und was man wolle.

«Ich will zum Vater Sixt. Ich bin Bruder Gregor.»

«Ach ja, gut, warte!»

Sie warteten ziemlich lange. Die Burg und ihre Bewohner waren offensichtlich alle in tiefer Nachtruhe versunken.

Dann sah man durch einen Spalt im Tor ein Licht und eilende Schritte hallten unter dem Steingewölbe. Im gleichen Augenblick, wie aus dem Boden gestampft, umringten sie bewaffnete Männer. In wilder Hast wurden Fackeln entzündet und die beiden jungen Frauen mit rauem Ton und ungestümer Gewalt über die Zugbrücke in den Burghof gezerrt.

VIII

EGLORDS PLAN WAR GANZ UND GAR aufgegangen: Bodo war außer Gefecht gesetzt und lag schwer verletzt und dem Tode nahe in Sankt Peter danieder. Und nun war ihm auch die schöne Adelheid in die Falle gegangen. Es gab keinen Zweifel, nur Abt Otto mit seinem scharfen Verstand hatte alles so einzufädeln gewusst, dass die beiden in eine solch unglückliche Lage geraten konnten.

Von Anfang an hatte Eglord um die Gunst der unehelichen Tochter Bertolds geworben. Das Mädchen war unsagbar schön und begehrenswert. Dazu war es auch Bertolds einzige Erbin. Eine Ehe mit ihr hätte den Herzogsthron in greifbare Nähe rücken lassen.

«Angenommen, Bertold kommt bei einer Handgreiflichkeit ums Leben, was keineswegs ausgeschlossen ist, wenn man bedenkt, welches Vergnügen es ihm stets bereitet, sich in Schlachten und Kriege zu stürzen. Dann bliebe nur Conrad übrig. Der ist zwar mutig, aber er kämpft nur, wenn es sein muss. Doch sterben wird auch er, auf welche Art auch immer. Und wenn er die Burgunderin heiratet und einen Erben zeugt, ist auch das kein großes Unglück. Ein Kind kann man leicht beseitigen. Wer weiß, ob es tatsächlich zur Hochzeit mit Clémence kommt. Besonders eilig hat er es mit dem Heiraten jedenfalls nicht; er überlegt dreimal, bevor er etwas tut, das weiß man … und die Burgunder sind weit weg … Dann wäre Adelheid der einzige Nachkomme der Zähringer, auch wenn sie eine Bastardin ist. Bertold hat sie anerkannt, alle wissen es … Auch wenn sie keinen herzoglichen Rang beanspruchen kann. Das lässt sich beim kaiserlichen Hof ändern. Und wer soll dann den Thron besteigen? Der Schwiegersohn, wer sonst? Wenn Adelheid nur nicht so hochnäsig und halsstarrig wäre. Diese Bastardin! Meint, sie sei etwas Besseres. Sie wird sich noch wundern, was es heißt, einen Ritter abzuweisen und zum Gespött der Leute zu machen.»

Zunächst hatte er sie, wie es sich für seinen Stand geziemte, mit ritterlicher Galanterie verehrt. Er hatte Minnesänger bezahlt, um ihre Schönheit zu lobpreisen, bei Turnieren stets ihre Farben getragen und ihr alle Trophäen gewidmet, die er bei seinen ruhmreichen Wettkämpfen errungen hatte. Er hatte ihr kostbare byzantinische Brokatstoffe geschenkt, blau wie ihre Augen und mit silbernen Blumen bestickt. Und er hatte sie demütig gebeten, eine Schatulle mit Holzsplittern vom heiligen Kreuz des Erlösers anzunehmen, die er für eine hohe Summe von einem Kreuzritter erworben hatte.

Aber alles war vergebens. Je heftiger seine Leidenschaft loderte, desto tiefer wurde die Abscheu des Mädchens. Mit versteinerter Miene bat ihn Adelheid, sie in Ruhe zu lassen. Ihre überlegene Standhaftigkeit steigerte seine Wut, und seine Liebe schlug um in Hass.

Dem Herzog Bertold waren all diese Dinge bislang verborgen geblieben. Er selbst schätzte den Ritter Eglord sehr und hatte auch immer beide Augen zugedrückt, wenn wieder einmal von den Grausamkeiten des Opfingers die Rede ging. Für ihn war dies nichts weiter als grundloses Gerede derjenigen, die nur neidisch waren auf die Kunstfertigkeit, mit der dieser sein Schwert zu führen wusste. Und Eglords hartnäckiges Werben um seine Tochter betrachtete Bertold als Ausdruck der Verehrung einer noblen Dame gegenüber, wie sie sich für jeden Ritter gehörte. Für Bertold war klar, dass er nur dann in eine Hochzeit seiner Tochter einwilligen würde, wenn daraus auch handfeste politische Vorteile für die Zähringer erwachsen würden. Einer

Mesalliance mit einem weniger einflussreichen Fürsten hätte er niemals zugestimmt. Lieber hätte er seine einzige Tochter verloren, als sie mit einem weniger edlen und einflussreichen Manne zu verheiraten.

Für Eglord, der dies sehr wohl wusste und daher von Bertold keine Unterstützung erwartete, war dies ein Grund mehr, sich mit denjenigen Parteien zu verbünden, die mit den Zähringern noch eine Rechnung zu begleichen hatten. Und an diesen herrschte wahrlich kein Mangel. Da gab es all jene, die ihnen ihren Reichtum und ihre Macht, die Ausdehnung ihres Herrschaftsbereichs und ihren zur Schau getragenen Luxus neideten; und ferner waren da die zahlreichen Opportunisten und Mitläufer, die sich in ihrer ständigen Jagd nach Privilegien um den kaiserlichen Thron scharten und nur ein Ziel hatten, nämlich die Zähringer aus dem Weg zu räumen und ihre Besitztümer dem Erdboden gleichzumachen. Ein politisches Ränkespiel folgte dem anderen. Auch an Mordversuchen fehlte es nicht. Und kaum ein Jahr verging ohne Überfälle und Angriffe, die Blut und Asche hinterließen.

Doch die Zähringer zahlten mit gleicher Münze zurück. Sie waren gefürchtete Gegner und kaum bereit nachzugeben. Die Fehde mit Abt Otto von Schaffhausen, um nur einen ihrer ärgsten Feinde zu nennen, zog sich bereits über viele Jahre hin. Durch seine Eifersucht auf die Macht und das Ansehen des Konstanzer Bischofs Gebhard, seine Begehrlichkeiten nach dessen Thron und nicht zuletzt durch die Streitigkeiten der Zähringer mit seinem Mutterhaus, der Abtei Sankt Gallen, wurde er nach und nach zu einem lästigen Dorn im Fleische des herzoglichen Hauses. Schon zu Lebzeiten des verstorbenen Herzogs Bertold II. waren die Zähringer der widerrechtlichen Aneignung riesiger Ländereien beschuldigt worden, die angeblich der Abtei gehört hätten. Gegen sie wurden Gerichtsprozesse angestrengt, in denen es auch um einige Silberbergwerke in der Nähe des Belchen ging, einem stattlichen Berg südlich des Zähringer Schlosses, aus denen die Herzöge ein großes Vermögen gewannen und um deren Rückgabe an Sankt Gallen der Abt einen zähen Kampf führte.

Schließlich hatte sich Conrad entschieden, Abt Otto in seine Grenzen zu verweisen. Mit einem überraschenden Angriff verjagte er ihn von seinem Stuhl in Schaffhausen. Otto gelang es in letzter Minute, durch einen geheimen Klostergang zu entkommen und sich bei einem befreundeten Priester zu verstecken, von wo aus er dann in der Folgezeit seinen Rachefeldzug plante. In Eglord fand er dafür schnell den geeigneten Verbündeten, und gemeinsam schmiedeten sie Pläne, wie sie dem Feinde Gleiches mit Gleichem vergelten könnten.

«Sie sollen beide büßen, Adelheid und dieser dahergelaufene Kaufmannssohn!», forderte Eglord. «Zuerst er, dann auch sie! Was bildet der sich eigentlich ein? Dass er einen Ritter edlen Geschlechtes herausfordern kann, nur weil sein Vater der reichste Kaufmann Zürichs ist? Und nur weil er sich bei Conrad eingeschmeichelt und sich mit ihm, der die uralten Sitten des Ritterstandes verraten hat, gut Freund gemacht hat. Anstatt sich auf uns, die Blüte des Adels, zu stützen, steht Conrad den ganzen Tag mit Bodo über Pergamente gebeugt, zieht Linien und träumt von neuen Städten, und das ausgerechnet mit diesem verdammten Züricher? Wozu brauchen wir Märkte und fette Kaufleute, die sich wie Schweine in ihrem Geld suhlen? Dieser Pöbel ist gerade gut genug, für uns zu schuften. Gott hat uns dazu bestimmt, sie zu beherrschen, und nicht umgekehrt! Wir sind Gottes Auserwählte, nicht diese dreckigen Borstentiere, die nach Stallmist stinken! Adalbrecht von Stouff hat recht getan, als er seine Leibeigenen vor den Pflug gespannt hat. Er ließ sie ackern, bis hinauf nach Breisach! Das nenne ich einen aufrechten Mann und wahren Ritter, nicht diesen Schwächling Conrad, der nachts nicht schlafen kann, weil er nicht weiß, wie er dem Pöbel noch mehr Geld zuscheffeln soll. Wenn unsere Knechte weiterhin auf diese Art Vermögen anhäufen, werden sie uns am Ende auf der Nase herumtanzen! Soll etwa ich, Eglord, einen dieser Flegel bitten, mir ein paar Taler zu borgen, weil ich einen neuen Harnisch brauche?»

Während Eglord sich von Tag zu Tag immer mehr in Rage redete und fürchterlich vor sich hin schimpfte, hatte der kluge Otto in aller Ruhe bereits zwei seiner verlässlichsten Diener im Lager seiner Gegner eingeschleust, einen am herzoglichen Hofe und einen in Zürich im Hause des Bankiers Urs, Bodos Vater, des Zunftmeisters der dortigen Kaufleute. Beide hatten den Auftrag, sich als Hausknechte oder als einfache Tagelöhner zu verdingen und dabei aufmerksam ihre Umgebung auszuspionieren. Schon nach wenigen Wochen wusste Otto genau, was sich in den beiden Häusern abspielte. Dann überlegte er, wie er seinen Feinden den letzten, alles entscheidenden Schlag versetzen könnte.

Schon seit längerem hatte er darüber gebrütet, in welcher Weise er vorgehen müsste, damit der geplante Anschlag auf Adelheid wie ein natürlicher Unglücksfall aussähe. Denn selbst die ärgsten Feinde der Zähringer hätten mit Empörung auf die Nachricht von einem hinterhältigen Mord an der unschuldigen Tochter des Herzogs reagiert. Auch hätte der kaiserliche Hof eine derartige Untat nicht gebilligt. Und das würde die Täter den Kopf kosten.

Daher war Otto auf den Gedanken mit dem glimmenden Zunderhölzchen im Ohr des Pferdes gekommen, eine Methode, von der einmal gehört hatte und die ja auch beinahe zum Erfolg geführt hätte, wenn nicht im letzten Moment dieser Fremde aufgetaucht wäre. Um Bodo hatte er sich diesbezüglich weniger Sorgen machen müssen, denn wen interessierte schon der Tod eines Kaufmannssohnes. Selbst auf dem Schlossberg hätte sein Verschwinden wohl niemanden beunruhigt.

Noch wusste kaum jemand um die heimliche Liebe zwischen den beiden jungen Leuten, außer Conrad. Und dieser konnte schweigen wie ein Grab. Er hatte sofort gemerkt, wie sehr sich die beiden zueinander hingezogen fühlten, gleich als sie sich nach der Ankunft Adelheids auf dem Schloss das erste Mal begegneten. Er wusste aber auch, dass eine ernsthafte Verbindung zwischen ihnen am Hofe keine Zustimmung gefunden hätte, am allerwenigsten bei Bertold selbst, und so bewahrte er dieses Wissen für sich. Nicht zuletzt auch um Bodos willen, der ihm zum Freund geworden war und den er seiner kühnen Ideen wegen sehr schätzte. Obgleich um einige Jahre jünger als Conrad selbst, so war er doch bereits ein vielgereister Mann, der die Welt gesehen und allerlei Menschen, Städte, Sitten und Gebräuche kennengelernt hatte. In Bodo hatte er nicht nur einen Gleichgesinnten gefunden, der wie er für Neues offen und der Zukunft zugewandt war, sondern dieser ermunterte und beflügelte ihn in seinen Vorhaben. Mit der Zeit trafen sie sich regelmäßig, um miteinander immer ehrgeizigere Pläne zu schmieden. Ihr Traum von einer blühenden Stadt, in der die verschiedenen Handelswege sich kreuzen und Kaufleute aus aller Herren Länder zusammenströmen würden, sollte Wirklichkeit werden. Was ihnen vorschwebte, war ein Ort, an dem die Bürger mit neuen Rechten ausgestattet und die Beschränkungen des freien Handels abgebaut werden sollten, ein wirtschaftliches und politisches Zentrum am Oberrhein, das den Geist einer neuen Zeit verkörpern und zudem die Zähringer als eine aufstrebende Macht stärken würde.

Dieser Traum jedoch konnte mit einem Schlag zunichte sein, würde Bertold von der heimlichen Liebe zwischen Bodo und Adelheid erfahren. Zwar blieb es auch ihm nicht verborgen, dass Bodo die Prinzessin anhimmelte, aber schließlich bewunderten alle Männer Adelheid wie die Statue der Heiligen Jungfrau in der Palastkapelle, und deshalb machte er sich weiter keine Gedanken. Die Vorstellung allerdings, dass ein Kaufmannssohn seine Tochter liebte, hätte ihn wütend gemacht. Er hätte dies als eine Verletzung der gottgegebenen Ordnung betrachtet. Wenn aber Bertold gewusst hätte, dass Adelheid ihrerseits Bodo liebte, wäre sein Zorn riesig gewesen. Pater Bernhard konnte nicht mehr schlafen, wenn er daran dachte, dass irgendwann eine Unvorsichtigkeit das Geheimnis der hoffnungslos Verliebten ans Licht bringen könnte.

«Habt nur Geduld», sagte er immer wieder, «Gottes Wege sind oft verschlungen und rätselhaft. Man weiß nie, wie schnell sich alles ändern wird. Vielleicht lässt sich der Herzog am Ende doch überreden. Vielleicht wird er eines Tages die Verdienste Bodos anerkennen müssen und sich dann auch nicht mehr widersetzen können. Ich bin überzeugt, von Seiten Conrads wird es keine Schwierigkeiten geben. Er ist euch wohlgesinnt und euer treuer Verbündeter. Verliert nicht den Mut und betet zur Heiligen Jungfrau. Sie wird euch einen Weg weisen. Und vor allem: seid vorsichtig!»

Pater Bernhard riet den jungen Leuten davon ab, sich weiterhin innerhalb der Schlossmauern zu treffen, und wusste auch schon einen Ort, wo sie sich gelegentlich sehen könnten. Sein Freund, Abt Urban von Sankt Peter, war ein äußerst verschwiegener und zuverlässiger Mann, der in seiner Eigenschaft als Vorsteher der herzoglichen Grabeskirche ein enger Vertrauter des Zähringer Hofes war und ein Geheimnis wohl zu wahren wusste.

So waren Bodo und Adelheid einige Male zu einer Klause bei Sankt Peter hinaufgeritten, stets auf getrennten Pfaden, um nur keinen Verdacht zu erregen. Doch schon bald hatte Otto durch seine Spione davon erfahren und sich überlegt, wie er die beiden in eine Falle locken könnte.

Jedem von ihnen wurde ein mit blauem Seidenband verschnürtes Pergamentröllchen, mit dem sie sich ihre geheimen

Mitteilungen zukommen ließen, überbracht, nur diesmal waren ihnen die beiden Boten unbekannt. Bodo wurde gesagt, dass Reinhard, Bertas Bruder, der solche Botendienste für gewöhnlich verrichtete, sein Bein gebrochen habe. Und Adelheid musste erfahren, dass Klaus, Bodos Kurier, auf dem Steg vor dem Hause seines Vaters ausgerutscht sei und wegen seines gebrochenen Arms nicht reiten könne. Weil aber die jeweiligen Nachrichten wie zuvor mit dem blauen Seidenband versehen waren und die Schrift so aussah wie sonst, schöpften beide keinerlei Verdacht. Ohne Zeit zu verlieren, ritt Bodo nach Sankt Peter, wohin er bestellt worden war, und Adelheid nach Lenzkirch. Ottos Plan hatte funktioniert – beide waren ihm in die Falle gegangen.

***

Während sich Heribert im Auftrag des Abtes der Klause des Einsiedlers näherte, verließ ein Kurier eilig das Kloster, um in Richtung Zürich zu reiten. Bei jedem Gasthaus, an dem er vorüberkam, wechselte der Kurier die Pferde, wie ihm befohlen worden war, sodass er seinen Weg nach Zürich recht zügig zurücklegte. Noch am Abend desselben Tages stand er vor dem prächtigen Gebäude und klopfte an das gewaltige Tor.

Herr Urs war zu Hause und saß wie fast jeden Abend über seinen riesigen Schreibtisch gebeugt. Als ihm sein Diener den unerwarteten Boten aus Sankt Peter ankündigte, hob er erstaunt den Kopf und befahl, diesen gleich zu ihm zu bringen.

Der reichste Bankier von Zürich, dessen Macht größer war als die aller Ritter in den vielen Burgen auf den Bergrücken der Gegend zusammen, war von niederer Herkunft. Sein Vater, auch Urs genannt, kam aus einer armen Gürtlerfamilie. Er hatte zunächst als Stallknecht im Kloster von Sankt Gallen gedient und von den dortigen Mönchen auch lesen und schreiben gelernt. Mit den Silbermünzen, die er sich im Laufe der Jahre mühsam angespart hatte, zog er nach Zürich und fing an, sein Geld zu verleihen, gegen Zinsen, versteht sich.

Er hatte sehr gute Geschäfte zu tätigen gewusst, sodass sein Sohn nach seinem Tod ein blühendes Handelshaus erbte. Er erbaute am Seeufer einen Ansitz, wie ihn die Züricher noch nicht gesehen hatten und der ihm auch als Wohnhaus diente. Das Gebäude, das sich über eine ganze Gasse erstreckte, wirkte wie ein Palast, in dem man die Kunden und Bediensteten von früh bis spät ein- und ausgehen sah. Manche arbeiteten hinter den Schreibpulten, andere im Riemengeschäft oder in der Seidenmanufaktur, die der junge Urs eingerichtet hatte. Nachdem er mehrere Jahre fast ununterbrochen auf Reisen gewesen war, sich bei verschiedenen Kaufleuten in Florenz fortgebildet und während längerer Aufenthalte in Prag sowie am französischen Hof im Loiretal fremde Sprachen erlernt hatte, kehrte Urs wieder nach Zürich zurück. Er heiratete die reichste Erbin der Stadt und vereinte so zwei konkurrierende Handelshäuser.

Doch die Ehe, die unter so günstigen Auspizien gestanden hatte, war nur von kurzer Dauer. Urs war gerade von einer Reise zurückgekehrt, die ihn nach Padua geführt hatte. Er hatte dort ein glänzendes Geschäft abgeschlossen und hätte eigentlich zufrieden sein können. Doch er fühlte sich seltsam bedrückt und seine Gedanken waren schwer von düsteren Ahnungen. Die ganze Zeit hatte er an seine Gemahlin Wilfriede denken müssen, die guter Hoffnung war und schon in wenigen Wochen niederkommen sollte.

Zürich lag unterm Schnee. Vom Ufer des halb zugefrorenen Sees sah Urs die Umrisse seines Hauses, und er wunderte sich, dass alle Fenster hell erleuchtet waren. Er gab seinem Pferd die Sporen, und als er durch den Torbogen ritt, sah er, wie im Innenhof die Bediensteten in aufgeregter Geschäftigkeit und mit angespannten Gesichtern hin- und herrannten. Hastig sprang er von seinem Pferd, das er einem der herbeieilenden Knechte überließ, und eilte hinauf in sein Haus. Dort, im großen Saal angekommen, der zugleich als Speisezimmer diente und in dem abends der Herr mit seiner Gemahlin dem Gesinde aus der Bibel vorlas, sah er, wie die Amme seiner Frau zusammen mit den anderen Mägden des Hauses aufgeregt an einem riesigen Kessel mit kochendem Wasser hantierte und vor sich hinweinte. Im gleichen Augenblick stürzte die alte Hebamme, die auch schon bei der Geburt der beiden Eheleute dabei gewesen war, ins Zimmer und verlangte frische Handtücher. Auch sie hatte rote Augen.

Urs stürmte aufgeregt auf sie zu, fasste sie an der Hand und fragte mit heiserer Stimme, was denn geschehen sei. Die Alte zuckte nur mit den Achseln und deutete auf die Amme. Diese begann noch bitterlicher zu weinen. Mit der plötzlichen Gewissheit, dass etwas Schreckliches geschehen sein musste, rannte Urs die beiden Treppen hinauf und in seine und Wilfriedes Schlafstube hinein. Seine Frau lag regungslos auf dem Bett, im Todesschlaf erstarrt. Ihr Gesicht war noch deutlich von den Spuren eines schmerzvollen Kampfes gezeichnet, und dennoch wirkte sie noch immer jung und schön. In ihrem rechten Arm lag in weiße Bahrtücher gewickelt ein lebloser Winzling.

Der eilig herbeigerufene Arzt hatte nichts mehr tun können. Das Kind war viel zu früh und mit den Füßchen voraus zur Welt gekommen. Und auch die Mutter konnte nicht mehr gerettet werden. Von einer Stunde auf die andere hatte der reiche Kaufmann Urs alles verloren, was ihm lieb und teuer war.

Darauf folgten finstere Tage. Urs war nicht mehr bei Sinnen. Willenlos ließ er sich auf den Friedhof führen. Teilnahmslos stand er vor dem offenen Grab. Die gefrorenen Erdklumpen, die auf den Sarg fielen, in dem sein ganzes Leben lag, hörte er wie aus weiter Ferne. Als er wieder zu Hause war, wollte er alleine sein; er schickte die Bediensteten weg, verschloss sein Comptoir und zog sich in sein Zimmer zurück. Das Haus, das vormals voller Geschäftigkeit und Leben war, wirkte nun wie ausgestorben. Nur die Amme war geblieben. Sie stellte eine Mehlsuppe vor die Tür ihres Herrn, doch dieser rührte sie nicht an.

Am dritten Tag kam ihm die Grube in den Sinn, in der seine Gattin und das namenlose kleine Bündel lagen. Den Winzling hasste er, weil er ihm Wilfriede genommen hatte. Sein Herz krampfte sich zusammen, als er dachte, dass sie dort im kalten Boden bleiben müsse, und ein wahnsinniger Gedanke schoss ihm durch den Kopf. Er wollte sie ausgraben und nach Hause bringen. So wie er war, ging er also los, in den schwarzen Kleidern, die er seit drei Tagen trug, mit entblößter Stirn und leeren Augen. Die Diener, die sich in der Scheune versteckt hielten, schauten ihm nach und schüttelten mitleidsvoll die Köpfe. Ohne sich umzudrehen, durchschritt Urs den gefrorenen Hof, überquerte den Steg und lenkte seine Schritte zum See. Jenseits der großen Holzbrücke lag auf einem Hügel der Friedhof. Das grüne Wasser, auf dem Eisschollen trieben, lachte ihn einladend an, und er musste sich sehr beherrschen, um nicht hineinzuspringen. «Damit hat es noch Zeit, bis ich Wilfriede ausgegraben habe», dachte er, «ich grabe sie aus und springe zusammen mit ihr.»

Doch plötzlich hielt er inne. Ihm war, als hätte er ein leises Wimmern gehört. Er blieb stehen und lauschte, und da er abermals einen Laut vernahm, ging er zurück zum Ufer, um nachzusehen. An einem der im Wasser verankerten Holzpfeiler des Stegs war ein geflochtenes Körbchen befestigt, aus dem ein leises Wimmern drang. Urs bückte sich über das Körbchen. Als er den Deckel hob, sah er in die geröteten Augen eines Säuglings, der in eine dicke Wolldecke gewickelt war.

«Gott, Allmächtiger, wer kann ein solches Verbrechen begehen und einen hilflosen Säugling aussetzen?» Es waren die ersten vernünftigen Worte, die er seit dem Tod seiner Frau und seines Kindes gesprochen hatte. Ohne lange zu überlegen, nahm er das Körbchen und stieg eilig die Uferböschung hinauf, sich immer wieder mit der einen Hand an Sträuchern und Ästen festhaltend, um auf dem gefrorenen Boden nicht zu rutschen. In seiner Aufregung bemerkte er gar nicht, dass ihm jemand folgte. Erst als er durch den Torbogen seines Hauses ging, verschwand der Unbekannte wieder wie ein Schatten in der Dunkelheit.

Urs rief die Amme herbei und befahl ihr, das Feuer anzuzünden und heiße Milch zu bringen. «Amme», sagte er, «versprich mir, niemandem etwas davon zu erzählen. Schwör auf die Erlösung deiner Seele, dass du deinen Mund hältst!»

Dann befreite er das Kind aus der mit reichhaltigen Verzierungen bestickten Schabracke. Zum Vorschein kam ein prächtiger Junge in seidenen Windeln. Im Körbchen entdeckte er ein abgerissenes Stück Pergament, auf dem zu lesen stand: «Er ist getauft auf den Namen Bodo.» Daneben lag eine Börse aus feinstem Leder, in dem sich ein mit herrlichen Amethyststeinen besetztes Goldkreuz befand samt einer goldenen Kette, die nicht weniger kostbar schien. Urs erkannte auf den ersten Blick, dass ein solcher Schmuck nur in fürstlichen oder gar königlichen Häusern getragen wird. Für einen Augenblick wollte er die Kette um den Hals des Säuglings hängen, aber er tat es nicht. Seine Mutter, oder wer immer das Kind ausgesetzt hatte, hatte es ihm ja auch nicht umgehängt.

«Vielleicht fürchtet seine Mutter, dass das Kind erkannt werden könnte. Wenn man wüsste, wer es ist, würde es vielleicht in Gefahr sein. Vielleicht hat man das Kreuz als Erkennungszeichen für später hinterlassen!»

Er steckte das Kreuz in die Börse zurück und sperrte es in eine geheime Truhe in einer Nische seiner Schlafstube. «Ich werde es ihm später geben», sagte er sich. «Vielleicht werden wir einmal das ganze Geheimnis erfahren.»

Urs hob nun behutsam den kleinen Winzling aus seinem Körbchen, tauchte seinen Finger in die warme Milch und führte ihn an die vor Kälte immer noch bläulich gefärbten Lippen des Kindes. Das Gesichtchen entspannte sich sofort und die kleine Lippen saugten gierig die weißen Tropfen. Urs spürte, wie sich in ihm eine innere Wandlung vollzog, so als würde auch seine vor Trauer und Gram erstarrte Seele zu neuem Leben erwachen. «Gott hat mir einen Sohn geschenkt», dachte er. «Ein Sohn, dem nicht der Makel anhaftet, am Tod der eigenen Mutter, am Tod meiner Wilfriede schuld zu sein. Er ist mein Sohn, ja, Gott hat mich entschädigt, er hat mir ein Zeichen gegeben. Damit ich mich für meine Ungläubigkeit und Verzweiflung schämen möge!»

IX

TROTZ IHRES WIDERSTANDES WURDEN die beiden Mädchen voneinander getrennt. Berta wurde schließlich an ihren schwarzen Zöpfen gepackt und über den ganzen Hof geschleift. Starr vor Entsetzen und mit Tränen in den Augen musste Adelheid mit ansehen, wie ihre treue Begleiterin durch eine schwere Holztüre gezerrt wurde, die mit Wucht zugeschlagen wurde. Ihre Schreie, die von dort her zu ihr drangen, wurden allmählich schwächer. Die Söldner grinsten höhnisch und forderten Adelheid mit einer knappen Geste auf, ihnen zu folgen. Als sie versuchte, sich zu widersetzen, ging einer, offenbar der Anführer, auf sie zu und fauchte sie an: «Wollt Ihr etwa wie Eure Dienerin abgeführt werden? Zwingt uns nicht, Euch mit weniger Respekt zu behandeln, als es Euer Stand gebietet!»

Dann verneigte er sich kurz und ging voraus zu der großen Treppe. Adelheid folgte ihm ohne weiteren Widerstand durch das Spalier der Söldner. Sie hatte es mit Verbrechern zu tun, die vor nichts zurückschreckten. Über dunkle Gänge gelangten sie in einen großen, von vielen Kerzen erleuchteten Saal, der durch Pelze und Tapisserien in mehrere Räume unterteilt war. Von dort stiegen sie eine enge, steile Wendeltreppe hinauf, deren Stufen kein Ende zu nehmen schienen, und standen dann vor einer schmalen, in grobes Mauerwerk eingelassenen Tür, deren schweres Eisenschloss von dem Wächter geöffnet wurde. Adelheid wurde in die enge Kammer geschoben, die trotz des bleichen Mondstrahls, der durch ein hohes, schmales Fenster hereindrang, fast völlig im Dunkeln lag. Es roch nach feuchtem Stein und schimmeligem Gemäuer. Eine der Wachen stellte eine

Fackel auf und verließ wortlos den Raum. Dann schlug die Türe zu, und Adelheid hörte, wie der Schlüssel zweimal im Schloss umgedreht wurde. Eine Stimme sagte: «Beweg dich nicht vom Fleck! Ich glaube nicht, dass die Dame die Tür aufbrechen wird, aber Vorsicht ist die Mutter aller Weisheit.» Nach und nach verhallten die Schritte auf der Steintreppe und eine bedrückende Stille stellte sich ein.

Adelheid schaute sich um. Im schwachen Fackellicht erkannte sie eine Nische mit einem Bett, einen Sessel sowie ein auf zwei Holzböcken aufliegendes Brett, das mit einem sauberen Tuch bedeckt war und wohl als Tisch dienen sollte. Darauf stand ein Teller mit einigen gebratenen Fleischstücken, Brot und Äpfeln und daneben in einer Karaffe frisches Wasser.

Sie ging ans Fenster. Durch das matte, mit Staub und Schmutz überzogene Fensterglas ließ sich nur ein schwarzer Abgrund unterhalb des hohen Turmes erahnen. Zwischen dem Holzrahmen und dem bröckeligen Mauerwerk war ein dichtes Spinnennetz gespannt. Adelheid versuchte, ihre Abscheu zu überwinden und das Fenster zu öffnen. Nach einigen Versuchen gab die Verriegelung des Fensters schließlich nach, und frische Luft drang in die Kammer herein. Die Gefangene lehnte sich hinaus. Der Mond hatte sich hinter einer dicken Wolke zurückgezogen, sodass nur die verschwommenen Umrisse der umliegenden Berge zu sehen waren. Also war das Fenster nicht zum Innenhof hin, sondern an der Außenseite der Burgmauer gelegen. Adelheid überschlug in Gedanken, wie hoch sie wohl aufgestiegen waren, erst zu Pferde mit dem heuchlerischen Bruder Gregor, dann die vielen Stufen in Begleitung ihres Kerkermeisters. Das Burgzimmer musste also in einer wahrhaft schwindelerregenden Höhe liegen.

«Es gibt keinen Ausweg», dachte sie immer wieder, doch ein Gedanke tröstete sie: Das Fenster mochte zwar eng und schmal sein, ein schlanker Körper wie der ihre würde sich dennoch leicht hindurchzwängen können. «Wenigstens kann ich mich in die Schlucht stürzen», sagte sich Adelheid, und ihre Augen füllten sich mit Tränen, als sie an Bertas Schicksal dachte. «Wer weiß, ob sie jetzt noch lebt. Vielleicht wäre es für sie sogar besser, bereits tot zu sein, als …»

Auch der Blick auf die mit schweren Eisen beschlagene Holztür machte ihr deutlich, dass von dort keine Hoffnung zu erwarten war. «Nur ein Engel könnte mich retten», und in ihrer Vorstellung hatte der Engel die violetten Augen und die schwarzen Locken Bodos. «Bodo wird sicherlich schon erfahren haben, dass ich verschwunden bin, und wird nach mir suchen. Und wie ich ihn kenne, wird er nicht eher aufgeben, als bis er mich gefunden hat. Bestimmt wird auch Conrad alles unternehmen, um mich zu befreien.»

An ihren Vater wagte sie nicht zu denken. «Lieber soll er gar nicht erfahren, was los ist. Wenn er die Wahrheit erfährt …» Nichts Gutes war zu erhoffen für Bodo und für sie.

Mutlos und verzweifelt saß Adelheid auf der Lehne des Armsessels und grübelte darüber nach, warum und vor allem von wem sie so sehr gehasst wurde. «Zuerst wollten sie mich ermorden lassen. Jetzt entführen sie mich. Adalbrecht ist ein Vasall des Herzogs. Ich habe ihn vielleicht einmal am Hofe gesehen, aus der Ferne nur, und kein Wort mit ihm gewechselt. Warum also hat er mich in diese Falle gelockt? Oder handelt es sich um eine politische Verschwörung, die gegen den Herzog gerichtet ist? Aber welche Rolle könnte ich in diesen Intrigen und Machtkämpfen spielen? Ich bin ja nicht einmal seine eheliche Tochter. Conrad hätten sie angreifen müssen, wenn es um ein politisches Komplott ginge …»

Adelheid zermarterte sich das Hirn und überlegte hin und her, was der eigentliche Grund ihrer Entführung sein könnte, kam aber zu keinem Ergebnis. Und gerade dies machte ihr Angst. Denn ein Feind, der sein Gesicht nicht offen zeigt, ist tausendmal gefährlicher als ein Gegner, der mit offenem Visier kämpft, so jedenfalls hatte es Hildebrand sie immer gelehrt.

Sie wagte nicht, sich aufs Bett zu legen, also verbrachte sie die Nacht fröstelnd vor Kälte auf dem Sesselrand. Sie betete kurz zur Heiligen Jungfrau und zu Sankt Trudbert, und gegen Morgen schlummerte sie ein.

Als sie aufwachte, drang das düstere Tageslicht durch die dreckige Scheibe und legte sich wie ein grauer Schleier über das ganze Zimmer. Es war kalt. Sie stellte mit Schrecken fest, dass frisches Wasser und Obst gebracht worden waren. Auch frisches Brot duftete auf einem silbernen Tablett. Offensichtlich hatte jemand ihr Gefängnis betreten, während sie geschlafen hatte. Das bedeutete, dass sie unter ständiger Beobachtung stand. Ihr Entsetzen wuchs und ihre Schwäche nahm zu. Die Stube begann sich zu drehen, erst langsam, dann immer schneller. «Ich werde sterben», dachte sie. «Ich werde sterben, noch bevor Bodo mich retten kann.» Der Gedanke, dass sie ihn nie wieder sehen werde, war unerträglich. Sie musste also durchhalten. Sie streckte die Hand aus und aß einige Bissen Brot. Nachdem sie auch einen Schluck Wasser getrunken hatte, fühlte sie sich schon besser. Sie stand auf, ging im Raum umher und betrachtete die Kammer bei Tageslicht. In der Dunkelheit hatte alles bedrohlicher ausgesehen. Sie richtete ihren neugierigen Blick auf das am Vorabend geöffnete Fenster und stellte fest, dass sie recht gehabt hatte. Ihre Zelle befand sich in einem hohen Turm. Darunter öffnete sich eine tiefe felsige Schlucht. An den bleichen Sonnenstrahlen, die kaum die tristen Wolken durchdrangen, erkannte sie, dass sie sich im Südtrakt der Burg befand. Irgendwo links musste also die Abtei Sankt Trudbert sein. Wenn sie nur den Mönchen eine Nachricht hätte senden können … obwohl das Kloster keine freundschaftlichen Beziehungen zu den Zähringern mehr pflegte, seit der alte Bertold beschlossen hatte, dass die Grabstätte der Familie in Sankt

Peter sein sollte. Vielleicht gäbe es in Sankt Trudpert ja einen Mönch, der ihr helfen würde …

Die Stunden, die Adelheid am offenen Fenster saß, mit leerem Blick in die Ferne starrte und auf ein Wunder hoffte, wurden ihr immer länger. Weit unten im Tal waren einige schäbige Hütten zu erkennen. Darin hausten Adalbrechts unglückliche Leibeigene, die dort ihr klägliches Dasein fristeten und jeden Tag dessen Ende erwarteten, entweder durchs Schwert oder durch die schwere Fron für ihren Herrn. Seine Grausamkeit und Unmenschlichkeit waren sprichwörtlich, und das in einer Zeit, in der Bluttaten, Plünderungen und Brandschatzung ganzer Dörfer nicht allzu viel bedeuteten.

Quälend langsam verrann die Zeit, und mit ihr schwand allmählich auch Adelheids Hoffnung auf Befreiung. Es dämmerte. Über ihre blassen, eingefallenen Wangen rollten Tränen des Entsetzens. Das einst so stolze und tapfere Mädchen war nur noch ein kleines, armes Vögelchen mit gebrochenen Flügeln und von allen verlassen. Verzweifelt warf sie sich aufs Bett und entschied, nicht mehr aufzustehen, an Hunger und Schwäche zu sterben und allem Schreck und Unglück ein Ende zu setzen.

So verging noch eine Nacht. Am Morgen erhob sie sich vom Bett. Schreckliche Träume hatten sie geplagt. Sie war so schwach, dass sie kaum einen Schluck Wasser nehmen konnte.

Plötzlich vernahm sie von der steinernen Turmtreppe her Schritte, die rasch näher kamen. Ein Schlüssel drehte sich knarrend im Schloss. Die Tür öffnete sich, und auf der Schwelle stand der Ministeriale Eglord. Im düsteren Morgenlicht waren seine kalten blauen Augen noch kälter und noch blauer. Er trug eine knielange Tunika aus dunkelrotem Samt und darunter ein feines Hemd mit plissiertem Kragen. Statt eines Schwertes hatte er nur ein kurzes Jagdmesser, dessen elfenbeinernen Griff er mit seiner Rechten fest umklammert hielt. Von seiner überlegenen Ruhe, die meist mit einer gewissen Herablassung einherging, war allerdings nichts mehr zu spüren. Innerlich war er aufgewühlt und gespannt. Adelheid war jedoch zu erschrocken und geschwächt, um dies zu bemerken.

Eglord machte einige Schritte und blieb dann stehen. Er deutete eine kurze Verbeugung an, mit derselben finsteren Höflichkeit, mit der er die Befehle am Hofe empfing. Adelheid stand regungslos vor dem Sessel und schwieg. Sie war viel zu überrascht, um etwas sagen zu können. Die paar Augenblicke des Schweigens halfen ihr, sich innerlich aufzurichten. Der Ministeriale dagegen wirkte zusehends verwirrter.

Endlich sagte er: «Was für eine unangenehme Situation, edle Adelheid! Ich hätte nicht erwartet, Euch hier als Gefangene des Herrn von Stouff anzutreffen, unter solch erniedrigenden ...»

Eglord unterbrach sich mitten im Satz, denn ihm war, während er sprach, aufgefallen, dass er das Gespräch schlecht angefangen hatte. Alles verlief anders als geplant.

«Hättet Ihr nicht erwartet, mich hier zu treffen, wäret Ihr nicht gekommen, Ritter Eglord», erwiderte Adelheid. «Und die Schande ist keineswegs auf meiner Seite, sondern auf Seiten derjenigen, die eine edle Frau durch niederträchtige Taten in eine solche Lage gebracht haben.»

«Edle Prinzessin, Ihr zürnt mir ohne Grund. Ich habe das nicht veranlasst. Eben darum, zum Beweis meiner Unschuld, bin ich gekommen, um Euch zu befreien.»

«Wunderbar», antwortete Adelheid, die ihm kein Wort glaubte. «Dann lasst uns gehen! Befehlt, dass man mir und meiner Kammerzofe die Pferde bringt, damit wir zum Schloss zurückkehren können! Der Herzog macht sich bestimmt große Sorgen und lässt nach mir suchen.»

«Oh, edle Adelheid, es wäre sehr unklug, zwei junge Damen des Nachts alleine durch diese unsichere Gegend reiten zu lassen. Euch könnte noch Schlimmeres widerfahren. Nein, ohne eine sichere Eskorte kann ich Euch unmöglich ziehen lassen. Hier seid Ihr zumindest bewacht!»

«Ja, bewacht wie eine Übeltäterin! Dann stellt mir eine Eskorte zur Verfügung. Gebt mir einige zuverlässige Diener, die mich begleiten sollen, oder kommt selbst mit. Seid versichert, der Herzog wird dankbar sein und Euch reichlich entlohnen, so wie er stets seine Großzügigkeit Euch gegenüber erwiesen hat.»

Eglord tat, als bemerke er den sarkastischen Ton in der Stimme des Mädchens nicht, und antwortete: «Ja, in der Tat, Ihr wäret am sichersten in meiner Obhut, und ich wäre glücklich, sie Euch zu gewähren. Doch sagt mir, meine Prinzessin, bin ich dazu berechtigt, Euch zu begleiten? Ein fremder Ritter, der in der Nacht eine fremde Dame auf einsamen Waldwegen begleitet, ist nicht gerade das Beste für den Ruf der Dame.»

«Ein Ritter, der zwei unglückliche Gefangene aus den Händen ihrer Entführer befreit und sie zu den Ihren zurückbringt, verdient höchste Belobigung, Herr Ministeriale. Er tut genau das, was ihm die Gesetze seines Standes vorschreiben. Als mein Vater Euch die silbernen Sporen gab, habt Ihr auf jene Gesetze geschworen! Ist es nicht so?»

«Ach, gnädiges Fräulein, die Gesetze des ritterlichen Standes! Die Zeiten haben sich geändert. Was heute zählt, sind Geld und Reichtum, nicht Treue und Verlässlichkeit. Wenn selbst die Fürsten und Könige nur noch um die Gunst der Kaufleute und Händler buhlen, wie wird es da erst um die ritterlichen Tugenden bestellt sein? Die Ideale und die Sitten sind auch nicht mehr wie früher ...»

«Ja, das habe ich hier gerade festgestellt», seufzte Adelheid kummervoll.

«... was mich als Mann von Ehre nicht davon abhalten kann, diejenigen zu schützen, die meine Hilfe brauchen.»

«Dann tut es, Herr Ritter, und der ganze Adel wird Eure Tugend anerkennen und bewundern.»

«Ja, wenn ich so überlege, es gäbe eine Lösung», fuhr der Ministeriale fort, «eine sehr gute Lösung, die es mir gestattet, Euch zu schützen, ohne dass zweideutiges Gerede aufkommen kann, das Eurem Ansehen schaden könnte, Fräulein Adelheid.»

Der Ministeriale schwieg und ließ forschend den Blick über die blassen Wangen und die Augen des Mädchens gleiten, die vor Anspannung starr wirkten.

«Eine Lösung, die mir das Recht gäbe, Euch zu schützen! Heiratet mich, wunderschöne Prinzessin! Glaubt mir, niemand und nichts auf der Welt wird mich dann davon abhalten können, Euch vor allem Übel zu bewahren.»

Adelheid fühlte, wie sich die Kammer um sie drehte. Es kostete sie äußerste Anstrengung, nicht zu Boden zu stürzen. Das war es also! Wieso war sie nicht gleich darauf gekommen? Sie erinnerte sich an all die Versuche des Ministerialen, sie zu erobern. Jetzt war sie in seinen Händen! Mit Abscheu sah sie die blinde Leidenschaft in seinem Gesicht, und ihr wurde klar, dass ihm nichts im Wege stehen würde, jetzt, da er sie in seiner Gewalt hatte.

«Lieber den Tod», erwiderte sie mit der kalten Stimme, mit der sie den Mann, der vor ihr stand, so oft erniedrigt hatte. «Lieber den Tod! Jetzt durchschaue ich dein schmutziges Spiel. Unwürdiger, man nennt dich noch Edelmann und Ritter! Du hast die Gunst meines Vaters erworben, Ländereien und Titel. Das war dir aber nicht genug. Nun willst du auch seine Tochter haben!»

Adelheid sprach hastig und ohne Pause, um Zeit zu gewinnen. Indes bewegte sie sich mit kleinen, kaum wahrnehmbaren Schritten dem Fenster zu. Ihre Hand betastete die raue Mauer. Für ihren Entschluss hatte sie nicht lange gebraucht. Als sie den hölzernen Rahmen unter ihren Fingern spürte, bestieg sie rücklings die kleine Treppe unter dem Fenster. Dann blieb sie stehen und schwieg.

Eglord, der ihre verächtlichen Worte mit wachsender Wut über sich ergehen ließ, hatte ihre Absicht noch nicht durchschaut und antwortete mit abschätzigem Lachen: «Gewiss, meine schöne Dame, doch Euch scheint nicht wirklich klar zu sein, in welcher Lage Ihr Euch befindet. Ich habe Euch nur die beste und ehrlichste Lösung angeboten – trotz Eures ungebührlichen Verhaltens mir gegenüber. Ich habe Euch stets als eine Frau von Adel respektiert und das ist, wie ich nun sehe, ein Fehler gewesen. Du bist nichts weiter als eine unwürdige Bastardin, und als solche wird man dich auch behandeln. Du bist es gar nicht wert, die Frau eines Opfingers zu werden. Meine Mätresse, ja, dafür bist du gerade gut genug! Und danach wirst du die Lüste meiner Knechte befriedigen, so wie es deine Zofe bereits getan hat. Ha! Ha! Ha!», lachte er höhnisch. «Ich kann nicht behaupten, dass meine Männer es nicht genossen hätten. Sie hatten eine sehr angenehme Nacht. Die Kleine war wirklich bezaubernd. Welchen Spaß werden sie dann erst mit ihrer Herrin haben!»

Mit großen Schritten ging Eglord auf die Gefangene zu und streckte die Hand nach ihr aus, um sie zu fassen. «Und meine Freude wird noch weit größer sein, wenn ich daran denke, dass dein edler Vater dich danach sehen wird, den Körper geschmückt mit Liebesbeweisen meiner Knechte. Und ich verspreche dir, er wird dich sehen, tot oder lebendig!»

Mit einem Satz war Adelheid auf die Brüstung des Fensters geklettert. «Was wartest du noch, du Teufelssohn! Meinen zerschmetterten Leib kannst du haben und ihn meinem Vater zeigen. Zerschmettert, aber rein!»

Eglord blieb verdutzt stehen. Mit einer solchen Wendung hatte er nicht gerechnet. Nein, der Tod der Prinzessin hätte seine Pläne durchkreuzt. Was sollte er noch sagen? Wutentbrannt drehte er sich um und stürmte hinaus. Mit einem lauten Knall schlug er die Tür hinter sich zu.

Unten im großen Burgsaal wurde er bereits von Abt Otto und Ritter Adalbrecht erwartet. Beide saßen gutgelaunt in ihren Sesseln, die mit Bärenfellen überzogen waren, und tranken Wein. Als Adalbrecht Eglord die Treppe herunterkommen sah, hob er seinen silbernen Pokal und begrüßte ihn mit spöttischem Unterton: «Nun, wann ist die Hochzeit?» Sein Lachen war abstoßend und bösartig.

Eglord, aschfahl im Gesicht, griff noch im Stehen nach dem großen Weinkrug, setzte ihn an die Lippen und leerte ihn in einem Zug. Stumm und mit hasserfüllten Augen blickte er auf Adalbrecht.

«Lass gut sein, Adalbrecht», ging Otto besänftigend dazwischen. Er kannte Eglord gut genug, um zu wissen, wie schnell er die Beherrschung verlieren konnte, wenn man ihn reizte. «Ihr seid doch Freunde, oder etwa nicht? Und Freunde müssen zusammenhalten. Gerade auch in schweren Zeiten. Eglord, ich hatte dir ja gesagt, dass du Geduld haben musst. Lass sie noch einige Zeit da oben schmoren, und du wirst sehen, es wird nicht mehr lange dauern, bis sie dir aus der Hand frisst.»

«Ich werde sie töten», brach es aus dem Ministerialen hervor. «Aber zuvor werde ich sie meinen Männern überlassen, wie die niedrigste Dirne! Sie sollen ihren Spaß mit ihr haben. Ich werde sie lehren, was es heißt, mich zu verspotten.» Er warf Adalbrecht einen herausfordernden Blick zu und sagte mit eisiger Stimme: «Keiner soll es wagen, mir so ins Gesicht zu lachen, versteht ihr, keiner!»

Adalbrecht, der schon nach seinem Schwert greifen wollte, wurde von Abt Otto zurückgehalten.

«Schluss! Hört endlich auf, euch gegenseitig zu bekriegen. Seid ihr wahnsinnig geworden?», schimpfte Otto, der selten so heftig wurde. «Ich dachte, ich hätte es mit vernünftigen Männern zu tun, nicht mit kindischen Schildknappen, blöd wie junge Hähne. Ihr wisst genau, dass es kein Zurück mehr gibt. Wir sind schon zu weit gegangen. Ich sage euch, der Zweck heiligt die Mittel, und alles, was ihr bis jetzt unternommen habt, um die verfluchten Zähringer zu vernichten, geschah um einer höheren Sache willen. Ihr werdet doch so kurz vor dem Ziel nicht noch alles vermasseln. Du, Adalbrecht, warst einverstanden, dass das Mädchen hierher gebracht wird. Auch gehörst du zu denen, die sich gegen den Herzog verschworen haben. Und du wirst auch mit nach Molsheim reiten, zusammen mit allen unseren Verbündeten, die auf die Erlösung ihrer Seelen geschworen haben, die Tyrannen vom Breisgau zu vernichten!

Und du, Eglord, du enttäuschst mich. Stehst da wie ein liebeskranker Jüngling, dem die Braut Hörner aufgesetzt hat. Wo ist der kühne Ritter Eglord geblieben? Einst hast du verwegene Pläne geschmiedet, und jetzt kreisen deine Gedanken nur noch um diesen Weiberrock. Du wirst ihn schon noch kriegen, keine Angst. Willst du eine Hure, dann nimm sie dir. Nimm hundert! Aber ich rate dir, schone diese Bastardin, solange wir sie noch als Pfand gebrauchen können. Und du wirst sie noch brauchen, wenn die beiden Satansbrüder tot sind und du selbst Anspruch auf den Thron erheben willst. Du musst dir über eines im Klaren sein: Sobald du einmal die Macht hast, wird dir die ach so stolze und hochmütige Adelheid nicht mehr widerstehen können. So sind sie nun einmal, die Weiber. Also warte noch, bis ich euch zum Altar geführt habe. Danach kannst du sie immer noch deinen Knechten überlassen. Und jetzt kommt», fuhr er mit seiner gewohnt milden Stimme fort, «gebt euch die Hand, versöhnt euch, ihr seid Verbündete, ihr seid Brüder. Lasst uns gehen und die Sache in Molsheim vorbereiten. Dort wird Geschichte geschrieben, ihr werdet sehen. Und danach regeln wir alles andere.»

X

HERR URS ZÖGERTE KEINEN AUGENBLICK, als er die furchtbare Nachricht erhielt. Der Gedanke, dass sein Sohn in Lebensgefahr schwebte, weckte in ihm ungeahnte Kräfte. Pfeilschnell sprang er vom Pult auf, wo er einige Rechnungen mit jener Genauigkeit nachprüfte, die seinen Vater reich gemacht hatte. Er warf die Gänsefeder weg, sodass sich auf dem Pergament eine Menge Flecken verbreiteten, und stürmte ins Nebenzimmer, wo sein Freund und Vertrauensmann Solomon von Mainz zwischen riesigen Kisten hin und her ging.

Der ehemalige Bankier Solomon hatte einst ein Comptoir in der Stadt am Rhein, und nicht wenige Adlige waren bei ihm hoch verschuldet. Als dann nach dem ersten Kreuzzug Unruhen ausbrachen und Jagd auf die Juden gemacht wurde, ja diese trotz der Intervention des Mainzer Bischofs sogar bis hinein in den Dom und unter den Altar verfolgt und abgeschlachtet wurden, konnte er sich im letzten Moment retten. Mit seiner Frau und einer kleinen Goldtruhe unter dem Arm flüchtete er nach Zürich, weil er gehört hatte, dass die Bedingungen dort gut und die Kaufleute anständig seien. Und er kannte den Kaufmann Urs, mit dem er über viele Jahre hinweg ausgezeichnete geschäftliche Beziehungen unterhalten hatte. Urs wollte ihn dabei unterstützen, ein eigenes kleines Geschäft zu eröffnen, doch Solomon lehnte dies ab. Er bat lediglich darum, in die Dienste seines Freundes eintreten zu dürfen.

Er richtete sich also in dem kleinen Kämmerlein neben Urs' Arbeitsstube ein und saß dort von morgens bis abends mit seiner großen Feder über nicht enden wollenden Zahlenlisten. Die

Geschäfte, die er mit großem Geschick tätigte, warfen stets ordentliche Gewinne ab. Abends ging er zufrieden nach Hause, wo Sara, seine Frau, mit gefülltem Hecht in Aspik auf ihn wartete. Dann betete er und dankte Gott, dass er ihn auf so wunderbare Weise am Leben gelassen hatte. Er fühlte sich frei von Sorgen und wartete in heiterer Gemütsverfassung auf sein Lebensende. Darüber hinaus erfüllte ihn eine grenzenlose Ergebenheit seinem Wohltäter gegenüber, und Bodo liebte er wie sein eigenes Kind.

Urs erzählte ihm in knappen Worten, was er erfahren hatte. Bodo sei überfallen worden und liege jetzt schwerverletzt im Kloster von Sankt Peter.

«Ich begreife nur nicht, wieso alles geheim bleiben muss», sagte er. «Der Eilbote flehte mich förmlich an, niemandem etwas davon zu erzählen. Und gleichzeitig bittet der Abt, dass ich so schnell wie möglich kommen soll, aber ohne es jemandem zu sagen. In großer Eile, ja selbstverständlich, aber warum so geheimnisvoll? Wer kann etwas gegen meinen Bodo haben? Besonders der Herzog soll nichts erfahren. Solomon, kannst du das verstehen? Der Herzog, unser Freund und Vogt! Glaubst du, dass er dem Jungen eine Falle stellen würde? Warum, um Gottes Willen?»

Solomon schüttelte den Kopf: «Aber nein! So etwas kann ich nicht glauben! Welchen Sinn hätte es? Der Herr hätte Bodo anders bestrafen können. Und warum auch? Das glaube ich auf keinen Fall, denn wir sind seine treuen Untertanen, und er braucht uns mehr, als wir ihn brauchen», fügte er stolz hinzu.

Urs musste trotz seiner Unruhe lächeln, als er den alten Solomon «wir» sagen hörte. Es berührte ihn, wie sehr sein Freund die eigenen Sorgen und Nöte zu den seinen gemacht hatte.

«Du wirst noch heute nach Sankt Peter aufbrechen, oder? Hier sorge ich dafür, dass alles so läuft, wie es sich gehört.»

«Das weiß ich doch, mein Freund», sagte der Bankier und reichte Solomon die Hand. «Ich weiß, dass in meiner Abwesenheit alles bestens laufen wird. Darüber mache ich mir keine

Sorgen. Um zwei Dinge würde ich dich allerdings noch bitten: Sag niemandem, wohin ich gegangen bin, und versuche, etwas über die Hintergründe des Überfalls in Erfahrung zu bringen. Ich will wissen, was hier vor sich geht. Schalte unsere treuen Männer ein, bestell sie hierher. Rede auch mit deinen vielen Bekannten, und lass mich es wissen, sobald du etwas erfährst!»

Solomon lächelte und strich über seinen Bart: «Das musst du mir nicht mehr sagen. In diesem Augenblick beginnen gewiefte und schweigsame Männer schon nachzuforschen. Sie machen das wie immer, du weißt schon! Wünsche bitte Bodo gute Besserung von mir. Sag ihm, ich möchte bald auf seiner Hochzeit tanzen.»

Urs rief seinen treuen Diener herbei und gab ihm den Auftrag, die schnellsten Pferde aus seinem Stall satteln zu lassen. Als er hörte, dass Urs geradewegs nach Sankt Peter reiten wollte, schüttelte Wilhelm den Kopf, denn er sah seinen Herrn schon vor Übermüdung vom Pferd stürzen. Aber er wagte es nicht, etwas an den Beschlüssen des Herrn auszusetzen. Kurze Zeit später brach Urs auf. Wilhelm, der hinter seinem Herrn her ritt, blieb nichts anderes übrig, als ab und zu zum Himmel aufzublicken und laut zu seufzen.

Nach einigen Stunden fingen alle Glieder des Bankiers an zu schmerzen. Seit Jahren hatte er keine derartigen körperlichen Anstrengungen mehr auf sich genommen. Als die Schmerzen zu heftig wurden, stieg Urs vom Pferd. Genau vor dem «Goldenen Krug» in Säckingen. Zwar hatte der Wirt seinen Gast schon lange nicht mehr gesehen, aber wer hätte die Silbermünzen vergessen können, die Urs großzügig auf den Tisch warf, sooft er sich dort ausruhte, bevor er den Rhein überquerte? Dessen Wasser hatte er immer durchs Fenster des schönsten Zimmers betrachten können, in dem der Wirt vornehme Gäste unterzubringen pflegte.

Diesmal hatte es der Bankier eilig. Voller Ungeduld schob er den Rehbraten beiseite, den der Wirt eben aus dem Backofen geholt hatte, und auch die junge Wachtel. Nur im «Goldenen Krug» gab es solch eine Köstlichkeit zu genießen: eine junge, in Himbeerblätter gewickelte Wachtel, die lange in einem mit glühenden Kohlen gefüllten Loch geschmort hatte ... Die Zubereitung dieses Gerichtes erforderte eine besondere, von einem Sankt Gallener Mönch erlernte Kunstfertigkeit, die den Gasthof weit über Säckingen hinaus bekannt gemacht hatte.

Der Wirt hatte auch frisches Brot auf den Tisch gestellt, dazu gebratene Rheinaale und fetten Käse, der im Mund wie Schnee zerschmolz, sowie einen Krug mit köstlichem Wein.

Einst hatte es Herr Urs genossen, das leicht bittere Getränk zu schlürfen, das den goldenen Sonnenschein in sich trug, und den raffinierten Fleischduft zu schnuppern. Auch diesmal warf der Bankier die Silbermünze auf das weiße Tuch, aber das Essen rührte er nicht an. Er wolle sich nur kurz ausruhen, sagte er. Und ob er einen Wagen auftreiben könne, mit dem wolle er seine Reise fortsetzen. Er erklärte dem Wirt gerade seinen Wunsch, da tauchte vor dem Tor sein Diener Georg mit dem leichten Wagen auf, den er in den letzten Jahren stets für längere Reisen verwandt hatte.

«Oh, Solomon, du bist in der Tat ein weiser Mann», rief Urs freudig aus, und nun beschloss er, etwas von den wunderbaren Speisen auf dem Tisch zu kosten.

Noch vor Sonnenaufgang machte sich Urs wieder auf den Weg und erreichte am späten Nachmittag das Kloster Sankt Peter. Dort wurde er wie ein alter Freund empfangen. Abt Urban schilderte in wenigen Worten, was vorgefallen war und in welchem Zustand sein Sohn sich augenblicklich befand. Den Krug mit frischem Wasser und die Schale mit einer kleinen Stärkung, die von einem Novizen aufgetragen wurden, ließ er unberührt stehen. Urs wollte nur seinen Sohn sehen.

Bodo lag in ein weißes Laken gehüllt und mit leichenblassem Gesicht auf seinem Bett. Es schauderte den Bankier. Seit dem Tod seiner Frau hatte er nicht mehr einen solchen Schmerz empfunden. «Allmächtiger Gott, nimmst Du mir wieder, was ich am liebsten habe?», fragte er. «Wo ist Deine Gerechtigkeit?» Was er sah, war nur der Schatten des schönen Bodo.

Als ihn dann der Abt aus der Zelle hinausführte, fühlte der Züricher nur noch abgrundtiefen Hass.

«Pater Urban, die Täter müssen für ihre Tat bezahlen. Mein ganzes Vermögen, meinen Einfluss, ja mein ganzes Leben werde ich daransetzen, dass sie ihre gerechte Strafe bekommen!»

«Herr Rat, es gibt hier auch andere Menschen, die Gerechtigkeit wollen. Ich werde Euch zu ihnen führen, und wir werden gemeinsam überlegen, was zu tun ist. Doch lasst uns zunächst noch auf den Einsiedler von Lenzkirch warten.»

«Wie, kommt er hierher?», staunte Urs. «Er verlässt doch nie die Wildnis! Und was hat er damit zu tun?»

«Er kommt. Ich habe jemanden zu ihm geschickt, um Rat und Heilkräuter für Herrn Bodo zu erbitten. Auch wir, Heribert und ich, wissen so manches darüber, Pater Bernhard ebenfalls, aber den Einsiedler übertrifft keiner. Und er hat uns wissen lassen, dass er selbst unverzüglich kommt, denn er habe uns auch noch etwas mitzuteilen.»

«Ist Pater Bernhard auch hier? Um Gottes Willen, was bedeutet das? Was hat der Fürstenhof mit Bodos Verwundung zu tun?»

«Oh, sehr viel sogar! Die Geschichte ist verwickelter, als Ihr denkt. Es war nicht bloß ein Raubüberfall, und Herr Bodo wurde nicht einfach angegriffen und ausgeraubt. Nein, wir vermuten, hinter diesen Vorkommnissen verbirgt sich eine politische Verschwörung, deren Folgen furchtbar sein könnten, auch für … Nun, es gibt Namen und Zusammenhänge, die wir ganz leise oder überhaupt nicht aussprechen sollen, Herr Urs. Ihr, die so nahe an den Mächtigen dieser Welt, teilweise sogar in deren Mitte steht, wisst es besser als ich …»

Urs konnte vor Erstaunen kaum Luft holen. Wie, sein Sohn in Verschwörungen verwickelt? Ohne ein weiteres Wort ließ er sich von Pater Urban in die Klosterbibliothek führen, wo die Gäste versammelt waren.

Pater Bernhard saß in einem Sessel. In der Hand hielt er einen nach griechischer Mode gefertigten Bernsteinrosenkranz. Er hatte ihn von einem Priester gekauft, der die Kreuzfahrer bei ihrem unglücklichen Feldzug nach Byzanz begleitet hatte.

Vor dem Fenster stand ein großer, hagerer Mann in bescheidener Bürgerkleidung, der versonnen in den Klostergarten blickte. Urs kannte ihn nicht und fragte sich, was dieser einfache Mann dort zu suchen hatte und welche Rolle er spielte.

Abt Urban zog ihn ans Fenster, deutete auf den Unbekannten und sagte: «Seht, Herr Urs, der Fremde da hat das Leben Eures Sohnes gerettet. Ohne ihn wäre Bodo vielleicht tot.»

«Mein Herr, wer auch immer Ihr seid, von heute an seid Ihr mein lieber Bruder, mein Sohn, mein Freund, derjenige, der ewig das Recht auf meine Dankbarkeit hat. Wie soll ich Euch belohnen? Sagt mir, was Ihr wünscht!»

Über das schmale Gesicht des Fremden huschte ein bitteres Lächeln. «Was ich mir wünsche, könnt Ihr mir nicht geben, Herr Rat», sagte der Mann, und das feine Ohr des alten Urs konnte einen seltsamen Akzent in seiner Stimme heraushören. «Es freut mich, dass ich Herrn Bodo behilflich sein konnte. Denn er ist ein edler junger Mann, wie es nur wenige gibt, und ich bedaure, dass ich ihm wegen meiner Schwäche und Ungeschicklichkeit nicht besser helfen konnte. Ihre Dankbarkeit und Freundschaft ehren mich, und das ist die wertvollste Belohnung.»

Ein dumpfer Lärm – wie ein Sturmwind im Wald – unterbrach seine Worte. Der Abt schaute beunruhigt zum Fenster hinaus, um die Ursache des ungewöhnlichen Geräusches zu entdecken. Im Hof, in den Galerien und an den Fenstern versammelten sich viele Mönche, um eine seltsame Szene zu erleben: Auf einem kleinen Esel reitend und ohne sich umzuschauen, durchquerte der Einsiedler von Lenzkirch den Hof. Er saß aufrecht, das Kinn auf die Brust gedrückt, auf einem alten aufgeplatzten Sattel. Der weiße lange Bart und die ungepflegten Haare wehten im Wind, und er murmelte wie in tiefe Meditation versunken etwas vor sich hin. Die braunen Soutanen traten eilig zur Seite und bildeten vor ihm eine lebende Gasse.

Vor der Haupttreppe blieb er stehen. Dort wurde er vom Abt mit vielen ehrenvollen Worten empfangen, wohingegen sich der Einsiedler still verneigte. Er blickte nur geradeaus, als wäre ihm der Anblick des prachtvollen Klosters gänzlich gleichgültig, und sagte: «Zum Reden habe ich keine Zeit. Ich muss den Verwundeten sehen.»

«Gleich, Hochwürden», antwortete der Abt, und alle schauten erstaunt. Nie hatte sich der Abt wie ein kleiner Novize benommen. «Gleich, nur eine kurze Besprechung, auch sie ist sehr wichtig.»

«Nein, ich will ihn nur einen Augenblick sehen. Dann weiß ich, was zu tun ist.»

Er wurde in Bodos Zelle geleitet, schaute kurz, wie er aussah, nickte und folgte dann dem Abt in die Klosterbibliothek. Dort warteten bereits die anderen, und nach kurzer Begrüßung setzten sich die Anwesenden in die bereitgestellten Sessel.

«Da wir alle, die in dieser Angelegenheit irgendwie berührt sind, hier sitzen», sprach Pater Bernhard, «und obwohl es wünschenswert wäre, dass dieses ungeheure Geheimnis unter uns bliebe, möchte ich als Erstes sagen, dass ich es nach langem Nachdenken auch Herzog Conrad mitgeteilt habe.»

«Wieso?», fragte der Abt. «Bruder, ich verstehe Euch nicht. Dann hättet Ihr es auch gleich dem Herzog Bertold selbst erzählen können. Was wird jetzt geschehen? Habt Ihr die Folgen bedacht, nicht nur für die beiden jungen Leute, sondern auch für uns?»

«Der Beichtvater hat richtig gehandelt», warf der Einsiedler ein und musterte seinen Vorredner mit einem strengen Blick. «Es ist gut so. Herzog Conrad ist trotz seiner Jugend ein edler und vernünftiger Mann. Er wird seinen Freund Bodo nicht verraten. Seine Nichte und uns alle auch nicht. Und wenn jemand diese verwickelte Angelegenheit klären kann, dann er. Denn diese unglückliche Geschichte hat viel tiefere Wurzeln und reicht viel weiter, als es auf den ersten Blick scheint.»

Herrn Urs, den die Anwesenden mit der ganzen Sache vertraut gemacht hatten, war sofort klar, dass es nicht nur um eine unerlaubte und aussichtslose Liebe ging. Es steckte mehr dahinter. Nur zu gut kannte er die Intrigen und Geheimnisse, die jeden Fürstenhof umgaben, und das rastlose Jagen nach Vorteilen, das vor Verschwörung und Verrat nicht Halt machte und dem wiederholt auch gekrönte Häupter zum Opfer gefallen waren.

«Bodo, Bodo, in was für einen Schlamassel bist du geraten!», dachte er. «Wieso hast du dich vor mir so sehr verstecken müssen? War ich kein guter und nachsichtiger Vater? Vernünftig, wie du sonst bist, hast du nicht einsehen können, dass diejenige, die du liebst, ebenso unerreichbar ist wie das Blau des Himmels? Oh, welchen Irrsinns ist der Mensch in seiner Jugend fähig!»

Pater Bernhard erzählte von seinem Gespräch mit dem jungen Herzog. Conrad war entsetzt, hatte er seine Nichte doch so gern, ebenso seinen Freund. Seiner Ansicht nach befanden sich beide in einer ausweglosen Lage.

«Pater Bernhard, ich bin über alle Maßen traurig», hatte er gesagt. «Was soll ich sagen? Egal, wie die Ereignisse von nun an verlaufen werden, es wird für sie schlimm sein. Es ist durchaus möglich, dass keiner davonkommt, oh, wie grausam! Besonders da wir nicht wissen, wo sich Adelheid befindet und welches Schicksal auf sie wartet. Und wenn es uns gelingt, sie zu retten, wird mein Bruder nie in ihre Heirat einwilligen. Ich kenne ihn zu gut, wie auch Ihr ihn kennt. Er wird sie zweifellos bestrafen. Und selbst wenn nicht, gestraft werden sie trotzdem mehr als genug sein, denn sie werden sich nie wieder sehen dürfen!»

«Nun, er hat mit Milde und Menschlichkeit gesprochen», sagte der Beichtvater. «Ich war zu Tränen gerührt. Übrigens, unter uns gesagt, Seine Hoheit war sehr betrübt und hatte Tränen in den Augen. Ohne langes Drumherumreden, Herr Conrad hat uns seine Unterstützung zugesagt. Er hat seine treuesten Männer losgeschickt, um zu erkunden, wo Adelheid versteckt gehalten wird. ‹Sobald wir das wissen, werden wir versuchen, sie aus dieser schändlichen Gefangenschaft zu befreien›, hat er gesagt. ‹Hoffentlich ist sie nicht schon tot, aber das glaube ich nicht. Jedenfalls wird unsere Rache grausam sein. Ich kenne die Wutausbrüche meines Bruders. Das wird die Sache leider nicht einfacher machen ...›»

Pater Bernhard liebte es zu reden, und nun hatte er offenbar vor, seine Unterhaltung mit Conrad in allen Einzelheiten wiederzugeben.

«Wir wissen, wer sie entführt hat», unterbrach ihn der Eremit mit rauer Stimme. «Es muss nur ausgekundschaftet werden, wohin er sie gebracht hat. Dann ...»

«Dann wird uns Conrad helfen, sie zu befreien», fasste Urs zusammen. «Aber solange wir den Bären nicht erlegt haben, sollten wir sein Fell nicht verkaufen, Hochwürden», wandte er sich zum Einsiedler, der finster dreinschaute. «Ich habe auch ein paar Leute ausgesandt, die mir bald Nachrichten überbringen werden. Aber Ihr habt uns etwas mitzuteilen. Soviel ich verstanden habe, wart Ihr der Letzte, der Fräulein Adelheid gesehen hat. Und ich bitte euch alle untertänigst, auch an meinen Sohn zu denken. Er darf nicht vergessen werden, er schwebt in Lebensgefahr. Ich beschwöre Euch, Ihr seid ein großer Heiler. Sein Gesicht ist bereits vom Tod gezeichnet. Auch sollten wir die Gefahr nicht vergessen, die ihm droht, wenn er gesund wird. Die Wut des Herzogs wird groß sein. Die beiden jungen Menschen, wie leichtsinnig sie waren. Und Bodo kann keine Nachsicht erwarten, denn er ist nicht Bertolds Kind … Verzeiht mir, dass ich es wage, so zu reden. Ich habe alle Hochachtung für die Prinzessin, sie ist eine edle Fürstentochter, und dazu noch so schön wie ein Engel …»

Urs, der angesehene Kaufmann und Rat, hatte Tränen in den Augen. Er schwieg plötzlich, um nicht in Weinen auszubrechen.

«Die Gefahr kommt in der Tat nicht von seinen Wunden», sagte mit sanfter Stimme der seltsame Mönch. «Es gibt seelische Wunden, die stärker schmerzen. Wenn Gott will, wird Euer Sohn gerettet. Es droht ihm eine andere Gefahr. Seine Liebe und seine Verzweiflung können mehr schaden als die Wut eines noch so mächtigen Herzogs. Dieser lässt sich vielleicht besänftigen. Alles ist in Gottes Hand. Er wird so handeln, wie Er es für angemessen hält, denn unbekannt sind seine Wege.»

In diesem Augenblick begann der Fremde, der alles schweigend angehört hatte, zu reden: «Ich bitte Euch alle, mir zu verzeihen, dass ich in der Anwesenheit Eurer Hoheiten meine Stimme erhebe. Ich tue es nur, weil mich das Schicksal der beiden jungen Leute bewegt. Vor solchen Schmerzen wurde auch ich nicht verschont. – Was wissen wir? Wir wissen, dass Fräulein Adelheid von Euch weggegangen ist», verbeugte er sich vor dem Einsiedler. «Alle Wege aus jener Gegend sollten untersucht werden. Als Fremder und Unbekannter kann ich das, ohne aufzufallen, erledigen.»

«Und wenn du Eglords Männern begegnest? Sie kennen dich, oder?», fragte, vorsichtig wie immer, der Abt. «Einmal bist du dem Tode entgangen, aber auch Gottes Geduld darf nicht auf die Probe gestellt werden. Ein zweites Mal könntest du nicht mehr heil davonkommen.»

«Zum dritten Mal!», seufzte der Fremde. «Wenn sie mich erwischen, dann heißt das, es war Gottes Wille, dass ich hier, in dieser Gegend mein Leben lasse. Und allzu leid würde es mir gar nicht tun. Aber ich werde mich in Acht nehmen. Ich werde nicht mehr töricht in die Falle tappen, da ich nun weiß, worum es geht. Erlaubt mir hinzugehen. Ich kann in Wäldern die Spuren lesen. In meiner Jugend habe ich nicht nur einmal Wild verfolgt und gejagt.»

«Lasst ihn gehen», sagte der namenlose Eremit. «Er ist ein redlicher und aufrechter Mann. Zusammen mit dem, was er erkunden kann, und dem, was wir schon wissen, werden wir letztlich das Versteck finden, wo die Schlange ihre Beute verborgen hält!»

Er stand auf und bat den Abt, ihn wieder an Bodos Bett zu führen. «Warte bitte hier auf mich», sagte er zu Simeon, «ich werde in Kürze zum Aufbruch bereit sein und will noch manches sagen.»

Alle waren sich einig, dass Herr Urs vor Ort bleiben sollte, um auf Nachrichten von seinen Kundschaftern zu warten. Pater Bernhard kehrte zum Schloss zurück. Er hoffte, Conrads Männer könnten bald erfahren, wo die Gefangene festgehalten wurde.

Der Bankier folgte dem Eremiten in Bodos Zelle. «Hochwürden», sagte er, «ich möchte Euch unter vier Augen sprechen.»

Der Klausner willigte schweigend ein und näherte sich dem Bett des Verwundeten. Aus einer alten Tasche nahm er eine Handvoll frischer Blätter, die er auf die Wunden legte, und verband sie mit reiner Leinwand. Dann träufelte er dem Leidenden ein paar Tropfen einer rötlichen Flüssigkeit aus einem silbernen Fläschchen ein, und wie durch ein Wunder öffnete dieser die Augen und seine aufgesprungenen Lippen flüsterten: «Was ist mit mir? Wo bin ich?»

«Bleibe ruhig, mein Sohn. Sei tapfer und glaube an Gottes Macht. Er wird euch helfen, wie Er allen hilft, die ihre Hoffnung auf Ihn setzen.»

Bodo versuchte zu lächeln: «Danke, Vater. Was ist mit Adelheid? Warum kommt sie nicht hierher? Ich sollte hier auf sie warten, sie wollte mich treffen. Eigentlich verlange ich viel zu viel, sie an meinem Bett zu sehen, aber wenn man dem Tode nahe ist ...»

Er hörte erschöpft auf zu sprechen und schloss wieder die Augen.

«Glaubt an Gott, mein Sohn», antwortete der seltsame Mönch wieder. «Seine Wege sind unbekannt, und seine Gnade ist unermesslich ...»

Aber Bodo hörte ihn nicht. Er war wieder in einen todesähnlichen Dämmerzustand versunken.

Der Eremit befeuchtete ihm mit einem sauberen Tuch die Wangen und die Lippen und bat Bruder Heribert, der beim Kranken Wache hielt, dasselbe stündlich zu wiederholen. Er gab ihm ein Leinwandsäckchen mit trockenen Kräutern und befahl, daraus eine Brühe zu kochen. Von der sollte Bodo mehrmals täglich ein paar Tropfen schlucken. Außerdem sollte Bruder Heribert von Zeit zu Zeit seine Wunden mit einer stark riechenden Salbe aus einem Silberschächtelchen bestreichen.

«Nach dem Einsalben wartest du etwa eine Stunde. Dann streust du erneut diese Kräuter hier über seine Wunden und verbindest sie danach. Diese Salbe enthält unter anderem Bärenfett. Daraus und aus den Kräutern wird die ganze Kraft der Erde und der Tiere in den Leib des Verwundeten übergehen, so wie es Gott bestimmt hat. Und dazu sollst du ständig seine Stirn mit Wasser aus diesem Silberbecher kühlen. Silber hat eine besondere heilende Kraft. Morgen schickst du jemanden zu mir, damit ich weiß, wie es Herrn Bodo geht, und dann sehen wir weiter, was zu tun ist.»

Dann ging er auf Herrn Urs zu, der still wartete, und sagte: «Bodo wird bald gesund sein, keine Sorge. Kommt, gehen wir ein paar Schritte.»

Sie gingen an der Bibliothek und am Krankensaal vorbei, an dessen Tür einige alte, kranke Mönche standen. Vor einer dunklen, leeren Nische blieb der Einsiedler stehen und sah den Bankier an.

«Hochwürden», sagte dieser eilig, «ich bin in einer äußerst verzwickten Lage und will Euch um Rat bitten.»

Der Mönch nickte, und Urs fuhr fort: «Was ich Euch anvertrauen will, ist ein großes Geheimnis. Nur ich kenne es und ein Freund von mir, mein Vertrauter. Unsere alte verstorbene Amme wusste es noch. Niemals hätte ich daran gedacht, es jemandem zu enthüllen, wenn mich nicht die Umstände zwingen würden. Vielleicht wird Bodo mit Gottes und Eurer Hilfe doch gerettet. Aber dann warten andere Leiden und Kummer auf ihn, wie wir beide nur zu gut wissen. Ich habe sehr wohl verstanden, was Ihr mit ‹seelischen Schmerzen› andeuten wolltet, und Ihr habt recht. Ich weiß, dass der Herzog mich achtet und mein Geld und den Einfluss, den ich unter den Händlern und Kaufleuten habe, schätzt. Trotzdem hält er mich für einen einfachen Menschen, was ich auch bin. Ich habe kein blaues Blut. Für ihn ist Bodo seiner Tochter nicht würdig, auch wenn sie eine Bastardin ist. Deshalb will ich ihn nicht verurteilen. Gott hat bestimmt, dass sich das Blut Adliger nicht mit dem von Kaufleuten und einfachen Leuten vermischen darf.»

Der Eremit hob die Hand mit einer Geste, an der man seine Missbilligung dieser Worte erkennen konnte: «Vor Gott sind wir alle unwürdig und gemein. Wir haben kaum Anlass, stolz auf unsere Herkunft zu sein, denn sie ist völlig zufällig. Vielleicht kommen einmal Zeiten, wo die Menschheit das verstehen wird. Nicht Gott hat es derart bestimmt, sondern die Menschen haben sich mit Willkür und Gewalt in Stände aufgeteilt.»

«Es mag sein, wie Ihr es sagt, Vater, aber die Dinge stehen vorläufig anders! Mein Verstand würde mir falsch raten, wenn ich zum Herzog ginge und ihm sagte, dass wir vor Gott gleich sind! Ich will Euch aber etwas anderes gestehen. Ich habe allen Grund zu vermuten, dass durch Bodos Adern edles Blut fließt. Bodo ist nicht meine Leibesfrucht, Vater. Das ist eine Beichte, und ich bin sicher, dass außer Euch und Gott keiner davon erfahren wird.»

Der Kaufmann erzählte kurz, wie er Bodo als Säugling in seinem Körbchen gefunden hatte, und zog das Säckchen hervor, in dem er das Amethystkreuz seit so langer Zeit aufbewahrt hatte.

«Seht dieses wertvolle Schmuckstück», sagte er. «Es befand sich im Körbchen. Ich weiß, was ich sage, dieses Kreuz ist besonders wertvoll. Nur ein Hochgestellter hätte es besitzen können. Ich habe es als ein Erkennungszeichen für später aufbewahrt und mich gehütet, es am Halse des Kindes zu belassen. Denn ich hatte Angst, es könne sich darin eine Gefahr verbergen. Vielleicht hat sein Vater, wer immer er gewesen sein mag, oder seine Mutter es ausgesetzt, weil sie verfolgt wurden. Vielleicht fürchteten sie etwas oder jemanden. Man kann nie vorsichtig genug sein. Ich habe es versteckt und wollte es ihm zurückgeben, wenn ich auf dem Sterbebett läge. Dann hätte ich ihm auch die ganze Geschichte erzählt. Ich hatte Angst, ihm dieses Geheimnis früher zu eröffnen. Die Jugend ist manchmal so unüberlegt! Für mich war er immer mein eigener Sohn und Erbe, und so soll es auch bleiben. Aber wenn dieses Geheimnis helfen kann, die Frau, die er liebt, zu gewinnen, dann wäre mein Schweigen eine Sünde. Andererseits fürchte ich, dass seine Herkunft auch jetzt eine Gefahr für ihn sein könnte. Was ist zu tun, Vater, was denkt Ihr?

Weiß im Gesicht wie die Kalkwand, an die er sich stützte, nahm der Mönch das kleine Kreuz und betrachtete es lange. Er hatte Tränen in den Augen und schwieg eine Weile. Nach einiger Zeit sagte er: «Herr Urs, Bodo ist von adliger Abstammung. Ebenso edel, vielleicht sogar edler als seine Braut. Seine

Herkunft wird für seine Heirat kein Hindernis sein können. Gott, Du hast diesen aufrechten Mann zu mir geschickt, damit die Wahrheit ans Licht komme und auf diese Weise das aufgedeckt werde, was nie hätte aufgedeckt werden sollen, denn die Wahrheit war gefährlich – und sie ist es noch.»

Dann umarmte er den Bankier, der ihn verblüfft anstarrte: «Herr Urs, ich werde Euch alles erzählen, wenn es so weit ist. Aber jetzt wollen wir zu Gott beten, er möge die Unschuldigen retten. Und dann, wenn Er es gestattet, wird auch alles andere getan. Bewahrt das Kreuz sorgfältig auf und behaltet das Geheimnis, so wie bisher, für Euch. Ich habe meine Zweifel, ob die Gefahr gebannt ist.

Jetzt reite ich nach Hause. Wenn Ihr mich zu meiner Klause begleitet, werde ich Euch so manches erzählen, worüber Ihr staunen werdet. Und dann könnt Ihr wie vereinbart hier auf Neuigkeiten warten.»

XI

CONRAD HATTE PATER BERNHARD stumm zugehört, als dieser ihm von der Entführung Adelheids und dem Überfall auf Bodo berichtete. Wie immer war auf seinem Gesicht keinerlei Regung zu erkennen. Danach zog er sich in seine Kammer zurück. Da er befohlen hatte, nicht gestört zu werden, hatte der treue Haro vor der Tür einen Soldaten postiert, der sie schweigend mit seiner Hellebarde bewachte, wie der Erzengel die Pforte des Paradieses.

Die Hofleute kannten diese Zeiten der völligen Zurückgezogenheit. Sogar der edle Bertold nahm darauf Rücksicht. Wenn er seinen Bruder besuchen wollte und ihm gesagt wurde, dass Conrad nicht zu sprechen sei, lächelte der Herzog, zuckte mit den Schultern und ging seiner Wege.

Der junge Fürst ging in seinem geräumigen Zimmer auf und ab und schaute von Zeit zu Zeit zum Fenster hinaus. In der Ferne waren die schneebedeckten Bergrücken zwischen Wolken zu erkennen, die er aufmerksam betrachtete. Er hatte sich immer gewünscht, ein Vogel zu sein, um über die Berge fliegen zu können. Wenn die Lage besonders schwierig und verwickelt war, hatte er schon einige Male erlebt, dass sich sein Denken spaltete, als gäbe es in Conrad plötzlich zwei Menschen. Während der eine die bezaubernde Berglandschaft bewunderte, die sich in weiter Ferne hinzog, wo sie im Dunst verschwand, überlegte der zweite fieberhaft und dachte sich einen Plan aus. Dann verschmolzen die beiden langsam ineinander und wurden wieder zu dem Conrad, der keine Einzelheit vergaß, keine Alternative außer Acht ließ, der seine Freunde und Feinde mit seiner gnadenlosen Logik überraschte und kaum je eine Antwort schuldig blieb.

So vergingen ein paar Stunden, dann klatschte der junge Herzog und bestellte seinen Diener zu sich. «Haro, stell zwei gesattelte Pferde bereit, an unserem üblichen Ort, du weißt schon, und besorge mir ein Kaufmannskleid, so schlicht wie möglich. Und für dich ebenfalls etwas Einfaches zum Anziehen. Wir wollen möglichst nicht auffallen.»

Bei Einbruch der Dämmerung – es war später Herbst und es dämmerte früh –, schlichen sie sich in den Garten. Conrad ging zum Springbrunnen, krempelte den Ärmel hoch und tauchte seine Hand ins kalte Wasser. Er betastete vorsichtig den kalten glitschigen Stein des Brunnenrandes, bis eine unsichtbare Ritze zu spüren war, auf die er leicht drückte. Die Ritze gab nach und im entstandenen Spalt drehte Conrad an einem Stein, kaum größer als eine Erbse. Dann zog er die Hand aus dem Wasser, und es war, als ob nichts geschehen wäre. Nur das gewohnte Plätschern war zu vernehmen.

Sie bewegten sich sicheren Schrittes auf eine Stelle an der mächtigen Mauer zu, die nur ihnen bekannt war. Ein Teil des Mauerwerks hatte sich wie eine Tür zur Seite geschoben. Sie schlichen sich aus dem Garten hinaus und suchten zunächst Deckung hinter einem Brombeerbusch. Dort war der Mechanismus versteckt, mit dem sie die Maueröffnung wieder verschlossen. Die beiden kletterten in das Astwerk einer alten Ulme, die von tief unten den Felsen hochgewachsen war. Das Gelände war so abschüssig, dass es nur mit Hilfe des gewaltigen Baumes möglich war, gefahrlos den Steilhang hinabzusteigen, Von Ast zu Ast kletternd, gelangten sie schließlich an den Fuß des Ulmenstammes. Von dort war der Hang weniger steil, sodass sie schnell die Stelle erreichten, wo zwei gesattelte Pferde warteten. Der Diener holte aus der Satteltasche einige Kleider hervor, die sie eilig überzogen. Sie hielten vorsichtig ihre Pferde am Zaun fest und gingen den schmalen Pfad entlang, der steil abfiel, und nach kurzer Zeit kamen sie auf den Weg, der vom Schloss nach unten ins Tal führte. Dort bestiegen sie die Pferde und ritten in leichtem Trab bergab.

Durch das Flussbett gelangten sie ans andere Dreisamufer und ritten durch Weinberge am Hang entlang. Oben auf der Höhe stand eine Kapelle, in der die Winzer beteten, um ihre Lese vor frühzeitigem Frost zu bewahren. Als sie rechter Hand das Plätschern eines Baches hörten, wandte sich Conrad seinem Diener zu und befahl ihm, dort zu warten. Er stieg vom Pferd, übergab Haro den Zügel und lenkte seine Schritte durch hohe Gräser zu einer Hütte, die hinter Sträuchern und Büschen gut versteckt lag.

Der Herzog klopfte dreimal leicht an die Holztür, und als er von drinnen ein Knurren hörte, öffnete er sie vorsichtig. In der Hütte herrschte eine große Unordnung, und es roch schwer nach Rauch und erhitztem Fett, was von dem in Talg schwimmenden Hanfdocht der kleinen Lampe herrührte.

«Wer bist du und was willst du?», raunzte ihn eine heisere Stimme an. Der Herzog nahm das Talglicht vom Tisch und hielt es an sein Gesicht, um erkannt zu werden. Im selben Augenblick sprang ein Mann vom Lumpenbett, wo er gelegen hatte, und warf sich vor seinem Gast auf die Knie. Es war offensichtlich, dass er diesen gleichzeitig achtete und fürchtete.

«Nun, da du weißt, wer dein Gast ist, möchte ich, dass wir uns ein wenig unterhalten», sagte der junge Ritter. «Komm, lass uns nach draußen gehen, denn hier ersticken wir. Wie kannst du in solch einem Rauch leben? Du solltest zumindest ein Loch in der Decke anbringen, sonst wird man dich eines Tages tot auffinden.»

«Ihr habt recht, mein Gebieter», sagte der Mann, ein kleiner Wicht in schmutzigen Lumpen, aus denen nur ein riesiger runder Buckel hervorragte.

«Komm, lass das. Hör auf, dich zu verstellen, dein Rücken muss dir doch weh tun.»

Wie durch Zauber richtete sich das Männlein auf, und aus den Lumpen erhob sich eine hünenhafte Gestalt mit breiten Schultern. Dass dieser Mann über riesige Kräfte verfügte, sah man auf den ersten Blick. Doch bildete seine Stärke einen auffallenden Kontrast zum irgendwie kindlichen Gesicht, das ungleichförmige Züge hatte.

Der Gastgeber bat seinen Besucher vor die Hütte, und nach zwei Schritten blieb er vor einem Haselnussbusch stehen, dessen lange und dichtgewachsene Äste eine Art Höhle bildeten.

«Hört uns niemand?», flüsterte Conrad.

«Nein, gnädiger Herr, diese Stelle ist sicher. Befehlt! Ich weiß, dass Ihr nicht ohne Grund zu mir gekommen seid. Was soll ich tun?»

«Hör mir gut zu, Johannes. Ich weiß, dass du den Ministerialen Eglord hasst! Nun ist es soweit. Die Zeit ist gekommen, er muss endlich für seine Untaten büßen. Du wartest schon seit langem auf diesen Augenblick, nicht wahr?»

Johannes grinste.

Der Herzog fuhr fort: «Diesmal wird selbst mein edler Bruder die Augen nicht mehr vor den Tatsachen verschließen können. Bisher hat er Eglord immer in Schutz genommen, seiner Tapferkeit wegen. Aber wohin hat das geführt? Eglord ist kein Ritter, er ist ein tollwütiger Hund und muss wie ein solcher erledigt werden. Diesmal ist er zu weit gegangen. Selbst seinem Herrn, der zu ihm immer außerordentlich großzügig war, hat er jetzt die furchtbarste Schande angetan. Also, wenn du dich wirklich rächen willst, darf niemand erfahren, was ich dir anvertraue. Sonst schaffen wir nicht, was nicht nur wir beide, sondern auch viele andere herbeisehnen.»

«Mein Gebieter, ich danke Euch, dass Ihr bei dieser Angelegenheit an mich gedacht habt. Ich werde es nie vergessen! Ich bin Euch völlig treu ergeben und weiß, dass ich Euch mein Leben verdanke. Ich verdanke es Euch ab heute zum zweiten Male. Ab heute wird die Rache an dem Ungeheuer die Erfüllung meines Lebenszieles sein. Ich werde, wie immer, Eure Befehle mit Sorgfalt ausführen, ich schwöre es hoch und heilig! Welches Verbrechen hat der Satan aus Opfingen denn nun begangen?»

«Er hat eine Jungfrau entführt.»

Die mächtigen Pranken des Mannes brachen einen dicken Ast, als wäre es ein dünner Zweig: «Wieder einmal! Würde er für jede Jungfrau, die er geschändet hat, sterben müssen, so wäre er noch nicht genug bestraft!»

«Hör zu, Mann! Hör gut zu! Ich will von deinem Hass nichts wissen! Eglord hat deine Braut entführt, vergewaltigt und ermordet. Von dem Geschehen weiß ich nur zu gut! Aber nun musst du deinen Hass und deine Wut vergessen und klaren Kopf bewahren! Lass deine Wut hier, in der Hütte. Hüte deinen wachen Verstand wie ein Schwert, das scharf ist, weil es sein Opfer nicht kennt. Wenn du so verfährst, wird es uns gelingen, unsere Aufgabe zu erfüllen. Sonst zweifle ich daran, dass du mir helfen kannst... Eglord ist nicht nur eine Bestie, sondern auch eine heimtückische Schlange. Und ich vermute, er hat einige Helfer und Verbündete, und auch die dürfen wir nicht unterschätzen. Er darf nicht erfahren, dass wir hinter ihm her sind, dass wir von seinen Untaten wissen.

Diesmal ist er zu weit gegangen. Er hat Fräulein Adelheid entführt. Ja, du starrst mich an, als wolltest du mir nicht glauben. Wir haben noch keine Beweise, aber es ist die Wahrheit. Er hat Fräulein Adelheid entführt. Wir wissen nicht, wohin er sie gebracht hat. Vielleicht auf sein Schloss, was ich aber nicht glaube. Er ist zu schlau, und wenn wir vermuten, er wäre der Täter, so würden wir zuerst dort suchen. Also hält er sie irgendwo anders gefangen. Was er vorhat, wissen wir nicht. Aber ich vermute, es steckt mehr dahinter. Er hätte es nicht gewagt, meine Nichte zu schänden und dann zum Hofe zurückzukommen, als wäre nichts gewesen. Nein, es muss noch etwas anderes im Gange sein. Es sieht nach einer Verschwörung aus, und er zählt darauf, dass wir unsere Herrschaft und Macht verlieren. Das wäre die einzige Erklärung! Ich kann noch nicht klar sehen, was in seinem Gehirn vor sich geht und was er vorhat. Vielleicht ist alles schon zu spät, vielleicht auch nicht.

Also, du musst los. Verstelle dich wie immer. Du bist der arme Bucklige, den niemand kennt. Rede mit diesem und jenem, schicke deine Bettler aus, um alles darüber zu erfahren. Sie sind deine Untertanen, deine ergebenen Freunde und Untertanen. Ich kenne dein Volk. Du hast mehr Macht als wir, deine Herrscher, denn deine Leute dringen wie ein Schattenheer überallhin. Schicke sie aus, um alles zu sehen, um alles zu hören. Jede noch so kleine Einzelheit kann uns auf die Spur der Verschwörung bringen und uns zu Adelheid führen. Wenn es sein muss, gehe auf sein Schloss oder sende einen geschickten und listigen Mann dorthin. Ich kann dir keinen Rat geben, entscheide selber. Du wirst schon einen Weg finden.

Wenn ihr, die Enterbten und Ärmsten der Armen, auf die niemand achtet, wenn ihr, die wie Wind und Nebel überallhin schleicht, nichts herausfindet, dann weiß ich wirklich nicht, wer etwas erfahren könnte. Berichte mir, sobald wie möglich, und du kannst von mir alles verlangen und einen Lohn erhalten, von dem du nicht einmal träumst.»

«Herr, ich will keinen Lohn dafür. Auch meine Leute würden es nicht wollen. Für uns wird es die größte Freude und ein Riesenfest sein, den verfluchten Eglord am Galgen zu sehen. Wie viele von uns wurden in seinen unterirdischen Kerkern gefoltert und zerfetzt! Einfach so, nur zu seinem Vergnügen!

Herr, kommt morgen Abend nochmal hier vorbei. Bis dahin glaube ich, so manches erzählen zu können. Es ist besser, wenn ich mich nicht auf dem Schlossberg zeige. Manche würden sich fragen, was wir miteinander zu tun haben! Wenn ich noch nicht da bin, wartet auf mich. Ich weiß nicht, wann ich wieder hier sein werde, aber eine Botschaft von mir erhaltet Ihr auf jeden Fall. Von nun an durchstreift ein schweigendes Heer die ganze Gegend und beobachtet aufmerksam alles, was geschieht. Die Tatsache, dass Ihr für diese Aufgabe an mich, an uns gedacht habt, ist der beste Lohn. Dafür kann ich Euch nicht genug danken.

Ich kann nicht sagen, dass ich Euch ab heute treuer ergeben bin als bisher, denn ergebener und treuer als ich es bin, das gibt es nicht. Aber ich sage nur: Wenn Ihr einen Untertanen sucht, voller Hingabe, der für Eure Hoheit sterben muss, hier steht er vor Euch!»

Johannes verneigte sich und küsste den Kleidersaum des jungen Ritters. Dann hob er einen Ast des Haselnussstrauches, zog sich zurück und ließ Conrad gehen. Seine hohe Statur verschwand plötzlich, und vor den Augen des Herzogs zeigte sich ein erbärmliches Buckelmännlein, das im Nu verschwunden war.

Auf demselben Weg, auf dem sie gekommen waren, kehrten Conrad und Haro zum Schloss zurück. Der Prinz wechselte nur schnell die Kleider, auf denen Spuren des Kletterns sichtbar waren, und ließ dann das Abendessen auftragen. Kaum hatte er begonnen, sich an dem in Butter gebratenen Rheinaal gütlich zu tun, als Trompeten und Lärm im Hof die Rückkehr Bertolds von der Jagd ankündigten. Man hörte seine schnellen Schritte und klirrenden Sporen die Treppe hochkommen, und wie immer, wenn kein festliches Abendmahl im großen Saal serviert wurde, betrat Bertold das Zimmer seines Bruders.

Conrad aß in aller Ruhe, als wäre nichts geschehen.

«Oh, es gibt Aal», sagte Bertold frohgelaunt. «Darf ich mich zu dir setzen, Bruder?»

Conrad verneigte sich und dankte für die Ehre. Sofort wurde ein frisches Gericht auf einem silbernen Teller gebracht.

«Hattest du eine gute Jagd, mein edler Bruder?», fragte er.

«Ja, wunderbar. Ich habe ein Wildschwein erlegt, das wir im Weidendickicht der Rheinauen aufgescheucht hatten. Es war groß wie ein Kalb, und es wäre gelogen, gestünde ich nicht, dass ich mich sehr bemüht habe, es mit meiner ganzen Leibeskraft zu durchbohren. Schade, dass du nicht dabei warst!»

«Oh, Bruder, du weißt, ich bin nicht besonders begabt für solche Dinge.»

«Ich weiß, ich weiß, du bist ein seltsamer Mann, Conrad. Ein so tapferer Ritter, der kein Vergnügen daran findet, das Schwert zu ziehen! Es heißt, nur dein Verstand handhabe die Waffe, nicht dein Arm. Ich glaube, du würdest alleine besser regieren als mit mir zusammen ...»

Conrad schüttelte den Kopf.

«Ich weiß, ich weiß. Du bist mir vollends zugetan. Eine so vornehme und christliche Seele wie die deine gibt es sonst nirgends im ganzen Reich. Aber glaube mir, ich weiß, was ich sage! Ich bin impulsiv, es würde mir durchaus zusagen, ständig Abenteuer zu suchen. Es gefiele mir, ein umherziehender Ritter zu sein und nicht ein gekröntes Haupt. Ich hasse die Diplomatie, die Botschafter und das Hofzeremoniell. Ja, das wäre ein Leben für mich, unter freiem Himmel übernachten zu können, das Schwert an der Hüfte, durch Wälder zu reiten, mich für diejenigen einzusetzen, die keinen Fürsprecher haben. Ohne die Heuchlerschar um mich herum. Es wäre schön, alles, was ich sagen will und denke, sagen zu können, so wie ich es jetzt hier tue, und nicht immer verpflichtet zu sein, nach passenden Worten zu suchen.»

Der Herzog schwieg einen Augenblick. Dann fuhr er fort: «Bruder, ich muss dir etwas gestehen. Ich habe überhaupt keine Lust, nach Molsheim zu reiten. Ich begreife nicht, was Amadeus will, und seine vorgebliche Redlichkeit scheint mir wenig glaubwürdig. Er hat uns immer gehasst. Wieso will er sich gerade jetzt mit uns versöhnen? Und warum gerade in Molsheim? Er und alle diese Stauferkreaturen! Sie haben uns immer den Tod gewünscht! Sie haben alles nur Erdenkliche getan, um uns zu vernichten. Aber Gott und der heilige Apostel Petrus, in dessen Kirche täglich für uns gebetet wird, haben es nicht zugelassen. Und all die Adligen jenseits des Rheines! Die, die uns ergeben sind, kann man an den Fingern einer Hand abzählen. Die meisten beneiden und hassen uns ob unserer Macht, ob unseres Reichtums. Obendrein wegen deiner künftigen Ehe mit Clémence von Burgund, lieber Bruder, die dir die dortige Herrschaft bringen wird. Wir haben die Grenzen unseres Krongutes stetig erweitert, und das können sie nicht ertragen. Genauso wurmt es sie, dass wir mächtiger sind als der Kaiser selbst! Und sie fürchten, dass wir Anwärter auf die Krone werden, diese Schufte!»

Conrad blickte seinen Bruder besorgt an: «Bertold, mir gefällt das Treffen in Molsheim auch nicht. Wie du sagst: Warum gerade dort? So weit weg von hier, von unseren Untertanen! Nur weil uns Amadeus und seine Helfershelfer auf sogenanntem neutralen Boden treffen wollen! Da ist doch etwas faul! Ich schlage vor, wir laden sie hierher ein. Wenn sie kommen wollen, gut, wenn nicht, umso besser. Wir können gut und ruhig leben, ob wir uns nun mit Amadeus von Genf versöhnen oder nicht. Gehen wir nicht hin! Weh uns, wenn wir falschen Freunden trauen! Und da wir gerade davon reden, dem Ministerialen Eglord traue ich gar nicht. Eglord verrät uns, Bruder! Du solltest dich vor ihm in Acht nehmen und ihn von dir fernhalten! Traue ihm nicht!»

«Eglord? Eglord doch nicht!», antwortete der Herzog erstaunt. «Er ist wahrhaftig kein Unschuldslamm, ich habe üble Geschichten gehört. Er ist verbittert und ausschweifend! Aber es sind seine Leibeigenen, was willst du. Niemand kann ihn hindern, sich die Frauen auf seinem Gut zu nehmen, die er haben will. So war es immer und so wird es immer sein. Doch bis zum Verrat ist es ein langer Weg. Es gibt wenige Schwerter wie das seine. Ich bin sicher, er ist ehrlich. Zugegeben, ehrgeizig ist er auch! Doch was hätten ihm Amadeus oder womöglich der Kaiser oder irgendwer sonst mehr zu bieten als wir? Er ist mein Ministerialer, und ich habe ihn mit Ehren und Gütern überhäuft. Er weiß, einen großzügigeren Fürsten hätte er nicht haben können! Und obendrein, er ist Ritter, vergiss das nicht. Ein Ritter! Er kann nicht derart verwahrlost sein, dass er seinen Treueid bricht. Was für Beweise hast du? Zeig sie mir! Nur anhand von Gerüchten darf man ihn nicht verurteilen. Wir wissen ja, die Gerüchte schonen keinen von uns.

«Und wenn ich dir Beweise bringe?»

«Dann gnade ihm Gott!» Bertold sprang auf, mit jenem drohenden Antlitz, das seine Vasallen zum Zittern brachte. «Weh ihm! Die Untreue gegenüber dem Fürsten ist ein Verbrechen, das mit aller Strenge bestraft werden muss, damit andere nicht denselben Weg einschlagen. Wo kämen wir hin, wenn unsere Vasallen ihre Treueide missachten würden? Und nach Molsheim gehen wir auch! Was, sollen sie etwa sagen dürfen, wir hätten Angst? Wir fürchteten uns?»

«Dann warte noch ein paar Tage, Bruder», entgegnete ihm Conrad. «Ich werde dir das eben Gesagte beweisen. Auf jeden Fall sei vorsichtig. Seien wir vorsichtig. Wir sollten reichlich gut bewaffnete Männer nach Molsheim mitführen. Und ein paar treue Ministeriale! Wir sollten gerüstet und kampfbereit dort ankommen. Wer weiß, welche Falle uns dort erwartet. Bertold, mein Bruder, du hast schon immer Vertrauen zu mir gehabt! Hab es auch diesmal! Ich habe ein ungutes Gefühl! Hör meinen Ratschlag. Was können wir dabei verlieren, wenn wir uns stark und bereit zeigen für was auch immer geschehen mag? Desto mehr werden wir diejenigen, die dort auf uns warten, dazu zwingen, auf unsere Bedingungen einzugehen!»

«Glaubst du nicht, dass es eher nach Angst aussehen könnte?», lächelte Bertold. «Meinst du nicht, am Hofe würde geflüstert, die zwei Zähringer hätten Angst vor ihren eigenen Schatten, wenn sie in Friedenszeiten bis auf die Zähne bewaffnet aufkreuzen? Wie gemeine Angsthasen, wird es heißen! Bruder, ich wiederhole, Vertrauen habe ich nicht gerade viel, aber das ist etwas anderes. Was mir ganz und gar nicht gefällt, ist auf Ränkeschmiede und Schwächlinge zu treffen. Was könnten sie aber unternehmen? Uns angreifen? Das glaube ich nicht einmal im Traum! Wir sind zu mächtig, und sie fürchten uns zu sehr, um es zu wagen!»

«Prudentia est mater studiorum», sagte Conrad. «Vergiss nicht, was uns unser Vater und Lehrer beigebracht hat. Die Bibel lehrt uns, klug wie die Schlangen zu sein. Lass uns klug sein, Bertold. Gestatte mir, unser Gefolge für Molsheim zusammenzustellen. Lieber soll es uns leid tun, zu zahlreich als in Unterzahl dort gewesen zu sein!»

Bertold lächelte und schlürfte das honiggelbe feine Getränk aus seinem Pokal.

«Lieber Bruder, nichts auf dieser Welt kommt der Süße eines Burgunders gleich. Wenn deine Braut so ist wie der Wein aus ihrer Gegend, wirst du ein glücklicher Ehemann sein ... Du warst, wie immer, ein ausgezeichneter Gastgeber und hast mir ein Abendmahl geboten, wie nur du es kannst. Also, ich kann deinen Wunsch nicht ablehnen. Stelle morgen das Gefolge so zusammen, wie du glaubst, dass es sein soll. Ich lasse dir freie Hand. Und übermorgen reiten wir nach Molsheim. Wir bauen unsere Zelte auf, schütteln den Staub aus unseren Kleidern und warten auf sie. Sie werden uns an Ort und Stelle vorfinden. Und wehe ihnen, wenn sie nicht mit ehrlichen Absichten kommen!»

Als er wieder allein war, schickte Conrad sofort einen Eilboten zum Ministerialen Hildebrand mit dem Befehl, seine bewaffneten Männer zu sammeln und mit ihnen zum Schloss zu kommen. «Sag Herrn Hildebrand, dass ich ihn hier brauche, gleich morgen früh – oder schon in der Nacht! Sag ihm, die Sache ist sehr ernst!»

Der Kurier, ein zuverlässiger Mann, bestieg sofort das Pferd und galoppierte davon.

Weitere Kuriere machten sich auf den Weg zu einigen seiner treuesten Vasallen: Nikolaus von Hartkirch, Wolfram von March und Hartmuth von Zarten, die ebenfalls den Befehl erhielten, sich am nächsten Morgen, so früh wie möglich, mit allen ihren Männern auf dem Schlossberg einzufinden, und zwar schwer bewaffnet wie für einen Krieg.

Dann lehnte er sich in seinem Sessel zurück und ging in Gedanken den Plan, den er sich zurechtgelegt hatte, nochmals in allen Einzelheiten durch. «Wir werden sie überraschen», dachte er. «Beim kleinsten Anzeichen von Verrat werden wir sie entwaffnen. Hildebrand und Nikolaus werden mit ihren Waffenknechten schon in der Nacht den Versammlungsort umzingeln. Sie werden sich versteckt halten und sich nur zeigen, wenn es nötig wird. Und wir Übrigen können im Fall eines Angriffs mit den Verrätern fertig werden, bis Nikolaus und Hildebrand erscheinen. Ja, wir haben starke Schwerter. Und es kommt die Überraschung hinzu. Sie sollen sich überrumpelt sehen, nicht wir!»

Er überlegte einen Augenblick und rief noch einmal Haro: «Haro, es ist schon spät, aber nur zu dir habe ich wirklich Vertrauen. Du reitest schon jetzt nach Ottmarsheim, und zwar ohne Rast. Niemand darf dich sehen. Dort verlangst du, den Ministerialen Ludvig, Frau Richawas Bruder, zu sprechen. Du kennst ihn und er kennt dich. Rede mit ihm unter vier Augen. Wecke ihn, falls er schläft. Mein Befehl lautet: Seine besten Männer sollen die Wege nach Molsheim überwachen, und zwar aus allen Richtungen. Verstanden? Alle Richtungen! Die zuverlässigsten Männer sollen es sein, sodass wir übermorgen früh, wenn wir aufbrechen, genau wissen, wie viel Mann jeder mitbringt, der zum Treffen in Molsheim kommt. Wie viel Mann, was für Waffen sie tragen, verstehst du, Haro? Bevor wir Molsheim erreichen, soll einer von Ludvigs Männern zu uns stoßen und uns Bescheid sagen.»

Der alte Diener wurde blass und schaute besorgt seinen Herrn an: «Herr, das alles klingt nach großer Gefahr. Gestattet einem alten Narren, Euch zu bitten, nicht hinzugehen. Wozu braucht Ihr Molsheim? Was ist, wenn Euch eine Falle gestellt wird, edler Gebieter?»

«Wenn man uns eine Falle stellt, werden wir es rechtzeitig wissen, Haro. Genau darum musst du jetzt tun, was ich dir sage. Sei beruhigt, mein treuer Diener, wir werden vorsichtig sein. Hingehen müssen wir so oder so, aber wir werden unsere Gäste angemessen empfangen. Sei unbesorgt!»

Haro entfernte sich. In der letzten Zeit musste er oft seinen Kopf schütteln. Welchen Sinn hatte die ganze Geschichte überhaupt? Ja, seine Herren spielten mit dem Feuer. Wozu ein solches Treffen mit den Vasallen, die sich immer wieder wankelmütig, wenn nicht sogar untreu gezeigt hatten? Die beiden Herzöge, dachte er weiter, sind zu jung und haben kaum Menschenkenntnis. Wenn sie mich fragten, so würde ich ihnen antworten: Der Wolf ändert wohl sein Haar, aber nicht seine Unart! Sie sind reif für den Galgen, diese untreuen Untertanen! Diese Schufte, sie verdienen es nicht, aufrichtig und großmütig behandelt und wie Freunde empfangen zu werden!

Conrad, von Albträumen gequält, schlief schlecht. Er sah dauernd Adelheid vor sich, die über ein trübes Wasser ritt, auf dem blutige Leichen trieben. Am anderen Ufer stand Bertold und winkte ihm zu: Bertold, auf seinem weißen Ross und mit silbernem Harnisch! Sein Kampfgeschirr glänzte, aber sein Gesicht war nicht zu erkennen! Unter dem Helm … nur ein grauen Schatten.

Der junge Herzog erschrak und wachte auf. Er erhob sich vom hohen, mit seidenen blauen Blumen geschmückten Polster. Morgen früh, sagte er sich, muss ich Bertold doch über das, was mit Adelheid geschehen ist, in Kenntnis setzen. Ihm eröffnen, dass die Prinzessin offensichtlich von Eglord entführt worden ist und Bodo schwer verletzt in Sankt Peter liegt und mit dem Tode ringt. Ihm sagen, dass hinter diesen grausamen Ereignissen vermutlich viel mehr als eine einfache Liebesintrige steckt. Ja, er wusste, Bertolds Wut würde unbändig sein, aber es war schon immer so: Von zwei Übeln sollte man das kleinere wählen …

«Immerhin», dachte er, «sind die beiden nicht anwesend, und bis wir sie, wenn überhaupt, wieder hier haben, ergibt sich eine Lösung, um seinen Zorn zu beschwichtigen. Im Grunde hat mein Bruder eine gutmutige und edle Seele, und er liebt das Mädchen. Wir werden einen Ausweg finden, dass er sie nicht ins Kloster schickt.»

Aber Herzog Bertold war in aller Herrgottsfrühe zur Jagd losgeritten. Erst gegen Abend werde er zurückerwartet, wurde ihm gesagt. Dann wolle er die Ministerialen treffen, die zum Hofe beordert worden waren.

«Vielleicht ist es besser so», dachte Conrad. «Heute Abend wird er mit seinen Vasallen so beschäftigt sein, dass für Wutausbrüche keine Zeit bleibt.» Er, Conrad, würde ihm alles vor dem Schlafengehen erzählen. Bertold würde brüllen, aber schließlich einschlafen. Und morgen würde er gewiss einen klaren Kopf haben, denn es stand eine gefährliche Angelegenheit bevor.

«Unsere Vorbereitungen werden uns vor jedem Verrat bewahren. Und vielleicht ist es sogar besser, ihm vorläufig noch nichts zu sagen. Warum soll ich seine Aufmerksamkeit von dem ablenken, was in Molsheim auf uns zukommt? Nach der Rückkehr ist dann Zeit genug, ihm in Ruhe alles zu berichten.

Gespannt bin ich, ob Eglord kommt. Wenn er morgen wie ein treuer Lehnsmann erscheint, als wäre nichts gewesen, werde ich ihn überführen. Er ahnt nicht, dass der Fremde heil davongekommen ist und uns alles erzählt hat. Und dass Bodo noch lebt. Und wenn er nicht kommt, entlarvt er sich als Verräter. Wir jedenfalls sind bereit.»

Mit seiner gewohnten Gründlichkeit bereitete Conrad alles für den nächsten Tag vor. Die vier treuen Ministerialen stellten sich, wie befohlen, rechtzeitig mit ihren bis an die Zähne bewaffneten Männern ein. Sie kannten den jungen Herzog nur zu gut.

Dieser zeigte sich zufrieden, erklärte, was sie zu tun hatten, und gegen Abend verschwand er über den Geheimweg, um den falschen Buckligen zu treffen.

Johannes wartete schon. «Herr», sagte er und verneigte sich bis zum Boden, «Ihr hattet recht mit Eurem Verdacht. Meine Leute sind flink ans Werk gegangen und haben mehr erfahren, als wir für möglich hielten. Dieser Tage haben sich oben auf dem Stouff beim Ritter Adalbrecht seltsame Dinge abgespielt. Wie es aussieht, wurde ein Mädchen den Knechten zur Schändung überlassen, sie haben sie einer nach dem anderen vergewaltigt, bis sie starb.

Conrad zuckte heftig.

«Nein, Herr, es war nicht unsere Prinzessin. Eine alte Bettlerin, die dort im Stall schläft, hat die Leiche gesehen. Es war ein Mädchen mit dunklen Haaren … Die Alte hat sie gewaschen und in einen Sack gewickelt, wie ihr befohlen war. Das ist ihre Arbeit, deshalb darf sie dort verweilen. Sie wäscht die Toten und wickelt sie in Säcke. Der großzügige Adalbrecht gibt für seine toten Knechte kein Geld aus. Wie viele Leichen die Alte gewaschen und eingewickelt hat, kann man sich kaum vorstellen … Sie war erschrocken und bat meinen Kundschafter wie den Herrgott, es niemandem zu sagen, dass sie ihm etwas erzählt hat. Sonst werden sie ihr die Hände abhacken, die Augen ausstechen und sie dann den Hunden vorwerfen. Von den Knechten hat sie gehört, es gebe noch ein Mädchen im Schloss, aber mehr hat sie nicht erfahren können.»

«Es war Berta, die Zofe der Fürstin», sagte Conrad mit Stirnrunzeln. «Diese Bestien! Ich hätte nicht geglaubt, dass sie so weit gingen. Also Adalbrecht, unser Lehnsmann! Mein Bruder hat ihm das ganze Tal geschenkt, bis hin zum Kloster des heiligen Trudpert! Bei ihm versteckt also Eglord meine Nichte? Er ist offensichtlich auch ein Verräter! Oh, er wird dafür einen hohen Preis zahlen müssen, dieser Schweinehund auf dem Stouff! Genau wie die anderen Verräter, die der ganzen Ritterschaft Schande bereiten!»

«Mein Gebieter», sagte der Bettler, «ich habe noch mehr herausgefunden. Meine Leute haben seit gestern Nacht das ganze Land durchstreift, zu Pferd oder zu Fuß, wie jeder eben konnte, und sie haben alle ihre Bekannten befragt. Zum Unheil, das wir schon kennen, kommt noch etwas Seltsames hinzu. Eben erst ist einer meiner Männer zurückgekommen, der auf der anderen Seite des Rheins unterwegs war. Sein Bruder ist Leibeigener auf dem Jagdrevier, das früher dem Abt Otto gehörte, nicht weit von Molsheim. Er hat dort zahlreiche bewaffnete Ritter gesehen, mit einer Menge von ebenso bewaffneten Knechten. Und ständig kommen mehr. So geht das seit ein paar Tagen, als wäre etwas sehr Wichtiges im Gange. Das Gelände gehört jetzt einem Schwager des Herrn Amadeus von Genf. Er wohnt zwar nicht dort, kommt aber dann und wann, um zu jagen. Seit etwa drei Tagen hält er dort mit bewaffneten Söldnern eine Art Ratsversammlung. Mein Späher hat sich im Hof umgesehen, als hätte er dort bei den Pferden zu tun. Die Stallknechte waren stockbetrunken und lachten und prahlten, dass sie zwei junge Wölfe hetzen würden. Nur, sie hatten keine Jagdwaffen, kein Jagdgeschirr, sondern waren kriegerisch ausgerüstet. Das ganze Haus ist voll von bewaffneten Männern! Ich weiß nicht, was das bedeuten soll, mein Spitzel hat nichts herausfinden können. Er glaubt auch, Abt Otto gesehen zu haben. Er sei zu später Stunde angekommen, es war schon dunkel. Abt Otto hasst Euch, alle wissen es!»

«War auch Eglord dort?»

«Ich weiß es nicht, mein Gebieter, mein Mann hat ihn nicht gesehen. Auch Adalbrecht nicht. Sie sind vielleicht später noch gekommen, oder sie sind auf dem Stouff geblieben, um ihren Schatz zu bewachen.»

«Johannes, du hast mir wichtige Nachrichten geliefert, du kannst nicht ahnen, wie wertvoll sie sind. Es bestätigt sich, was ich vermutet habe», sagte Conrad und nahm eine dicke Börse mit Silbermünzen von seinem Gürtel. «Hier, für deine und deiner Leute Mühe!»

«Danke, mein Herzog, ich will keinen Lohn, wie ich schon gesagt habe. Meine Männer auch nicht. Vernichtet bitte Eglord, und dann habe ich den Lohn, den ich mir wünsche.»

Conrad reichte ihm die Hand, und der Bettler küsste sie demütig.

«Ich werde dich nicht vergessen. Johannes, nimm diesen Ring! Wenn du irgendwann etwas brauchst oder in Schwierigkeiten steckst, zeig ihn vor. Du weißt, wo du mich finden kannst. Aber trage ihn jetzt so, dass man ihn nicht sehen kann. Niemand soll sich fragen, woher du ihn hast. Und warum. Es könnte für dich gefährlich werden, wir sind von Verrätern umzingelt.»

Der junge Ritter schwang sich auf sein Pferd. «Jetzt muss ich unverzüglich Bertold berichten, was ich gehört habe. Der Verrat ist klar erwiesen. Morgen rühren wir uns nicht. Sie sollen alle zu uns aufs Schloss kommen. Sie sollen kommen, um zu zeigen, dass sie ein reines Gewissen haben. Aber vermutlich werden sie sich nicht trauen, denn sie werden ahnen, dass wir Bescheid wissen. Wir müssen gut überlegen, wie es dann weitergeht. Wenn sie nicht kommen, gibt es wohl Krieg», dachte er, während er sich im Galopp dem Schlossberg näherte.

Bertold war noch nicht von der Jagd zurück, und Conrad fing an, sich Sorgen zu machen.

XII

«ES IST HÖCHSTE ZEIT, HERR URS, Licht in eine alte Geschichte zu bringen, die im Dunkel hätte bleiben sollen, wäre nicht all das geschehen, was wir in den letzten Tagen erlebt haben.» Der Einsiedler sprach mit Bitterkeit. Zum ersten Mal – der Bankier kannte ihn seit langem – drückten sein Gesicht und seine Augen tiefe menschliche Besorgnis, ja Verzweiflung aus. Das versetzte Urs in Erstaunen, denn der Mönch war, wie jeder glaubte, ein Engel auf Erden, ein übernatürliches Wesen, dem alle Leidenschaften und Leiden der Menschen fremd waren.

«Es wäre für alle besser gewesen», fuhr der Klausner fort. «Für Euch, Herr Rat, der Ihr bis zum Tode Vater eines Sohnes geblieben wäret, den Ihr über alle Maßen liebt. Für Bodo, für den ich immer gehofft habe, er werde ein glückliches Leben führen und einen Beruf ausüben, der ihm Freude macht. Und schließlich auch für mich, denn ich hätte mir gewünscht, der Einsiedler ohne Namen zu bleiben, was ich einst geschworen hatte. Aber es hat nicht sollen sein. Obwohl ich sehr traurig bin, werde ich meinen Eid brechen und reden. Gott ist mein Zeuge, dass ich es nur für Bodo tue, um ihm den gewählten Weg zu ebnen. Und ich hoffe», der Einsiedler verneigte sich vor einer winzigen Elfenbeinstatue der Mutter Gottes, «ich hoffe, die Heilige Jungfrau Maria wird für mich einstehen, damit mir Gott diese Sünde verzeiht.

Doch würde ich eine viel schlimmere Sünde begehen, wenn ich dem Unglück der beiden jungen Leuten gleichgültig zuschaute. Ich bin überzeugt, dass es die wichtigste Aufgabe eines

Christen ist, Menschen in Not zu helfen. Deshalb ertrage ich leichter den Kummer, meinen Eid zu brechen, wenn ich dafür in der Lage bin, dem jungen Bodo, den ich seit seiner Geburt kenne, Unglück zu ersparen!»

Herr Urs machte große Augen und wollte etwas fragen, aber der Einsiedler legte ihm die Hand auf die Schulter und fuhr fort: «Vielleicht erinnert Ihr Euch, Herr Urs, an die Zeiten vor der Jahrhundertwende. Ohne Zweifel, wir waren beide jung. Als Kaufmann, der viel reisen muss, habt Ihr bestimmt die Ereignisse am Hofe des französischen Königs, des Vaters des gegenwärtigen ...»

«Meint Ihr König Philipp, Hochwürden?!»

«Ja, König Philipp, der mit Berthe von Holland verheiratet war. Eine politische Ehe, versteht sich. Nachdem der Dauphin Ludwig, der heutige König Ludwig VI. geboren war, verließ Philipp im Jahre 1092 seine Frau.»

«Ja, das Ereignis hat damals viel Aufsehen erregt», sagte beunruhigt der Herr Rat, da er nicht wusste, worauf sein Gesprächspartner hinauswollte. «Nicht zuletzt wegen der schönen Dame, die er gleich darauf geheiratet hat. Ich glaube, sie hieß Bertranda von Montfort.»

«Ich bin sprachlos ob Eurer Erinnerungskraft, Herr Urs. Aber die Einzelheiten kennt Ihr nicht. Zu jener Zeit war Bertranda mit Graf Fulko von Anjou verheiratet. Dieser hatte schon ein paar Ehen hinter sich, sodass manche bezweifeln, dass diese Ehe gültig war ... Na ja, wie dem auch sei ... Der König hatte sie einmal bei der Jagd getroffen, und ohne lange zu überlegen, hat er sie entführt und geheiratet. Ob er sie tatsächlich entführt hat oder ob sie freiwillig zu ihm gegangen ist, darüber gibt es verschiedene Ansichten. Tatsache ist, es handelte sich nach kirchlichem Recht um einen doppelten Ehebruch, und verständlicherweise hat der Papst sofort seinen Legaten beauftragt, die beiden Sünder zu exkommunizieren. Der Legat, Hugo von

Dié, war ein Burgunder, und der französische Klerus sah ihn mit scheelen Augen an. Der päpstliche Bann wurde daher als ein unzulässiger Eingriff in die Jurisdiktion der französischen Kirche gesehen. Diese hatte ihre Macht im eigenen Lande schon immer sehr entschieden verteidigt. Sobald also der Burgunder die Exkommunikation ausgesprochen hatte, ließen die französischen Bischöfe, allen voran der Erzbischof von Reims, Monseigneur Manasse, ein Konzil in Reims einberufen, wo sie eher für den König stimmten. Es gab stürmische Debatten, die Bischöfe stritten sich Tage und Nächte hindurch, bis sie endlich zu einer bestimmten Vereinbarung kamen. Die Formulierung war so zweideutig, dass niemand verstehen und sagen konnte, ob der König nun tatsächlich exkommuniziert war oder nicht. Besonders Monseigneur Manasse hat erbitterten Wiederstand geleistet. Er, als Erzbischof von Reims, der die Könige in seiner Kathedrale krönte, er, der Erste unter den französischen Prälaten, sollte von einem Niemand aus Burgund zur Seite gedrängt werden und sich nach dessen Spielregeln richten?

Jedenfalls, der König erschrak. Der Papst hatte beschlossen, dass nicht nur er und seine Frau außerhalb des Gesetzes gestellt werden sollten, sondern auch alle, die ihnen Unterkunft gewährt hätten! Deshalb widerrief er seine Liebe und erklärte, er würde im Falle der Aufhebung des Kirchenbannes das ehebrecherische Verhältnis aufgeben und die Sünderin verlassen, obwohl sie schwanger war. Noch mehr, er hat zugleich den Sohn der Holländerin als einzigen Erben und Thronfolger anerkannt.

Ihr werdet mich zu Recht fragen, woher ich das alles weiß, Herr Urs, ich, ein halbwilder Einsiedler, der in dieser gottverlassenen Ecke lebt. Ich werde einen Eid brechen müssen, an den ich mich bis heute streng gehalten habe, und unser Herrgott wird entscheiden, ob Er mich dafür bestrafen muss. Ich hoffe aber, dass Er meine Strafe mildern und mich nicht in die Hölle schicken wird, dort, wo alle Meineidigen ihre Schuld büßen. Denn ich tue es ausschließlich, um unseren Verliebten zu helfen.

Ja, zu Eurem geliebten Sohn habe ich eine besondere Beziehung, Herr Urs. Ihr dürft Euch wundern, Ihr habt einen guten Grund, mich mit erstaunten Augen anzuschauen. Ich, der Sünder ohne Name, hieß in meinem früheren Leben Udalrich von Anjou, denn ich bin der jüngere Bruder des Grafen Fulko.

Wie üblich, hatte mein Vater beschlossen, dass ich mich dem geistlichen Leben widmen sollte. Nicht so sehr, um für die ewige Ruhe seiner Seele zu beten, sondern damit das Familienvermögen nicht geteilt werden musste. Ich war noch sehr jung an Jahren, da schickte er mich trotz meines Widerwillens nach Cluny. Ich wollte keineswegs diesen Weg einschlagen, alles sträubte sich in mir. Viel lieber waren mir die Jagd, die Liebeleien, die Minnesänger. Aber der Alte war mein Herr, der über mein Leben und meinen Tod verfügte, sodass ich nichts dagegen tun konnte und mich zu fügen hatte. Wie oft habe ich meinen Vater verflucht in der Kälte der Zelle, wohin er mich verbannt hatte. Ich sah in ihm nur einen kalten und herzlosen Tyrannen. Da mir aber kein Ausweg geblieben war, um meinen Kummer zu unterdrücken, habe ich mich in die Manuskripte der Abtei vertieft. Nach jahrelanger tiefer Abscheu begann ich langsam, den tieferen Sinn dessen zu verstehen, was mit dem Gott geweihten Leben gemeint sein könnte. Ich vollendete also mein Noviziat, und bald darauf berief mich Monseigneur Manasse, der enge Beziehungen zu unserem Kloster pflegte, als Sekretär zu sich. Er brauchte einen zuverlässigen Mann und hatte die Jugendfreundschaft mit meinem Vater nicht vergessen.

So kam es, dass ich am Reimser Konzil teilnahm und all jene Ereignisse miterleben konnte, desto mehr, da ich Bertranda gut kannte. Sie war eine wunderschöne Frau, und ich glaube kaum, dass es einen Mann gegeben hat, der sie gesehen hätte, ohne sich unsterblich zu verlieben. Von ihr hat Bodo die violetten Augen geerbt, die schwarzen Locken und die unwiderstehliche Ausstrahlung», setzte der Mönch mit versonnener Stimme hinzu.

«Ihr meint, Vater, Verzeihung, Monseigneur», stotterte verblüfft Urs, «dass Bodo ...»

«Ja, Herr Rat, das meine ich. Ich weiß, es ist fast nicht zu glauben, aber Gott ist mein Zeuge, dass ich die Wahrheit sage. Wartet einen Augenblick, Ihr werdet alles erfahren. Wie schon gesagt, Bertranda war eine wunderschöne Frau, wie es keine andere gab, und ich kann weder über den König noch über meinen Bruder den Stab brechen, dass sie sich so verzweifelt in sie verliebt haben. Ich habe sie auch geliebt, Herr Urs, nein, ich habe sie angehimmelt, vergöttert. Ich hätte ihr Weihrauch gestreut ... Wäre ich an des Königs Stelle gewesen, ich hätte auf die Krone verzichtet, ihr zuliebe ... Aber der König hat sie ausgesetzt. Sie war schwanger und exkommuniziert. Die Leute der Holländerin waren hinter ihr her und trachteten ihr nach dem Leben, obwohl sie ein Kind erwartete. Oder gerade darum! Ich bin nicht sehr überzeugt, dass dem König diese Grausamkeit nicht bekannt war! Noch ein königliches Kind hätte die Lage noch komplizierter gemacht und den Frieden des Königreiches gefährdet. So kam es, dass die arme Frau flüchtete, und zwar nach Reims zu Monseigneur Manasse.

Eines Nachts stand sie plötzlich vor dem Tor des erzbischöflichen Palastes. Es ging ein heftiger und kalter Schneeregen. Es begleiteten sie nur eine Zofe und der alte Diener, den ihr Fulko schon während seines Zusammenlebens mit ihr gegeben hatte, um sie in jeder Notlage zu beschützen und zu verteidigen.

Ich sah sie nass und frierend, mit Schlamm bespritzt, mit zerfetzter Pelerine und Tränen in den Augen. Aber sie war trotzdem schön und stolz wie eine Königin.

«Rettet mein Kind, Monseigneur», beschwor sie den Erzbischof. «Ich bin verbannt und werde mein Schicksal ertragen, ohne mich zu beklagen. Aber dieses unschuldige Wesen in meinem Leib, das königlicher Abstammung ist, hat niemandem etwas Böses getan. Warum soll auch das Kind bestraft werden? Was für ein Mann Gottes ist derjenige, der ein Kind im Leibe seiner Mutter zur ewigen Strafe verurteilt?»

«Schweig, mein Kind», sagte der Bischof und legte die Hand auf ihren Mund. «Die Kirche spielt hier keine Rolle. Und Gott noch weniger. Hier spielen andere Interessen mit, die dir nicht fremd sein dürften. Du musst gestehen, dass du mit unserem Monarchen, der seine Ehe gebrochen hat, in Sünde gelebt hast. Jetzt, da ich dich sehe, kann ich ihm durchaus mildernde Umstände zubilligen», fügte der alte Prälat hinzu, der neben vielen anderen Eigenschaften auch viel Humor hatte.

Noch in derselben Nacht kam Bertranda nieder. Kein Wunder nach all den Schwierigkeiten, die die arme Frau überstanden hatte. Eine schwere und qualvolle Entbindung. Wie der Monseigneur befohlen hatte, wurde sie in einem entlegenen Anbau des Palastes unauffällig untergebracht. Ich stand die ganze Nacht vor der Tür und hörte sie vor Schmerzen schreien, sodass es mir fast das Herz brach. Es war das erste Mal, dass ich so einem Ereignis beiwohnte», sagte der Mönch und schüttelte seinen Kopf. «Ich kann gar nicht beschreiben, wie bestürzt ich war. Ja, unser Leben hat seltsame Gesetze, und nur die unergründliche Weisheit unseres himmlischen Vaters kann deren Sinn kennen.»

Der Erzbischof ließ seinen Leibarzt rufen, auf dessen Verschwiegenheit er sich ganz und gar verlassen konnte. Ich habe seinen Mut bewundert: Er, der höchste Prälat der französischen Kirche, hat einer exkommunizierten Ehebrecherin Unterschlupf gewährt und war dadurch selbst Gefahr gelaufen, vom kirchlichen Bann getroffen zu werden. Und das umso mehr, als Papst Urban ihm nicht besonders wohlgesinnt war … Mehrere Male warf seine Exzellenz in jener Nacht einen Blick ins Zimmer und fragte, wie es stehe. Und wir, das Dienstmädchen, der alte Diener und ich, die in der Stube nebenan Wache hielten, schüttelten besorgt die Köpfe.

Vor Tagesanbruch wurde das Kind geboren, ein kräftiger, gesunder Junge, der, kaum hatte er das Licht der Welt erblickt, gleich zu schreien begann. Auf Wunsch seiner Mutter taufte ihn der Erzbischof noch am selben Morgen auf den Namen Bodo. Ich wusste, dass der liebe Bruder Bertrandas, der schon jung bei einem Turnier ums Leben gekommen war, Bodo geheißen hatte. Ein schöner Ritter, den die Damen betrauerten und die Minnesänger priesen. Dann rief mich Monseigneur Manasse zu sich. Die Lage war durchaus gefährlich. Philipp kümmerte sich gar nicht mehr um seine Geliebte, seine Hilfe konnte man demnach nicht beanspruchen. Das Kind war genauso mit dem Bann belegt wie seine Mutter, und die Späher der Königin Bertha und des Dauphins Ludwig hatten überall Zugang, sogar zum bischöflichen Palast.

Wie ich schon sagte, Bertranda war jetzt, als Mutter eines Prinzen, in noch größerer Gefahr, da dieser später Anspruch auf die Krone hätte anmelden können.

Hinzu kam der ‹heilige› Zorn des Papstes und des päpstlichen Gesandten, Hugo von Dié, der seine Blamage in Reims nicht vergessen konnte – da versteht Ihr wohl, wie furchtbar alles war.

So traf der Monseigneur eine eilige und gleichzeitig kluge Entscheidung, und zwar sollten Mutter und Kind so schnell wie möglich vor der päpstlichen Verfolgung und den Mordplänen der Königin in Sicherheit gebracht werden.

In großer Angst warteten wir noch zwei Tage, bis sich Bertranda etwas erholt hatte. Wir mussten in dieser Zeit mit allem Möglichen rechnen, ihr aber auch ihre Situation klar machen. Sie gab uns recht, und so weh es auch tat, sich von ihrem Sohn zu trennen, sah sie ein, dass es keinen anderen Ausweg gab. Der Bischof schickte sie in größter Heimlichkeit und Eile ins Kloster

Saint Maximin, das weit entfernt im Süden gelegen ist. Er verständigte Herrn Raymond Berenger, den katalanischen Grafen der Provence, der sie in seine Obhut nahm. Wie alle Provenzalen war der katalanische Edelmann dem König nicht besonders zugetan, denn er fürchtete die stetigen Expansionsgelüste der französischen Krone. Darum nahm er die Verfolgte gerne auf. Im Kloster Saint Maximin schied die schöne Bertranda von Montfort nach Jahren der Buße und der Meditation aus dieser Welt. Die Unglückliche hat nicht mehr lange gelebt. Sowohl die Sehnsucht nach ihrem Kind als auch die leidvollen Erlebnisse ihres Lebens setzten ihrer unruhigen Existenz frühzeitig ein Ende. Sie ist unter einem Felsen neben der Grotte bei Saint Baume begraben, wo zufällig auch die ehemalige Sünderin Maria Magdalena ein asketisches, büßendes Leben geführt hatte.

Ich nahm den Säugling und machte mich schleunigst auf den Weg. Ich erreichte den Rhein und schiffte mich auf einer Barkasse ein, die Leinwand aus Flandern geladen hatte. Gott hat mir geholfen, denn die Frau des Schiffers hatte ebenfalls ein neugeborenes Kind. Also nahm sie auch Bodo zu sich und nährte ihn, solange wir auf der Barkasse blieben. Ich erzählte den Schiffersleuten, dass seine Mutter, meine Frau, bei der Geburt gestorben sei und ich den Säugling zu seinen Großeltern bringen wolle. Wir fuhren tagelang und entfernten uns immer weiter von der Gefahr. Ich flehte den Himmel an, er möge meine Schritte dorthin lenken, wo das Kind einen sicheren Ort und eine Familie finden könnte. Und ich fand einen solchen Ort, wie Ihr wisst, Herr Urs.»

Der Mönch stand auf, öffnete eine Schatulle, und ein strahlender Amethyst kam zum Vorschein. Die Fassung war identisch mit dem Schmuckstück, das der Bankier im Körbchen des Säuglings gefunden hatte.

«Das ist der Zwillingsstein zu dem, den Ihr kennt, mein Herr. Zusammen mit dem Kreuz bildeten sie ein Halsband, das der

König seiner Geliebten geschenkt hatte. Bertranda hat es mir anvertraut, damit es zur rechten Zeit als Erkennungszeichen dienen sollte. Und ich glaube, jetzt ist es so weit.»

Urs war sprachlos. Sein Bodo königlicher Abstammung! Unter anderen Umständen hätte er auf dem Thron der Franken sitzen können! Nur schwer fand er die Fassung wieder und fragte: «Aber, Hochwürden, soviel ich weiß, hat König Philipp später die Absolution des Heiligen Vaters erhalten! Es wurde auch gemunkelt, dass die Beziehung zu seinem Dauphin nicht besonders herzlich war! Wäre es nicht möglich gewesen, etwas von dem zweiten Sohn zu erfahren und ihn an den Hof zu holen?»

«Ich weiß nicht. Wenn er es gewusst haben sollte, so hat er das Geheimnis jedenfalls für sich behalten. Wie schon erwähnt, denkt bitte daran, wie sehr die Anwesenheit eines weiteren Thronanwärters die Thronfolge kompliziert hätte! Was für Konflikte hätten ausbrechen können, und wer weiß, welches Schicksal Bodo und sogar der Thron Frankreichs gehabt hätten! Man soll der Geschichte ihren Lauf lassen. Es ist nicht klug, in diese Abläufe einzugreifen, das führt nur zu Unglück und Katastrophen», flüsterte der Mönch. Dann fuhr er fort: «Herr Urs, ich verstehe, was Ihr eben erfahren habt, hat Euch über alle Maßen aufgewühlt. Aber ich beschwöre Euch, bei Eurem Seelenheil, bewahrt das Geheimnis für Euch. Enthüllt es nur Bodo. Unter diesen Umständen muss er die Wahrheit kennen und allein entscheiden, was er zu tun hat. Vielleicht erlangt er dabei sein Glück und seine Liebe. Vermutlich wird er das um jeden Preis versuchen. Aber keiner von uns darf es sonst jemandem offenbaren! Ich möchte nicht, dass noch zusätzliche Gefahren auf ihn zukommen! Er hat sowieso Feinde genug. Wünscht Ihr etwa, dass nun auch Ludwig Mörder losschickt, um ihn zu suchen? Und außerdem will ich mein Leben weiterführen und wünsche, dass mein Name weiter unbekannt bleibt.

Macht bitte nicht die Sünde, die ich heute begangen habe, noch schwerer. Schwört, Eure Zähne zusammenzubeißen und völlig stumm zu bleiben.»

«Hochwürden, ich bin nicht umsonst als ehrlicher Kaufmann und guter Christ alt geworden. Macht Euch keine Sorgen, meine Lippen bleiben versiegelt. Aber bitte, erlaubt mir noch eine Frage, die letzte. Warum seid Ihr nicht nach Reims zurückgekehrt, nachdem sich alles erledigt und beruhigt hatte? Dort wartete auf Euch eine glänzende Karriere, ein Bischofsthron und vielleicht sogar mehr!»

Der Mönch zuckte nur mit den Schultern: «Wozu? Die Machtkämpfe und Intrigen haben mich seit eh und je angeekelt. Was nutzt aller Reichtum und Ruhm, wenn man seine Seele verliert? Hier bin ich näher bei Gott. Und bei Bodo, den ich liebgewonnen habe wie meinen eigenen Sohn. Ich kann mir kaum etwas Besseres vorstellen, als hier, in dieser Klause, auf das Ende meiner Tage zu warten. Als Einsiedler, um dessen Namen niemand weiß.

XIII

QUÄLEND LANGSAM UND EINTÖNIG zogen sich für Adelheid die Tage in ihrem Turmgefängnis dahin. Nur einmal am Tag wurde ihre Einsamkeit unterbrochen, wenn ein stummer Diener mit starrem Blick das Essen auf einem Tablett brachte. Er stellte es wortlos auf den Tisch, nahm das vom Vortag wieder mit und verschwand, als hätte er ein leeres Zimmer verlassen.

Anfangs hatte die Gefangene die Zeit gemessen, indem sie kurze Striche mit einem Steinchen aus einer Mauerritze an die Wand kritzelte. Dann begann sie zu vergessen, ob sie zwei oder drei Striche gemacht hatte – oder vielleicht keinen. In ihrer Verzweiflung dachte sie, es sei sowieso nichts mehr von Bedeutung. Sie habe nur noch auf den Tod zu warten, sonst nichts.

Doch in ihren Grübeleien stand Bodo so klar und deutlich vor ihren Augen, dass sie bald nicht mehr unterscheiden konnte, ob sie geträumt oder ihn wirklich gesehen hatte.

So geschah es, dass an einem Tag die Tür aufging und anstelle des Dieners mit der versteinerten Miene ein anderer Mann ins Zimmer trat, ein hochgewachsener, schlanker Mann, der mit einer eleganten Geste das Tablett auf den Tisch stellte. Adelheid erkannte ihn erst, als er sich zu ihr umdrehte: Es war Bodo, ihr geliebter Bodo, mit seinen wundervollen violetten Augen, mit den dunklen Locken und dem Lächeln, in das sich Adelheid schon bei ihrer ersten Begegnung im Schlossgarten verliebt hatte.

Bodo hatte den Finger auf seine Lippen gelegt, um sie zum Schweigen aufzufordern. Dann breitete er seine Arme aus, und das Mädchen fand sich auf einmal an seiner Brust und wurde von einem unsagbaren Glücksgefühl überwältigt. Noch nie hatte sie sich so beschützt gefühlt. Nie war ihr die Welt so schön vorgekommen. Die dunkle Stube mit den bröckeligen Wänden, überzogen mit Spinnengeweben, war wie durch Zauber verschwunden, und Adelheid verspürte den süßen Duft der Lilien im Schlossgarten.

Nicht einen Lidschlag lang stellte sie sich die Frage, wie so ein Wunder möglich sei: Solange Bodo bei ihr war, wurde alles möglich. Sie fühlte seinen heißen Atem auf ihrem Mund, seine Lippen, die mit Zärtlichkeit ihre Stirn, ihre Wangen, ihren Mund küssten.

Sie brach in ein wohltuendes Weinen aus, das einem verbitterten Herzen Erleichterung bringt. Zwischen Tränen hörte sie sich sagen: «Warum hast du mich so lange allein gelassen, Bodo? Du weißt, dass ich ohne dich nicht leben kann.»

Bodo küsste sie wieder und wieder und drückte sie an seine Brust, so fest, dass sie sich zu einem einzigen Wesen verschmolzen fühlten. Die Zeit verschwand, die Welt war verschwunden, nur der duftende Hauch der Lilien war noch da.

Dann erwachte sie wieder, ihr Gesicht voller Tränen und das Herz voller Schmerz. Alles war verschwunden: Bodo, der Garten, ihr Glück. Da oben hingen die Spinnengewebe, und es roch nach Schimmel und altem Gemäuer. Adelheid weinte eine Weile und stand dann auf. Mit unsicheren Schritten näherte sie sich dem Tisch. Sie hatte seit langem nichts mehr gegessen oder richtig geschlafen und war so schwach, dass ihr die wenigen Schritte wie eine Unendlichkeit vorkamen. Es kostete sie viel Mühe, mit ihren trockenen Lippen ein Stückchen Brot zu sich zu nehmen, es zu kauen und zu schlucken. Und dann wenige Wassertropfen, die so gut schmeckten! Obwohl ihr Körper erschöpft war, hatte sie plötzlich einen klaren Kopf: «Ich darf nicht sterben», sagte sie laut. «Ich darf nicht sterben. Auf irgendeine Weise werden sie mich befreien. Bodo hat mir ein Zeichen gegeben. Mein Traum war ein Zeichen. Er wird kommen, um mich zu befreien, und ich muss für ihn leben.»

Sie bemühte sich, wieder zu Kräften zu kommen und erneut einen Sinn für die Zeit zu gewinnen. Sie verstand, dass ihr Entsetzen und ihre Angst die Stunden verlängerten und den Eindruck erweckten, schon seit langer Zeit gefangen zu sein. Tatsächlich waren nur ein paar Tagen vergangen, seit sie in dieser Zelle saß.

«Bodo konnte nicht gleich herausfinden, wo ich bin. Aber inzwischen hat er es erfahren und wird Himmel und Erde in Bewegung setzen, um mich hier herauszuholen! Er wird um Conrads Hilfe bitten. Es wird ihm nichts im Wege stehen. Und Conrad wird auch alles tun. Ich bin sicher, es dauert nicht mehr lange ...» Sie wollte gar nicht an ihren Vater denken. Was hätte er gesagt?

Sie träumte und durchlebte immer wieder die Augenblicke, die sie mit Bodo verbracht hatte. Nur sie zwei. Seine Worte, seine Gesten, sein liebevoller Blick. Und sie war beinahe glücklich ... Es war wieder der wunderbare Nachmittag, als Bodo ihr seine Liebe gestanden hatte ... Der junge Mann saß allein auf der Bank vor dem Springbrunnen. Sie hatte ihn durchs Fenster gesehen, und ohne zu überlegen, rannte sie die Treppe hinunter, und ihre langen, blonden Locken, die über ihre Schulter wogten, glichen dem Flug eines Lichtvogels.

Hätte sie die Herzogin Sophie ohne Haube gesehen, wäre sie bestimmt in Ohnmacht gefallen. Wo hat es das jemals gegeben, dass sich eine edle Dame in der Öffentlichkeit so zeigt? «Mein Kind, so etwas TUT man nicht!» Aber Adelheid wollte Bodo sehen! Im Nu erreichte sie das kleine Tor und versuchte, den Garten würdevoll zu betreten. Ihr Fuß rutschte auf der Treppe aus, und sie lag plötzlich da – mit stechendem Schmerz im Knöchel, der ihr die Tränen in die Augen trieb.

Bodo hatte den Lärm gehört und wandte ihr den Kopf zu. Er sprang auf, um ihr zu helfen, wobei er ehrfurchtsvoll einen Gruß murmelte.

Adelheid hatte sich hinkend und rot vor Scham auf die Bank gesetzt. Sie wäre am liebsten im Boden versunken.

«Ihr werdet mich jetzt auslachen, Herr Bodo», sagte sie, «was werdet Ihr wohl denken?» Dann schwieg sie verlegen. Sie hatte sich selbst in eine noch peinlichere Lage gebracht. Verzweifelt verdeckte sie die Augen mit den zarten Händen. Bodo war neben der Bank auf die Knie gefallen und antwortete mit zitternder Stimme: «Ich denke, dass ein Engel vom Himmel gekommen ist und sich auf diese Bank gesetzt hat. Ich bin dieser Freude und Ehre nicht würdig.»

Es war eine so tiefe Bewunderung in seinen Worten, dass das Mädchen ein Auge aufdeckte und ihm die Hand reichte.

«Lacht Ihr mich nicht aus? Denkt Ihr nicht: Was für ein dummes und ungeschicktes Wesen? Eine Dame, die vor einem Herrn wie ein Klotz hinfällt?»

Bodo nahm zärtlich ihre Hand: «Fräulein Adelheid, Ihr seid nicht irgendeine Dame. Ihr seid die Dame, vor der knien zu dürfen jeder Ritter sein Leben gäbe. Ihr seid ein fernes, unberührbares Ideal, und ich kann dem Himmel danken, dass er mir diese glücklichen Augenblicke geschenkt hat.»

Der junge Mann vergaß seine Zurückhaltung, die er sonst stets zu zeigen gewohnt war, und berührte die kleine Hand mit seinen Lippen.

Himmel und Erde tanzten stürmisch um die Prinzessin. Sie neigte die Stirn und küsste die dunklen Locken, die ihre Hand liebkosten. Mit einer Stimme, die ihr fremd schien, fügte sie hinzu: «Für Euch bin ich kein fernes, unberührbares Ideal, Herr Bodo.»

Dann zog sie ihre Hand weg und rannte trotz ihres schmerzenden Knöchels davon.

An all das erinnerte sich Adelheid jetzt wieder und spürte wie damals die Berührung seiner Lippen auf ihrer Hand und den Duft seiner Locken. Mit derselben Erschütterung erlebte sie alles wieder.

Nach diesem Treffen ergaben sich nur wenige Momente hoffnungslosen Glücks. Sie hatten sich gestanden, dass sie nur miteinander leben könnten und lieber den Tod als die Trennung wählen würden.

Inzwischen häuften sich allerhand bedrohliche Nachrichten: Herzog Bertold wollte sie mit einem französischen Prinzen vermählen, es gab ein paar ledige und einflussreiche Cousins des Königs. Selbst der Neffe des Herzogs von Brabant sei einer Verbindung mit den Zähringern nicht abgeneigt. Sogar eine Gesandtschaft aus Byzanz war gekommen, die von ihrem Vater sehr wohlwollend empfangen wurde. Eine Allianz mit den Byzantinern war nicht zu verachten …

Sie beichtete alles Vater Bernhard, und dieser hatte sehr bedenklich den Kopf geschüttelt. Er sah keinen Ausweg, versprach aber, die Geschichte Conrad anzuvertrauen, ihn zu überzeugen und mit ihm gemeinsam zu überlegen, was zu tun sei.

Sie erzählte es auch ihrem Freund, dem Einsiedler, während eines Besuches oben in seinen Wäldern. Der Alte hatte ihr mit ungewöhnlich großem Interesse zugehört, zumindest schien es ihr so.

Ja, er kannte Bodo, der sehr oft vorbeikam. Ohne Zweifel, er war ein besonders wertvoller junger Mann.

«Aber, mein Kind, in deinem Alter sind Gefühle vergänglich. Du glaubst heute, einen Ritter zu lieben, den du morgen schon für jemanden anderen, der dein Herz erobert hat, vergessen wirst. Nimm alles ja nicht so tragisch! Am Hofe deines Vaters gibt es viele edle Ritter, um nicht von anderen Fürstenhöfen zu sprechen, wo sich zahlreiche galante und mutige junge Männer edler Abstammung aufhalten. Der Herzog wird bestimmt daran denken, für seine Tochter einen Gemahl nach ihrem Geschmack zu suchen.»

«Nein, Vater», widersetzte sich das Mädchen. «Ich liebe Bodo. Für immer. Nie werde ich einen anderen lieben. Ich habe ihm mein Herz für alle Ewigkeit geschenkt und habe kein zweites, es einem anderen zu geben.»

Der Einsiedler blickte sie forschend an. Nein, Adelheid hätte nie ihre Gefühle ändern können!

Also rief er beide zu sich und ermahnte sie, Geduld zu haben und nicht unüberlegt zu handeln. «Ich verspreche euch, mit Gottes Willen wird der Tag kommen, an dem eurer Liebe nichts im Wege stehen wird. Seid klug und habt Geduld. Geduld, das ist das Geheimnis!»

Er hatte sie gesegnet und versprochen, für sie zu beten. Die Verliebten hatten sich irgendwie beruhigt, obwohl es ihnen schwerfiel, sich verstellen zu müssen. Sie schickten sich gegenseitig Nachrichten durch treue Diener. Auch das war nicht ungefährlich. Hätte Herzog Bertold davon Wind bekommen, hätte die Sache eine schlimme Wendung nehmen können.

«Warum sind wir eigentlich nicht heimlich geflohen?», fragte sich Adelheid, indem sie die Spinnweben an der Zimmerdecke anstarrte. «Wir hätten einen Priester gefunden, der uns getraut hätte. Und dann hätten wir irgendwohin, weit weg, fliehen können. Weit weg vom Hofe, von meinem Vater … Bodo hat überall Freunde und Bekannte. Wir hätten glücklich sein können, niemand hätte uns getrennt. Jetzt, wer weiß …»

Aber Bodo hätte nie eingewilligt, den Treueid gegenüber seinen Herren zu brechen. «Bodo hätte nie etwas tun können, was uns entehrt hätte, mich oder ihn. Nein, um solchen Preis glücklich zu sein, das hätten wir nicht gewollt …»

Der Einsiedler hatte versprochen, dass eines Tages alle Hindernisse aus dem Wege geräumt sein würden. «Ich glaube ihm», sagte Adelheid laut. «Er hat mich nie angelogen, er weiß mehr als wir. Ich werde warten. Wir werden warten, wenn es sein muss bis ans Ende unserer Tage. Unsere Liebe ist es wert!»

Sie hörte Schritte auf der Treppe. Es war bestimmt der Knecht mit dem Essen. Trotzdem, die Schritte klangen anders, und Adelheid schaute angstbebend zur Tür. «Oh Gott, nur nicht Eglord!»

Ja, sie hatte sich nicht getäuscht, es war ein anderer. Nicht Eglord, aber auch nicht die kleine, plumpe Gestalt, die sie kannte.

Der Mann stellte das Tablett auf den Tisch, nahm die Kapuze ab, und gleichzeitig legte er den Finger auf die Lippen. Einen Augenblick dachte die Gefangene, sie träume wieder. Aber nein, es war wirklich wahr: Vor ihr stand der hagere Steinmetz, der vor wenigen Tagen ihr Leben gerettet hatte.

XIV

ALS BERTOLD GEGEN ABEND immer noch nicht von der Jagd zurückgekehrt war, begann Conrad, sich ernsthaft Sorgen zu machen. Er hatte bereits einige seiner Knechte mit Fackeln losgeschickt, die nach ihm suchen sollten. Unruhig ging er in seinem Zimmer auf und ab und überlegte, was zu tun wäre.

Einer Eingebung folgend, entschloss er sich, nun auch selbst loszureiten und sich auf die Suche zu machen, zusammen mit allen Rittern, die für das Treffen am nächsten Tag gekommen waren.

Aber Vater Bernhard schüttelte den Kopf, und erstmals klang seine Stimme entschieden und streng: «Wo wollt Ihr den Herrn Herzog suchen, Eure Hoheit? Weiß jemand, wohin er ging? Er könnte überall sein. Ihr reitet vorne zum Tor hinaus und hinunter ins Tal, und seine Hoheit kommt womöglich zur gleichen Zeit von hinten die Hügel herab. Dann werdet Ihr morgen zur Auseinandersetzung mit den verfluchten Verrätern nicht rechtzeitig zur Stelle sein! Er wird wieder allein hinreiten, denn er hat nie Geduld, Ihr kennt ihn doch! Und wenn etwas geschehen ist», er bekreuzigte sich mit feuchten Augen, «Sankt Eustachius soll mir beistehen, edler Conrad! Wenn er in eine Falle geraten und jetzt gefangen ist, was dann? Ihr könnt alle in dieselbe Falle geraten! Vorsicht! Eine unsichtbare und unerwartete Gefahr ist tausendmal schlimmer als eine, die man kennt. Edler Prinz, Ihr dürft Euch dieser Gefahr nicht aussetzen. Für uns alle, für Eure ergebenen Untertanen, für das Land Eurer Eltern! Vielleicht seid Ihr in diesem Augenblick der einzige noch lebende Zähringer, vergesst das nicht!»

Conrad hörte mit versteinertem Gesicht zu und klopfte ungeduldig mit der Stiefelspitze auf den Boden. Es war das erste Mal, dass man ihn so aufgeregt sah, und die Lakaien hoben erstaunt die Köpfe.

«Wir reiten los», sagte er. «Hildebrand, bereite alles für den Aufbruch vor. Wir brauchen alle Männer, außer den Wachen. Der Schildknappe Arnold reitet vorneweg. Er sieht im Dunkeln wie eine Katze. Die Männer sollen die Hufe der Pferde mit Tüchern umwickeln. Ich will keine Fackeln, kein Licht, keinen Lärm. Ich brauche eine Schattenarmee. Niemand soll wissen, dass wir unterwegs sind. Sobald wir ausgeritten sind, werden die Tore geschlossen und die Brücke hochgezogen. Jedermann darf herein, keiner hinaus! Kein Vogel verlässt das Schloss. In einer halben Stunde sind wir weg, keinen Augenblick später!»

Er rief Haro, der inzwischen zurück war, und flüsterte ihm ins Ohr: «Reite sofort zu Johannes, dem Bückligen! Sag ihm, unser Plan hat sich geändert. Er soll seinen Aufbruch beschleunigen, seine Leute rasch zusammenrufen und wie besprochen vor Mitternacht am ausgemachten Ort sein.»

Dann drehte er sich zu Vater Bernhard um und sagte leise: «Vater Bernhard, hört bitte zu und handelt genau, wie ich Euch sage. Erstens, wenn mein Bruder noch heute zurückkommt, soll er erst gar nicht absitzen, sondern uns gleich folgen. Nach Molsheim. Aber niemand außer Euch darf wissen, wohin wir reiten. Nur Bertold, falls er noch kommt, was ich sehr bezweifle», fügte er mit zögernder Stimme hinzu. «Und dann möchte ich noch hören, was mit, hm, meiner Nichte geschehen ist! Wie lauten die Neuigkeiten? Die muss ich wissen, das heißt, nur ich und kein anderer, versteht Ihr, Vater Bernhard?»

«Der Ketzer aus Byzanz ist bereits unterwegs zum Stouff, mein Gebieter. So geschickt, wie er sich bis jetzt geschlagen hat, dürfte es ihm bereits gelungen sein, sich dort einzuschleichen. Ich hoffe, er hat sein Ziel erreicht.»

«Ach so, ist er ein Ketzer? Ich glaube eher, er ist ein weit besserer Christ als viele andere. Vergesst nicht, dass er sein Leben zum zweiten Mal für Adelheid aufs Spiel setzt. Wir alle, die wir uns gute Christen nennen, könnten wohl so manches von ihm lernen», erwiderte Conrad mit hartem Blick. «Nun, dieses Unternehmen muss geheim bleiben. Niemand am Hofe darf etwas davon erfahren, nicht einmal mein edler Bruder.»

«Ja, Herr», seufzte der Mönch. «Vor allem er nicht. Ihr habt recht, und ich verdiene, getadelt zu werden.»

«Fern sei mir der Gedanke, meinen Beichtvater zu tadeln. Aber jetzt muss ich los. So! Falls Ihr Nachricht von Bertold oder von Adelheid habt, sagt es gleich Haro. Ich habe ihn eben losgeschickt, um noch einen kleinen Auftrag für mich zu erledigen, aber er wird sicherlich bald wieder zurück sein. Er wird dafür sorgen, dass ich benachrichtigt werde.»

Der Beichtvater schaute den jungen Herzog fragend an. Wenn niemand die Burg verlassen durfte, wie konnte dann Haro seinen Herrn benachrichtigen? Er hatte schon immer vermutet, es müsse einen geheimen Ausgang geben, konnte ihn aber nie entdecken, obwohl er die Räume oft durchsucht, in Ecken und Nischen geklopft und diese abgetastet hatte. Kein verborgener Griff war zu entdecken. Keine Wand hatte sich gerührt, und keine geheimnisvollen Risse hatten sich in den Mauern geöffnet.

Alles wurde ausgeführt, wie Herzog Conrad es befohlen hatte. Er überprüfte sorgfältig die Hufe und ließ seine Männer rund um den Hof reiten, um sich zu überzeugen, dass wirklich kaum ein Ton zu hören war. Dann gab er den Befehl loszureiten.

Die kleine Armee setzte sich sofort in Bewegung und ritt über die Brücke. Ihre Schatten vermengten sich lautlos mit der Nacht. Hinter ihnen wurde die Brücke hochgezogen, auf dem Turm und im Hof sorgte eine verstärkte Wache dafür, dass niemand die Festung verließ, und auf dem Schlossberg wurde es still.

Der Herzog ritt an der Spitze, neben Arnold, dem Schildknappen mit den Katzenaugen, und dachte über all das nach, was kurz zuvor geschehen war. Er hatte Herzogin Sophie aufgesucht und mit ihr ein Gespräch unter vier Augen geführt.

«Edle Prinzessin und Schwägerin», hatte er gesagt, «ich bin über alle Maßen betrübt. Ich will dich nicht erschrecken oder ärgern, aber ich muss gestehen, ich habe meine Gründe zu glauben, dass mein geliebter Bruder in eine Falle geraten ist. Ich weiß nicht, um was es geht, und das beunruhigt mich am meisten. Weißt du vielleicht, wieso er heute so früh und so eilig zur Jagd geritten ist? Oder warum er überhaupt noch einmal auf die Jagd gegangen ist, wo er doch gestern schon bis zum Abend draußen gewesen ist?»

Die Herzogin hatte große Augen gemacht. Ihr schon blasses Gesicht war noch blasser geworden. Es war kein Geheimnis, dass der Herzog die Nächte kaum in ihrem Gemach verbrachte.

«Ich weiß nicht», hatte sie leise gestanden. «Ich weiß nie etwas. Er hat mir nichts gesagt. Du weißt doch, wie eilig er Entscheidungen zu treffen pflegt.»

Nur eine starke Gefühlsaufwallung hätte sie dazu bringen können, so über ihren Gemahl zu sprechen. Conrad hatte sie mit Mitgefühl betrachtet. Sie hatte ihm leid getan. Mit ihrem schmalen und knöchernen Gesicht war sie nie reizend gewesen. Nur die Bitterkeit in ihren Augen verminderte den Ausdruck von Hochmut, der nicht nur die Hofdamen, sondern alle anderen am Hofe von ihr entfremdete.

Bertold hatte sie nie geliebt. Es war, wie alle wussten, eine politische Ehe gewesen. Hätte die edle Welfin Kinder geboren, wäre vielleicht manches anders gekommen. Aber Gott hatte ihre Ehe nicht mit Nachkommenschaft gesegnet, sodass sich die Ehepartner allmählich voneinander entfernt hatten. Dabei hatte Sophie nie aufgehört, ihren Gatten zu lieben, den gutaussehenden Mann und prächtigen Ritter, der schon im ersten Augenblick ihrer Bekanntschaft ihr Herz erobert hatte. Vor Gott und vor den Menschen war er immer ihr Gemahl. Sie verfolgte seine Affären mit kaum verborgener Eifersucht, und hinter einer Fassade von scheinbarer Kälte war sie todunglücklich.

Sie hatte Conrad lange angeschaut, und als sie seine Unruhe bemerkt hatte, war sie in Tränen ausgebrochen. Der Prinz hatte sie umarmt, und Sophie hatte schluchzend ihren Kopf an seine Schulter gelehnt.

«Wenn ich nur wüsste, wie ich dir helfen könnte! Ich weiß nicht, Conrad, ich weiß nie etwas … Und jetzt, noch dazu, diese Gefahr … Gott, was ist mit ihm geschehen?»

Conrad hatte versucht, sie zu beruhigen, wobei er ihr erklärt hatte, dass er den nächsten Tag besonders fürchtete, aber, was auch immer geschehen möge, niemand würde es wagen, dem Herzog zu schaden.

«Ich hoffe, edle Schwägerin, dass unsere Besorgnis grundlos ist», hatte er gesagt. «Doch kann ich die Dinge nicht einfach so laufen lassen. Ich reite jetzt los, um ihn zu suchen. Mit unseren Rittern. Vielleicht braucht er Hilfe. Vielleicht auch nicht, dann ist alles vergebens, aber lieber zu früh als zu spät. Schließe uns in dein Gebet ein, Schwägerin Sophie. Reine und ehrliche Seelen haben im Himmel besonderes Gewicht. Hoffen wir, dass alles in Ordnung ist!»

Er hatte sich von der weinenden Frau verabschiedet und wollte gehen. Als er sich der Tür näherte, entdeckten seine scharfen Augen einen Vorhang, der sich leicht bewegte. Er setzte seinen Weg fort, doch blieb er stehen und ließ seine Sporen immer leiser klingen, als würde er sich entfernen. Dann sah er sich um und entdeckte die Tür, die in ein Versteck führte. Kurz darauf konnte man seine Sporen nicht mehr hören. Dann schob er, flink wie ein junger Wolf, den Vorhang beiseite, hinter dem sich eine kleine tapezierte Tür befand. Er öffnete sie blitzschnell. Es war ein Boudoir, tapeziert mit derselben dunkelroten Seide.

Eine Dame machte einen Schritt nach hinten und versuchte, das Versteck zu verlassen. Als sie sich umdrehte, erblickte sie den jungen Mann und schrie voller Angst.

Auch Conrad war überrascht. Er hatte nicht erwartet, Ingrid, die schöne Ehefrau des Vasallen Siegebert von Sölden, zu treffen, den Bertold vor kurzem zum Jagdmeister ernannt hatte.

«Ich wusste nicht, dass Ihr im Schloss seid, meine Dame! Hat Euch die Herzogin als eine ihrer Hofdamen hierher bestellt? In diesem Fall werde ich sie mit aller Scheu und allem Respekt tadeln, weil sie ein so erfreuliches Ereignis vor dem ganzen Hof verheimlicht hat.»

Der junge Prinz zog seine Worte in die Länge, denn er wollte Zeit gewinnen, um zu verstehen, was das bedeutete und was er denken sollte. Sein Bruder hatte sich plötzlich entzückt gezeigt von dem plumpen Siegebert und ihn mit Ehren überhäuft. Am Hof war der Jagdmeister eine wichtige Person und seine Arbeit nicht bloß ein Ehrenamt. Viele hatten sich nach dem Tod des alten Rainer um diesen Posten bemüht, als auf einmal dieser neue Günstling erschien. Zur allgemeinen Überraschung hatte ihm Bertold auch die Domäne von Vogtsburg und das Verwaltungsrecht über alle Silberwerke geschenkt.

Rot im Gesicht wie die Tapisserie, verbeugte sich Ingrid tief vor Conrad, und mit schmachtendem Blick sagte sie ihm, sie sei unheimlich glücklich, ihn zu sehen.

«Ich hätte Euch selber aufgesucht, mein Gebieter, wusste aber nicht wo, da ich erst seit kurzem hier bin.»

«So? Warum, meine Dame?», erkundigte sich Conrad. «Und wieso habt Ihr nicht daran gedacht, um eine Audienz zu bitten? Es wäre für mich eine Freude gewesen, Euch zu empfangen, ein strahlender Augenblick in meinem eintönigen Leben.»

Die Frau schaute ihn mit gespielter Sehnsucht an: «Ich habe nie gewagt… Herr, ich habe zufällig Euer Gespräch mit Ihrer Hoheit gehört. Ich wollte selbstverständlich nicht horchen, es war ungewollt, bitte bestraft mich nicht… Ich war bei der Frau Herzogin, als Ihr hereinkamt, und wollte verschwinden, bin aber nicht mehr dazugekommen. Dann habe ich mich hinter dem Vorgang versteckt. Es war ein Fehler, aber ich habe mich nicht getraut, mich zu zeigen.»

«Oh, meine edle Dame, es wurden doch keine großen Geheimnisse besprochen, warum solltet Ihr Euch fürchten?»

«Ich glaube, Euch sogar beruhigende Nachrichten geben zu können, mein Gebieter. Seit Tagen wollte der Herzog einen Hirsch im Vogtsburgland jagen. Mein Gemahl hatte den riesigen Hirsch, der sich dort aufhielt, aufgespürt. Unser Herr hat ihm gestern Abend befohlen, bereits im Morgengrauen mit allen Jägern zur Stelle zu sein. Es wird eine spannende Jagd, hat mir mein Mann gesagt, ich solle ihn nicht früh erwarten. Es stimmt, es ist schon spät, irgendwie sind wir alle besorgt… Aber wenn ich bedenke, was mein Ehemann gesagt hat… Ich meine…»

Conrad starrte sie an. Nein, sie war keineswegs besorgt. Nur das Schweigen des Herzogs schien sie in Verlegenheit zu bringen. Nach einigen Augenblicken sagte er lächelnd: «Ach! Es war also eine Hirschjagd! Und ich dachte, es wären zwei junge Wölfe! Warum habt Ihr dann Eure Herrin nicht beruhigt? Nun, wie dem auch sei… Mich habt Ihr wirklich beruhigt, meine schöne Dame! Es gibt also keine Gefahr… Weswegen wolltet Ihr mich denn aufsuchen, gnädige Ingrid? Ihr habt es mir nicht gesagt!»

«Sie weiß, dass ich lüge, und ich weiß, dass sie lügt. Etwas ist faul an dieser Geschichte», dachte er.

Die Frau machte noch einmal eine tiefe Verbeugung. «Das kann noch warten. Ich habe gehört, dass Ihr ohne Verzögerung aufbrechen wollt. Darf ich bitten, Euer Gnaden, mir eine Audienz zu bewilligen, wenn Ihr zurückkommt?»

«Aber, meine Dame, so spät in der Nacht… Ich weiß nicht…»

Ingrid wurde rot: Nein, ich meine, wenn Ihr von diesem wichtigen Treffen … Vielleicht übermorgen?»

«Ist das nicht zu spät? Ist das nicht zu spät – nach der Jagd auf die zwei jungen Wölfe?»

Ingrid wurde plötzlich blass und fiel wie vom Blitz getroffen auf die Knie.

Conrad rief eine der Wachen: «Begleite die Frau in ihr Gemach. Zwei Mann sollen vor der Tür stehen! Keiner darf mit ihr sprechen, bis ich zurück bin! Verstanden?»

XV

DIE WAGENSPUREN, DIE SICH TIEF in die Wege gegraben hatten, waren hart gefroren und ließen die Pferde nur mühsam vorankommen. Es war ein kalter Dezemberabend, finster und unfreundlich. Die ersten feuchten Nebelschwaden krochen lautlos durch das Unterholz, ein untrügliches Zeichen dafür, dass der Strom nicht mehr in allzu weiter Ferne lag.

Arnold, der Schildknappe mit den scharfen Augen, ritt an der Spitze der Truppe, gespannt und mit allen Sinnen auf der Lauer, um die kleinste Bewegung oder das winzigste Zeichen von Gefahr zu vernehmen. Keiner sprach ein Wort. Die Stimmung war gedrückt und niedergeschlagen. Auch wenn Herzog Conrad nicht völlige Stille befohlen hätte, war keinem nach Reden zumute.

Der Prinz ritt neben Arnold und war bemüht, sich im Kopf Worte, Gesten, Ereignisse zu vergegenwärtigen, die ihm zwar bewusst waren, zwischen denen aber anscheinend kein Zusammenhang bestand. Jetzt stellte er aus diesen einfachen Tatsachen ein großes Schachspiel zusammen, das die zwei fürstlichen Brüder mit dem Schicksal, mit dem Tod spielten.

Nicht weit von Breisach entfernt, kamen sie an die Stelle, an der sie den Rhein überqueren mussten. Der Fährmann hatte es offensichtlich sehr eilig, verbeugte sich vor dem Herrn und sagte ihm ein paar Worte, die für die anderen völlig sinnlos waren: «Hoheit, ich habe auf Euch gewartet, wie mir Johannes vor kurzem befohlen hat. Er ist mein Vetter …»

«Ach», unterbrach ihn Conrad, «sag, guter Mann, haben heute vor uns schon andere Leute den Fluss überquert?»

«Einige unbewaffnete Wanderer ... Heute früh waren Jäger ...»

Aufmerksam prüfte Conrad im Fackellicht das kluge Gesicht und die munteren Augen des Fährmanns. Man konnte ihm vertrauen.

«... Es waren nur wenige, und sie erzählten, dass in der Gegend nicht nur Wildschweine, sondern sogar ein prächtiger Hirsch zu jagen wäre.»

«Hast du sie gesehen?»

«Ja, Herr, ich hatte gerade die Fähre übernommen. Johannes hat mich besucht und es mir vorgeschlagen. Seiner Meinung nach ist das ein guter Beruf, und es wäre nicht schlecht, wenn ich diese Fähre übernähme ... besonders jetzt, wo so viele Leute zugange sind. Der alte Fährmann hatte drüben bei Molsheim viele Verwandte und wollte sich zurückziehen.»

«Ach, wirklich, hatte er dort Verwandte? Sieh mal einer an», sagte Conrad betrübt, während er das Wasser betrachtete, das unter den Fährplanken drohend gurgelte. «Sieh mal, wie wenig ich über meine Untertanen weiß ... Hat er sich also zurückgezogen? So weit, nach Molsheim?»

«Mein Gebieter, er hatte Pech», antwortete der Mann und blickte tief in die Augen des Ritters. «Sein Pferd hat sich hier auf der Brücke erschreckt und ist ins Wasser gefallen, gerade als es hinüberwollte. Ich hatte ihm noch gesagt, man dürfe nie zu Pferd auf die Fähre steigen, aber nein, er wollte nicht hören. Er sagte, die Fähre sei ihm so vertraut und seinem Pferd auch ... Ich vermute, er ist unter Eisschollen geraten, denn er kam nicht mehr heraus.»

«Na ja, wenn man einen guten Rat nicht befolgen will», murmelte Conrad. «Das heißt, es ist wirklich sein letzter Weg gewesen. Haben seine Verwandten erfahren, welch ein trauriges Geschick er hatte? Um für ihn eine Totenmesse zu bestellen, wie es sich gehört?»

«Es waren Bekannte von ihm hier, vor dem Unglück. Aber das Unglück haben sie nicht mitbekommen. Wir werden jemanden hinter ihnen herschicken müssen, um sie zu benachrichtigen.»

«Ja, ja, das hat aber Zeit bis morgen.»

«Ja. Herr.»

«Niemand, der auf uns warten wollte?»

«Nein, Herr. Aber manch andere wollten über alles Bescheid wissen.»

Hildebrand hatte mit steigendem Unmut zugehört. Was hatte der Herzog so lange mit einem armseligen Leibeigenen zu schwätzen? Was ging es ihn an, ob der gewesene Fährmann seine Totenmesse bekam? Er hatte nur wissen wollen, ob Bertold und seine Jäger am Morgen ebenfalls übergesetzt hatten. Das war gut, so konnten sie ihm auf die Spur kommen. Sonst ... er konnte redselige Fährleute nicht leiden. Und noch weniger, wenn sie vor dem hohen Herrn eine solche Frechheit an den Tag legten. Er fragte gereizt: «Herr Conrad, wäre es nicht angebracht, wenn auch dieser Wichtigtuer mit dem Kopf voraus von der Fähre stürzte? Er tratscht zu viel!»

«Oh nein, Hildebrand, was geht Euch durch den Kopf?», antwortete der junge Prinz. «Lasst den Mann in Ruhe, er soll seine Arbeit tun. Er macht sie sehr gut!»

Der Fährmann verbeugte sich ehrfurchtsvoll: «Mein Gebieter, Johannes wird auch hierher kommen. Heute Abend noch, um zu sehen, wie die Sache steht.»

Sie hatten gerade das Ufer erreicht. Conrad bestieg sein Pferd und führte es auf den nassen Kies.

«Wie heißt du, Mann?», fragte er.

«Stephan, mein Gebieter.»

«Also gut, Stephan, hiermit ernenne ich dich zum Fährmann an dieser Stelle. Du sollst diese Arbeit machen, solange du willst. Ich werde nicht vergessen, dass du ein guter Fährmann und ein treuer Untertan bist.»

Da die Fähre ziemlich klein war, überquerten die Männer den Fluss in drei Etappen, zügig und ohne viel Gerede.

Dann ritten sie los und verschwanden in der dunklen Nacht. Nach etwa einer Stunde drehte sich Arnold zum Herzog um und flüsterte: «Seht, Herr, dort rechts, hinten im Wald, den rötlichen Schimmer. Das müsste eine Feuerstelle sein.»

«Absteigen, schnell!», befahl Conrad. «Wir lassen die Pferde hier. Drei Mann sollen bei ihnen bleiben. Wir gehen vorsichtig hin. Hildebrand, du nimmst ein Drittel der Männer und schleichst dich von der rechten Seite an, Nikolaus, nach links mit einem anderen Drittel! Ich gehe mit dem Rest geradeaus weiter. Seid vorsichtig, es könnte ein Hinterhalt sein!»

So näherten sie sich dem Licht. Plötzlich schien der Mond zwischen den Wolken hindurch und der Raureif glänzte an den Ästen und im Gras. Überall waren Spuren von Reitern zu sehen.

Kurze Zeit später erreichten sie die Lichtung. In deren Mitte lag die Feuerstelle, aus der ab und an noch einzelnen Flammen aufflackerten. Darüber, in einem mächtigen Gabelholz, war eine Wildschweinkeule zu Asche geworden und verbreitete den unangenehmen Geruch von verbranntem Fleisch.

Rundherum bot sich ein entsetzliches Bild: fünf grausam zugerichtete Leichen in großen Blutlachen. Alles Männer, die in Diensten des fürstlichen Hauses standen. Der Schnee war rot, das Laub unter dem Schnee war rot … Ein grauenhafter Anblick. Offensichtlich waren die fünf Jäger beim Zubereiten des Essens überrascht worden. Ein Schwertstumpf steckte in der Brust desjenigen, der den Spieß gedreht hatte. Die Hand war vom Gabelholz ins Feuer gerutscht und zu Asche geworden. Ein anderer, dem der Kopf bis zur Hälfte vom Rumpf abgetrennt worden war, hielt noch den Weinpokal in seiner erstarrten Hand.

Mit angehaltenem Atem suchten Conrad und seine Mannen Herzog Bertolds Leiche. Vergebens. Er war verschwunden, wie vom Boden verschluckt. Von Siegebert, dem Jagdmeister, ebenfalls keine Spur.

Conrad flüsterte mit dumpfer Stimme: «Wir müssen herausfinden, was los war. Zwei Männer müssen die Leichen zurück ins Schloss bringen. Diese Toten sind uns treu gewesen. Ihre Verwandten sollen sie christlich begraben. Wir reiten weiter. Vielleicht treffen wir jemanden, der uns etwas berichten kann.»

Als wäre sein Wunsch von einer höheren Macht erhört worden, war im Wald auf einmal Pferdegalopp zu vernehmen. Ein Reiter raste heran und kam zwischen den Männern, die ihn mit der Hand am Schwertgriff erwarteten, zum Stehen. Vor dem Prinzen stieg er ab und warf sich auf die Knie.

Es war Johannes, nicht der Bucklige, den alle kannten, sondern ein Mann mit der schlanken Gestalt eines Kriegers, so wie er sich vor Conrad gezeigt hatte.

«Ich bin zu spät gekommen», sprach er bitter. «Ich habe nicht rechtzeitig erfahren können, was diese Schurken vorhatten. Ich konnte nicht glauben, dass der Verrat so weit geht, so hoch reicht, bis neben den edlen Herrn.»

«Was meinst du?», fragte Conrad.

«Kommt mit, Hoheit, hier ist nichts mehr zu machen. Ich will Euch etwas zeigen.»

Sie folgten ihm auf einem verschlungenen Pfad immer tiefer in den Wald hinein, an dessen Ende sie schließlich vor einer kleinen, schäbigen Hütte standen. Sie hielten ihre Pferde am Zaun und hüllten sich wie zuvor in Schweigen, denn überall konnten Gefahren lauern.

«Hier habt Ihr nichts zu befürchten», versicherte Johannes. «Der Mann, den wir jetzt sehen werden, ist vertrauenswürdig, so wie Stephan.»

Johannes klopfte dreimal an die Tür: zweimal kurz und einmal länger. Gleich wurde drinnen ein Talglicht angezündet, und ein Mann mit grauen Haaren trat heraus. Johannes flüsterte ihm etwas ins Ohr, woraufhin der Mann ehrfurchtsvoll vor dem Prinzen niederkniete und die hohen Herrschaften bat einzutreten. Conrad und die Ministerialen gingen in die Stube, das Gefolge fand Unterkunft in der geräumigen Scheune nebenan. Es war sehr kalt, und nach so viele Stunden draußen waren die Männer ziemlich durchgefroren.

Drinnen war es warm und rauchig. Der Hausherr hatte sich bemüht, sauber zu machen. Das Sitzbrett war mit frischem Heu bedeckt, und Conrad setzte sich mit einem Seufzer darauf.

«Erzähl dem edlen Herrn, was du gesehen hast», wandte sich Johannes an den Grauhaarigen.

«Nun, heute Morgen ist eine bis an die Zähne bewaffnete Reitertruppe hier eingetroffen. Sie waren mit Schwertern und Spießen ausgerüstet, als ob sie in eine Schlacht ziehen wollten. Sie stürzten herein und verlangten Wein. Nachdem sie den ganzen Krug getrunken haben, den ich von meinem Schwager aus Ottmarsheim bekommen hatte, nachdem sie ihn also ausgetrunken hatten, wie ich eben sagte, haben sie sich überlegt, was mit mir anzufangen sei. Ob sie mich aufhängen und die Hütte in Brand setzen sollten. Aber einer von ihnen, der hochmütigste, ein hochgewachsener Ritter mit goldgelben Haaren und kalten blauen Augen, hat die anderen getadelt: ‹Ihr Dummköpfe, wollt ihr euch entdecken lassen? Dann könnt ihr auch die große Glocke von Molsheim läuten und allen mitteilen, was ihr im Schilde führt! Mann›, wandte er sich zu mir, ‹hab keine Angst, sie sind jung, übermütig und unüberlegt! Sie werden dir nichts tun. Im Gegenteil. Du wirst dein Geld für den Wein erhalten, denn schließlich bist du nicht reich, wie ich sehe. Hier hast du eine Silbermünze. Und du bekommst noch eine Münze›, hat er gegrinst. ‹Reite gleich nach Molsheim und verlange, mit Abt Otto sprechen zu dürfen. Sag den Knechten, dass dich Eglord von Opfingen schickt. Grüße ihn respektvoll und sag ihm, alles läuft wie abgesprochen. Er soll tun, was er für nötig hält. Und er soll dir eine Silbermünze geben. Hau jetzt schnell ab, warte keine Minute mehr!›

Mir lief ein Schauder über den Rücken. Alle wissen von Eglord und seinen Untaten. Ich habe ihm nichts geglaubt. Wenn er mich zu Abt Otto schickte, wollte er mich loswerden. In Molsheim hätte mich der Tod und nicht eine weitere Silbermünze erwartet! Offensichtlich wollten sie sich versteckt halten. Niemand sollte ihre Anwesenheit bemerken. Ich tat, als freute ich mich, und machte mich eilig davon. Eine Zeitlang hat mich ein Knecht verfolgt, um zu sehen, ob ich tatsächlich nach Molsheim ritt. Nach ein paar Meilen, als ich dann sicher war, dass mir keiner mehr folgte, habe ich mein Pferd versteckt und bin auf Umwegen zurückgekommen. Mehr auf allen vieren als aufrecht laufend, bin ich wie eine Schlange geschlichen und endlich auf einen nur mir bekannten Hochsitz geklettert. Es ist ein gut getarntes Versteck, kaum zu entdecken. Viele Stunden habe ich gewartet. Ich dachte schon, sie wären inzwischen weg, und überlegte, was ich nun tun sollte.»

Selbstbewusst fuhr der Mann fort: «Ich bin Förster in Diensten des Herrn Neidhard von Molsheim, seit Jahren diene ich ihm in Treue. Er war stets ein gerechter und großzügiger Herr, und ich habe keinen Grund, mich zu beklagen. Deshalb ist es mir äußerst schwergefallen zu glauben, er hätte sich mit dem verfluchten Eglord und mit Abt Otto eingelassen, den alle im Rheintal als boshaft und schadenfroh kennen. Die Bürger von Schaffhausen waren erleichtert, als Ihr ihn von dort vertrieben habt. Er ist ein Knecht des Teufels, kein Diener Gottes.»

Der Mann bekreuzigte sich, um den Teufel fernzuhalten: «Verzeiht mir, Herr, aber alle würden dasselbe sagen. In dieser Gegend ist der Abt Otto nur allzu bekannt. Bestraft mich nicht, dass ich einen geistlichen Herrn nicht sehr schätze …»

Conrad wurde zunehmend ungeduldig: «Lass jetzt Otto sein und erzähl weiter!»

«Mein Gebieter, wie schon gesagt, ich habe mich versteckt und vor Angst kaum zu atmen gewagt. Was hätten sie mit mir gemacht, die Verdammten! Ich war ständig auf der Hut, besonders da Johannes mich gewarnt hatte, dass große Abscheulichkeiten bevorstünden. Aber es sollte erst morgen sein, erst morgen sollte sich was Böses abspielen, so hatte er mir gesagt. Deshalb war ich so überrascht, dass die Schufte einen Tag früher gekommen sind. Sonst hätte ich meinen Weinkrug versteckt. Nun, ich habe dann ständig überlegt, wie ich Johannes benachrichtigen soll. Ich konnte aber nicht. Ich war mein eigener Gefangener. Wenn ich mein Versteck verlassen hätte, hätten sie mich erwischt, und das zweite Mal wäre ich nicht mehr davongekommen. Und dann plötzlich sah ich eine Menge Soldaten kommen, der Wald wimmelte von Soldaten, sie waren überall, von oben konnte ich sehen, wie sie sich hinter Bäumen in Deckung hielten, als würden sie auf etwas warten. Es war klar, sie hatten etwas vor, aber was?

Ich war schon so lange oben auf dem Hochsitz und dachte gerade, ich wäre zwar dem Strick, aber nicht dem Erfrieren entgangen, als ich plötzlich Stimmen hörte, Hundebellen und Jagdradau. Kurz darauf tauchten auch die Jäger auf, und ich erkannte gleich den Herzog. Er hatte wenige Diener bei sich, gemeine Hofknechte, und von den Adligen war nur einer dabei, den unser Herr Jagdmeister und Siegebert nannte. Herr Bertold sagte laut: ‹So, hier sitzen wir ab. Pferde und Männer müssen sich ausruhen. Dann reiten wir weiter zum Schloss. Wir verweilen nur, um einen Pokal Wein zu leeren. Den haben wir uns verdient. Morgen haben wir einen schweren Tag.›

Aber Herr Siegebert hat geantwortet: ‹Mein edler Gebieter, wie wäre es, wenn wir ein kleines Feuer anzünden und ein Stück braten vom Wildschwein, das wir erlegt haben? Wir haben doch eine erfolgreiche Jagd hinter uns, wir sollten uns daran auch erfreuen. Es ist bitterkalt, wir sind alle hungrig und durchgefroren, einige warme Bissen werden uns nicht schaden. Wir verweilen kaum zwei Stunden, das zarte Fleisch wird gleich durchgebraten sein. Wenn Ihr befehlt, schicke ich einen Mann voraus, er soll ankündigen, dass wir früh genug beim Schloss sein werden.›

Er hatte sich auf einem Knie vor dem Herzog niedergelassen und sprach respektvoll, ja sehr untertänig. Mir gefielen aber seine honigsüßen Worte gar nicht, und meine Angst wurde nur größer. Was hätte ich tun können? Unser Herr war offensichtlich in eine Falle geraten, er war von Feinden umringt, denn es gab keinen Zweifel, man hatte unseren Herrscher in eine Falle gelockt. Seine Hoheit hatte keine Ahnung, also lächelte er und sagte: ‹Wisst Ihr, Herr Siegebert, Ihr habt recht! Eine Wildschweinkeule rasch auf glühenden Kohlen gebraten und ein Krug Wein ist genau das, was uns zusteht. Zeit haben wir genug …›»

Conrad murmelte: «Es war also Siegebert, das oberste Glied der Verratskette. Gleich neben meinem Bruder … Siegebert und als Lockvogel seine Frau … Sie hat die Gunst Bertolds benutzt, um ihrem Gatten zu diesem Posten zu verhelfen. Ich habe mich nicht geirrt! Oh, Bertold, gerade die Vasallen, die du mit Ehren und Geschenken überhäuft hast! Warum hast du mir nicht geglaubt?»

«Mann», wendete er sich dann wieder dem Förster zu, «du erzählst und erzählst, aber was mit dem Herzog ist, habe ich bis jetzt nicht erfahren. Auf der Waldlichtung ist weder seine Leiche noch die des Jagdmeisters …»

«Mein Gebieter, ich komme gleich dazu. Die Jäger sind abgesessen, dann ging ein Weinkrug von Hand zu Hand, einer hat das Feuer angezündet, während ein anderer ein großes Stück Fleisch zurechtschnitt. Es ging alles zügig vonstatten, und alle waren in fröhlicher Stimmung. Für den Herzog wurde eine Decke auf einem Baumstumpf neben dem Feuer ausgelegt. Der Braten hatte kaum angefangen zu brutzeln, die Männer erfreuten sich gerade am Wein, da fielen die Mörder plötzlich über sie her und haben sie feige und niederträchtig von hinten hingemetzelt. Sie konnten sich kaum verteidigen, denn sie hatten ja ihre Waffen nicht zur Hand. Sie wurden, wie gesagt, regelrecht niedergemetzelt.»

«Und der Herzog?», fragte Conrad ganz ungeduldig.

«Der Herzog, der gerade einen silbernen Weinpokal in der Hand hielt, warf ihn weg und zog sein Jagdmesser, mit dem er sich heftig wehrte. Doch sein Kampf war aussichtslos. Es waren einfach zu viele. Er wurde von Spießen durchbohrt. Wie alle anderen hatte er die Waffen zur Seite gelegt. Ich habe gesehen, wie er blutete. Der Jagdmeister hielt sich abseits, keiner hat ihn angerührt. Als sie fertig waren, nahmen sie den Herzog, so verwundet wie er war, mit, banden ihn auf dem Pferd fest und ritten los. Ganz vorne nebeneinander der heuchlerische, niederträchtige Jagdmeister und Eglord, der inzwischen wie aus dem Nichts aufgetaucht war. Ich wartete, bis sie nicht mehr zu hören waren, und verfolgte aus der Ferne, in welche Richtung sie ritten. Dann stieg ich aus meinem Versteck herunter, lief ins Dorf und schickte meinen Neffen, um Johannes zu benachrichtigen, dass sie nach Molsheim unterwegs seien. Dann habe ich hier gewartet.»

Conrad war totenbleich. Die anderen meinten, Tränen in seinen Augen zu sehen, aber sie vermieden es, irgendetwas zu sagen. «Führe mich auf dem schnellsten Weg nach Molsheim», sagte er mit ungewohnt tiefer Stimme.

Schweigend machten sie sich auf den Weg. Es war nach Mitternacht, und die Schatten des Waldes wirkten noch bedrohlicher als zuvor. Hildebrand biss sich ständig auf den Schnurrbart, die freie Hand zur Faust geballt. Sein Blick ließ nichts

Gutes ahnen. Er hatte begonnen, leise zu schimpfen, als sich der Herzog an die Männer wandte: «Ich habe um Ruhe gebeten. Wir sind rächende Schatten und das werden wir auch bleiben, bis unsere traurige Aufgabe erfüllt ist.»

Sie wussten nicht, wie lange sie so geritten waren, als der Förster stehen blieb. Nach einer Wegbiegung sah man zwischen kleinen Sträuchern und Wiesen Neidhards Landhaus im Mondlicht. Ein eingezäunter Weg trennte die Gärten von den umliegenden Weiden. Zur Linken, versteckt zwischen Bäumen, vermutete man das Dorf. Das Anwesen atmete Wohlstand. Man sah, dass Herr Neidhard alles gut bewirtschaftet hatte.

«Wie schlau sie sind», flüsterte Conrad. «Wer würde vermuten, dass in einer solch friedlichen Ansiedlung ohne befestigte Burgmauer, ohne Wachen und Zugbrücke ein Verrat, eine Verschwörung vorbereitet wird?»

«Neidhard von Molsheim war immer ein friedlicher Mann», sagte leise Hildebrand. «Und sehr ehrlich. Ich habe nie gehört, dass er eidbrüchig oder falsch gewesen wäre. Wieso konnte er sich mit den Mördern einlassen?»

«Vielleicht hat er sich auch nicht mit ihnen zusammengetan. Vielleicht hat er im guten Glauben eingewilligt, sein Haus für die Zusammenkunft mit dem Herzog zur Verfügung zu stellen. Und vielleicht haben die Verschwörer eben deshalb Neidhards Haus ausgewählt. Damit wir keinen Verdacht schöpfen. Damit wir nichts ahnen. Damit wir unbewaffnet in die Falle tappen.»

«Wozu dann der feige Hinterhalt von heute Nacht?», fragte Nikolaus. Der Ministeriale hatte sein Leben lang Bertold bewundert und verehrt, und seit der grausigen Entdeckung im Wald hatte er kein Wort mehr gesagt.

«Weil sie erfahren haben, dass wir uns auf das Treffen gründlich vorbereiten, sodass sie hier nichts mehr ausrichten konnten. Deshalb mussten sie in aller Eile ihren Plan ändern und früher zuschlagen. Sie haben es sich wahrscheinlich zum Ziel gesetzt, dass mindestens einer von uns sofort beseitigt werden sollte. Wahrscheinlich hat Bertold selbst erzählt, was wir vorhaben, vertrauensselig wie er ist. Und die Frau gab es weiter, denn es war Siegeberts Ehefrau, die ihn ausgehorcht hat. Bald werden wir mehr wissen! Schwer zu sagen, ob sie hier auf uns warten. Ich glaube, eher nicht. Die schöne Dame ist auf dem Schlossberg hinter Schloss und Riegel und konnte daher die Nachricht nicht mehr weitergeben, dass wir die Verschwörung entdeckt haben. Möglich, dass sie noch angreifen, vielleicht auch nicht. Wir müssen auf alles gefasst sein.»

Conrad verteilte seine Männer in einem weiten Bogen rund um den Hof. Sie schlichen sich vorsichtig an und bewegten sich lautlos wie Schatten im festgetretenen Schnee und auf dem gefrorenen Gras. Ein paar Wachen, die anscheinend keine Angreifer erwarteten, wurden gleich erstochen. «Ich will keine Gefangenen», hatte Conrad befohlen, «was soll ich mit ihnen anfangen? Sie würden ja doch am Galgen enden, darum können wir sie auch auf der Stelle erledigen. Sie sind alle Verräter und Mörder und dienen den Verrätern und Mördern. Machen wir also mit ihnen kurzen Prozess!»

Plötzlich erhob sich der Kampfruf. Überall wurden Fackeln angezündet und von allen Seiten kamen bis an die Zähne bewaffnete Krieger aus der Deckung.

Conrad und seine Leute griffen zu ihren Schwertern und warfen sich den Feinden entgegen. Es waren seine besten und erfahrensten Kämpfer, und ihre Lanzen und Schwerter machten um sie herum alles nieder. Aber die Gegner waren zahlreich. Ständig tauchten neue auf und stürzten sich wütend in den Kampf. Nikolaus fiel als Erster. Wie von einem Magnet angezogen, hatten drei Söldner den riesigen Hildebrand umringt. Seine kriegerische Haltung hatte sie glauben lassen, er sei der Breisgauer Herzog.

«Gebt Acht, Herr», konnte er noch schreien und fiel dann zu Boden, durchbohrt von drei Spießen.

Conrad fing an zu zweifeln, ob sie noch standhalten könnten, als wie auf ein Zeichen vom Walde her ein dumpfes Brausen ertönte. Ein riesenhaftes Heer von Bauern und Bettlern erschien zwischen den Bäumen, bewaffnet mit Keulen, Pfählen und Äxten. Es bewegte sich wie eine große schwarze Welle auf den Hof zu. Johannes hatte die Männer in großer Eile zusammengetrommelt und führte sie jetzt wie ein gewaltiger Gott der Rache. Neben ihm ritt Herr Ludvig von Ottmarsheim mit seinen Männern.

Der Sturm der Bauern walzte alles nieder. Davon überrascht, zogen sich die Verschwörer zunächst zurück und griffen dann noch einmal an. Aber der Wut und dem Rachedurst der geschundenen Menschen hatten sie nichts mehr entgegenzusetzen. Ihre Schlacht war verloren.

Conrad betrat mit seinen Männern den mit Leichen übersäten Hof. Er suchte Hildebrand, der unter einem Leichenhaufen lag. Eine tiefe, hässliche Wunde klaffte auf seiner Stirn. Das Schwert hatte er zum Schluss mit der linken Hand geführt, denn die rechte war völlig verstümmelt.

«Die Lehnsherren nicht töten!», rief Conrad. «Tötet nicht Eglord und die anderen Adligen. Ich will sie lebend haben!»

Der Morgen graute. Alles war rot von Blut, der Hof, die Felder ringsum bis zum Waldrand. Blut vermischt mit Schnee und Dreck. Überall lagen Leichen, zertrümmerte Waffen, Schildstücke. Von Conrads Männer waren viele gefallen, und auch ein großer Teil der Verschwörer und etwa die Hälfte der Bauern waren ums Leben gekommen.

Conrad ließ seinen finsteren Blick über das rote Feld gleiten und erinnerte sich wieder an seine eigenen Worte, die er im großen Saal gesprochen hatte, damals, als er den Bürgern die Gründungsurkunde der neuen Stadt übergeben hatte: «Ich habe gesehen, wie ihr Blut sich mit eurem vermischt hat, edle Ritter … es hat dieselbe Farbe wie euer Blut …»

«Es stimmt», dachte er, «ich hatte recht. Vor Gott sind wir alle gleich.»

In der Mitte des Hofs standen, von Landsknechten des Herzogs umringt, die Gefangenen, blass und voller Angst. Es waren da Amadeus von Genf und Siegeberg von Sölden, der Jagdmeister, Abt Otto und viele andere. Eglord aber fehlte.

«Wo ist der Ministeriale von Opfingen?», fragte Conrad. Alle schauten ihn erstaunt an. Vor ihnen stand ein bis dahin unbekannter Krieger. Der Ausdruck träumerischer Sorglosigkeit und unbekümmerter Jugend war verschwunden. In jener blutigen Nacht war Conrad ein anderer geworden, ein harter Mann mit scharfem Blick und einem bitteren Zug um die Lippen.

Sie suchten überall. Doch die Räume waren leer; außer den Verschwörern hatte sich niemand im Hause aufgehalten.

«Herr Abt, was habt ihr ihm angetan?», wandte sich Conrad an den dicken Mönch.

Otto starrte ihn nur geistesabwesend an, ohne zu begreifen. Er war totenblass im Gesicht, und von seinem aufgeblasenen Stolz war nichts mehr zu spüren.

«Wo ist der Herzog, du Verräter, du hinterlistiger und sündiger Pfaffe? Wohin habt ihr ihn gebracht?»

Mit zitternder Hand deutete Otto auf eine Scheune. Dort fanden sie auf dem Heu die Leiche des edlen Bertold, blutüberkrustet und mit Dreck beschmiert. Sein männliches Gesicht war in einem Ausdruck des Erstaunens erstarrt. Er war tatsächlich überrascht worden, und seine weit geöffneten Augen konzentrierten sich auf einen Punkt irgendwo oben an der Decke.

«Wie einen Hund, wie einen Hund haben sie ihn weggeworfen», murmelte Conrad und kniete bei ihm nieder. Es war plötzlich still geworden. Die meisten Männer zogen sich auf

Zehenspitzen zurück. Es blieben nur wenige der engsten Vertrauten, die sich mit Tränen in den Augen gleichfalls hinknieten. Leise wie ein Geist trat Johannes herein und brachte einen Kerzenstummel. Er zündete ihn an und stellte ihn neben den Toten, dann zog er sich zurück.

Da hörten sie plötzlich ein schwaches Stöhnen, und es schauderte den Männern, die zunächst dachten, der Ermordete würde auferstehen. Das Stöhnen kam aber von einem Heuhaufen, unter dem Neidhard mit eisernen Ketten an einen Pfahl gefesselt lag, blutüberströmt und geknebelt. Sie befreiten ihn und wuschen notdürftig seine blutenden Wunden. Über sein aufgeschwollenes Gesicht flossen schwere Tränen. Er kniete vor seinem Herrn und flüsterte: «Mein Gebieter, verzeiht mir. Ich habe die niederträchtigen Absichten der Verräter nicht durchschaut. Sie sagten, sie würden Eurem Hause einen neuen Treueid leisten und schwören, nie wieder Ränke zu schmieden. Sie hätten einen großen Fehler gemacht und wollten um Verzeihung bitten. Ich hatte keine Ahnung, dass das eine verdammte Lüge war und dass sie mich auch in ihr Verbrechen hineinziehen wollten. Sogar der teuflische Pfaffe hat auf das heilige Kreuz, das er immer trug, geschworen, es wäre ein Versöhnungstreffen und ein neuer Anfang ...»

«Ich weiß, Neidhard. Wir haben keinen Augenblick geglaubt, dass Ihr ein Verräter seid. Wir kennen Euch seit langem, zu lange, um an Eurer Aufrichtigkeit zu zweifeln. Sie haben Euch arglistig betrogen. Versorgt nun Eure Wunden! Wie wir sehen, haben sie Euch auch nicht geschont.»

«Herr, sie haben mich wie einen gemeinen Verbrecher gefoltert, denn als ich erfuhr, was sie vorhatten, wollte ich Euch benachrichtigen und warnen. Meine Boten haben sie abgefangen und aufgehängt und mich gefoltert ... Kommt bitte mit!»

Neidhard führte seinen Herrn hinter die Scheune in einen Hinterhof. Dort stand eine einzige riesige Eiche, und oben an einem Ast hing das, was einmal ein menschlicher Körper gewesen war.

«Er war mein treuer Diener», murmelte Neidhard. «Sie haben ihm bei lebendigem Leib die Haut abgezogen, bis er ausgesagt hat, wohin und wozu ich ihn geschickt hatte. Dann haben sie ihn so gelassen. Dasselbe wollten sie auch mit mir machen, sobald sie Euch getötet hätten. Es war Eglord, der das Ganze veranlasst hat. Möge ihn die gleiche Strafe ereilen!»

Conrad war blass wie ein Toter. So etwas hatte er noch nie gesehen.

«Seid gewiss, Neidhard. Niemand entgeht seiner gerechten Strafe!»

XVI

GRÖSSER HÄTTE DIE ÜBERRASCHUNG der Gefangenen nicht sein können, als sie unter der Kapuze das Gesicht Simeons erkannte. Es wurde ihr plötzlich schwarz vor Augen, und sie wäre gestürzt, hätte sie der Steinmetz nicht im letzten Moment aufgefangen. Den Kopf an die Schulter ihres Befreiers gelehnt, schluchzte sie wie ein Kind. Der ganze Kummer der vergangenen Tage fiel von ihr ab und ergoss sich in einer wahren Tränenflut.

«Alles wird gut werden, Prinzessin», versuchte er Adelheid aufzumuntern. «Aber wir dürfen keine Zeit verlieren. Wir müssen verschwinden, bevor jemand etwas bemerkt.»

Simeon kramte unter seinem dunklen Mantel ein zerschlissenes Sackgewand hervor, wie es die Mägde in Ställen und Küchen trugen: «Ihr müsst rasch diese alten Lumpen anziehen, beeilt Euch!»

Adelheid wusste noch immer nicht recht, wie ihr geschah. Sie war glücklich, endlich befreit zu werden, aber zugleich auch enttäuscht, dass es nicht Bodo war, der nun vor ihr stand.

«Wo ist Bodo?», fragte sie mit tränenerstickter Stimme.

«Edle Prinzessin, Bodo wurde überfallen und ist verwundet, er konnte nicht kommen, ich begleite Euch zu ihm.»

«Verwundet, sagst du? Dann stimmt es also doch, was der fette Mönch, der mich entführt hat, gesagt hat. Ist sein Leben in Gefahr?»

«Nein, nein, Prinzessin», antwortete Simeon. «Er wurde zwar schwer verletzt, aber er wird es überstehen. Er ist noch jung und kräftig, und er ist jetzt in guten Händen. Er wird durchkommen, glaubt mir, denn er will leben. Schon allein Ihretwegen will er leben, da könnt Ihr gewiss sein. Aber jetzt kommt, Prinzessin, unterwegs werde ich Euch alles erzählen.»

Er half ihr, das graue Kleid anzuziehen, und schob sie vorsichtig zur Tür hinaus. Auf der Treppe lag die Wache – mit einem Dolch im Rücken.

«Hast du ihn getötet? Und ich dachte, du wüsstest nur mit Hammer und Meißel umzugehen. Bist du also doch ein Krieger?»

«Ich weiß nicht; sogar ich selbst weiß nicht recht, was ich bin! Es hat mich alles durcheinandergebracht! Nun, er hat nichts geahnt, er dachte, ich sei der Diener, der das Essen bringt, und als ich nahe genug war, musste ich zustoßen. Möge Gott mir verzeihen, ich habe meine Seele mit einer weiteren Todsünde belastet!»

Simeon schleppte die Leiche ins Zimmer, sperrte die Tür ab und warf den Schlüssel durch ein schmales Fenster in den Abgrund. «Kommt jetzt, Prinzessin. Sobald wir unten sind, trennen wir uns, sonst könnten wir auffallen. Geht immer ein paar Schritte hinter mir, so als würdet Ihr mich nicht kennen. Gebt Acht, dass Euer Kopftuch nicht verrutscht. Man würde Euch sicherlich gleich erkennen.»

Er nahm ein vom Rauch geschwärztes Mörtelstück von der Mauerwand und beschmierte damit das Gesicht des Mädchens. Dann band er ihr sorgfältig das schmutzige Tuch um den Kopf, so dass keine einzige Strähne ihres goldblonden Haares mehr sichtbar war, und gab ihr das Tablett mit den Essensresten. Nach einem letzten prüfenden Blick ging er ihr voraus die steile Wendeltreppe hinunter.

«Bewegt Euch ganz unauffällig, Prinzessin, ohne Eile und Scheu. Schaut nicht ängstlich um Euch und versucht, ständig hinter mir zu bleiben. Entscheidend ist, dass wir unentdeckt über den Hof gelangen. Dann suchen wir eine dunkle Ecke, wo Ihr Euch verstecken könnt, bis ich einen Bauern mit einem

Holzkarren aufgetrieben habe, auf dem wir unbemerkt aus der Burg gelangen können. Wir müssen weg sein, bevor Adalbrecht und Eglord zurück sind.

«Wie, Eglord ist nicht da?», freute sich Adelheid. «Wo ist er denn?»

«Keine Ahnung, nur der Teufel weiß, was für ein Verbrechen er wieder ausbrütet. Beide sind weg, er und Adalbrecht, sie haben sich in der Nacht wie Räuber und Diebe davongeschlichen. Und kurze Zeit später ist auch der verfluchte Abt mitsamt seinem bewaffneten Gefolge aufgebrochen.»

Erleichtert, dass keine Gefahr bestand, Eglord über den Weg zu laufen, folgte die Zähringertochter Simeon in einem gemessenen Abstand über den Hof. In dem allgemeinen Gewimmel, das dort herrschte, schenkte ihnen niemand Beachtung, sodass sie rasch den finsteren Gang erreichten, der zur Küche führte. Dort drängte Simeon sie in eine kleine Nische hinein, die voller Stroh und allerhand Lumpen war.

«Versteckt Euch hier», sagte er, «ich werde schauen, ob ich jemanden auftreiben kann, der uns hinausbringt. Was auch immer geschieht, rührt Euch nicht von der Stelle, bis ich wieder zurück bin.»

Es wimmelte nur so von Ratten, und der Gestank war unerträglich. Dennoch blieb ihr keine andere Wahl, als sich bis in die hinterste Ecke vorzutasten und sich dort im Stroh zu verstecken. Mit angehaltenem Atem und geschlossenen Augen wartete sie auf die Rückkehr Simeons. Die Zeit, die sie dort regungslos und voller Angst verharrte, kam ihr wie eine Ewigkeit vor. Ab und zu hörte sie Schritte, die sich näherten und wieder entfernten, und jedes Mal fürchtete sie, gleich entdeckt zu werden. Endlich tauchte Simeon wieder auf, hüstelte leise, um sich bemerkbar zu machen, und flüsterte: «Prinzessin, seid Ihr da?»

«Ja, ja», atmete Adelheid erleichtert auf. «Endlich bist du zurück. Ich hatte solche Angst.»

«Kommt, ich habe einen Bauern gefunden, der uns mitnimmt. Es war allerdings nicht leicht, ihn zu überreden. Ich hätte ein Liebchen, habe ich ihm gesagt, mit dem ich paar Stündchen außerhalb der Burg verbringen wollte. Verzeiht meine Unverfrorenheit, aber die Leute hier sind sehr misstrauisch. Wie hätte ich dem Mann anders erklären können, dass wir zu fliehen versuchen? Alle fürchten sich vor Adalbrecht. Er muss wahrhaftig ein Unmensch sein. Es wundert nicht, dass er ein Freund Eglords ist.»

«Gut gemacht, sehr gut, bitte also nicht um Verzeihung!» Adelheid legte ihre Hand auf seinen Arm: «Ich stehe tief in deiner Schuld und weiß nicht, wie ich jemals wieder gutmachen kann, was du für mich getan hast. Es wäre an mir, dich um Verzeihung zu bitten. Denn schon zum zweiten Mal begibst du dich in Gefahr und riskierst dein Leben, nur um mich zu retten.»

Sie eilten den Ställen zu, wo der Bauer zufrieden lächelnd die Silbermünze entgegennahm, die ihm Simeon in die Hand drückte.

«Sie muss gut sein, deine Mamsell, wenn du deinen ganzen Lohn für sie hergibst», grinste er und betrachtete die in Lumpen gehüllte kleine Gestalt, deren schmutziges Gesicht nur teilweise unter dem weit über die Stirn gezogenen Kopftuch zu sehen war. «Obwohl, beim heiligen Trudpert, wenn ich sie mir so betrachte, habe ich fast ein schlechtes Gewissen, dir so viel abgeknöpft zu haben», fügte er schallend lachend hinzu.

Die beiden Flüchtigen stiegen auf den Wagen, versteckten sich eilig im Stroh, und der Bauer gab dem Pferd die Peitsche. Sie hatten kaum einige Meter zurückgelegt, als im Turm über dem Tor Posaunen die Ankunft des Burgherrn ankündigten. Ohne die Gefahr zu ahnen, trieb der Bauer sein Pferd weiter an und versuchte, sich zwischen den zahlreichen Knechten Platz zu schaffen, die von allen Seiten in den Hof strömten, um ihren Herrn zu begrüßen. Ein Schildknappe wurde in dem allgemeinen Gedränge von dem Fuhrwerk angerempelt, woraufhin er sich wutentbrannt umdrehte und dem Bauern mit seinem Schwert einen kräftigen Hieb versetzte. Die umstehenden Knechte brachen in ein schallendes Gelächter aus, packten den Wagen an den Rädern und kippten ihn um. Sie wurden noch ausgelassener, als sie die beiden Gestalten sahen, die aus dem Stroh hervorkrochen. Sie stürzten sich auf sie und hielten sie fest. Einer schrie: «Verbrennt sie zusammen mit dem Stroh», eine Idee, die alle recht lustig fanden, und schon rannte einer in die Küche, um glühende Kohlen zu holen.

In diesem Moment kam Adalbrecht mit einigen Waffenknechten in den Burghof geritten. Ihre Harnische waren zerschlagen und die Kleider blutbefleckt. Offensichtlich waren sie bei einer unglücklichen Auseinandersetzung noch einmal glimpflich davongekommen.

«Halt!», rief der Burgherr. Sein Gesicht war verzerrt vor Wut und Hass. Nach dem Molsheimer Blutbad war es ihm gelungen, in der Dunkelheit zu entkommen, und nun schmiedete er grausame Rachepläne. «Halt! Wer wagt es, sich am helllichten Tag aus der Burg zu schleichen? Die Unschuldslämmer, die sich so sorgfältig versteckt haben, will ich mir ansehen. Führt die beiden zu mir!»

XVII

BODOS WUNDEN HEILTEN ZWAR nur langsam, doch zeigte sich unter ihrem Schorf allmählich schon wieder eine rosig gesunde Haut. Der tiefe Schlaf, in den er immer noch regelmäßig fiel, schien die beste Medizin zu sein, und seine Jugend tat ein Übriges. Der Einsiedler schaute täglich nach ihm, und er war es auch, der Urs eines Tages beiseite nahm, um ihm zu sagen, dass nun der Zeitpunkt gekommen sei, um ihn über das Geheimnis seiner adligen Herkunft aufzuklären. Seit der Kaufmann erfahren hatte, wer sein Sohn tatsächlich war, hatte er eine sonderbare Veränderung in seiner Beziehung zu ihm wahrgenommen. Nicht, dass sich seine Gefühle und seine Zuneigung ihm gegenüber gewandelt hätten, keineswegs, er liebte Bodo nach wie vor wie seinen eigenen Sohn. Er war ihm stets wie ein Geschenk des Himmels vorgekommen, das ihm über den schwersten Schicksalsschlag seines Lebens hinweggeholfen hatte. Er war sein Kind, das er wie eine Amme geschaukelt und genährt hatte, der tapfere Knabe, den er vor sich auf dem Sattel hielt oder in den Keller mitnahm, um ihm die goldgefüllten Truhen zu zeigen. Ihm hatte er im Laufe der Jahre die Grundlagen des Kaufmannsberufes beigebracht, und er sollte später einmal sein Erbe antreten. Urs war immer sehr stolz auf ihn gewesen, denn Bodo hatte sich stets als ein außerordentlich intelligenter und tüchtiger Junge erwiesen, in den er absolutes Vertrauen haben konnte. Doch nun, da er erfahren hatte, wer seine Eltern wirklich waren, fühlte er sich ihm gegenüber wie gehemmt, ja er betrachtete ihn geradezu mit einer gewissen Scheu. In Bodos Adern floss blaues Blut, das ihn möglicherweise berechtigte, einmal König der Franzosen zu werden. Und Urs hatte immer schon einen gehörigen Respekt vor gekrönten Häuptern, auch wenn er wusste, wie leer deren Taschen waren.

Bodo nahm die Neuigkeit mit einer Gelassenheit auf, die Urs völlig verblüffte. Dieser konnte nicht verstehen, wie jemand, der gerade erfahren hatte, dass er ein Prinz, ein Königssohn war, vor Freude und Übermut nicht förmlich außer sich geriet. Stattdessen schwieg Bodo einige Sekunden und sagte dann: «Aber was heißt das schon? König werde ich sowieso nie sein können! Und außerdem, was würde mir das nützen?»

«Aber du könntest doch einen berechtigten Anspruch auf den Thron erheben! Ist das so wenig?» Der alte Urs war sich nicht sicher, ob er noch «du» statt «Ihr» sagen durfte. Deshalb hatte er diese Worte schnell ausgesprochen. «Und es wäre ein Leichtes, rasch ein Heer aufzustellen und diesen auch durchzusetzen. Wir hätten genug Geld, um ganz Frankreich mitsamt Thron und Krone aufzukaufen. Aber davon abgesehen, hatte die Holländerin etwa edleres Blut als die Monforts?»

Bodo lächelte.

«Ich wüsste eine bessere Verwendung für unser Geld, als es für einen Bruderkrieg einzusetzen. Du bist mein Vater, und so wird es bleiben! Das ist viel wichtiger. Darum sei bitte so gut», fügte er mit einem leichten Schmunzeln hinzu, «und betrachte mich weiterhin als deinen Sohn.»

Er streckte die Arme aus und drückte den Alten an seine Brust. In den Augen des Herrn Urs waren Tränen der Freude. Sein Bodo! Er war immer eine edle Seele.

«Trotzdem freue ich mich. Ich hoffe, dass ich jetzt vielleicht ...» Er zögerte fortzufahren.

«Ja, mein Sohn, wenn du nicht König werden willst, so kannst du zumindest auf eine glanzvolle Heirat hoffen.» Noch einmal drückte Bodo seinen Vater fest an sich, der mit zitternden Lippen seine Stirn berührte. Kein Adliger hätte seinen Vater an Ehrenhaftigkeit und Feingefühl übertreffen können.

«Noch etwas habe ich dir zu sagen, was dich bestimmt freuen wird. Der Einsiedler, der dich so aufopferungsvoll gepflegt hat, steht dir weit näher, als du glaubst. Er ist es gewesen, der dich als Säugling hierher ins Land gebracht hat, und er wäre sicherlich gerne bereit, vor unseren Herrschern deine wahre Herkunft zu bezeugen.»

«Heute scheint wirklich mein Glückstag zu sein», rief Bodo aus. «Die Freundschaft des Einsiedlers ist mir weit wichtiger als alle Kronen der Welt. Ich will gar nicht König werden und mit meinem Bruder um die Krone kämpfen, Vater. Du musst das verstehen. Er wurde als eheliches Kind geboren, um König zu werden. So wurde er auch erzogen und auf seine späteren Aufgaben vorbereitet. Lieber ein anständiger Kaufmann als ein schlechter König. Deshalb wollen wir künftig auch nicht mehr vom Thron und meinen Rechten reden. Ich habe kein Recht, ihn zu besteigen! Ich hoffe für dieses Leben auf ein anderes Glück. Bitte, Vater, schickt jemand zur Adelheid. Ich hoffe, sie wird sich auch freuen, so wie ich.»

Bodo, den das viele Reden angestrengt hatte, schloss müde die Augen. Leise verließ Urs das Zimmer und trat auf den Gang hinaus, wo er auf den Bruder Heribert stieß, der gerade nach dem Kranken sehen wollte.

«Ich weiß nicht, was ich tun soll», dachte er. «Ich bringe es nicht übers Herz, ihm zu sagen, dass Adelheid entführt wurde und irgendwo gefangen gehalten wird. Und ihn einfach belügen kann ich doch auch nicht. Gott weiß, was mit dem armen Mädchen geschehen ist.» Er lenkte seine Schritte in Richtung der Zelle des Abts.

Völlig durcheinander und aschfahl im Gesicht saß der Abt in seinem Stuhl. Ein Bote vom Schloss war bei ihm gewesen und hatte ihm mitgeteilt, dass Herzog Bertold in der vergangenen

Nacht ermordet worden sei. Er hatte bereits angeordnet, die große Glocke der Klosterkirche läuten zu lassen, und zusammen mit dem Einsiedler wartete er auf Vater Bernhard, um die Einzelheiten der Bestattungsfeierlichkeiten zu besprechen. Den Maurermeister mit seinen Gesellen hatte er bereits beauftragt, in der Kirche die herzögliche Grabstätte vorzubereiten.

Die Nachricht verbreitete sich wie ein Lauffeuer im Kloster. Alle Mönche hatten sich in der großen Bibliothek versammelt. Der Herzog war beliebt und geschätzt bei den Mönchen, er war ein guter und großzügiger Herrscher gewesen, der die Abtei nicht nur mit gewissen Vorrechten ausgestattet, sondern sie stets auch mit üppigen Geschenken bedacht hatte. Auch wenn in Zeiten wie diesen ein Menschenleben nicht viel zählte und Mord und Totschlag fast an der Tagesordnung waren, die niederträchtige Ermordung eines Herzogs war doch ein entsetzliches Verbrechen, das bei den Untertanen Angst und Verunsicherung auslöste.

Zwischenzeitlich war ein zweiter Bote eingetroffen, der ausrichten ließ, dass Vater Bernhard durch den Ernst der Lage im Schloss unabkömmlich geworden sei und daher den Abt bitten ließ, sich unverzüglich dorthin zu begeben, um zusammen mit ihm und der Herzogin Sophie die Vorbereitungen für das Bestattungszeremoniell zu treffen. Und ferner ließ er wissen, dass Herzog Conrad bereits mit all seinen Männern eiligst nach Staufen geritten war.

«Der edle Herr hat in Molsheim gründlich aufgeräumt», sagte der Bote mit düsterer Miene. «Er hat den Verrat bei seinen Wurzeln gepackt und mit Stumpf und Stiel ausgemerzt. Leider sind zwei Anführer der Verschwörer entkommen, und es gibt sichere Anzeichen dafür, dass sie sich auf dem Stouff verschanzt haben. Dort will sie der Herzog mit seinen Waffenknechten stellen und sie ihrer verdienten Strafe zuführen. Er hat mir befohlen, euch vertraulich mitzuteilen, dass Fräulein

Adelheid dort gefangen gehalten wird. Niemand darf davon erfahren, damit ihr Leben nicht gefährdet wird. In die Höhle der Schurken hat sich bereits ein zuverlässiger Mann des Herzogs eingeschlichen, der an Ort und Stelle alles auskundschaftet, damit der Herzog die entsprechenden Maßnahmen ergreifen kann. Die Wege von und nach dem Stouff sind von unseren Leuten bewacht, zur Stunde ist die Burg bereits umstellt, so dass niemand mehr hinein- oder herauskommt. Der Herzog wird alles daransetzten, dass die beiden Halunken Adalbrecht und Eglord nicht entkommen. Sie haben die Ritterehre geschändet und sich unerhörter Mordtaten schuldig gemacht.»

All diese Neuigkeiten hatten eine nicht unerhebliche Unruhe unter den Klosterbrüdern ausgelöst. Der Abt ließ sein Pferd satteln und ritt zusammen mit zwei Brüdern nach Freiburg. Vor allem Bodo war völlig aufgewühlt, als er erfuhr, was geschehen war. Zwar hatte der Einsiedler zusammen mit Urs versucht, ihm alles möglichst schonend beizubringen, doch er wollte sich nicht mehr beruhigen: «Ja, glaubt ihr denn, dass ich hier ruhig liegen kann, solange Adelheid in den Händen dieser Schufte ist? Schon allein der Gedanke, was sich dort abspielen könnte, bringt mich um den Verstand. Oh Gott, vielleicht schon jetzt … Ich will nicht einmal daran denken, was sich dort abspielen könnte … Vater, ich beschwöre dich, versuche nicht, mich abzuhalten. Ich werde dorthin reiten! Und Ihr, hochwürdiger Vater, bitte nehmt mir nicht meine Hoffnung und meinen Glauben, und zwingt mich nicht, etwas Unbesonnenes zu tun!»

Also beschlossen sie, gemeinsam nach Staufen zu reiten, begleitet von ihren Dienern. Der Klausner ließ in den umliegenden Dörfern einen Aufruf verbreiten, der um Unterstützung bat. Als die Menschen hörten, was in der vergangenen Nacht geschehen war und dass Conrad ihre Hilfe brauchte, zögerten sie nicht lange. Von überall her und ausgerüstet mit allem, was sich irgendwie als Waffe verwenden ließ, strömten die Bauern, Knechte und Handwerker zusammen, um sich zur Stouffburg aufzumachen. Die Nachricht verbreitete sich in Windeseile, und an jeder Wegkreuzung schlossen sich ihnen immer noch weitere Kampfwillige an, sodass schließlich aus den versprengten Truppen ein stattliches Schlachtheer geworden war. Endlich war der Tag gekommen, um mit dem verhassten Adalbrecht ein für alle Mal abzurechnen.

Die unerwartete Rückkehr des Burgherrn hatte Simeons Plan zunichte gemacht. Die Flüchtigen wurden vor den grausamen Ritter gezerrt, und es dauerte nicht lange, bis dieser herausgefunden hatte, um wen es sich bei der angeblichen Magd handelte. In seinem Zorn war sein erster Gedanke, sie seinen Knechten zu überlassen. Dann aber erinnerte er sich wieder der langen Gespräche, die er mit seinem Freund Eglord über die Vorteile einer Ehe mit der Zähringertochter geführt hatte. Also sagte er sich: «Warum er und nicht ich? Vor allem jetzt, da ich nur noch zwischen Flucht und Tod zu wählen habe. Conrad, dieser Hund, wird keine Gnade kennen, wenn er mich erwischt, und weder der Kaiser noch sonst jemand wird für mich einstehen. Wenn ich jedoch Adelheids Ehemann wäre … Dies würde mit einem Schlag alles ändern. Conrad würde es nicht wagen, den Gatten seiner Nichte öffentlich bloßzustellen, geschweige denn, ihn an den Galgen zu bringen. Sie ist Bertolds einziges Kind! Nein, er ist zu schlau. Auch wenn er an Rache dächte, und er wird an Rache denken, hätte ich nichts zu fürchten, zumindest vorläufig nicht. Und alles, was ich brauche, ist Aufschub … Dann werden wir sehen … Eigentlich müsste er mir sogar dankbar sein, dass er nun als der alleinige Herrscher übrig geblieben ist. Ja, ich denke, das Blatt hat sich nun wieder zu meinen Gunsten gewendet, jetzt, da ich die Kleine in meinen Händen habe.»

Er ließ Simeon in einen der Burgkeller werfen. Ihn würde er sich später vornehmen, wenn er Zeit dafür hätte, jemand nach allen Regeln der Kunst gefoltert zu sehen. Adelheid aber führte er eigenhändig und mit aller Höflichkeit in eines der mit teuren Tapisserien ausgestatteten Gemächer der Burg, deren Türen er verriegeln ließ, zu ihrem Schutze, wie er grinsend betonte. Dann schickte er einen seiner Männer ins Dorf, um den Pfarrer holen zu lassen: «Schaff mir den Pfaffen herbei», herrschte er ihn an, «und zwar auf dem schnellsten Weg! Wenn es sein muss, an Händen und Füßen geknebelt. Wenn du ihn im Dorf nicht auftreiben kannst, dann besorge mir einen von den Klosterbrüdern. Aber wage nicht, ohne jemanden zurückzukommen, wenn du nicht an jenem Balken hängen willst!»

«Ich hoffe, es bleibt mir noch genügend Zeit», dachte er für sich. «Vielleicht ist Conrad in Molsheim noch aufgehalten worden. Die Schlacht war ja noch nicht zu Ende. Es war gut, dass ich gleich abgehauen bin. Wenn ich Glück habe, hat mich niemand gesehen und weiß keiner, dass auch ich dabei gewesen bin.»

Er ging in die Stube, wo Adelheid zusammengekauert und mit leeren Augen lag. Er schloss die Tür hinter sich. «Na ja, eine wahnsinnige Frau ist besser als keine.»

Voller Ungeduld stieg er dann auf den Turm, um Ausschau nach dem sehnlich erwarteten Priester zu halten. In der Tat dauerte es nicht lange, bis ein Wächter schrie, dass sich zwei Reiter näherten.

«Endlich», sagte sich Adalbrecht erfreut, «er hat gute Arbeit geleistet, der Martin. Ich werde ihn belohnen. Er verdient eine Börse, gut gefüllt mit Silbergeld!»

Aber es war nicht Martin. Zum Verdruss des Staufers standen Eglord und Hugo vor dem Tor.

«Macht auf», rief Eglord den Wächtern schon von weitem zu, «schnell, öffnet das Tor. Conrad mit seinem ganzen Gefolge ist mir auf den Fersen.» Seine Rüstung war voller Schmutz und überall zerschlagen. Unter seinem Helm trat Blut hervor, das in einem feinen Rinnsal über Stirn und Wange lief.

«Ah, da ist ja auch schon unser Freund Adalbrecht», keuchte er, als er von seinem Pferd gestiegen und den Burgherrn auf sich zukommen sah. «Wie ich sehe, bist du mit heiler Haut davongekommen. Das freut mich für dich», sagte er in einem spöttischen Ton. «Ich habe schon in vielen Schlachten gekämpft und viele Gegner geschlagen, aber diese Bauerntölpel waren die reinsten Teufel, wie aus der Hölle entsprungen. Gegen eine Lanze oder ein Schwert kann man sich noch wehren, aber wenn plötzlich von überallher Sensen und Keulen auf einen einschlagen! Das ist dir ja erspart geblieben, du hast dich einfach aus dem Staub gemacht.»

«Ich musste hier nach dem Rechten sehen», erwiderte Adalbrecht trocken. «Du hältst doch hier ein Juwel versteckt. Wolltest du, dass es uns abhanden kommt? Ich bin gerade noch rechtzeitig gekommen, um das zu verhindern. Also, anstatt mich zu verspotten, solltest du mir eher dankbar sein, mein lieber Eglord!»

«Es ist nun sowieso alles zu spät», erwiderte Eglord. «Conrad ist uns bereits auf der Spur. Du musst schnell all deine Männer zusammenrufen, überall Posten aufstellen und die Tore schließen. Wir haben nicht mehr viel Zeit. Sieh selbst, wie nah sie schon sind!»

Zusammen stiegen sie eilig den Burgturm hinauf, und Adalbrecht musste zugeben, dass der Opfinger nicht gelogen hatte. Denn was er dort oben sah, übertraf selbst seine schlimmsten Befürchtungen. Fern am Horizont waren bereits kleine Staubwolken zu erkennen, die schnelle Reitertrupps vermuten ließen. Und von St. Trudpert und Sulzburg her, ja von allen Seiten näherten sich Scharen von Bauern, deren Sensen schon von weitem drohend in der Sonne blinkten.

«Diese verfluchten Hunde! Sie halten es nicht einmal für nötig, sich zu verstecken, so sicher sind sie sich ihres Sieges!», brach es aus Eglord heraus. «Sie lassen ihre Messer und Sensen in der Sonne strahlen und freuen sich schon, uns in ihre schmutzigen Fänge zu bekommen!»

«Aber noch haben sie uns nicht», brüllte Adalbrecht vor Wut. Er lehnte sich weit über die Brüstung hinaus und schrie ihnen entgegen: «Ihr kriegt uns nicht, ihr nichtsnutziges Bauernpack. Meine Burg kann niemand erobern, ihr werdet schon sehen. Ja, Conrad, beeil dich, komm ruhig näher, damit du noch mit eigenen Augen siehst, wie die kleine Prinzessin am Galgen baumeln wird.»

«Sie können dich nicht hören, mein Freund. Schone lieber deine Stimme, damit du am Ende wenigstens noch um Gnade winseln kannst.» Eglord schien selbst in dieser aussichtslosen Lage nichts von seiner Arroganz und seinem beißenden Spott verloren zu haben. «Komm, lass uns lieber schauen, ob alle Mann auf ihrem Posten sind und unsere Verteidigung steht. Wir wollen uns ihnen ja schließlich nicht völlig kampflos ergeben.»

Sie gingen die Mauer entlang, vergewisserten sich, dass auch alle Tore geschlossen waren, postierten die Bogenschützen an den geeigneten Stellen und prüften die Waffen.

Der Ring des näherrückenden Bauernheeres schloss sich immer enger um die Burg, und wie ein fernes Grollen drang der dumpfe Lärm der vorwärtsschreitenden Massen bis hinunter in die dunklen Kellergewölbe, wo sich die Kerker für die Gefangenen befanden.

«Endlich sind sie da», dachte Simeon. «Das muss Conrad mit seinen Leuten sein. Ob es ihnen gelingt, bis zu uns durchzukommen? Doch bevor sie die Tore öffnen, werden uns die Wächter töten. Wer weiß, von wie vielen schrecklichen Taten diese Mauern berichten könnten …»

Mit Händen und Füßen an die kalte, mit dickem Schimmel überzogene Wand gefesselt, war er Adalbrechts Männern hoffnungslos ausgeliefert. Plötzlich hörte er Schritte, die rasch näher kamen. «Das ist das Ende», dachte er. Dann hörte er ein dumpfes Krachen, als wäre ein menschlicher Körper auf den Boden gefallen, und ein Schlüsselklirren. Hinter dem Gitter erschien in dem langen Gang ein riesiger Schatten, gehüllt in einen Kapuzenmantel.

«Bist du der fremde Steinmetz?», fragte die Gestalt.

«Ja, ich bin es.»

«Und wer hat dich hierher geschickt?»

«Man hat mich von Sankt Peter ...»

«Gut, dann bist du der, den ich suche. Komm, wir haben wenig Zeit. Wir müssen weg sein, bevor man die Leiche des Wächters entdeckt ...»

Er brauchte nicht lange, und er hatte aus dem Schlüsselbund die richtigen Schlüssel gefunden, um die Gittertür zu öffnen und Simeons Ketten zu lösen.

Dann zog er dem Toten den Mantel aus und gab ihn Simeon: «Los, zieh das schnell an und versuch dich durchzuschleichen, ohne dass dich jemand erkennt.»

Der Lärm oben wurde immer lauter. Von überall her waren aufgeregte Rufe, kurze Befehle und Waffengeklirr zu hören.

«Ich muss Adelheid finden, noch bevor die beiden Halunken ihr etwas antun können. Hast du eine Ahnung, wo sie hingebracht wurde?»

«Nein, wir wurden gleich getrennt, nachdem sie uns gefasst hatten. Aber soviel ich gesehen habe, führte Adalbrecht sie in Richtung seiner privaten Gemächer. Vermutlich wollte er sie von nun an nicht mehr aus den Augen lassen, nachdem sie ihm fast entwischt war.»

Simeon sah, wie sich das Gesicht des Fremden mit einem Mal verfinsterte und wie er seine gewaltigen Fäuste ballte. Die Vorstellung, diese sehnigen Pranken könnten sich womöglich auch um seinen schmalen Hals legen, trieb ihm eine Gänsehaut über den Rücken.

«Ich bin Johannes, Herrn Conrads treuer Untertan», sagte der Unbekannte. «Ich habe mich in seinem Auftrag in die Festung eingeschlichen, um dich und Adelheid zu befreien. Es war nicht schwierig, in die Burg zu gelangen, denn wer achtet schon auf einen Bettler. Aber nun komm, wir müssen uns beeilen! Ich glaube kaum, dass sie sich jetzt um uns kümmern. Sie bereiten sich auf den Kampf vor. Das Heer des Herzogs hat die Burg umringt. Wir müssen Fräulein Adelheid finden, noch bevor die zwei Schufte sie benutzen, um ihre eigene Haut zu retten. Oder bevor sie sie umbringen – als letzte Rache, wenn sie keine Hoffnung mehr haben davonzukommen.»

«Die zwei?»

«Ja, inzwischen ist auch Eglord da. Ich würde die Erlösung meiner Seele dafür geben, wenn ich ihn mit meinen eigenen Händen erwürgen könnte!»

Sie stiegen mit angehaltenem Atem die schmale Treppe hinauf und gelangten zu den Räumen, die im unteren Teil der Burg lagen. Im Hof hatten einige der Waffenknechte ein großes Feuer angezündet, um darauf das Pech zu schmelzen, das über die Angreifer ausgegossen werden sollte. Zügig durchkämmten sie die Räume, die alle menschenleer waren. Es gab kein Schloss, das Johannes mit seinen geschickten Fingern nicht binnen kurzem aufgebrochen hatte. «Gelernt ist gelernt», sagte er, als er Simeons verwunderten Blick bemerkte.

Endlich hatten sie sie gefunden. Adelheid lag, an Händen und Füßen gefesselt, auf einem schmalen Bett, das in der Mitte des Zimmers stand. Ihre Kleider waren zerrissen und das Gesicht geschwollen. Sie erkannte Simeon nicht, und als die Männer ihre Fesseln lösen wollten, versuchte sie zu schreien. Aber ihre Kraft reichte nur für einen kurzen, klagenden Laut, der beiden wie ein Stich ins Herz fuhr.

«Prinzessin Adelheid, habt keine Angst. Ich bin es, Simeon, der Steinmetz. Erkennt Ihr mich nicht? Wir sind gekommen, Euch zu befreien.»

Hastig durchschnitten sie die Fesseln, die sich tief in ihre zarte Haut eingeschnitten hatten, und Johannes zog seinen Mantel aus, um den fast nackten Körper der Unglücklichen zu bedecken.

«Eglord, du Bestie, diesmal bist du zu weit gegangen», zischte er, «haben dir die vielen unschuldigen Jungfrauen nicht gereicht, die du schon geschändet hast?»

«Wer hat meinen Namen ausgesprochen? Wer seid ihr? Was habt ihr hier zu suchen?», tönte barsch eine Stimme in ihrem Rücken. An der Tür stand Eglord. Mit finsterem Blick hielt er das Schwert in der Hand. Seine Augen funkelten vor Wut.

«Man nennt mich Johannes, den Buckligen», erwiderte der Bettler und drehte sich langsam um. «Ich verfluche dich und mit dir zusammen die ganze Menschheit. Komm, erhebe dein Schwert! Ich warte schon lange darauf, dich in die Hölle zu schicken, wo du hingehörst.»

Eglord lachte nur voller Hochmut. «Du siehst gar nicht aus wie ein Buckliger. Und übrigens kämpfe ich nicht mit Buckligen und Bettlern. Doch ich kenne dich, Johannes. Bist du nicht derjenige, der überall damit herumprahlt, sich an mir rächen zu wollen? Das wird dir nicht gut bekommen. Du wirst einfach am nächsten Galgen hängen, denn da gehörst du hin. Ein Ritter zieht nicht sein Schwert gegen einen gemeinen Dieb.»

«Verfluchter, niederträchtiger Mörder! Wagst es noch, dich einen Ritter zu nennen, nach all den Gräueltaten, die du begangen hast. Über alle hast du nur Unglück und Schande gebracht. Ja selbst vor einem feigen und hinterhältigen Mord an deinem Herzog bist du nicht zurückgeschreckt. Und nun hast du auch noch seine Tochter auf dem Gewissen. Du dreckiger Satan, du. Du hinterlistige Schlange, der ich mit meinem Fuß den Kopf zertreten werde. Nein, Eglord, ich werde mich nicht mit deinem Blut beschmutzen. Mit meinen bloßen Händen werde ich dich erwürgen.»

«Was wagst du da zu sagen?», entgegnete Eglord, der nicht wusste, wovon der Bettler eigentlich sprach.

«Das fragst du noch, du feige Bestie! Hier, das letzte Opfer deiner zahllosen Verbrechen.»

Simeon, der das ohnmächtige Mädchen auf den Armen trug, machte einen Schritt nach vorne. Eglord erkannte, wen Simeon da in seinen Armen hielt. Sein spöttisches Grinsen erstarrte auf dem Gesicht, das leichenblass geworden war.

«Adelheid?», fragte er. «Adelheid, nein! Oh, nein, ich schwöre auf den Namen meiner Vorfahren, damit habe ich nichts zu tun. Aber ich weiß, wer das getan hat.»

Blitzschnell drehte er sich um und stürmte fürchterlich fluchend aus dem Zimmer hinaus: «Ich werde dich töten, du treuloser Verräter! Die Welt wird froh sein, dich endlich los zu sein. Du sollst in der Hölle schmoren ...»

Johannes und Simeon schauten sich fragend an: «War es also Adalbrecht? Ja, das wäre auch möglich. Sollen sich die beiden Höllenhunde doch gegenseitig umbringen», seufzte Johannes. «Wenn ich nicht Herzog Conrad geschworen hätte, die Prinzessin hier herauszuholen ... Egal, wer von den beiden auch davonkommen wird, mir jedenfalls wird er nicht entkommen.»

Sie schlichen sich vorsichtig durch die Gänge. «Jetzt kommen wir nicht mehr hinaus», sagte der Bettler. «Es ist zu spät. Überall wimmelt es nur so von Soldaten und Waffenknechten. Wir schaffen es nicht mehr bis zum Tor.»

Simeon konnte kaum reden. Er empfand einen tiefen Kummer, einen tiefen Kummer und einen hilflosen Hass. Genauso hatte er sich einst gefühlt, als er in sein Dorf zurückgekehrt war und dieses in Schutt und Asche lag. Wieder hatte das Schicksal zugeschlagen, und wieder stiegen dieselben entsetzlichen Bilder in ihm auf, die schon seine Jugend verdüstert hatten: «Gott, wie kannst du nur all dieses Übel und Leid zulassen? So viele junge, unschuldige Menschen, die um ihre Zukunft gebracht wurden. Wieso schickst du nicht einfach deinen Feuerengel, um das ganze Menschengeschlecht ein für alle Mal von der Erde zu vertilgen. Denn jede Menschenseele ist von Grund auf verderbt, und keiner ist besser als der andere.»

Oben auf der Mauer hörte man Schwertgeklirr und entsetzliches Fluchen. Die Männer schauten gebannt den zwei Rittern zu, die ihre Schwerter gezogen hatten und die Klingen kreuzten. Alle fragten sich verwundert, wieso sich die Freundschaft ihrer Herren in einen solch tödlichen Hass verwandelt hatte.

«Willst du, dass man uns beide aufhängt?», schrie Adalbrecht, nachdem er gerade noch rechtzeitig einem wuchtigen Hieb seines Freundes ausweichen konnte. «Eglord, ich habe dich für vernünftiger gehalten ... Warte, bis der heutige Tag vorbei ist ... Willst du Adelheid haben? Du bekommst sie zurück ... Na und? Du wolltest sie sowieso nur wegen ihres Erbes ... Du wirst sie haben ... Sie wird dich nehmen müssen. Sie wird sogar glücklich sein, ihre Schande zu verheimlichen. Eglord, hör auf! Ich muss dir etwas Wichtiges sagen. ... Hör zu, Eglord. Es gibt einen geheimen Ausgang!»

Eglord ließ sein Schwert sinken, und der Ritter von Stouff trat auf ihn zu: «Es ist ein langer unterirdischer Gang, der in der Nähe der Abtei Sankt Trudpert endet und so gut getarnt ist, dass niemand davon weiß. Meine Großmutter Mathilde hat ihn bauen lassen. Sie hatte ständig Angst, irgendwann fliehen zu müssen, da hat sie in aller Heimlichkeit diesen Tunnel graben lassen. Wir fliehen zu dritt, niemand wird es merken», fuhr er fort. «Unsere Männer lassen wir weiterkämpfen, sie sollen den Angreifern möglichst lange Widerstand leisten. Einige Stunden wird Conrad brauchen, um die Festung zu nehmen. Und dann findet er den Käfig leer und die Vögel ausgeflogen. Wir werden dann schon über alle Berge sein, das Kloster hat Pferde, und der Abt ist mir wohlgesinnt. Bis der verfluchte Zähringer Wind davon bekommt, haben wir den kaiserlichen Hof längst erreicht. Der Kaiser wird zwar nach außen so tun, als verurteile er das, was wir getan haben, doch insgeheim wird er froh sein und sich bei uns bedanken, weil wir ihn von seinem Widersacher Bertold befreit haben!»

XVIII

INZWISCHEN WAR AUCH CONRAD mit seinen Begleitern zu den Belagerern gestoßen. Seine Truppe war beträchtlich zusammengeschmolzen, denn viele waren für immer auf den Feldern von Molsheim geblieben. Aber aus allen Richtungen waren die Bewohner der benachbarten Dörfer herbeigeeilt, um sich an den Mördern Bertolds zu rächen. Die Nachricht, dass die Gräueltaten Eglords und Adalbrechts endlich ein Ende haben sollten, hatte sich rasch in allen Tälern rund um den Stouff verbreitet, und alle wollten den Herzog bei seinem Vorhaben unterstützen.

Zur gleichen Zeit näherten sich, aus Sankt Peter kommend, auch Bodo, sein Vater und der Einsiedler dem Belagerungsring. Conrad empfing seinen Freund mit großer Herzlichkeit: «Wie glücklich bin ich, dass du wieder gesund bist, Bodo! Ich wurde über alles unterrichtet, was dir und meiner Nichte widerfahren ist. Beten wir zu Gott, dass wir nun zusammen und mit vereinten Kräften auch Adelheid aus der Gewalt dieser Verbrecher befreien können. Und ich glaube, nichts würde sie mehr freuen, als wenn du derjenige wärest, der sie aus dem Natternnest herausholt.»

Bodo errötete leicht und versuchte etwas zu erwidern, aber Conrad fuhr fort: «Mein Freund, du hast bestimmt auch schon von dem schmerzlichen Verlust gehört, den wir alle erlitten haben. Gott ist mein Zeuge, dass ich mich bemühen werde, in allem so zu regieren, wie es auch mein Bruder getan hätte. Aber in einer Hinsicht werde ich ihm nicht folgen, denn ich bin überzeugt, es wäre ein Rückschritt. Das Leben, die Bräuche und die Sitten haben sich geändert, und das hat er nicht begriffen. Sobald wir diese Brutstätte des Verrats ausgeräuchert haben und die vorgeschriebene Trauerzeit beendet ist, steht deiner Eheschließung nichts mehr im Wege. Denn ich will die Menschen nicht nach ihrem Blut und ihrer Abstammung beurteilen, sondern nach ihrem Herzen und ihren Taten.»

«Eure Hoheit», sprach der alte Urs, «auch dieses Hindernis, das der Heirat der beiden entgegenstand, ist entfallen. In den letzten Tagen sind uns Tatsachen bekannt geworden, die Bodo berechtigen, um Fräulein Adelheids Hand anzuhalten. Ich bin nicht sein leiblicher Vater, habe ihn nur großgezogen. Durch seine Adern fließt königliches Blut ...»

Einer der Waffenknechte des Herzogs kam herbeigeeilt, um ihm etwas ins Ohr zu flüstern.

«Verzeiht, Herr Urs. Es freut mich, was Ihr sagt. Aber wir müssen unser Gespräch später fortsetzen. Es scheint wichtige Neuigkeiten zu geben ... Bring den Mönch hierher», wandte er sich an seinen Waffenknecht.

Kurz darauf kehrte dieser in Begleitung eines alten Klosterbruders zurück, der sich ehrfürchtig vor dem Herzog verneigte.

«Ehrwürdiger Bruder, mir wurde gesagt, du hättest mir etwas Wichtiges mitzuteilen», sagte Conrad. «Nun, was ist es, das dich bedrückt?»

Der Mann schwieg und schaute etwas unsicher in die Runde.

«Meine Freunde können es ruhig hören», fügte Conrad hinzu. «Ich habe keine Geheimnisse vor ihnen. Sag rasch, was du zu sagen hast, wir haben nicht viel Zeit.»

«Monseigneur, Ihr habt recht. Ihr müsst Euch beeilen. Ich werde Euch rasch erzählen, worum es geht, und später dann die Einzelheiten, wenn Ihr befehlt. Denn es ist wirklich wenig

Zeit … Mein Gebieter, ich bin Ulrich, Mönch von Sankt Trudpert, ein einfacher, ungelehrter Ordensmann. Als ich wie alle im Kloster erfuhr, was hier auf dem Stouff im Gange ist, bin ich ohne Erlaubnis des Abtes losgelaufen, denn ich fürchtete, er würde mich daran hindern, Euch zu treffen. Er weiß nicht, was ich zu sagen habe, aber mit der ganzen Angelegenheit will er nichts zu tun haben und keine Partei ergreifen. Doch er würde nicht wollen, dass ich Euch behilflich bin, denn er ist ein Freund Adalbrechts. Sankt Trudpert mag mir meinen schweren Ungehorsam verzeihen.»

Die Umstehenden wurden hellhörig, und der Mönch fuhr fort: «Mein Großvater war ein Diener Mathildes, der Großmutter Adalbrechts, ein Weib genauso herzlos und niederträchtig wie er. Alle Leute im Tal erinnern sich bis heute mit Entsetzen an ihre Schandtaten. Eine davon, um nur die harmloseste zu nennen, war, dass sie den Weg zur Kirche mit Broten pflastern ließ, nur um ihre Füße nicht zu beschmutzen. Und das, während ihre Leibeigenen verhungerten …»

«Auch ich habe schon von dieser Geschichte gehört», sagte der Herzog etwas ungeduldig. «Also sprich weiter, ich habe nicht mehr viel Zeit.»

«Ja, nun, Mathilde hatte vormals den Befehl gegeben, einen langen unterirdischen Fluchtgang graben zu lassen, der in der Nähe des Klosters wieder ans Tageslicht kam. Das verdammte Weib fürchtete wohl, dass eines Tages die Geduld ihrer Untertanen ein Ende haben könnte. Die Leibeigenen, die daran gearbeitet hatten, ließ sie kurzerhand ermorden, denn es sollte ja alles geheim bleiben. Unter ihnen war auch mein Großvater. Mathilde ließ nach getaner Arbeit alle zusammenrufen, um sie, wie es hieß, mit einer Silbermünze für die große Mühe zu belohnen. Doch statt der versprochenen Belohnung schickte sie ihre bewaffneten Knechte los, um sie alle niederzumetzeln. Seht, dort hinten, da hat es sich abgespielt.»

Er deutete mit der Hand auf den nahen Waldrand. «Wenn man dort grübe, fände man sicherlich zahllose Gebeine. Mein Großvater hatte Glück und überlebte das Gemetzel. Denn als die Knechte sich auf die Wehrlosen stürzten und sie mit den Schwertern töteten, stand er hinter einem Busch, um sich, na, Ihr wisst schon … So konnte er alles beobachten. Das war der armselige Lohn! Die Leichname wurden rasch verscharrt und alle Spuren fein säuberlich verwischt. Die mit Blut getränkte Erde wurde mit Laub zugedeckt und allmählich vom Regen ausgewaschen. Schließlich wuchs Gras darüber. Sie waren einfach wie vom Erdboden verschwunden, und niemand hätte es gewagt, die Herrin Mathilde um Auskunft anzugehen oder gar Rechenschaft von ihr zu fordern. Wie gesagt, mein Großvater hatte Glück und kam mit dem Leben davon. Er hielt sich die ganze Zeit hinter dem Busch versteckt, und erst gegen Abend, als es bereits dunkel war und Mathildes Häscher längst wieder abgezogen waren, lief er davon, so schnell er nur konnte. Tatsächlich hatten sie die Leichen zuvor noch gezählt und dabei festgestellt, dass einer fehlte. Also haben sich die Knechte den Kopf darüber zerbrochen, wer fehlte, und schließlich kamen sie auch darauf, dass es mein Großvater war. Sie suchten ihn im ganzen Dorf, doch er war nirgends zu finden. Seine Frau wusste von nichts, denn er war nicht mehr nach Hause gekommen. Sie sengten ihr die Fersen an, um sie zur Aussage zu zwingen, umsonst, sie hatte wirklich keine Ahnung. Alle dachten, er wäre tot. Auch seine Frau, meine Großmutter, glaubte dies. Seit sie gefoltert wurde, war sie ein gebrochener Mensch. Wenige Jahre danach ist sie gestorben. Mein Vater war noch ein Kind, als sein Vater verschwand. Deshalb hatten sie ihn auch in Ruhe gelassen. Später hat er dann geheiratet, und ich kam zur Welt. Schon recht früh war es mein Wunsch gewesen, mein Leben ganz in den Dienst Gottes zu stellen, Mönch zu werden, und die Abtei hat mich aufgenommen, obwohl ich sehr arm war. Aber sie brauchten dort Arbeitskräfte, und dafür war ich gut genug. Kurz nachdem ich mein Noviziat beendet hatte, wurde ich eines Tages von einem alten, hilflosen Bettler aufgesucht. Es war mein Großvater. Er hatte erfahren, wo ich mich aufhielt, und wollte mich sehen und mir alles erzählen, bevor seine letzte Stunde geschlagen hatte. Er verlangte allerdings, dass ich dieses Geheimnis streng für mich bewahrte, schon um mein eigenes Leben nicht zu gefährden. Aber irgendwann, so meinte er, müsse diese furchtbare Geschichte einmal ans Licht kommen, und dann sollte ich reden. Denn Gott deckt alle Verbrechen auf, damit sie bestraft werden. Bis zum heutigen Tag habe ich geschwiegen, aber nun ist der Zeitpunkt gekommen, da die Wahrheit ans Licht kommen muss.»

«Kannst du uns den Ausgang des Ganges zeigen?»

«Ja, Herr, ich kenne ihn sehr genau. Einige Eurer Männer sollen mit mir kommen, und ich werde sie zu der Stelle führen.»

«Ob auch Adalbrecht Kenntnis von diesem Geheimnis hat?», fragte Bodo.

«Das weiß ich nicht, junger Herr. Vielleicht ja, vielleicht auch nicht. Aber sicher ist sicher. Darum sorgt dafür, dass auch tatsächlich keiner der Übeltäter heimlich entkommen kann.»

«Bruder Ulrich hat recht», sagte Conrad. «Der Gang mag vermutlich in der Zwischenzeit schon verschüttet sein, aber wir sollten sichergehen, dass er auch wirklich von den beiden Missetätern nicht als Fluchtweg benutzt wird. Bruder Ulrich, du reitest mit meinen Männern und zeigst ihnen den Ort, an dem sich der Ausgang befindet. Für das, was du getan hast, verdienst du keinesfalls die Rüge des Abtes, sondern den Lohn deines Herrn. Doch es ist besser, wenn du dich von deinem Kloster fernhältst, bis das alles hier vorbei ist. Hab keine Angst! Ich werde nicht vergessen, dass ich auch in Sankt Trudpert einiges zu erledigen habe.»

Der Mönch verneigte sich dankbar: «Herr, ich war es meinem Großvater schuldig und habe nur meine Pflicht getan. Gott möge Euch behüten und Euch helfen, das Notwendige zu tun. Schon allzu lange liegt diese schöne Gegend wie unter einem dunklen Schatten, und es ist Zeit, dass endlich wieder etwas Licht in unser Tal kommt.»

«Jetzt aber dürfen wir keine Zeit mehr verlieren! Die Verräter dürfen uns auf keinen Fall entwischen, vor allem deswegen nicht, weil sie möglicherweise Adelheid mitnehmen wollen. Prüft sorgfältig den Gang», befahl Conrad, »wenn er noch offen ist, rückt vorsichtig vor, vielleicht ist er nach so vielen Jahren verschüttet. Und wenn der Weg frei ist, bitte keine Unüberlegtheit! Einer von euch soll zurückkommen und mir Nachricht bringen. Die anderen sollen ruhig warten, bis die Ratten aus dem Loch kommen, um alles abzufangen, was dort etwa entwischen will. Je nach Lage werde ich entscheiden, was zu tun ist. Vielleicht können wir sogar die Burg durch den Gang stürmen!»

Bruder Ulrich wurde ein Pferd gebracht, und sogleich ritt er zusammen mit einer kleinen Truppe von Waffenknechten durch die Wiesen talaufwärts. Bodo, der immer noch geschwächt war, hatte sich weder vom Herzog noch von seinem Vater davon abhalten lassen, sie zu begleiten. «Ich kann hier nicht einfach tatenlos herumsitzen und darauf hoffen, dass alles ein gutes Ende nimmt», sagte er nur.

Als die Klostertürme von Sankt Trudpert in Sicht kamen, lenkte der Mönch sein Pferd in eines der Seitentäler, ein enges, düsteres Tal, in das kaum je ein Sonnenstrahl gelangte. Es war schon seit Jahren von den einheimischen Bauern nicht mehr genutzt worden, denn außer wild wuchernden Büschen und Hecken war weit und breit kein Feld und keine Wiese zu sehen. Der Weg, in den sie einbogen, war durch dichtes Gestrüpp so zugewachsen, dass fast kein Durchkommen mehr möglich war. Bruder Ulrich stieg von seinem Pferd und verlangte nach dem Hackmesser eines seiner Begleiter, mit dem er sich eine Schneise durch das Dickicht schlug, und die anderen folgten ihm. Nachdem sie sich so eine Zeit lang mühsam vorgearbeitet hatten, blieb er plötzlich stehen und stocherte in der dicken, nassen Laubschicht unter seinen Füßen. Langsam kam eine Öffnung zum Vorschein.

«Hier ist es. Nur der Eingang ist so eng, glaube ich. Drinnen wird es sicher breiter, und man kann bequem aufrecht gehen.» Einer nach dem anderen schoben sie sich durch den schmalen Spalt und landeten schließlich in einer Höhle, die sich als unerwartet geräumig entpuppte. Einer der Männer schlug mit dem Feuerstein Funken und zündete eine Fackel an. Nun konnten sie erkennen, dass nicht nur die Wände, sondern auch der Gang, der tief ins Berginnere zu führen schien, sorgfältig mit Kieselsteinen ausgelegt waren. Alles wirkte geschickt ausgeführt und sehr stabil, sodass kaum Einsturzgefahr bestand. Nur der Schimmel und der feuchte, modrige Geruch in der Luft, die das Atmen schwer machten, ließen ahnen, dass dieser Fluchtweg schon seit vielen Jahren von niemandem mehr benutzt worden war.

Bruder Ulrich hieß einen der Knechte, zu Conrad zurückzukehren, um ihm mitzuteilen, dass der Gang, der aus der Burg herausführt, gefunden sei. Daraufhin rückten sie langsam, sich vorsichtig an den Wänden entlang tastend, immer tiefer ins Innere vor. Das Licht ihrer Fackel wurde allmählich schwächer, und auch die Luft wurde zusehends schlechter. Bodo wurde schwindlig. Sein Hals schnürte sich ihm zusammen. Er konnte sich kaum noch auf den Beinen halten, und er wusste nicht, wie er je das Ende des Ganges erreichen sollte. Taumelnd ging er noch einige Schritte weiter, dann stolperte er über ein dunkles, weiches Hindernis, über dem er zusammenbrach. Entsetzt fühlte er, dass er auf einem menschlichen Leib lag, und rief mit schwacher Stimme den Landsknecht mit der Fackel. Im flackernden Licht erkannten sie die grauenhaft erstarrten Gesichtszüge des Ritters vom Stouff. In seiner Hand, die bereits steif geworden war, hielt er den Helm, und am Hals klaffte eine Wunde, die so tief war, dass sie ihm beinahe den Kopf vom Körper getrennt hätte.

«Er hat seinen Helm abgenommen, um nicht zu ersticken, und dann hat ihm jemand die Kehle durchgeschnitten», flüsterte jemand.

Eine Weile lang sagte keiner ein Wort. Dann sprach Bodo mit bebender Stimme: «Nur einer ist zu einer solchen Tat fähig … Adalbrecht hätte sein Geheimnis nicht irgendwem verraten. Eglord, er hat seinen letzten Freund ermordet! Mein Gott», schrie er plötzlich in einem Ausbruch der Verzweiflung, «das heißt aber, dass er entkommen ist. Und er hat Adelheid noch in seiner Gewalt. Keiner wird ihn jetzt noch aufhalten können.»

Der Mann mit der Fackel, ein älterer und erfahrener Waffenknecht, versuchte, ihn zu beruhigen: «Herr Bodo, noch ist nicht sicher, ob Eglord entkommen ist. Er kann jedenfalls nicht den Weg genommen haben, auf dem wir hergekommen sind. Wir haben keinerlei frische Spuren entdeckt. Der Gang ist seit Jahren nicht mehr benutzt worden. Und auch die Erdspalte am Ausgang. Das vermoderte Laub und das Moos, alles war vollkommen unberührt. Dort ist niemand hinausgegangen. Aber seht her, hier dagegen gibt es jede Menge Spuren, die weiter ins Innere führen. Offensichtlich sind die beiden von dort bis hierher gekommen. Eglord nutzte dann wohl die Gelegenheit, Adalbrecht aus dem Weg zu räumen, und dann ist er vermutlich wieder zurückgekehrt. Vielleicht ist er mit Adalbrecht nur hierher gekommen, um ihn umzubringen, oder er wollte sehen, wie der geheime Gang weiter verläuft und ihn später zur Flucht nutzen.»

«Das heißt, er muss zurück in die Burg gegangen sein. Ja, du hast recht. Er ist mit seinem Kumpanen hierhergekommen, um ihn dann umzubringen. Aber wieso? Was hat ihre Freundschaft in Hass umschlagen lassen? Dann ist er zurück in die Burg gelaufen, wo er nun auf eine Gelegenheit zur Flucht wartet.»

Bodo zitterte vor Ungeduld und bösen Ahnungen, die seinen Kopf zermarterten. «Was ist mit mir los? Ich kann nicht mehr denken, ich kann keine Spuren lesen. Ich verhalte mich wie ein unerfahrener Knabe. Und was ist mit Adelheid geschehen? Hat Adalbrecht sie umgebracht, und musste darum auch er sterben?»

Der Gang schien kein Ende nehmen zu wollen. «Es kann nicht sein», sagte Bodo laut, «so tief kann ein Mensch nicht fallen, noch dazu ein Ritter! Einer edlen Prinzessin etwas Unwürdiges anzutun? Nein, das übersteigt die Grenzen des Vorstellbaren!»

Bald darauf erreichten sie das Ende des Ganges. Endlich spürten sie einen leichten Luftzug, der immer stärker wurde, und schließlich sahen sie ein paar Stufen, die nach oben führten.

«Sollten wir nun nicht zurückkehren und dem Herzog Bescheid geben?», brachte der alte Diener den Befehl seines Herrn in Erinnerung.

«Warte noch einen Augenblick, erst müssen wir noch herausfinden, wo genau dieser Gang mündet. Sonst haben wir keinen Vorteil, dass wir bis hierher gekommen sind.»

Der Diener fügte sich der Meinung Bodos und versuchte, den mächtigen Stein, der den Ausgang versperrte, zur Seite zu schieben. Doch selbst mit vereinten Kräften ließ sich dieser keinen Fußbreit bewegen.

«Es muss sich anders öffnen lassen», flüsterte Bodo. «Sonst hätten die beiden den Gang auch nicht betreten können.» Aufmerksam begann er die glatten, mit Flusskieseln besetzten Felswände abzusuchen. Und tatsächlich ertastete er in einem kleinen Spalt, in den gerade zwei Finger hineinpassten, einen winzigen Griff, der sich ohne jede Anstrengung drehen ließ. Sogleich begann sich der Felsblock von der Stelle zu bewegen, und der Weg in die Burg war frei.

«Bleibt hier, Herr Bodo, Ihr dürft da nicht weitergehen. Es ist zu gefährlich. Kehren wir um und holen die anderen. Oder warten wir, wie unser Herr gesagt hat. Für alles andere sind wir zu gering an Zahl.»

«Nein, nein, warte, ich will nur sehen, wohin das weiter führt!»

Bodo zitterte, wie von Schüttelfrost gepackt. Dann stürmte er hinaus.

«Herr Bodo, kommt zurück», riefen die Männer, «kommt zurück, bevor es zu spät ist!»

Aber Bodo hörte nichts mehr. Er war schon oben in einer Kellergruft. Hinter einem Gitter waren Eisenräder, eine Streckbank, Hand- und Fußeisen, eine Schädelschraube und anderes Folterwerkzeug zu sehen. Am anderen Ende des gekrümmten Verlieses führte eine von einem schwachen Fackellicht beleuchtete Wendeltreppe nach oben.

«Es ist niemand da», flüsterte Bodo seinen Begleitern zu, die sich immer noch nicht aus dem Eingang getraut hatten. «Sie brauchen vermutlich oben jeden Mann zur Verteidigung der Burg. Ich versuche, Adelheid zu finden. Geht zurück und berichtet alles dem Herzog. Ich werde nachkommen, sobald ich die Prinzessin gefunden habe.» Sprach's und war schon wieder verschwunden.

Der alte Diener murrte leise und verließ nun auch die Deckung. «Kommt, wir müssen diesem Verrückten hinterher», sagte er nur. «Wir können ihn doch nicht einfach hier alleine zurücklassen. Passt nur auf, dass wir nicht hinter diesen Gittern da landen. Sollte uns das Folterzeug hier erspart bleiben, wartet eine andere Strafe auf uns, nämlich die für Ungehorsam ... Aber jetzt bleibt uns nichts anderes übrig!»

Tatsächlich waren die Gänge menschenleer. Die Krieger oben auf den Mauern beobachteten angespannt jede Bewegung des Feindes.

Inzwischen hatte sich der Belagerungsring um die Burg geschlossen. Ein Herold, die herzogliche Fahne schwenkend, ritt auf das Burgtor zu und rief: «Legt die Waffen nieder! Ergebt euch und öffnet das Tor! Herzog Conrad verspricht all diejenigen zu verschonen, die sich ihm widerstandslos ergeben. Nur die beiden Verräter Adalbrecht und Eglord sollen für ihre Taten zur Rechenschaft gezogen werden. Beide haben sich beispielloser Verbrechen schuldig gemacht, sie haben ihren Treueid gebrochen und ihren Herzog ermordet. Sie haben die edle Dame Adelheid entführt und halten sie hier in der Burg gefangen. Der Herzog befiehlt euch, das Tor zu öffnen, damit nicht auch ihr an diesen Verbrechen, für die keine Strafe zu schwer ist, mitschuldig werdet.»

«Kommt und holt uns!», rief Eglord ihm spöttisch zu und lehnte sich frech über die Mauer hinaus. «Kommt und nehmt uns doch gefangen. Wir warten mit dem größten Vergnügen auf euch!»

Er hatte seinen Satz noch kaum beendet, da flogen zahlreiche Pfeile in seine Richtung.

Eglord zog sich zurück und wandte sich an seine Männer: «Habt keine Angst, diese Burg ist noch nie erobert worden. Und dies wird auch jetzt nicht gelingen. Glaubt nicht, was Conrad euch verspricht, er wird alle, die ihm in die Hände fallen, am nächstbesten Baum aufhängen lassen. Euer Herr, der gleich zu euch sprechen wird, wird nichts anderes sagen. Da unten, die sind es, die sich gegen den Kaiser aufgelehnt haben, sie sind die Verräter! Ihr müsst standhalten, bis die kaiserlichen Truppen zu unserer Verstärkung hier eingetroffen sind. Ja, ihr habt richtig gehört. Der Kaiser hat bereits eine Armee losgeschickt, um hier wieder Ordnung zu schaffen. Ein Bote konnte sich noch rechtzeitig bis zu uns durchschlagen und hat uns mitgeteilt, dass diese bereits gestern von Sankt Gallen aus aufgebrochen ist. Es kann also nicht mehr lange dauern, bis sie hier sein wird. Habt keine Angst, haltet durch! Oder wollt ihr, bevor die Hilfe kommt, von den Zähringern aufs Rad gebunden und zerfleischt werden?»

Bodo und seine Begleiter waren mittlerweile bereits bis zum Burghof vorgedrungen, wo sie sich in einer Nische, die im Schatten der Mauerbrüstung lag, versteckt hielten.

«Wir sind zu wenige für einen offenen Kampf», flüsterte er ihnen zu. «Aber vielleicht schaffen wir es, uns bis an das Tor zu schleichen und die Kette für die Zugbrücke zu lösen. Conrad hätte dann ein leichtes Spiel.»

Einer der Männer zeigte plötzlich ganz aufgeregt auf die gegenüberliegende Seite: «Da sind sie ja! Dort drüben ist Adelheid!»

Tatsächlich, hinter einem Pfeiler erschienen Johannes und Simeon mit dem ohnmächtigen Mädchen auf den Armen.

«Adelheid, mein Gott, Adelheid», entfuhr es Bodo. Er vergaß jede Vorsicht und lief geradewegs über den Hof. Doch er kam nur wenige Schritte weit. Eglord hatte ihn gehört, sich blitzschnell umgedreht, und mit einem gewaltigen Fluch schleuderte er wütend seinen Speer nach ihm.

«Selbst bis hierher hast du dich noch gewagt, du verdammter Kaufmann, du elende Natter! Nimm sie mit dir, besudelt und geschändet, etwas anderes verdienst du nicht. Für dich ist sie gut genug!»

Bodo konnte ihn nicht mehr hören. Der Speer hatte seinen Harnisch durchbohrt und ihn mitten ins Herz getroffen. Seine Begleiter eilten herbei, in der Hoffnung, ihm noch helfen zu können. Einem von ihnen gelang es in dem allgemeinen Durcheinander, unbemerkt bis zum Torbogen zu gelangen, um dort die Kette für die Zugbrücke zu lösen, sodass mit einem lauten Schlag der Weg in die Burg frei war.

«Zum Tor, zum Tor», feuerte Conrad seine Männer an. Umgeben von seinen Rittern stürmte er auf seinem Pferd den steilen Bergrücken hinauf und über die Brücke in die Burg. Laut johlend und die Sensen schwingend, setzte sich das gewaltige Heer der Knechte und Bauern in Bewegung. Nichts und niemand konnte sie mehr aufhalten.

«Alle Mann zum Tor», rief auch Eglord. «Herunter von den Mauern, versucht, das Tor zu verteidigen!»

Er drehte sich um, um seinen Leuten vorauszueilen, und erstarrte. Vor ihm stand, wie ein Engel der Rache, Johannes.

«Hier endet dein Weg, du Satan. Viel zu lange schon hast du mit deinen Gräueltaten die Welt in Angst und Schrecken versetzt. Und jetzt hast du den feinen jungen Mann ermordet! Schon vorhin hätte ich dich mit meinen bloßen Händen zerquetschen sollen. Aber diesmal entkommst du mir nicht.»

Eglord hob sein Schwert, aber die eiserne Hand des Bettlers hatte ihn bereits bei seinem Arm gepackt. Ein kurzes Knochenknacken und das Schwert fiel ihm aus der Hand, die nur noch schlaff herunterhing.

«Ich sollte dir der Reihe nach jeden Knochen einzeln brechen. Aber ich werde mir nicht die Hände an dir schmutzig machen. Dein Anblick ekelt mich! Du sollst nicht hier, sondern unter der Hand des Henkers auf dem Marktplatz in Freiburg sterben. Es soll ein Fest für alle werden.»

Mit seinen riesigen Händen hob er den Ritter über die Brüstung und warf ihn hinunter auf den steinernen Boden des Burghofes. Dort fand ihn Conrad, der mit seinen Kriegern den schwachen Widerstand der Belagerten in kürzester Zeit niedergeschlagen hatte.

«Werft ihn in den Kerker, wenn er noch lebt. Morgen werden wir ihn auf dem Freiburger Marktplatz zusammen mit den in Molsheim festgenommenen Verrätern am Galgen hängen lassen. Sollte er schon tot sein, hängen wir seine Leiche in einer

Reihe mit allen, die diese Strafe verdient haben! Sie werden wie gemeine Räuber und Mörder sterben, denn sie haben die Ehre und Würde des ganzen Ritterstandes in den Schmutz gezogen.»

Adelheid, die immer noch ohnmächtig war, wurde vorsichtig auf eine Trage gebettet, die man in aller Eile herbeigebracht hatte. Neben ihr wurde eine Bahre für Bodos leblosen Körper hergerichtet. Obwohl sich seine violetten Augen für immer geschlossen hatten, war auf seinem Gesicht noch der strahlende Glanz seiner Jugend zu sehen. Alle, die dabeistanden, konnten die Tränen in den Augen des Herzogs sehen.

«Ich habe in diesen grauenhaften Tagen gleich zwei Brüder verloren», sagte er später dem Einsiedler. «Hochwürden, das ist viel auf einmal, zu viel, auch für einen Herzog. Es gibt Verluste, die lassen sich nicht mehr ersetzen.»

Es war das letzte Mal, dass der junge Gebieter weinend gesehen wurde. In wenigen Tagen war er sichtlich gealtert. Eine tiefe Falte hatte sich auf seiner Stirn gebildet, und der Glanz in seinen Augen war nicht mehr derselbe. Etwas in ihm war für immer verloschen, und seine Leute hätten alles getan, um ihn wieder wie früher lächeln zu sehen.

XIX

DAS GEFOLGE, MIT DEM DER angesehene Kaufmann Joschua in Zürich ankam, war ungewöhnlich groß. Doch niemand fand dies weiter erstaunlich, denn Herr Joschua war keineswegs ein Unbekannter. Die Züricher Bankiers hatten mit ihm jahrelang gute Geschäfte getätigt. Der Venezianer hatte sich immer als ein sehr zuverlässiger Partner erwiesen. Man konnte sich auf sein Wort verlassen, seine Waren zeugten stets von erstklassiger Qualität und seine Zahlungen gingen pünktlich ein. Es hatte sich herumgesprochen, dass Joschua auch bei der Signoria einen guten Namen hatte. Er lieferte nicht nur Samt, Seide und viele andere Luxuswaren, sondern finanzierte auch Waffen und Söldner für den Kampf gegen die Adriapiraten. Aber das war so geheim, dass nicht einmal alle Mitglieder des Rats der Zehn davon wussten.

Seine Ankunft war in Zürich wie immer sehr willkommen, und niemand fand, dass seine Wagen von viel zu vielen Knechten bewacht wurden. Die Straßen waren unsicher, und Räuber lauerten überall.

Wie gewöhnlich bezog er in der feinsten Herberge der Stadt Quartier und beeilte sich dann, Herrn Urs aufzusuchen. Offensichtlich sollte es um ein wichtiges Geschäft mit ihm gehen.

Der Wirt hatte das Willkommensmahl bereits auftischen lassen: gefüllter Hecht mit Knoblauch gespickt in einer exquisiten Sahnesoße, gebratene Kalbsbrust mit Pilzen und Käse der verschiedensten Arten, darunter vor allem die wunderbarsten Sorten, die er sich von weit her hatte kommen lassen.

«Später, später», seufzte der Bankier und verdrehte seine Augen, um der Versuchung zu widerstehen. «Lass alles warm stellen, Freund Albin. Du weißt ja, dass ich mir nie etwas von deinen Leckereien entgehen lassen mag. Aber im Moment bin ich wirklich sehr in Eile.»

Kaum hatte er den Staub aus seinen Kleidern geklopft, stieg er auch schon wieder hastig in seine leichte Karosse. Er hatte nur seinen Lakaien, einen gut aussehenden, gepflegten Burschen, wie sie häufig in vornehmen Häusern anzutreffen sind, in seiner Begleitung, der sogleich unaufgefordert neben dem Kutscher Platz nahm.

Herr Urs war nicht zu Hause. Und auch seine Diener wussten nicht, wo er war. Es sei vor einer Woche ein Bote aufgetaucht, der, so hieß es, aus dem Breisgau gekommen sei. Gleich danach habe sich der Herr auf ein Pferd geschwungen und sei davongeritten, obwohl er sich schon seit Jahren auf kein Pferd mehr gesetzt habe. Hinter vorgehaltener Hand wurde gemunkelt, Herr Bodo habe Ärger bekommen. Aber was genau geschehen war, wusste keiner. Normalerweise waren die Diener des Kaufmanns nicht gesprächig, aber Joschua besaß das unwiderstehliche Talent, den Leuten, mit denen er zusammentraf, die Zunge zu lösen. Ob denn wenigstens die rechte Hand des Herrn Urs, der alte Solomon, zu sprechen sei, fragte er einen der Diener. Ja, der sei da. Die Herren wurden gebeten, sich einen Augenblick zu gedulden, denn Solomon sei im Gespräch mit einem Bettler. Was die miteinander zu bereden hätten, wisse er auch nicht. In den letzten Tagen seien dauernd solche armen Schlucker und Vagabunden aufgekreuzt, die ihn dringend hätten sprechen wollen.

«Na ja, man wird älter … man denkt öfter an seine Seele, ans Jüngste Gericht. Und gute Taten, milde Gaben muss jeder vor seinem Tod vorweisen, denn dort oben wird danach gefragt werden … Wer weiß?» Der alte Diener plauderte gern, und Joschua blickte seinen Begleiter vielsagend an. Ja, sie wollten Herrn Solomon sprechen, und zwar dringend. Ihre Ware sei kostbar und nicht lange haltbar.

Die Tür ging auf und heraus trat der Bettler, mit kleinen Schritten rückwärts schreitend und unter vielen Bücklingen, um sich bei seinem Wohltäter zu bedanken.

«Sagte ich es nicht», flüsterte unwirsch der Diener zu den Besuchern, «sicherlich wieder einer dieser verfluchten Schmarotzer!»

Solomon freute sich, seinen alten Freund wiederzusehen, den er schon von Mainz her kannte und dem er seither eng verbunden geblieben war. Er empfing ihn freundlich und bot ihm einen prachtvollen Sessel an.

Joschua dankte, doch ohne sich lange zu setzen, sagte er: «Mein Freund, zunächst möchte ich dir meinen Begleiter vorstellen, der keineswegs das ist, was er zu sein scheint, ein einfacher Diener. Aus Gründen, die ich dir gleich erklären werde, reist er inkognito. Der junge Herr, der mich mit seinem Vertrauen ehrt, ist kein geringerer als der edle Ritter Giancarlo Spada, der jüngste Sohn Leonardo Spadas, seines Zeichens Mitglied des Rates der Zehn.»

Joschua verbeugte sich respektvoll vor dem Jüngling, der den Gruß mit einem freundlichen Lächeln erwiderte, und Solomon entschuldigte sich, dass er ihn nicht standesgemäß begrüßt habe.

Nachdem alle Platz genommen hatten, fuhr er fort: «Verzeiht, wenn ich nicht recht verstehe. Aber warum sollte ein so edler Herr wie Ihr gezwungen sein, in so unpassenden Kleidern zu reisen? Ihr seid doch nicht etwa in Gefahr? Wenn dem so ist, dann könnt Ihr versichert sein, dass wir Euch helfen werden. Bei aller Bescheidenheit, verfügt über mich und über das Haus meines Wohltäters, als wäre es Euer eigenes Haus! Ich vertrete zurzeit mit allen Vollmachten meinen Herrn.» Er stand auf und verbeugte sich nochmals vor seinen Gästen.

Joschua lächelte: «Freund Solomon, erzählt uns nicht, dass Ihr nicht auf dem Laufenden seid. So manches ist Euch bestimmt zur Kenntnis gebracht worden. All diese Bettler, die hier vorbeischauen, berichten sie nichts, diese Vagabunden, die überall herumlaufen und alles wissen, was sich unter der Sonne abspielt?»

Solomon erwiderte: «Man kann vor Euch nichts verbergen, meine Herren. Ich wünsche mir, niemals Gegner wie Euch ...»

Giancarlo unterbrach die Komplimente, die für die beiden Bankiers der normale Anfang einer geschäftlichen Besprechung waren: «Ich schlage vor, meine Herren, unser Ziel nicht aus den Augen zu verlieren. Messire Solomon, sagt uns bitte ganz genau: Wo befindet sich Herr Urs jetzt? Wir haben einen langen Weg zurückgelegt, nur um ihn zu treffen. Wir müssen also wissen, wo er sich aufhält. Das Leben wichtiger Persönlichkeiten hängt vielleicht davon ab, Persönlichkeiten, deren Namen wir nicht zu nennen wagen.»

Der alte Mann sah seine beiden Gäste mit durchdringendem Blick ins Gesicht. Ja, man sah es ihnen an, sie waren mit wichtigen Neuigkeiten gekommen. Er wusste, dass er seinem alten Freund Joschua vertrauen konnte. Er war ein durch und durch ehrlicher und aufrichtiger Mensch, der ihn nie belügen würde.

Die Arme wie zum Gebet erhoben, antwortete er: «Der Gott unserer Väter möge mir verzeihen. Es fällt mir schwer, das Wort, das ich meinem Wohltäter gegeben habe, zu brechen. Aber ich weiß auch, dass die Reise, die er angetreten hat, nicht ganz ungefährlich ist, und ich mache mir ernsthafte Sorgen. Zu Euch habe ich volles Vertrauen. Ihr hättet nicht diesen weiten Weg auf Euch genommen, wenn Ihr nicht eine wichtige Nachricht für ihn hättet. Daher will ich Euch anvertrauen, was ich weiß: Herr Urs hat sich nach Sankt Peter begeben, in die Abtei unserer Herzöge. Er hat mir schon manches Mal den Rat gegeben, wenn es wirklich einmal ernst werden sollte, die Wahrheit zu sagen.»

Die beiden Venezianer schauten ihn gespannt an, und Solomon fuhr fort: «Ich weiß nur, dass sein Sohn Bodo dort in der Nähe überfallen wurde und nun schwer verletzt im Kloster liegt. Wisst Ihr vielleicht mehr darüber?»

«Sie haben also tatsächlich schon zuschlagen», antwortete Giancarlo mit grimmiger Miene, «wir sind nun doch zu spät gekommen. Ich kenne übrigens Herrn Bodo sehr gut, wie auch seinen Vater. Beide genießen bei uns hohes Ansehen. Hoffen wir also, dass wir noch Schlimmeres verhindern können.»

«Als wir die traurige Nachricht erfuhren, dachten wir zunächst, es habe sich vermutlich um einen Raubüberfall oder einen persönlichen Racheakt gehandelt von jemandem, der vielleicht eifersüchtig auf ihn gewesen ist. Doch nach dem, was ich in der Zwischenzeit gehört habe und was Ihr nun auch angedeutet habt, schien dieser Anschlag Teil einer groß angelegten Verschwörung gegen unsere Herzöge gewesen zu sein. Ich wollte übrigens heute noch nach Sankt Peter aufbrechen. Vielleicht kann ich ja irgendetwas für meinen jungen Herrn tun.»

«Wir werden Euch begleiten, Freund Solomon, denn es könnte gefährlich werden. Offenbar ist eine infame Verschwörung im Gange. Treubruch blüht am Hofe der Zähringer. Hinter jedem Vorhang lauscht ein verräterisches Ohr. Vielleicht kommen wir ja noch rechtzeitig, um die Herzöge zu warnen. Aber wir müssen mit Umsicht vorgehen. Herr Spada kommt übrigens im Auftrag Venedigs, das seinen Freunden zur Seite steht. Also machen wir uns schnell auf den Weg. Alles Weitere erzähle ich Euch später.»

Solomon rief eilig seinen Diener herbei, um ihm mitzuteilen, dass ihn überraschende Geschäfte zwängen, unverzüglich nach Worms zu reisen: «Ich mache mich jetzt auf, zunächst bis zum Rhein, und dort werde ich eine Barkasse nehmen. In wenigen Tagen sollte ich wieder zurück sein. Wenn Herr Urs zwischenzeitlich zurückkehrt, dann sagt ihm, wo ich bin. Die Venezianer warten hier. Sag ihm nur, sie seien da», log Solomon. «Er weiß, wo sie anzutreffen sind. Bis Herr Urs oder ich zurück sind, bleibt alles geschlossen.»

Mit ihrer Karosse machten sie noch einen kurzen Halt bei Solomons Haus, der noch das Nötigste für die Reise einpacken und seine Frau zum Abschied umarmen wollte. Dann jagten sie aus der Stadt hinaus. Die erste Zeit ritt noch ein Vertrauter Joschuas in sicherer Entfernung hinter ihnen her, um sicher zu sein, dass ihnen auch niemand folgte.

«So, meine Herren», begann Giancarlo, nachdem sie schon ein gutes Stück Wegs vorangekommen waren, «ich glaube, es ist Zeit, Euch in so manches einzuweihen, denn möglicherweise erreichen wir nicht alle unser Ziel. Gott allein weiß, was auf uns zukommt. Vielleicht treffen wir auf unsere Gegner früher, als uns lieb ist. Wenn sie schon alles ausgeführt haben, was sie im Schilde führen, dann droht uns keine Gefahr mehr. Wenn nicht, dann werden sie alles tun, um zu verhindern, dass wir in Sankt Peter ankommen.»

Er sprach mit gedämpfter Stimme, als könnten sie sonst vom Wegesrand aus belauscht werden. «Wie Herr Joschua ja weiß, habe ich keinen Anspruch auf das Erbe meines Vaters. Ich habe noch einen älteren Bruder, dem einmal der ganze Besitz zufallen wird. So sieht es die Tradition des venezianischen Erbrechts vor. Mein Vater hoffte daher, dass ich später einen Sitz im Rat der Zehn einnehmen werde, so wie es sich für unsere Familie und unseren Namen gehört. Um mich auf dieses Amt vorzubereiten, habe ich unter seiner Aufsicht meine politische Lehrzeit begonnen. Ich habe in allem die besten Lehrer bekommen und alles gelernt, was einen vollkommenen Edelmann auszeichnen soll: Ich habe mir fremde Sprachen angeeignet und dazu Rhetorik und Philosophie studiert, den Umgang mit dem Speer und dem Schwert erlernt und mich im Reiten und Kämpfen geübt. Dann kam die Zeit, wo ich die ersten eigenständigen Schritte auf dem Feld der aktiven Politik machen sollte. Mein Vater hat mich zu allen politischen Treffen mitgenommen, mich in die Kunst der Diplomatie eingeführt und mit allen Spielarten der Intrige vertraut gemacht. Vor einem Jahr wurde ich dann an den kaiserlichen Hof geschickt. Die Signoria war der Meinung, dass es für die Republik nur von Nutzen sein könne, einen aufmerksamen Beobachter unter den dortigen Höflingen zu haben. Ihr wisst, dass die kaiserlichen Beziehungen zu Venedig nicht immer frei von Spannungen waren. Nichts würde sich der Kaiser mehr wünschen, als nun endlich auch römischer Kaiser zu werden. Und die Herrschaft über Venedig würde ihn diesem Traum einen großen Schritt näher bringen. Also habe ich schöne Kleider aus Samt und Seide angezogen, mein Schwert zu Hause gelassen und dort den venezianischen Papagallo gespielt. Der Sohn eines vermögenden und einflussreichen Venezianers ist an den Fürstenhöfen stets willkommen, vor allem dann, wenn er leichtsinnig sein Geld verprasst und sich ansonsten wie ein Tölpel aufführt. Ich glaube, ich habe meine Rolle ganz gut gespielt, denn binnen kürzester Zeit waren alle am Hofe davon überzeugt, dass es kaum einen eingebildeteren und einfältigeren Prahlhans als mich gäbe. Die klügeren Köpfe haben heimlich meinen Vater bemitleidet, dass er einen solch törichten Sohn hat. Die meisten aber haben mich gleich gemocht, denn sie waren genauso blöde und arrogant. Die Berater des Kaisers werden sich die Zähne an dem Lügengebäude ausbeißen, das ich ihnen aufgetischt habe. Mir hat es großen Spaß gemacht, sie auf falsche Fährten zu locken», fuhr Giancarlo mit einem boshaften Lächeln fort, «aber entscheidend war, dass ich auf diese Weise vieles erfahren konnte, was für die Republik von Vorteil war. In dieser Zeit habe ich mir, übrigens auch auf Anweisung des Rates der Zehn, die Freundschaft des Amadeus von Genf erschlichen, was nicht besonders schwierig war, denn er ist nun wirklich genau das, was ich nur vorgegeben hatte zu sein: ein trotteliger Aufschneider. Er gibt sich zwar nach außen als treuer Vasall der Zähringer, doch in Wirklichkeit ist er nur eine Marionette des Kaisers und hat nichts anderes im Sinn, als seinen Landesfürsten zu schaden. Ihr werdet mich nun fragen, warum die Signoria mich gerade auf ihn angesetzt hat. Vergessen wir nicht, dass der Rat sich verpflichtet hatte, die Zähringer, sollten sie einmal in Bedrängnis geraten, zu unterstützen, obwohl sich Venedig stets den Anschein gegeben hatte, neutral zu sein. Und es war Bodo, der dieses geheime Abkommen seinerzeit mit Messire Giuseppe Candido ausgehandelt hatte, zum Vorteil beider Seiten, versteht sich. Und in der letzten Zeit hatten die Herren Räte Wind davon bekommen, dass sich etwas Ernsthaftes gegen Bertold und seinen Bruder zusammenbraut. Schon kurz danach ging das Gerücht, dass Amadeus etwas davon wissen könnte. Daher sollte ich ihn ausspionieren. So haben wir uns also zusammengetan und sind durch die Kneipen und Freudenhäuser gezogen, haben allerlei dumme Streiche gespielt und die ehrbaren Bürger aufgeschreckt. Bis er mir eines Tages plötzlich sagte, dass er verreisen müsse und für eine Weile dem Hofe fernbleiben werde.

‹Wieso?›, habe ich ihn gefragt, ‹gibt es etwa noch einen besseren Ort, um sich zu vergnügen, als hier bei Hofe? Oder schönere Augen und Busen als die der Hiltrude?›

‹Nein, nein›, antwortete er, Hiltrude sei ja nicht schlecht. Aber er müsse wirklich gehen.

Ich sagte ja, er ist ein eingebildetes Großmaul», unterbrach Giancarlo seinen Bericht und verzog das Gesicht. «‹Nein, nein›, wiederholte er. Er müsse gehen, weil er zu tun hätte. ‹Manchen›, so sagte er in geheimnisvollem Ton, ‹ist ihre Macht eben zu Kopf gestiegen. Was sie besitzen, reicht ihnen nicht, sie wollen immer noch mehr haben und noch höher hinaus. Sogar nach dem Thron trachten sie.›

Ich habe die Ohren gespitzt, gleich noch zwei Krüge Wein bestellt und ihm zu verstehen gegeben, dass ich ihm kein Wort glaube: ‹Seit wann interessierst du dich denn für Politik? Sag lieber die Wahrheit! Du hast andere Reize entdeckt. Eine kleine Baronesse oder sonst ein Weiberrock, noch verlockender als der Hiltrudes. Los, raus mit der Sprache, ich bin dabei. Auch ich hab mich schon lange nicht mehr richtig amüsiert.›

‹Nein, nein, ich meine es ernst. Gut, ich gebe es zu, ein Mädchen spielt bei dieser Sache auch eine Rolle. Aber es geht dabei nicht um mich, sondern um einen Freund. Die kleine Bastardin hat ihm einen Korb gegeben. Stell dir das einmal vor! So ein kleines Luder gibt einem edlen Ritter vornehmen Geschlechts, der ihr den Hof macht, einfach einen Korb. Aber damit nicht genug. Sie wagt es sogar, ihn zu verspotten und vor aller Welt lächerlich zu machen. Das reinste Miststück. Ihr Vater soll zwar von Adel sein, doch ihre Mutter kennt niemand. Und angeblich liebt sie einen einfachen Kaufmannssohn. Was für eine Beleidigung! Er soll zwar sehr reich sein, aber das darf nicht ungestraft bleiben …›

‹Lass mich raten›, habe ich gesagt. ‹Ist diese Bastardin eine Verwandte des Kaisers? Oder lebt sie gar hier am Hofe? Nein, das kann nicht sein, hier kennen wir alle. Es muss woanders sein.›

‹Nein, hör auf›, hat Amadeus erwidert. ‹Versuch nicht zu raten, du kommst nicht dahinter. Ich kann dir nur sagen, dass mein Freund diese Schmach nicht ungesühnt lassen wird.›

‹Ist er vielleicht hässlich, missgebildet oder hat er eine abstoßende Narbe?›

‹Aber nein, nichts von alledem›, hat sich Amadeus heftig gewehrt. ‹Du hast ihn bei mir gesehen, und ich bin überzeugt, du hast ihn genauso bewundert wie ich – seine noble und Respekt einflößende Erscheinung. Gut, er mag ein wenig arrogant sein, aber welche Dame mag nicht von einem stattlichen Ritter bewundert werden, dessen Mut und Ruhm alle anderen Männer einschüchtert?›

‹Ich weiß jetzt, wen du meinst›, habe ich geantwortet. ‹Es muss Eglord sein. Aber dann hast du recht, man kann sich nur schwer vorstellen, dass sie ihm eine Abfuhr erteilt und einem gewöhnlichen Kaufmann ihr Herz schenkt, mag er noch so reich sein. Er muss es sein, ich kenne keinen anderen, der so viel Stärke und Ritterlichkeit ausstrahlt wie er.›

‹Ich habe nichts gesagt›, fuhr Amadeus abwehrend fort, ‹von mir hast du nichts gehört.›

‹Aber warum diese Geheimnistuerei?›, habe ich voller Naivität gefragt. ‹Ich verstehe nicht, warum sich Eglord vor diesem Halunken fürchtet, anstatt ihm einfach eine ordentliche Abreibung zu verpassen, die ihm und allen anderen Bürgerssöhnen eine Lehre sein wird.›

‹Das alles ist nicht so einfach, wie du denkst. Hinter dem, was für jeden sichtbar ist, gibt es eine tief wurzelnde Geschichte. Köpfe könnten rollen, wenn man Wind davon bekäme. Ich sagte doch bereits, manche kriegen nie genug und wollen immer noch mehr Reichtum und Macht haben. Wohingegen wir armen Vasallen nur ständig das Haupt beugen und alle möglichen Erniedrigungen und Beleidigungen über uns ergehen lassen müssen. Und dabei sind wir doch unseren Herrschern der Herkunft nach ebenbürtig. Es ist oft nur ein winziger Schritt, ob man am Ende Herrscher oder Beherrschter bleibt. Das Blatt könnte sich doch auch einmal wenden.›

Amadeus hatte sich verplappert, denn es war klar, wer gemeint war, als er von Vasallen und Herrschern redete. Jeder wusste doch, dass sowohl er als auch Eglord Ministeriale der Zähringer waren. Das Geheimnis fing an, klare Umrisse zu bekommen. Denn so manches war uns schon bekannt.

Am gleichen Abend wurde mir dann plötzlich schlecht. Ich hatte Schüttelfrost und furchtbare Magenkrämpfe. Der Hofarzt hat mich sogleich untersucht und mir den Rat gegeben, mich so bald wie möglich nach Hause bringen zu lassen. Dort hätte ich mehr Ruhe, und auch meine Familie wäre da, um sich um mich zu kümmern. Kaum dort angekommen, wurde ich tatsächlich sofort gesund und habe unverzüglich dem Rat meinen Bericht vorgelegt. Dieser hatte mittlerweile einiges gehört, und zusammen mit dem, was ich in Erfahrung gebracht hatte, war schnell klar, dass es eine Verschwörung gegen die Zähringer gab. Allerdings dachten wir nicht, dass der Treubruch unmittelbar bevorstünde. Sonst hätten wir gleich einen geheimen Boten nach Freiburg geschickt, um Bertold zu warnen. Aber handfeste Beweise gab es nicht, und die Verräter hätten sich dumm gestellt und ihre Köpfe wieder eingezogen, nur um dann zu einem späteren Zeitpunkt zuzuschlagen. Die Signoria hat daher entschieden, einen anderen Weg einzuschlagen. Warum nicht die guten Handelsbeziehungen zwischen Venedig und dem Züricher Kaufmann Urs nutzen, der bekanntlich ebenfalls ein guter Freund der Zähringer ist? Er schien allen der geeignete Mann, um den Breisgauer Herzögen unauffällig und geschickt das Nötige mitzuteilen.

Noch am selben Abend suchte mein Vater Herrn Joschua auf und bat ihn, mit mir nach Zürich zu fahren. Mit ihm, dem ehrlichen und zuverlässigen Bankier, hatten wir schon über viele Jahre gute geschäftliche Beziehungen gepflegt, und er war außerdem ein enger Handelspartner des Herrn Urs. Joschua hat keinen Moment gezaudert, ja nicht einmal groß Fragen gestellt, sondern sich gleich darangemacht, den Wagen mit Waren zu füllen. Innerhalb von wenigen Stunden war alles bereit, und so sind wir losgefahren.»

Giancarlo war mit seinem Bericht zu Ende gekommen, doch seine beiden Begleiter blieben stumm. Solomon dachte an Bodo und seinen Vater und ob er sie wohl noch einmal wiedersehen würde. Langsam hob er die Augen und sagte mit trauriger Stimme: «Venedig scheint der einzige Verbündete zu sein, der den Herzögen noch geblieben ist. Ihr alle, Euer Vater, die

Herren des Rates und nicht zuletzt Ihr selbst, Messire Giancarlo, habt den Ernst der Lage vollkommen richtig eingeschätzt. Doch leider haben die Verräter einen Teil ihres Plans bereits in die Tat umgesetzt. Herr Bodo wurde von einer Horde bezahlter Mörder angegriffen und liegt nun mit dem Tode ringend oben in Sankt Peter. Darum ist Herr Urs so überstürzt abgereist. Wir können nur hoffen und beten, dass er seinen Sohn noch lebend antrifft. Ja, Ihr werdet überrascht sein, aber Bodo ist der besagte Kaufmannssohn, in den sich die sogenannte Bastardin verliebt hatte. Und von ihr fehlt nun auch jede Spur. Alles spricht dafür, dass Eglord sie entführt hat.»

Giancarlo war plötzlich ganz blass geworden: «Nun sind wir also doch zu spät gekommen. Eglord ist fast schon am Ziel. Vielleicht können wir aber noch größeres Unheil verhindern. Neben Eglord, Adalbrecht, Amadeus und Abt Otto muss es noch andere Verräter geben, und zwar im engsten Umkreis der Herzöge selbst. Wir kennen nur noch nicht ihre Namen.»

«Ich aber», sagte Solomon. «Just als Ihr in Zürich ankamt, habe ich sie erfahren. Ihr habt doch den Bettler gesehen, der meine Schreibstube verlassen hat. Unser Freund Joschua hat gleich verstanden. Es sind keine armen Teufel, die mich besuchen. Es sind Männer, die sich überall Zugang verschaffen und alles erfahren. Heute habe ich neue Namen erfahren: der neue Jagdmeister des Herzogs, der Ministeriale von Sölden, und seine Frau, die sich die Gunst Bertolds erschlichen hat, um das Haus der Zähringer auszuspionieren. Unser Herr war in dieser Hinsicht schon immer etwas leichtsinnig. Diese beiden spielen eine wichtige Rolle in der ganzen Intrige, denn durch sie konnten die Verschwörer alles erfahren, was sich im Schloss abspielte. Ich wäre darum heute sowieso nach Sankt Peter aufgebrochen, um diese Nachricht weiterzugeben. Aber da ist noch etwas: Es geht das Gerücht, dass unsere beiden Herzöge in eine Falle gelockt werden sollen. Es sieht so aus, als würden die Verräter zu dem letzten, alles entscheidenden Schlag ausholen. Wir können nur hoffen, dass wir noch rechtzeitig eintreffen, um sie zu warnen.»

Sie erreichten wohlbehalten und ohne größere Verzögerung das Kloster. Niemand hatte sie verfolgt. «Ob das wohl ein gutes Zeichen ist», schüttelte der alte Solomon ahnungsvoll den Kopf. Und als sie durch den Torbogen fuhren, wussten sie bereits, dass sie zu spät gekommen waren. Die emsige Geschäftigkeit, mit der die Mönche kreuz und quer über den Hof und durch die Gänge eilten, verriet ihnen, dass etwas Außergewöhnliches geschehen sein musste. Sie erfuhren, dass hier die herzoglichen Begräbnisfeierlichkeiten vorbereitet wurden. Und dass Bodo, Herr Urs und die anderen nach Staufen aufgebrochen seien, um dort den Herzog Conrad zu treffen. Solomon fiel ein Stein vom Herzen, als er hörte, dass die beiden noch lebten, doch konnte er kaum glauben, dass der verletzte Bodo schon wieder ein Pferd besteigen konnte. Der Abt, der sie freundlich empfing, erzählte ihnen kurz, was geschehen war. Dass Bodo aber schon tot war, wusste keiner. «Bleibt lieber hier und wartet, bis Eure Freunde wieder zurück sind, es wird sicher nicht mehr lange dauern», empfahlt er ihnen.

Giancarlo aber wollte gleich weiter zum Schloss der Zähringer, denn er hatte seine Anweisungen aus Venedig. Er bat seine Begleiter zu bleiben und ließ sich vom Abt einen Führer geben, der ihm den Weg nach Freiburg zeigen sollte.

«Er ist eisern, unser junger Herr», sagte Joschua voller Bewunderung. «Nichts kann ihn aufhalten. Sein Vater kann stolz auf ihn sein», seufzte er. Ihm hatte seine Frau keine Nachkommen geschenkt, und er fragte sich immer öfter, wozu die Kisten mit Silberskudi in seinem prächtigen Palazzo am Canal Grande gut sein sollten.

Vater Bernhard war anzusehen, wie sehr ihn die Ereignisse der vergangenen Tage mitgenommen hatten. Dennoch empfing er den jungen Venezianer gleich. Er betrachtete es als seine Pflicht, die nun immer zahlreicher eintreffenden Gäste und Abgesandten, die der Herzogin ihre Anteilnahme ausdrücken wollten, persönlich zu begrüßen und sie zu ihr zu führen. Trotz ihrer Verzweiflung nahm Herzogin Sophie alle Beileidsbezeugungen mit Würde und Edelmut entgegen.

Seit Conrad ins Schloss zurückgekehrt war, hatte er mit niemandem sprechen wollen. Nur bei Giancarlo, dem jungen Mann aus Venedig, machte er eine Ausnahme und empfing ihn zu einem Gespräch. Dieses fand in derselben Stube statt, in der zuvor die beiden Herzöge durch Bodo einen ersten Hinweis aus Venedig erhalten hatten, dass sich eine Verschwörung gegen sie anbahnte. Aber außer Conrad und Vater Bernhard waren alle, die damals daran teilgenommen hatten, nicht mehr am Leben.

Noch bevor Bertold zu Grabe getragen wurde, fand auf dem Freiburger Marktplatz die Hinrichtung der Verschwörer statt. Finster und ohne jede Regung im Gesicht stand Conrad da und verfolgte das grausame Schauspiel. Zur Überraschung der Verräter stand an seiner Seite ihr ehemaliger «Freund» Giancarlo Spada, den sie vom kaiserlichen Hof kannten. Der leichtsinnige Ritter, der vormals durch seine verrückten Taten und sein lockeres Mundwerk aufgefallen war, beobachtete die grausame Vorstellung kühl und voller Ernst.

«Auch die Republik verschont ihre Feinde nie», sagte er danach, «und die Zähringer können sich unserer Freundschaft und Unterstützung gewiss sein.» Als sie auseinandergingen, bedankte sich Conrad nochmals für alles, was Venedig für sie getan hatte. Er hatte Giancarlo in den wenigen Tagen, die dieser in Freiburg war, liebgewonnen, und ihre Beziehung blieb immer herzlich und vertrauensvoll.

Aber eine Freundschaft wie die, die ihn mit Bodo verbunden hatte, konnte er für niemanden mehr empfinden. Er trauerte sein ganzes Leben um ihn und besuchte jedes Jahr das Grab seines Freundes.

Epilog

NACHDEM BERTOLD IN DER ABTEI von Sankt Peter mit dem gekrönten Häuptern gebührenden Zeremoniell beigesetzt worden war, überführte der alte Bankier seinen geliebten Sohn nach Hause, um ihn auf dem Züricher Friedhof neben Wilfriede zu bestatten.

Ein Bote wurde nach Frankreich an den Hof König Ludwigs geschickt, um ihm den Tod seines Halbbruders zu melden. Ob er darüber traurig oder eher erleichtert war, hat man nie erfahren. Jedenfalls willigte er gerne ein, dass der Tote von seinem Adoptivvater dort zur letzten Ruhe gebettet werde, wo er sein Leben verbracht hatte, und nicht in der Gruft von Saint Denis. «Ich bin sicher, er würde sich unter Verwandten, die er nie gekannt hat, nicht wohl fühlen», sagte er mit schiefem Lächeln. «Wir sind eigentlich keine liebevolle Familie. Manchmal denke ich sogar, unsere einfachen Untertanen sind glücklicher als wir.»

Er ließ dem alten Urs ein wertvolles, mit Amethysten beschlagenes goldenes Kreuz überbringen im Tausch für das Schmuckkreuz, das der Kaufmann einst in dem Körbchen gefunden hatte. Der König, so hieß es, würde es gerne zum Andenken an seinen Bruder haben, den er leider nie kennengelernt hatte.

Adelheid erwachte langsam aus ihrer Benommenheit. Sie kehrte in eine Wirklichkeit zurück, die für sie nur Kummer bedeutete, und trotz der Zuneigung und Fürsorge, die ihr Conrad und Sophie entgegenbrachten, bat sie, den Hof verlassen zu dürfen, denn dort taten die Erinnerungen zu weh. Sie blieb eine Weile in Appenweier bei Frau Richawa, die, um Adelheid zu trösten, ihren eigenen Kummer unterdrückte.

Bereits wenige Wochen später bat sie ihren Onkel um die Einwilligung, in ein Kloster eintreten zu dürfen. Conrad stimmte schließlich schweren Herzen zu, nachdem er lange vergebens versucht hatte, sie umzustimmen. Er stattete sie mit zahlreichem Gefolge und reicher Mitgift aus, sodass Bertolds Tochter auch im Kloster standesgemäß leben konnte.

Adelheid verschwand aber eines Nachts, wobei sie nur eine vertraute Dienerin und Bodos Gebetbuch mitnahm, das sie von Herrn Urs erbeten hatte. Es wurde erzählt, dass die Prinzessin zwischen den Seiten ein Stück des blutgetränkten Kleides versteckt hatte, das Bodo an dem Tag getragen hatte, als er in der Burg auf dem Stouff ermordet wurde.

Niemand hat je erfahren, in welches Kloster sie gegangen ist. Sie hatte für Conrad einen Brief hinterlassen, in dem sie ihn bat, sie nicht zu suchen: «Die Ruhe und das Schweigen, in das ich mich zurückziehen werde, sind die einzigen Freuden, die mir noch geblieben sind. Bitte, edler Herr und Onkel, nehmt sie mir nicht weg.»

In der Folgezeit gab es zahlreiche Gerüchte, in welches Kloster die junge Prinzessin denn wohl gegangen sei. Einige behaupteten, sie wäre nach Jerusalem gepilgert und dort dem Orden der Schwestern vom Heiligen Grab beigetreten; andere wiederum sagten, dass man sie in einem Kloster in der Provence gesehen hätte, wo einst die unglückliche Bertranda von Montfort, Bodos Mutter, aus dem Leben geschieden war. Doch niemand hat Adelheid jemals wieder gesehen. Sie nahm ihr Geheimnis mit ins Grab, und vielleicht war es besser so.

Conrad wollte, dass wenigstens Simeon bei ihm am Hofe bliebe. «Wir werden hier eine Kathedrale errichten, wie es noch keine vorher gegeben hat, und werden geschickte Meister brauchen. Bleib hier und verbinde deinen Namen mit dieser meiner Stadt», sagte er dem Steinmetz. «Du würdest ein Leben in Ansehen und Wohlstand führen können, wie es einem treuen und rechtschaffenen Untertanen zusteht. Es würde dir an nichts fehlen. Ich werde in meinem Herzogtum noch weitere Städte gründen, sodass du genug Arbeit hättest.»

«Herr, ich bin Euch über alle Maßen dankbar für dieses großzügige Angebot, aber ich kann nicht. Ich hatte stets gehofft, irgendwann meine traurige Vergangenheit vergessen zu können und meinen immer wiederkehrenden Albträumen zu entkommen. Doch ich fürchte, mein Schicksal hat mich dazu bestimmt weiterzuziehen, gejagt von den Gespenstern der Vergangenheit, bis mich Gott davon erlösen und mich in eine andere, bessere Welt aufnehmen wird.»

Er behielt die silberne Agraffe, die ihm Adelheid bei ihrem ersten Zusammentreffen geschenkt hatte, und mit der Hirtentasche, die wie einst mit Brot und etwas Wein gefüllt war, zog er von dannen. Nur einmal drehte er sich noch um und betrachtete das Schloss, das die neue Stadt bewachte, aus der Ferne. Dann richtete er seine Schritte gen Westen.

Einige Jahre später arbeitete ein Steinhauer, der von weit her gekommen war, am Portal der Kirche von Tarragona. In der von ihm gestalteten Reliefgruppe fand sich eine Darstellung der Jungfrau Maria von überirdischer Schönheit. Ein mit Herrn Urs befreundeter Kaufmann erzählte bei einem Besuch in Freiburg, dass ihm ihre Gesichtszüge irgendwie bekannt vorkamen und dass sie ihn nach einigem Nachdenken an die edle Adelheid erinnerten. Er wagte es, schüchtern und befangen diese seltsame Übereinstimmung zu schildern, während er seine kostbaren Stoffe und andere Waren vor Frau Clémence, der jungen Herzogin, und ihrem Gemahl Conrad ausbreitete.

Conrad nickte: «Ja, Adelheid hatte wirklich etwas von einer Königin. Ihre Gesichtszüge wären es würdig gewesen, in unvergänglichem Stein verewigt zu werden. Der Bildhauer muss so etwas wie eine göttliche Eingebung gehabt haben. Auch wenn der Zahn der Zeit den Stein zerbröseln lässt, wird unsere Nichte in unseren Herzen ewig weiterleben. Denn unsere Herzen kennen eine andere Ewigkeit: die der Liebe.»

Nachwort

ICH WURDE MEHRMALS GEFRAGT, warum ich ausgerechnet einen historischen Roman über die Gründung der Stadt Freiburg schreiben wolle und was mich denn veranlasst habe, dieses Thema zu wählen, da ich ja keine gebürtige Freiburgerin sei. Tatsächlich habe ich mich erst in fortgeschrittenem Alter in Freiburg niedergelassen, denn ich stamme ursprünglich aus der siebenbürgischen, deutschgeprägten Stadt Sibiu (Hermannstadt) in Rumänien.

Es waren in erster Linie sozusagen sentimentale Beweggründe, die mich zu dieser Geschichte inspirierten: Nachdem das Schicksal mich hierher geführt hatte, war ich erstaunt über die Ähnlichkeiten zwischen diesen beiden Städten: Von meinem Fenster aus sehe ich die Berge, die mich an die Natur Hermannstadts erinnern: insbesondere der Schauinsland und der Feldberg. Günterstal wiederum ähnelt derjenigen Ortschaft in Siebenbürgen, in der meine Familie ein Ferienhaus besaß und wo ich die herrlichen Ferien meiner Kindheit verbrachte. Auch die Architektur der beiden Städte ist sehr ähnlich, da sie beide lange Zeit unter österreichischer Herrschaft gestanden haben. Freiburg mit seinen Menschen, Gebäuden und Touristen ist eine sehr lebendige Stadt. Das Leben pulsiert hier genauso wie in meiner Herkunftsstadt.

Ich habe mich sehr schnell zu Hause gefühlt. Ich kann nur sagen, dass die Menschen, denen ich in Freiburg begegnet bin, mich mit ihrer eigenen, den Charme der Stadt noch steigernden Herzlichkeit und Offenheit ohne Weiteres akzeptiert haben. Ich habe hier gute Freunde gefunden, sodass mir Freiburg schnell eine neue Heimat geworden ist.

Aber es war mehr als das. Mehr als eine Art von Dankbarkeit. Es war die Faszination der Geschichte einer für damalige Verhältnisse besonderen Familie, und zwar derjenigen der Herzöge von Zähringen, den Städtegründern. Sie haben nicht nur Freiburg, sondern auch Villingen, Freiburg im Üchtland, Bern und weitere Städte gegründet. Alle diese Orte besitzen eine spezifische Architektur, die ungewöhnlich ist für jene Zeit, in der eine Epoche zu Ende ging, um Platz für eine neue zu machen. Und mehr als das: Die Verfassung, die die Zähringer der Stadt Freiburg gegeben haben, ist eine der liberalsten dieser Periode: «Der Zolleinnehmer soll alle Brücken der Stadt instand halten; die von überall kommenden Kaufleute sollen freies sicheres Geleit haben. Alle Maße für Wein, Früchte, auch für Silber und Gold, sollen der Gewalt der vierundzwanzig Ratsherren der Stadt unterstehen!»

Unter den Zähringern wird auch das Erbschaftsrecht der Frauen anerkannt und ihre Gleichstellung mit ihren Männern festgestellt: »Eine jede Frau in dieser Stadt ist ihres Mannes Teilhaber und der Mann seiner Frau, jeder ist des anderen Erbe.» Es wird auch die Sicherheit für die Reisenden gewährleistet und Verantwortung für die Instandhaltung der Stadt und der Straßen übernommen. Weitere Privilegien, die ihr die Begründer gewährt haben, fehlen nicht in der Verfassung der Stadt: Die Kaufleute werden von der Zahlung des Zolls befreit, ebenso die Kleriker, die Ministerialen, die außerhalb des Marktorts wohnten, und die Marktbesucher. Vogt und Priester werden von «meinen Bürgern» gewählt, d.h., der Herzog will der Stadtbevölkerung niemanden aufzwingen, behält sich aber die Bestätigung der Gewählten vor. Es gibt eine öffentliche Waage, die Fronwaage, die jeder Freiburger kostenfrei benutzen darf – nur die Auswärtigen zahlen Zoll und Gebühren für ihre Nutzung. Um deren Manipulation zu vermeiden, war eigens ein Kontrolleur beauftragt worden. Jeder genießt den vollen Eigentumsschutz, ob er Bürger der Stadt ist oder nicht. Selbst die Bächle, bis heute Kennzeichen von Freiburg, wurden von Conrad angeordnet, um die Sauberkeit der Bewohner und der Stadt zu sichern und um zu ermöglichen, bei Brandfällen schnell eingreifen zu können. Und dies waren nur einige seiner zahlreichen Neuerungen.

Leider existiert die Originalurkunde zur Stadtgründung Freiburgs nicht mehr, aber es gibt verschiedene Texte, die sie überliefert haben. Über die genauen Verhältnisse zu Zeiten der Stadtgründung ist sich die Wissenschaft allerdings trotzdem nicht einig: Manche wollen wissen, dass sich anfangs zu Füßen des Schlossbergs ein Dorf befunden habe, das die Zähringer dann in eine Stadt verwandelt hätten. Dieses könnte vielleicht schon vor 1120 den Namen Freiburg getragen haben. Andere wiederum behaupten das Gegenteil. Wie dem auch sei, es waren neue Ideen und Ideale, die in diesem ereignisreichen 12. Jahrhundert zukunftsweisend wurden, einen neuen Geist der Geschichte prägten und die moderne Zeit und Gesellschaft mit ihren Gesetzen vorbereiteten. Dies war noch ein Grund, mich der Geschichte Freiburgs zu nähern und zu versuchen, die Gedanken und die Weltanschauung der damals lebenden Menschen zu verstehen. Denn, wie gesagt, ihre Taten sind für die damaligen Zeiten ziemlich ungewöhnlich und bezeugen eine bemerkenswert moderne Geisteshaltung.

Dabei sind zwei Dinge zu bedenken: Erstens: Es gibt zwar überraschend viele Informationen über dieses faszinierende 12. Jahrhundert mit seiner traditionellen und doch wieder modernen Mentalität, mit seinem alt- und neudenkenden Menschen. Doch eine absolute Gewähr, dass sich alles genau so abgespielt hat, wie wir es uns vorstellen, gibt es nicht. Wir verfügen zwar über Chroniken, Manuskripte, Erzählungen, Berichte vom Hören-Sagen, Heldensagen, Überlieferungen, plastische Werke, Glasfenster und archäologische Ausgrabungen, aber die meisten Schöpfer dieser Werke bzw. die Überbringer dieser Fakten waren selbst nicht bei den Ereignissen anwesend. Sie haben selbst nur davon gehört und es dann weiterberichtet oder in Stein gemeißelt und durch ihre Sensibilität, Weltanschauung und Gefühlswelt gefiltert. Der Faktor der persönlichen Meinung und Mentalität wird erneut wirksam, wenn wir diese Zeugnisse heute wieder ans Licht bringen, erzählen und auslegen. Es gibt also eine doppelte Interpretation dieser Zeiten, die sie uns einerseits zu erklären hilft, sie aber andererseits auch in den Nebel der Geschichte gehüllt bleiben lässt.

Zweitens: Nach den ungeschriebenen Regeln des historischen Romans – und genau das unterscheidet ihn von den wissenschaftlichen Werken, die möglichst genaue Angaben über die historischen Ereignisse zu schildern versuchen – verfügt der Schriftsteller über einen viel umfassenderen Spielraum und über größere Freiheit der Narration. Neben den historischen Persönlichkeiten, die tatsächlich existiert haben, gibt es bei ihm auch imaginäre Gestalten, die mehr Farbe in die Erzählung hineinbringen, neue Perspektiven darstellen und dem Leser helfen, sich eine Vorstellung von der betreffenden Zeitperiode zu machen. Vielleicht entsprechen unsere Perspektiven der damaligen Realität, vielleicht aber auch nicht. Ganz genau werden wir nie wissen, wie diese Menschen tatsächlich waren, was für Gedanken, Gefühle oder welchen Glauben sie gehabt haben – auch die beste wissenschaftlich dokumentierte Arbeit kann das nicht leisten. Eines ist jedoch sicher: Eine trockene Aufzählung der Daten, Namen usw. bietet uns auch kein präziseres Bild.

Ich habe selbstverständlich Bücher ausgewertet, in denen man viel über die Gründung Freiburgs, über die Familie der Zähringer und die gesamte Epoche erfahren kann (zu nennen sind vor allem Theo Überdick, *Wie Freiburg Freiburg wurde*; Hans Schadek und Karl Schmid, *Die Zähringer*; Peter Kalchthaler,

Freiburgs Stadtgeschichte; Leo Alexander Ricker, *Freiburg – aus der Geschichte einer Stadt* sowie Marita Blattmann, *Die Freiburger Stadtrechte zur Zeit der Zähringer*). Die in ihnen enthaltenen Informationen bilden zwar den Rahmen meines historischen Romans, widersprechen sich jedoch an zahlreichen Stellen. Als Autor bleibt mir somit die Aufgabe, diesen Rahmen so mit Gestalten zu bevölkern, dass sie in unserem Bewusstsein Farbe, Form, Leben und Prägnanz bekommen.

Drei Charakteristika des Mittelalters darf man ebenfalls nicht vergessen: Die Minnesänger haben versucht, andere Dimensionen der Liebe zu verewigen. Es war eine idealisierte Dimension der Gefühle, der sich diese Menschen unterworfen haben. Sie glaubten an die Unsterblichkeit der menschlichen Seele und an die Möglichkeit, das Leben der Anbetung einer Frau widmen zu können, die speziell für sie bestimmt gewesen sei. Ein einziger Blick genügte, um sich unsterblich zu verlieben und um von der Vorsehung überzeugt zu sein. Die Liebe war das Schicksal, das das gesamte weitere Leben prägen sollte – anders war es gar nicht möglich. Aber die Tiefe der Empfindungen spiegelte sich kaum in aufsehenerregenden Gefühlsausbrüchen: Ein Blick, eine Geste, ein Wort konnte – vielleicht in der Überzeugung, dass keine weitergehenden Formen der Verständigung möglich waren – mehr Intensität vermitteln als ein offenes Liebesgeständnis. Vergessen wir hierbei auch nicht die Literatur der Troubadouren und die Tragik ihrer unzähligen uns überlieferten Liebesgeschichten! Eigentlich ist in allen diesen romantischen Chroniken, die uns heute noch zu Tränen rühren können, die Verwirklichung weniger wichtig als die Treue und der Entschluss, für immer zu lieben und niemals seine Gefühle zu vergessen oder zu verraten.

Ohne Zweifel, diese Standhaftigkeit ist eng verbunden mit der typischen Mentalität des mittelalterlichen Menschen: Er lebte in einer anderen Welt, in der die Transzendenz eine grundlegende Dimension, ein Teil des Alltäglichen war. Man lebte in der Welt Gottes, in einer Welt, in der alles durch Ihn bestimmt wurde, in der Er allgegenwärtig war: Nichts geschah ohne Seinen Willen. Es gab für die Realität keine anderen Erklärungen, etwa wissenschaftlicher Art, so wie wir sie heute für selbstverständlich halten. Aber ob sie tatsächlich immer alles erklären? Es bleibt noch zu überlegen, ob alles wirklich so einfach ist, um in Gleichungen und Formeln dargestellt zu werden – ob man alles bis in das letzte Detail deuten kann. Manches zwar schon, aber wie viel von der Realität entgeht unseren Erklärungsmöglichkeiten? Die Menschen nannten damals Unerklärbares Wunder, und sie glaubten daran. Sie übertrieben zwar in ihrem Aberglauben, aber Unerklärliches gab es damals wie heute. Die Wissenschaft hat noch einen langen Weg vor sich, bevor sie alle ihre Möglichkeiten ausschöpfen kann.

Und noch eine typische Seite der mittelalterlichen Mentalität darf man nicht vergessen: Die Herrscher waren überzeugt, dass sie Vertreter Gottes auf Erden seien und dass sie von Ihm beauftragt wären, über die Geschicke der gewöhnlichen Sterblichen zu befinden. Sie wurden mit einer speziellen Betragensweise in Verbindung gebracht, die ihnen eine gewisse Distanz gegenüber allen, die keine Krone trugen, verlieh. Sie waren keine Normalsterblichen, und sie ließen sich dies auch anmerken. Irgendwie war das ein trauriges Leben, da die Prinzen eigentlich kein Recht auf Freude, Traurigkeit, Angst oder Freundschaft hatten, also auf alle Gefühle, die Farbe und Vielfältigkeit in das Leben bringen. Für ihre Untertanen sollten sie wie legendäre Gestalten wirken, ähnlich den Statuen in ihren Schlössern, die Furcht, Bewunderung und Unterwerfung erzeugten, aber weit entfernt von allem Menschlichen blieben.

Auf dem Schlossberg oberhalb Freiburgs, wo die Spuren ihrer Existenz noch heute zu sehen sind, habe ich mir die beiden Zähringerbrüder vorgestellt: Ich hatte den festlichen Tag vor

Augen, an dem sie den zukünftigen Bürgern die Gründung der Stadt bekannt gemacht haben und habe dabei fast ihre Stimmen gehört. War es so, wie ich es mir vorgestellt habe? Vielleicht ja, vielleicht auch nicht. Eines ist aber sicher: Sie haben eine Stadt voller Vitalität gegründet, die bis heute lebendig ist und die mit ihrem Charme, ihren malerischen Ecken und ihrem typischen Lebensstil noch weit in die Zukunft lebendig sein wird.

Für mich war Bertold der kriegerische Ritter, verankert in den mittelalterlichen Traditionen, ein Mann seiner Zeit, dessen tragischer Tod in Molsheim eine Konsequenz seiner Geisteshaltung war. Mit ihm ist eine ganze Epoche mit allen ihren Vorurteilen und Voreingenommenheiten zu Ende gegangen. Sein Tod war ein Omen für dieses Ende. Andererseits sah ich seinen Bruder Conrad als eine visionäre Gestalt. Sie steht für das Herannahen neuer pragmatischerer Weltanschauungen, befreit von manchen Bürden einer Vergangenheit, in denen der Mensch so wenig gezählt hatte. Er war für mich das Zeichen einer Evolution, die nie aufgehört hat, die die Würde des Menschen, seinen persönlichen Wert anerkennt und nicht dessen Geburts- und Klassenprivilegien. War es auch wirklich so? – Auf jeden Fall hat er seine ganze Energie benutzt, um die Stadt Freiburg zu gründen. Als Schriftsteller darf ich mir so etwas vorstellen, das ist mein Privileg. Aber Conrad war auch ein Mensch, der die historischen Notwendigkeiten erkannt und nicht gezögert hat, die Stadt und die Abtei Schaffhausen im Jahre 1120 anzugreifen, obwohl er solche kriegerische Taten nicht besonders mochte.

Was die anderen Zähringer, die in unserer Geschichte erscheinen, betrifft: Sie haben ebenfalls wirklich existiert, wie zum Beispiel Gebhard, der Bischof von Konstanz. Manche Überlieferungen erzählen, dass er ein politischer Kopf war, weshalb ich ihn auch entsprechend charakterisiert habe.

Auch die Gemahlinnen der beiden Zähringer, die Welfin Sophie von Bayern und Clémence von Burgund, waren reale historische Gestalten. Ebenso der Staufener Ministeriale Adalbrecht (Adelbrecht) von Stouf (so wurde der Hügel, auf dem die Ruinen ihrer Burg bis heute zu sehen sind, genannt) wie auch seine Großmutter Mathilde, deren Grausamkeit bis heute nicht vergessen ist. Auch die in meinem Roman erwähnten Mitglieder der kaiserlichen Familie haben ihren Platz in den Chroniken jener Zeiten gefunden. Ihre Konflikte mit den Päpsten (z. B. Heinrichs IV. mit Papst Gregorius VII.) oder mit den italienischen Städten sind ebenfalls historische Ereignisse. Die Worte von Papst Urban in Clermont, der dort zum Kampf für die Befreiung des Heiligen Grabes in Jerusalem aufgerufen hat, sind historisch ebenso belegt wie der Streifzug Friedrich Barbarossas, der das Freiburger Schloss um 1150, kurz vor dem Tod Conrads, angegriffen hat. Von dem französischen König Philipp I. und der schönen Bertranda (Bertada) von Montfort wiederum berichtet die Geschichte Frankreichs.

Ich habe außerdem Lenzkirch als denjenigen Ort ausgewählt, an welchem ein asketischer Geistlicher gelebt haben soll. Dies könnte so gewesen sein, vielleicht stand dort auch tatsächlich die Kirche, die den Ortsnamen angeregt hat, vielleicht stand sie auch einige Kilometer weiter entfernt. Da die Menschen in jenen Zeiten sich dem Transzendenten näher fühlten als heute und ihr Leben eng mit der Religion verbunden war, kann man diesen Lebensbereich nicht übergehen – ob sie dort wirklich Trost und Hoffnung gefunden haben, ist dabei für meine Darstellung ohne Bedeutung.

Die Ermordung Bertolds in Molsheim ist ebenfalls ein historisches Ereignis. Ob sie genau so verlaufen ist, weiß man jedoch bis heute nicht. Hier, wie gesagt, hat die Vorstellungskraft des Schriftstellers einzuspringen. Hier verlassen wir den Bereich der Geschichtswissenschaft und dringen in die Welt und in die Kraft der Literatur ein.

Andere Helden der Erzählung wie die schöne Adelheid, wie Bodo, der reizende Freund Conrads, der treue Hildebrand, der grausame Eglord, der fremde Steinhauer Simeon und andere sind imaginär. Indem wir ihr Schicksal verfolgen und mit ihnen mitfühlen, leiden und bangen, begeben wir uns auf die Reise in eine andere Welt, die uns zeigt, dass die Seele des Menschen immer dieselben Koordinaten besitzt: Liebe, Hass, Angst, das Streben nach etwas, das das Leben bereichert, und nicht zuletzt Hoffnung.

Danksagung

Ein Buch zu schreiben ist ein Abenteuer in sich. Man muss sich in die Gedanken, Absichten, in die Mentalität seiner Gestalten versetzen. Man muss sie verstehen, sie lieben, sich mit ihnen identifizieren. Das ist nicht leicht, manchmal gelingt es, manchmal nicht. Noch schwieriger ist es, wenn man die Sprache, dieses Wunder erzeugende Instrument, nicht hundertprozentig beherrscht. Denn die Sprache hilft, die Konturlinien der Handlung, die Charakterzüge der Helden, die Atmosphäre der Epoche zu zeichnen, sodass der Leser sich alles besser vorstellen kann und sich die ganze Entwicklung vor seinen Augen abspielt – wie in einer Abfolge von Bildern, in einem plastischen Prozess.

Ohne Hilfe und Unterstützung wäre das nicht möglich. Ich schulde also Dank und Dankbarkeit jenen Menschen, die an mich geglaubt haben und mich mit ihrem Vertrauen bei diesem kühnen Unternehmen begleitet haben.

Ich danke meinem Sohn, Dumitru Horia Ionescu, der für mich immer da gewesen ist und mir Mut gegeben hat, auch wenn ich bereit war aufzugeben.

Ich danke Herrn Lukas Trabert, Geschäftsführer des Verlags Josef Knecht, der an mein Buch geglaubt und meine Meinung über Literatur verstanden und akzeptiert hat. Mit großer Sensibilität und vielseitigem Wissen ist er mir zur Seite gestanden und hat mir Sicherheit gegeben, sodass ich manches Hindernis überwinden konnte.

Mein Dank gilt ferner allen Mitarbeitern des Verlags Josef Knecht. Sie haben auf je eigene Weise dazu beigetragen, dass mein Buch so geworden ist, wie es ist.

Ganz besonders möchte ich Herrn Gottfried Walcher danken, der, als Erster, die stilistische Korrektur des Textes vollbracht hat und zu der Überzeugung gekommen ist, dass dieser es verdient, veröffentlicht zu werden. Er ist sozusagen der Pate und Mitautor des Buches, denn ohne ihn läge *Zähringerblut* weiter in einer meiner Schubladen.

Zeittafel

1057

BERTOLD I., zu dessen Herrschaftsgebiet auch der Breisgau zählt, erhebt Ansprüche auf die schwäbische Herzogswürde. Ihm kommt jedoch Rudolf von Rheinfelden zuvor, der Mathilde, die Tochter Kaiser Heinrichs III., entführt haben soll, sich mit dieser verlobt und das Herzogtum von der Kaiserwitwe Agnes von Poitou übertragen bekommt.

1061

ALS ENTSCHÄDIGUNG FÜR DEN entgangenen Herzogstitel von Schwaben erhält Bertold I. die Herzogswürde von Kärnten und sein Sohn Hermann die Markgrafenwürde von Verona sowie von seinem Vater die Grafschaft Breisgau übertragen. Die Durchsetzung ihrer Rechte in den neuen Gebieten scheitert jedoch am alteingesessenen Adel.

1073

HERMANN WIRD MÖNCH in Cluny. Der Breisgau fällt an seinen Vater Bertold I. zurück, sein Bruder Bertold II. erhält die Markgrafschaft Verona.

1077

BERTOLD I. STELLT SICH im Investiturstreit zwischen König und Papst auf die päpstliche Seite. Er wird wegen seiner Parteinahme zugunsten des Gegenkönigs Rudolf von Rheinfelden von König Heinrich IV. als Herzog und Graf abgesetzt und zieht sich auf seinen Eigenbesitz an der Teck zurück.

1078

IN DEN ANSCHLIESSENDEN Auseinandersetzungen wird unter anderem das bertoldingische Hauskloster in Weilheim an der Teck zerstört. Bertold I. verfällt dem Wahnsinn und stirbt auf seiner Burg Limburg bei Weilheim an der Teck. Er wird im Kloster Hirsau beigesetzt.

1079

SEIN SOHN BERTOLD II. heiratet Agnes, die Tochter Rudolfs von Rheinfelden und Adelheids von Savoyen. Er verliert zwar den Kampf um die Rückeroberung des Thurgaus gegen den Abt von St. Gallen, verwüstet aber dessen Besitzungen im Breisgau, wo er sich etablieren kann. Möglicherweise lässt er bereits in diesem Zusammenhang die Burg auf dem Freiburger Schlossberg errichten.

1091

IN DIESEM JAHR SOLL NACH den Marbacher Annalen Freiburg gegründet worden sein. Wahrscheinlich ist zumindest eine Erstbesiedlung um das Jahr 1100.

1092

BERTOLD II. WIRD MIT Unterstützung des Papstes und der Welfen Gegenherzog von Schwaben. Der von König Heinrich IV. ernannte Herzog ist seit 1079 Friedrich von Staufen.

1093

BERTOLD II. VERLEGT DAS Hauskloster St. Peter vom Stammsitz in Weilheim an der Teck in den Schwarzwald.

1098

BERTOLD II. VERSTÄNDIGT SICH mit Friedrich von Staufen. Er erhält die Stadt Zürich als Reichslehen und verzichtet auf seinen

Anspruch auf die schwäbische Herzogswürde. Wahrscheinlich gelangt die Reichsburg Zähringen nun offiziell in den Besitz der Bertolde.

1100
Bertold II. nennt sich erstmals Herzog von Zähringen.

1105
GEBHARD III., BRUDER BERTOLDS II., zunächst Mönch im Kloster Hirsau, dann Bischof von Konstanz und Legat Papst Urbans II. in Deutschland, unterstützt die Söhne König Heinrichs IV. gegen ihren Vater, der auf dem Reichstag zu Ingelheim zur Thronentsagung genötigt wird.

1111
BERTOLD II. STIRBT und wird in St. Peter beerdigt. Seine Frau Agnes von Rheinfelden stirbt kurze Zeit später. Ihr gemeinsamer Sohn Bertold III. übernimmt die Herrschaft.

1114
BEI ANDERNACH FÄLLT BERTOLD III., der auf der Seite Kaiser Heinrichs V. gegen die aufständische Stadt Köln und deren Erzbischof kämpft, in Gefangenschaft. Nach wenigen Monaten wird er von Graf Dietrich I. von Ahr wieder freigelassen.

1120
KONRAD, DER BRUDER BERTOLDS III., verleiht Freiburg das Marktrecht. Die Urkunde lässt sich aus dem Güterverzeichnis der Abtei Tennenbach in Grundzügen rekonstruieren.
Aufgrund zähringischer Ansprüche auf Schaffhausener Klosterbesitz überfällt Konrad Kloster und Markt Schaffhausen.

1122

BERTOLD III. IST BEI DER Unterzeichnung des Wormser Konkordats anwesend, durch das Kaiser Heinrich V. und Papst Calixt II. den Investiturstreit beenden.
Nachdem er kurz zuvor die Welfin Sophie von Bayern geheiratet hatte, stirbt Bertold III. während einer Fehde in der Nähe von Molsheim im Elsass. Er wird in St. Peter beigesetzt. Konrad tritt seine Nachfolge an.

1125

KONRAD HEIRATET Clemence von Namur.
Die Witwe von Bertold III., Sophie, heiratet den Markgrafen Leopold I. von Steier(mark). Sie stirbt vier Jahre später.

1127

KONRAD ERHÄLT VON KÖNIG Lothar III. das Rektorat, d.h. die Vertretung der Krone, in Burgund übertragen, er kann seine dortigen Ansprüche aber nur in dessen nördöstlichem Teil durchsetzen.

1146

DER STAUFISCHE KAISER FRIEDRICH I. Barbarossa erobert die Burg Zähringen während einer Fehde mit den Zähringern, deren Grund uns nicht überliefert ist.
Bernhard von Clairvaux predigt im Freiburger Münster.

1152

BERTOLD IV. TRITT DIE Nachfolge des auf einem königlichen Hoftag verstorbenen Konrads an.